Александра Маринина

АЛЕКСАНДРА МАРИНИНА

ПРУЖИНА

ДЛЯ

МЫШЕЛОВКИ

ЭКСМО

Москва 2005

УДК 82-3
ББК 84(2 Рос-Рус)6-4
М 26

Оформление художника *Андрея Рыбакова*

М 26 **Маринина А. Б.**
Пружина для мышеловки: Роман. — М.: Изд-во Эксмо,
2005. — 416 с.

ISBN 5-699-13153-1

Если выстрелить в прошлое из пистолета, оно ответит тебе из пушки.
В точности этого высказывания капитан милиции Игорь Дорошин убедился, приняв участие в расследовании дела маньяка, убивавшего детей в дале-
ких семидесятых. И когда спустя годы Игорь с друзьями взялись за него, оно
«выстрелило» новой серией убийств, шантажа, обмана. Они живы — фигу-
ранты той давней истории: и бизнесмен Аргунов, и крупный чиновник Ситников, и бывший милиционер Забелин, и писательница Истомина... Ведь
это только кажется, что прошлое далеко. Спираль жизни туго сжимается,
чтобы неумолимо распрямиться и воздать каждому по его заслугам...

УДК 82-3
ББК 84(2 Рос-Рус)6-4

Глава 1

Г лаза консула смотрели на Мусатова с нехорошим прищуром.

— Вы дважды меняли фамилию.

— Но я все указал в анкете. При рождении меня записали на фамилию отца. Родители развелись, когда мне было полтора года, мать взяла девичью фамилию и ее же дала и мне. Потом, когда мне было девять лет, мать вторично вышла замуж, ее муж усыновил меня и дал мне свое отчество и фамилию.

— Это я понял. Но мне нужны подтверждающие документы. В частности, свидетельство о расторжении брака и документы о вашем усыновлении и смене фамилии в связи с этим. Кстати, а где сейчас ваш родной отец?

— Понятия не имею, — пожал плечами Мусатов. — Родители развелись почти тридцать лет назад. Как я могу знать?

— Это надо знать, — назидательно произнес консул.

Мусатов начал терять терпение. Конечно, его предупреждали, что американское посольство дает визы крайне неохотно, особенно если виза не туристическая, на пару недель, с заказанными и оплаченными отелями и обратным билетом, а деловая, на пять месяцев. Ох, не хотят они русского бизнеса в своей процветающей стране! И в каждом человеке, въезжающем в США из России, видят потенциального эмигранта, которому до спазмов в горле захочется остаться в США на веки вечные и который тут же придумает себе или жену-американку, или близкого родственника, уже проживающего в стране. У Мусатова и без того положение не очень крепкое, он ведь не женат, следовательно, консул может подозревать его в нехорошем намерении за пять месяцев пребывания в стране найти себе невесту.

— Надо знать, где находится ваш отец и чем он занимается, — повторил консул.

— А если его нет в живых?

— Тогда принесите свидетельство о смерти. Для вас это будет лучше.

Да уж конечно. В этом случае американцы будут уверены, что отец не проживает в Штатах и не ждет родного сыночка с распростертыми объятиями. Господи, вот морока-то!

Андрей вышел из здания посольства и не спеша побрел к станции «Баррикадная», рядом с которой так удачно припарковал машину. Надо же, ведь еще радовался, дурак, подумал, что если повезло с парковкой, то и все остальное сложится хорошо. Ан не тут-то было.

Он сел в машину, но двигатель заводить не стал. Вынул из кармана телефон и позвонил матери в Питер.

— Ну что, Андрюша? — быстро, с напористой тревогой в голосе спросила мать. — Приняли документы на визу?

— Нет. Мам, им нужны сведения об отце. Где он, что он, как он и так далее.

— О господи, — выдохнула она. — Вот так я и знала, что конца этому не будет! Прости меня, сынок, если б я только знала, что из-за этого возникнет столько проблем...

— Мама, перестань, — ласково сказал Андрей. — Ты же хотела как лучше, я все понимаю. Надо его найти и решить проблему. Ты говорила, он родом откуда-то из Курской области, да?

— Ну да. У меня есть только адрес его родителей, мы туда

даже ездили, когда ты родился. Но после семьдесят шестого года я этим адресом не пользовалась, написала им только, что брак расторгнут, и все. Больше ничего не знаю. Может, они переехали, да не один раз. Как их теперь найдешь?

— Да найти-то не вопрос, были бы деньги. Ладно, будем надеяться, что они знают, где сейчас их сын. Адрес помнишь?

— Что ты, Андрюша, конечно, нет. Надо в бумагах порыться, найти старую записную книжку.

— Хорошо, мамуля, как найдешь — сразу позвони, ладно? И я сразу же поеду. До стажировки еще два месяца, я все успею.

До семнадцати лет Андрей Мусатов был уверен, что рожден матерью-одиночкой, потому и фамилия у него сначала была мамина — Кожухов. На все детские вопросы: «А где мой папа?» мать добросовестно отвечала, что его нет. Она не придумывала небылиц про погибших летчиков-испытателей или офицеров, тайно исполнявших интернациональный долг где-то в далекой загранице, она просто говорила, что поссорилась с Андрюшиным папой и рассталась с ним до того, как они успели пожениться, но уже после того, как успели зачать ребенка. Никаких комплексов по этому поводу у мальчика не сформировалось, в его классе почти треть ребят росла в неполных семьях. В школу он пошел в восемьдесят первом, когда слова «мать-одиночка» уже не казались страшными и оскорбительными, а уж на Андрюшу Кожухова никому бы и в голову не пришло смотреть косо — его мать была в этой же школе учительницей английского языка и литературы, а когда он перешел в девятый класс — стала завучем. В языковых спецшколах было два завуча, один из которых отвечал за весь цикл преподавания иностранного языка, и Ксению Георгиевну Мусатову (ко времени назначения на руководящую должность она уже несколько лет пребывала в счастливом браке и при новой фамилии) так и называли: английский завуч.

А брак у Ксении Георгиевны был действительно счастливым, Константин Мусатов оказался для Андрюши превосходным отцом, сумел не вызвать в мальчике ревности и построить с приемным сыном настоящую мужскую дружбу. Однажды двенадцатилетний Андрюша даже сказал матери:

— Хорошо, что ты вовремя поссорилась с моим отцом. Если бы вы успели пожениться, я бы с Костей не познакомился.

Как ни странно, но, несмотря на всю эту дружбу и взаимную любовь, мальчик так и не стал называть Константина папой, хотя и был им официально усыновлен. Мать нервничала и переживала, а ее муж относился к ситуации философски:

— Просто ребенку нужен не столько отец, сколько взрослый друг, — успокаивал он жену. — Пусть называет меня Костей, если ему так нравится. Тем более я точно знаю, что за глаза, в кругу ребят, он говорит про меня «мой папа».

Катастрофа обрушилась на них в девяносто первом году, когда умерла старенькая бабушка Константина, в квартире которой он был прописан. Появилась возможность улучшить жилищные условия, родители активно занялись поисками обменных вариантов, и уже через три месяца семья Мусатовых собралась переезжать в новую, более просторную и удобную квартиру. Семнадцатилетний Андрей активно помогал собирать и упаковывать вещи, мать с Костей в свободное от работы время носились по магазинам в поисках мебели и всяческих необходимых в новом жилище мелочей, и так уж получилось, что Андрей самостоятельно набрел на ветхую папку с завязками, в которой между мамиными институтскими грамотами за успехи в учебе и работе студенческого научного кружка обнаружилось свидетельство о разводе Ксении Георгиевны Личко с Олегом Петровичем Личко. После расторжения брака гражданке Личко присваивалась фамилия «Кожухова». И случилось это в августе семьдесят шестого, когда Андрюше было уже целых полтора года! Значит, мама была замужем официально. Почему она это скрывала? Что в этом стыдного? Более того, свидетельство о разводе было выдано одним из московских ЗАГСов, значит, в то время они жили в Москве. Получается, они не все время жили в Ленинграде? Выходит, Андрей по рождению — москвич по фамилии Личко, а вовсе не ленинградец по фамилии Кожухов? Или как?

Вечером мама рыдала, пила сердечные капли, Костя метался вокруг нее, то и дело щупал пульс и порывался вызвать «неотложку», а Андрей сидел надутый, не понимая, что вообще происходит в их семье и почему из-за такой ерунды надо разводить целую трагедию. Потом мама все-таки успокоилась, взяла себя в руки и рассказала сыну то, о чем уже давно знал ее второй муж.

Олег Личко, отец Андрея, был маньяком-убийцей, сумасшедшим, причем сумасшедшим настолько, что его, когда поймали, даже в тюрьму не посадили, а признали невменяемым и отправили на принудительное лечение в психиатрическую больницу закрытого типа. Он успел убить шестерых маленьких девочек, которых хитростью уводил из детских садов и школ. Самое отвратительное состояло в том, что Олег был не только безумным маньяком, но еще и работником милиции, служил на Петровке, 38. От этого Ксении было почему-то особенно стыдно.

Закон позволял в случае привлечения человека к ответственности за тяжкое преступление оформлять с ним развод даже без его согласия и явки в суд. Наличие малолетних детей в этом случае препятствием к разводу не являлось. Ксения немедленно развелась с Олегом, обменяла московскую квартиру на ленинградскую и уехала туда, где никто не знал постыдной истории ее мужа. Олега Личко она вычеркнула из своей жизни, ничего никому о нем не рассказывала, на вопрос об отце ребенка отвечала уклончиво, там, где было можно, о своем замужестве не рассказывала и ограничивалась словами «мать-одиночка», а там, где приходилось показывать свидетельство о рождении сына Андрея, скупо упоминала о неудачном и потому быстро распавшемся браке. В свидетельстве ясно написано: отец — Личко Олег Петрович, мать — Личко Ксения Георгиевна, так что безмужним грехом не прикроешься. Перед тем как отдавать сына в школу, Ксения весьма «удачно» потеряла свидетельство, поехала в Москву за дубликатом, показала бумажку о смене фамилии и получила новое свидетельство, в котором в графе «отец» стоял многозначительный прочерк, а мать и ребенок фигурировали уже как Кожуховы. Конечно, для этого ей пришлось обратиться к бывшим коллегам мужа-убийцы, в противном случае так легко новый документ с другими фамилиями она бы не получила. Бывшие коллеги ее чувства понимали, проявили дружеское участие и помогли. История маньяка-убийцы Олега Личко на много лет осталась семейной тайной, владели которой все меньшее и меньшее число людей: Ксения рано потеряла родителей, мать умерла, когда Андрюше было семь лет, а через год вслед за ней ушел и отец. С родителями Олега она отношений не поддерживала, не писала им и не звонила, да они и сами ее не искали, видно, понимали, что не нужно, и на встречах с внуком не настаивали. От второго мужа, Константина, Ксения правду скрывать не стала, но на него можно было положиться.

И вот теперь история выплыла наружу благодаря, как это всегда и бывает, нелепой и непредвиденной случайности. Уничтожить свидетельство о разводе Ксения не посмела, все-таки официальный государственный документ, мало ли что... Но ей казалось, что она так надежно его спрятала! Отдать кому-то на хранение она побоялась, ведь это значило бы посвятить в свою тайну еще одного человека. А о банковских ячейках в те времена в нашей стране даже и не слыхивали.

— Значит, я — сын психа ненормального? — дрожащим голосом спросил Андрей.

— Сынок, ты не должен так думать, — торопливо заверила его Ксения Георгиевна. — Ты — мой сын, наш сын, я тебя родила, а Костя помогал тебя растить и воспитывать.

— А это передается по наследству? — упрямо продолжал он.

— Ты — совершенно нормальный, — твердо заявил Константин, — можешь мне поверить, уж я-то в этом разбираюсь. Мы с мамой все эти годы наблюдали за твоим развитием, за твоим характером и темпераментом, и я говорю тебе как профессионал: ты абсолютно здоров психически, в тебе нет ни малейших признаков каких бы то ни было отклонений.

Константин говорил очень уверенно, и Андрей сразу успокоился. Все-таки Костя — психолог, кандидат наук, да и мама педагог с большим стажем. Им можно верить.

Удар, однако, оказался сильнее, чем показалось в первый момент. Одно дело — совсем не знать своего отца и думать, что это просто был легкомысленный и безответственный тип, и совсем другое — знать, что он психически больной убийца. Стыдно. Противно. И немного страшно.

Но помог переезд. Заботы, хлопоты, тюки с одеждой, коробки с книгами, бечевка, которая то рвется, то заканчивается, то куда-то исчезает; посуда, которую надо упаковать так, чтобы не побилась, то есть каждую тарелку, каждую чашку и рюмку обернуть газетой; грузчики, которые не приехали вовремя и которые выносят мебель так неаккуратно, что того и гляди испортят, поцарапают, искорежат; сумка с предметами первой необходимости: туалетными принадлежностями, тапочками и бельем, которую положили на самый верх, чтобы не искать, и которая куда-то делась и найти ее совершенно невозможно... А потом все упакованное распаковать, все завязанное развязать, все завернутое в газетные листы развернуть, и всему найти место, и постараться не забыть, где теперь все это лежит, потому что шкафы другие и стоят они по-другому, квартира-то больше, и мебели в ней больше. Если бы не переезд, еще неизвестно, как справился бы семнадцатилетний юноша со своим стыдом, отвращением и страхом.

Жизнь вошла в нормальное русло, Андрей окончил школу и поступил в технологический институт, какое-то время поработал на государственном предприятии, потом друзья соблазнили его работой в частной компании, где его знания и способности оказались весьма востребованными, потом была более серьезная фирма, потом — еще более серьезная, и уже в Москве, и вот теперь, в 2004 году, тридцатилетний Андрей Константинович Мусатов должен ехать в США на стажировку, чтобы по возвращении возглавить крупный многомиллионный проект. И совершенно неожиданно в его безоблачную жизнь вмешался биологический отец. Ну и где его искать?

* * *

Тридцать лет назад родители Олега Петровича Личко проживали в поселке Черемисино. Ксения Георгиевна не ошиблась, он действительно находился в Курской области. Поселок — не город, человека найти нетрудно, лишь бы он был, человек этот. Андрей решил пойти самым простым путем и начал поиски с местного отдела милиции, а точнее — с паспортной службы. Запасся коробкой дорогих конфет и бутылкой хорошего виски, ведь никогда не знаешь, на кого попадешь, на женщину или на мужчину.

В ход пошли конфеты.

— Личко? — Средних лет дама в блузке с оборочками с любопытством взглянула на Мусатова. — Да, они у нас проживали.

Андрей обратил внимание на то, что дама из паспортной службы ни на секунду не задумалась перед тем, как ответить. Значит, Личко в этом поселке — люди известные.

— Проживали? — переспросил он. — А где они теперь?

— Умерли. Оба. Когда сына посадили, сначала Любовь Васильевна начала болеть, а потом и Петр Александрович стал постепенно сдавать. А вам зачем? Вы что, родственник? На наследство претендуете?

— А есть на что претендовать? — улыбнулся Андрей. — После них остались несметные сокровища?

— Я вас разочарую. Ничего не осталось. Даже дом сгорел. Представляете? Дней через пять после похорон Петра Александровича. Вот и не верь после этого в судьбу!

— Не понял, простите...

— Ну я же говорю: как будто там, наверху, — она неопределенно ткнула пальцем в потолок, — не хотели, чтобы от этой семьи хоть что-то осталось. Сначала сына сажают в психушку, потом мать умирает, потом сын, потом отец, а потом и дом сгорает. Все. Никаких следов на земле от этой породы не осталось.

«Ну да, — подумал Андрей, — не осталось. А как же сын Олега Петровича, то есть я? Обо мне что, все забыли? Впрочем, наверное, это и к лучшему. А Личко-то в поселке, судя по всему, не любили... Значит, сын тоже умер».

— Я, собственно, как раз Олега Петровича и разыскиваю. Он когда-то с моим отцом вместе служил, отец попросил узнать, где он, как живет... — начал врать Мусатов.

— Так нечего его разыскивать, умер он, лет двенадцать назад примерно, а то и больше.

— Здесь, в Черемисине?

— Ну что вы, нет, конечно. В психушке. Родителям официальное извещение пришло. Любовь Васильевна-то не дожила, а Петр Александрович после этого сгорел буквально в считаные месяцы. Он после смерти жены еще не оправился, а тут сын... В общем, врагу не пожелаешь такую судьбу.

— Где Олег Петрович похоронен? Здесь?

— Нет, тело не привозили, это точно. Наверное, там же, в психбольнице. То есть не в самой больнице, конечно, а на местном кладбище. Хотя и это вряд ли.

— Почему же? — удивился Мусатов.

— Да почта у нас знаете как работает? Когда Петру Александровичу извещение пришло, Олег уже два месяца как умер. Кто ж будет два месяца тело держать? Наверное, отдали в морг какого-нибудь медучилища или института, чтобы студентов обучать.

Андрей внутренне поежился. Ничего не осталось от его биологического отца, даже могилы. Но хоть свидетельство-то о смерти осталось?

— Вы не помните, на похороны Петра Александровича родственники приезжали?

— Да какие родственники! — Дама махнула рукой и вдруг спохватилась: — А вам зачем? Вы же Олега ищете, а спрашиваете про родственников.

— Да я подумал, может, фотографии какие-нибудь остались, я бы отцу отвез.

— Так сгорело же все, я вам русским языком сказала!

— Но если приезжали родственники, они могли еще до пожара какие-то вещи забрать, альбомы с фотографиями, документы, что-то на память. Понимаете?

Дама задумчиво кивнула.

— Знаете что? Поговорите с Перхуровыми, они через два дома от Личко жили. Я вам сейчас адрес запишу. Личко вообще-то мало с кем общались, гордые были сильно, заносились, но с Перхуровыми дружили.

Еще через два часа Андрей Мусатов уже знал, что родственники на похороны Петра Александровича Личко действительно приезжали, но на следующий день после похорон уехали, и в том, что они не взяли из дома Личко ни одной вещи, ни одной бумажки, супруги Перхуровы могли поклясться.

— Это были очень приличные люди, очень приличные, —

несколько раз повторила Перхурова, имея в виду дальних родственников Личко. — Они совершенно не стремились наживиться, разграбить дом, что-то утащить. Они люди состоятельные, им все это не нужно было. Даже дом им не был нужен. Люди городские, жили в Приморском крае, зачем им развалюха за тридевять земель? Они, когда уезжали, так и сказали, мол, мы ни на что не претендуем, если объявятся какие-нибудь наследники — пусть забирают дом себе и делают с ним что хотят. Да и дом-то был — одно название, Любочка много лет болела, да и Петя слабел с каждым годом, а уж когда Любочка умерла, Петя вообще стал никакой. Пока могли — ездили к Олегу в больницу, а это ведь не ближний свет. Сначала его держали в Белых Столбах, под Москвой, а потом перевели в больницу общего типа, в Вологодскую область. В восемьдесят девятом Люба умерла, а в девяностом или девяносто первом пришло сообщение из больницы, что Олег умер.

— В девяносто первом, — суровым голосом уточнил Перхуров, — как раз после путча, в сентябре, я точно помню.

— Ну ладно, тебе виднее, — покладисто согласилась его жена, — значит, в девяносто первом. А потом и Петя ушел. А домом Любочка с Петей совсем не занимались, он ветшал, разваливался, но у них не было ни сил, ни денег приводить его в порядок. Каждую копейку откладывали, чтобы оплатить билеты и купить что-нибудь для сына — одежду, продукты, нянечкам и санитарам сунуть, чтобы не обижали Олега.

— Почему же они не забрали сына домой, когда его выпустили из Белых Столбов? — удивился Андрей. — Неужели он был настолько буйным?

Перхурова тяжело вздохнула и опустила глаза, видно, вопрос показался ей болезненным. Ее муж же, напротив, как-то словно набычился, налился негодованием.

— Почему не забрали? — начал он, повысив голос. — Так я вам скажу почему.

— Понимаете, Любочка очень гордая была, — торопливо перебила его Перхурова.

— Не гордая она была, а заносчивая, перед всеми нос задирала, — загремел Перхуров. — Не гордость это, а гордыня.

По яростным взглядам, которые метали друг в друга пожилые супруги, Мусатов понял, что спор этот у них давний и примирения позиций до сих пор не наступило. Ему стало неловко, словно присутствовал при интимной семейной сцене, и он на какой-то момент даже пожалел, что пришел сюда. Ему всего-то и нужен один-единственный документ — свидетельство о смерти Олега Личко, а приходится терять время и выслушивать дебаты чуть ли не на библейские темы. Гордость, гордыня... Да какая разница?

Любовь Васильевна Личко проработала в Черемисине всю жизнь, сначала простым учителем-словесником в местной школе, потом выросла до директора школы. Петр Александрович к тому моменту, когда сын Олег окончил школу, занимал высокий пост в местном исполкоме. Одним словом, семья достойная, уважаемая и вся на виду. Разумеется, Олег окончил школу с золотой медалью, а разве могло быть иначе? Нет-нет, никакого блата, никакого административного давления, Олег с детства был умненьким и трудолюбивым мальчиком, усидчивым, вдумчивым, об этом Ольга Ивановна Перхурова могла судить не с чужих слов, а по собственному опыту, потому как работала в той самой школе, которой руководила Любовь Васильевна, преподавала историю в старших классах. На Олега Личко как на ученика она нарадоваться не могла.

С золотой медалью, отлично усвоенным материалом школьной программы и солидным багажом дополнительных знаний Олег поехал в Москву поступать в университет на юридический. И поступил. Гордости и радости родителей не было предела! На четвертом курсе он познакомился с хорошей девушкой, студенткой педагогического института, и через год, перед самым дипломом, они расписались. И снова Любовь Васильевна радовалась: сын выбрал жену с такой же профессией, как у нее самой. Невестка будет учителем, ну пусть не русского языка и литературы, а английского, сути это не меняет. Все равно сын высоко ценит профессию матери, потому и жену себе выбрал такую же, на маму похожую. На юридическом факультете Олег тоже учился лучше всех, получал повышенную стипендию, специализацию прошел по кафедре криминалистики, активно участвовал в работе студенческого научного общества, выступал на всех конференциях, и было вполне естественным, что при распределении ему предложили остаться в аспирантуре. Но от аспирантуры юноша отказался. Тогда перед ним как перед лучшим выпускником курса положили список мест, куда должны были направляться на работу молодые юристы, и Олег без колебаний выбрал Главное управление внутренних дел Москвы, в народе более известное как Петровка, 38.

И снова Любовь Васильевна расцвела от очередного приступа гордости за сына и за себя саму: ее мальчик, скромный молодой человек из скромного райцентра, — и на самой Петровке служит. Это ж помыслить невозможно! Это почти как в космос слетать, по тем-то временам. Петровка, олицетворение честности, мужества, высочайшего профессионализма, Петровка, о которой написано столько замечательных книг, и в этих книгах каждый герой — образец для подражания. Юлиан Семенов, Аркадий Адамов, братья Вайнеры — да все, все самые лучшие советские писатели посвящают свои произведения именно им, офицерам милиции, работающим на Петровке, 38. А фильмы! Сколько прекрасных фильмов снято об их самоотверженной и опасной работе!

— А уж когда Олег сообщил, что поступил в эту, как ее... ну что-то вроде аспирантуры, только для военных...

— В адъюнктуру, — хмуро подсказал Перхуров.

— Ну да, наверное, — кивнула Ольга Ивановна Перхурова. — Он поступил на заочное отделение, чтобы от работы не отрываться. Любочка была уверена, что он быстро напишет диссертацию, потому что Олег очень способный, у него голова светлая, и учиться он умеет и любит. И вдруг такое случилось... Ужас! Представляете, что было с Любой? Ведь весь город узнал о том, что Олег — убийца-маньяк, у нас ничего скрыть невозможно. У Любочки случился тяжелейший инфаркт, она так окончательно после него и не восстановилась. Ну как, как она могла привезти Олега сюда? Ей и без того до самой смерти казалось, что на нее все пальцем показывают и за спиной хихикают и гадости говорят. Конечно, Петю сразу же с работы сняли, мол, человек, не сумевший воспитать собственного сына, не может руководить людьми в исполкоме. Спасибо, хоть из партии не исключили, но собирались, это я точно знаю. Я в те годы была членом бюро райкома.

У Пети после снятия с должности — инсульт. В общем, оба стали инвалидами, жили на пенсию, работать здоровье не позволяло...

— И гордыня, — снова встрял Перхуров. — Они стали от людей прятаться, стыдно им было, что сына своего восхваляли на всех углах и всем в пример ставили. Вот только с нами и поддерживали отношения. Я им сколько раз говорил: переезжайте в другое место, где вас никто не знает, и заберите сына туда, все-таки вместе будете.

«Моя мама как раз так и поступила», — подумал Андрей.

— Они болели очень, — вступилась за покойных друзей Ольга Ивановна. — И потом, легко сказать: переезжайте. Это если бы они были полны сил и могли работать, то нашли бы работу в другом месте, а так — пенсионеры, да еще инвалиды, кому они были нужны, чтобы им жилплощадь предоставлять? Тогда другие времена были, не то что сейчас. Тогда нужно было найти обмен, а кто стал бы с ними меняться, когда дом мало того что в захолустье, так еще и разваливается? Они ж с семьдесят пятого года, как Олежку посадили, так и начали болеть, ни одного гвоздя в доме не прибили, ни одной дощечки не поправили.

— Скажи уж проще: отказались они от сына, вот что, — припечатал Перхуров. — Столько лет на самой вершине были, почет им и уважение, все кланяются, все здороваются, с праздниками чуть не все население поздравляло, а тут из-за Олега все рухнуло. До самой смерти они ему этого не простили. Потому и не взяли к себе, когда стало можно. Навещать — навещали, а забирать не стали. Петя бы забрал, он добрее был, а Люба даже слышать не хотела. Вот так. Когда Люба умерла, Петр Александрович слег, но со временем все чаще заговаривал о том, что вот чуть-чуть окрепнет, сил наберется и поедет в больницу Олега забирать, он и письмо тамошнему главврачу написал, тот ему ответил, что Олега можно выписать на домашний уход, он спокойный, не буйный. Но не успел Петя. Пришло сообщение о смерти сына. А после этого он и сам недолго протянул.

Н-да, печальная история... Петя и Любочка. Его дедушка и бабушка. Мусатов внимательно слушал рассказы супругов Перхуровых и то и дело ловил себя на том, что пытается осознать: речь идет о его кровных родственниках, о бабушке, дедушке и отце. И если бы все сложилось иначе, если бы мама так и оставалась женой Олега Петровича Личко, то его, маленького Андрюшу, привозили бы сюда каждое лето, и он, наверное, бегал бы как раз по этой вот немощеной улице, которая видна из окна, и лазил бы вместе с местными мальчишками через вот этот забор, чтобы воровать яблоки из сада Перхуровых или объедать смородиновые кусты... Он пытался придумать свое несостоявшееся детство и понимал, что ничего не чувствует. Ни сожалений, ни грусти, ни даже сочувствия к Любови Васильевне и Петру Александровичу. Они — чужие. Он никогда их не знал. Впрочем... Мама же говорила, что его совсем крохой привозили сюда. Но что он мог тогда понимать? И тем более помнить.

— Значит, ничего не сохранилось, ни документов, ни фотографий? — безнадежно спросил Андрей.

— Ничего. Все сгорело. Я думаю, это мальчишки набезобразничали, — авторитетно заявил Перхуров. — Все знали, что хозяин умер, дом стоит пустой, ну вот они и забрались туда. Знаете, как это бывает? Пиво, дешевое вино, сигареты. Может, окурок бросили непотушенный, а может, и подожгли из хулиганства.

Может, может... Какая разница, из-за чего сгорел дом, важно то, что свидетельства о смерти Олега Петровича Личко теперь нет. А его надо раздобыть во что бы то ни стало.

* * *

В Вологодскую область Андрей смог поехать только через неделю. Психиатрическую больницу он нашел на удивление легко, супруги Перхуровы, хоть и не знали ее точного адреса, но, обладая хорошей памятью, вспомнили все, что их соседи Личко о своих поездках и этой больнице рассказывали, и Андрей ехал, вооруженный яркими ориентирами: названиями станций, указаниями на промышленные предприятия и прочими важными сведениями, которые, конечно, могли за полтора десятка лет значительно устареть. С предприятиями именно это и произошло, а вот названия станций и географические ориентиры сохранились, и это здорово помогло.

Свидетельствами о смерти ведал ЗАГС, куда Андрей и направился в первую очередь, но там его ждало разочарование: никаких архивов не сохранилось, в девяносто девятом году произошло перерайонирование, местные административные органы сливались, разливались, ликвидировались и вновь создавались, и после всей этой суеты найти ничего просто невозможно. Компьютерной базы, соответственно, и не было, ее начали создавать только два года назад.

— Вы сходите в больницу, пусть они поднимут свои архивы, — посоветовали Андрею, — они дадут вам новую справку о смерти, а мы на ее основании выпишем повторное свидетельство.

Больница показалась ему не просто страшной — жуткой. Деревянное трехэтажное покосившееся здание, насквозь пропитанное запахами отчаяния, лекарств и пригоревшей молочной каши. На колченогих лавочках сидят, греясь под первым слабым весенним солнышком, люди со странными лицами и неестественно окаменевшими спинами. А глаза у этих людей такие, словно они или совсем ничего в этом мире не понимают, или, наоборот, знают о нем что-то такое, что другим знать не дано.

Кабинет главврача находился на втором этаже. На белой двери с давно облупившейся краской висела табличка: «Главный врач Юркунс Л.Я.». Андрей достал из портфеля сложенные в пластиковый файл документы: свидетельство о разводе матери с Олегом Петровичем Личко, свой паспорт и прочие бумаги, из которых было видно, когда и почему изменялась его фамилия, — и решительно вошел в кабинет, порадовавшись про себя, что никаких приемных со строгими секретаршами здесь не было.

Едва переступив порог, Андрей наткнулся на острый взгляд ярких светлых глаз, которые оказались почему-то очень близко. В следующий момент он сообразил, что кабинет главного врача был таким маленьким, что каждый входящий, не успев сделать и полшага, оказывался перед столом, за которым сидел пожилой мужчина в ослепительно белом халате.

Мусатов, привыкший к просторным и хорошо обставленным офисам, до того растерялся, что вместо заготовленных фраз промямлил:

— Ой, здрасьте...

— Добрый день. Вы ко мне?

— Если вы главный врач — то к вам. Можно?

— Можно. Да вы присядьте, — хозяин кабинета указал на стул, в который Андрей уже уперся коленями. — Слушаю вас.

Осторожно развернувшись, чтобы ничего не разгромить и не уронить в этой немыслимой тесноте, Мусатов присел на стул и тут же почувствовал, как тот угрожающе зашатался.

— Моя фамилия Мусатов, — представился он.

— А имя?

— Андрей Константинович.

— Лев Яковлевич, — ответно представился главврач. — Так я вас внимательно слушаю, Андрей Константинович. Какие у вас проблемы?

— В вашей больнице находился на излечении Олег Петрович Личко, здесь же он и скончался много лет назад, в девяносто первом году. К сожалению, свидетельство о его смерти утеряно. Я уже был в ЗАГСе, меня отправили к вам за справкой, на основании которой мне выпишут повторное свидетельство. Что мне нужно сделать, чтобы получить дубликат справки о смерти?

Андрею показалось, что при упоминании фамилии Личко что-то неуловимо изменилось в лице доктора Юркунса. Или только показалось?

— Только одно: вы должны доказать, что имеете право на получение этого документа. После этого дубликат вам выпишут в течение получаса. Архив сегодня открыт, так что сложностей не будет. Итак?

Андрей молча протянул главврачу папку с заготовленными документами. Лев Яковлевич читал каждую бумажку так долго, словно текст был написан по меньшей мере иероглифами. Наконец он поднял голову и выстрелил в Андрея ярким залпом из своих светлых пронзительных глаз.

— Правильно ли я понял из представленных документов, что вы являетесь сыном Олега Петровича Личко?

— Да, правильно.

— И судя по тому, что ни вы, ни ваша матушка сюда никогда не приезжали...

— Да, верно. До семнадцати лет я вообще не знал, что

мой родной, или, как теперь принято говорить, биологический, отец находится в психиатрической больнице.

— Позвольте полюбопытствовать, а что вы о нем думали? Где он, по-вашему, находился? Вам рассказывали, что он летчик-испытатель и героически погиб при выполнении государственного задания?

«Ну вот, — со скукой подумал Мусатов, — сейчас начнется лекция о том, что не знает только тот, кто не хочет знать, и как нехорошо бросать больного отца и ни разу его не навестить».

— Мне говорили, что я рожден вне законного брака и никаких сведений о моем отце мама не имеет. До определенного момента мама даже имени его не называла. То есть до девяти лет у меня было отчество «Олегович», но фамилии отца я не знал, потом меня официально усыновили и я стал «Константиновичем».

— И когда же, позвольте узнать, наступил этот «определенный момент»?

— Когда мне было семнадцать лет. Я случайно нашел свидетельство о разводе матери с Олегом Петровичем Личко. Послушайте, Лев Яковлевич, я догадываюсь, что вы собираетесь мне сказать. С тех пор прошло тринадцать лет, Олег Петрович Личко, возможно, был еще жив, когда я узнал о его существовании, но я не пытался его увидеть, навестить в больнице...

— Голубчик вы мой, Андрей Константинович, — рассмеялся Юркунс, — да вы посмотрите на меня! Вы видите, сколько мне лет? Если не видите, то я вам сам скажу: семьдесят восемь. В этом году исполняется ровно пятьдесят пять лет, как я в психиатрии. Неужели вы думаете, что мне нужно объяснять подобные вещи? Да ни боже мой! Быть сыном человека, которому выставлен серьезный диагноз из нашей сферы, — мало приятного, а уж быть сыном убийцы — и того хуже. Тем более вы этого маньяка-убийцу не помните, вы ведь были совсем крохой, когда он исчез из вашей жизни. Он вас не растил, не воспитывал, не водил вас в зоопарк и не брал с собой на рыбалку, не делал вместе с вами ваш первый скворечник и не ругал за первую двойку по поведению. Я все это прекрасно понимаю, и у меня и в мыслях не было читать вам мораль. У меня к вам только два вопроса. Вы позволите?

— Конечно, — кивнул Андрей, расслабившись.

Ну вот, лекция на морально-этические темы отменяется, уже хорошо. И этот Лев Яковлевич Юркунс, судя по всему, не сомневается в том, что Андрей Мусатов — сын Олега Петровича Личко и имеет полное право на получение дубликата свидетельства о смерти. Тоже хорошо. Архив сегодня открыт, и это просто прекрасно. Можно считать, что сегодня ему, Андрею Мусатову, повезло, а потому вполне можно ответить на любые вопросы главврача, даже если их будет не два, а больше.

— Вопрос первый: зачем вам свидетельство о смерти? Возникли вопросы с наследством?

— Да бог с вами! — Андрей искренне расхохотался. — Я оформляю визу в США, меня посылают на пять месяцев на стажировку...

— Все-все-все, можете не продолжать, — замахал руками Юркунс. — Вся эта кухня мне прекрасно известна. Множество моих коллег выезжало в Штаты как по частным приглашениям, так и по деловым, и каждый раз начиналась эта безумная морока. От одного из них потребовали свидетельство о разводе с первой женой, с которой он к тому времени уже лет двадцать не жил и находился в четвертом браке. Они чего только не придумают, лишь бы визу не дать, все боятся, что население нашей страны поголовно может эмигрировать в их американский рай. А вы дважды меняли фамилию, так что кажетесь им подозрительным. Тогда мой второй вопрос: как вы пережили тот факт, что ваш отец оказался убийцей-шизофреником?

— Тяжело, — признался Андрей. — Хорошо, что мы в тот момент переезжали на новую квартиру, это здорово отвлекло, да и мама с Костей все время были рядом. Но все равно было тяжело.

— Вы очень страдали?

— Я? — Андрей задумался. — Нет, если честно, то не очень. Я, правда, не знаю, что такое «очень страдать». Мне долгое время казалось, что я какой-то грязный, мама даже обратила внимание, что я стал по три раза в день мыться в душе и торчал в ванной подолгу. Знаете, какое-то странное ощущение грязи на коже, как будто я родился в клоаке и за все эти годы так и не отмылся. Но потом это прошло.

— Это, голубчик мой Андрей Константинович, как раз и называется «очень страдать». У вас начинался невроз. Хорошо, что рядом с вами оказались ваши близкие, которые не допустили до беды. Чем занимается ваша матушка?

— Педагог, преподает в школе английский язык и литературу. Теперь, правда, это уже гимназия.

— А ваш отчим?

— Психолог, кандидат наук.

— Ну вот видите, вам просто повезло, что рядом с вами в трудный момент оказались опытные профессионалы, педагог и психолог. Если бы не они, мы бы с вами сейчас вряд ли разговаривали бы.

— Почему? — удивился Мусатов.

— Да потому, что не было бы никакой стажировки в США. Вы просто не сделали бы такую карьеру. Неврозы, голубчик вы мой, штука очень коварная и опасная. Нажить легко, избавиться потом невозможно. Можно приглушить, притушить, добиться стойкой ремиссии, а он в самый неожиданный момент поднимет голову и напакостит. Вы надолго в наши края?

— Да нет, — пожал плечами Андрей, — как только получу свидетельство — сразу назад. А что?

— Мне нужно с вами поговорить, и очень серьезно. Вы могли бы задержаться здесь до завтра?

Время у Мусатова было, он ведь не предполагал, что так легко найдет нужную больницу, и начальство на работе отпустило его на несколько дней. Но зачем ему задерживаться в этой жуткой дыре?

— В принципе мог бы, — неуверенно ответил он. — Но...

— Я сейчас дам команду, чтобы в архиве подняли документы и выписали вам справку, на основании этой справки ЗАГС даст вам новое свидетельство. Сегодня вы в ЗАГС все равно уже не успеете. Я предлагаю вам переночевать у меня, а завтра вы закончите все свои дела и спокойно уедете.

Перспектива провести ночь у доктора Юркунса показалась Андрею не самой приятной, но ведь гостиница в этой дыре если и есть, то такая, что «мама, не горюй». А может, ее и вовсе нет.

— Здесь есть гостиница? — на всякий случай спросил он.

— Есть, — улыбнулся Лев Яковлевич, — но даже мое скромное жилище на три порядка лучше. И не беспокойтесь, вы меня никоим образом не стесните, я живу один, а места у меня более чем достаточно.

На том и порешили.

* * *

Лев Яковлевич Юркунс росточка был совсем небольшого, и когда Андрей это увидел, то страшно удивился, потому что, восседая за рабочим столом в служебном кабинете, доктор производил впечатление человека массивного и крупного. Наверное, играла свою роль спокойная доброжелательность, несуетливость и уверенность, с которой держался пожилой психиатр. Дома же у себя, в небольшой трехкомнатной квартирке, расположенной на четвертом этаже блочной пятиэтажки, он смотрелся маленьким старичком, сухоньким, но живым, энергичным и веселым.

— Располагайтесь, голубчик, — гостеприимно улыбался он, проводя Андрея по всем комнатам. — Вот здесь сплю я, а вы можете выбирать между кабинетом и гостиной, в обеих комнатах, как видите, есть большие диваны, они раскладываются, очень удобные. У меня много гостевых мест. Если хотите мой совет, то выбирайте диван в кабинете.

— Почему?

— Вы, голубчик, курите, и курите много. Ужинать и беседовать мы с вами будем в гостиной, зачем же вам потом спать в прокуренном помещении? На улице пока еще очень холодно, так что посидеть с открытыми окнами нам с вами не удастся.

Андрею не терпелось узнать, о чем же хотел поговорить с ним Лев Яковлевич, но Юркунс категорически отказался беседовать «о серьезном» до ужина. Ужин был поистине холостяцким и состоял из отварного картофеля и сосисок, но и того, и другого было много, так что голодным Андрей не остался. Он пытался внести свою лепту в организацию трапезы и все порывался зайти в магазин и купить каких-нибудь продуктов, но Лев Яковлевич запретил ему даже думать об этом.

— В нашем магазине все просроченное или поддельное, эдак и отравиться недолго. Единственное, что можно покупать без опаски, — это сосиски, они вполне приличные и наверняка непросроченные, потому что их каждый день привозят и в течение двух часов раскупают, но сосисками у меня и без того холодильник забит, я в основном ими питаюсь.

— Что же вы едите, если магазинные продукты не покупаете? — удивился Андрей.

— Ну как что? Картофель, капусту, свеклу и прочие овощи, это подделать нельзя. Хлеб, само собой, и всякую бакалею, она хоть и низкого качества, потому что поддельная, но отравиться ею невозможно. Иногда езжу в Вологду, запасаюсь консервами, иногда на рынке мясо покупаю. Да много ли мне, старику, надо?

К предусмотрительно захваченной Андреем из Москвы бутылке коньяку Лев Яковлевич отнесся вполне благосклонно, однако, накрывая стол к ужину, рюмки не поставил.

— А коньячок потом, — пояснил он, — под разговор. Картошка с сосисками и коньяк — это моветон, голубчик.

«Да что же это за разговор такой таинственный!» — недоумевал Мусатов, поглощая безвкусные ватные сосиски и сладковатый промороженный картофель. Наверное, ничего особенного доктор Юркунс ему не скажет, просто старику скучно и одиноко, и он воспользовался случаем, чтобы залучить к себе гостя и скоротать вечерок. Ну да ладно, какая, в сущности, разница, все равно ведь ночевать пришлось бы, в ЗАГС Андрей действительно в тот день уже не успевал.

Наконец дело дошло и до коньяка.

— Скажите, голубчик, — начал неторопливо Лев Яковлевич, — как вы считаете, может опытный врач отличить леченого больного от залеченного здорового?

Вопрос показался Андрею странным и несколько не по адресу.

— Я же ничего в этом не понимаю, Лев Яковлевич, я не врач. А в чем смысл?

— Смысл, голубчик вы мой, в том, что я-то как раз врач, и с большим, позволю себе заметить, опытом. Пятьдесят пять лет в психиатрических лечебницах кое-что да значат. Ваша матушка еще на свет не появилась, а я уже лечил больных. И поверьте мне, я могу отличить больного, которого подвергали лечению, от изначально здорового человека, которого просто-напросто залечили.

Ну вот, как и следовало ожидать, сейчас пойдут разговоры о разных случаях из практики психиатра. Слушать это Андрею было совершенно неинтересно, но куда ж деваться.

— Так вот, хочу вам сказать, Андрей Константинович, что ваш батюшка Олег Петрович Личко никакой шизофренией не страдал. Он был абсолютно здоровым человеком. Конечно, галоперидол, аминазин и прочие штучки из кого угодно могут сделать растение, но у меня достаточно опыта, чтобы в конце концов определить, чем было это растение раньше, чертополохом, с которого в процессе лечения ободрали колючки, или чем-то совсем иным. Вы меня понимаете?

— Нет, — честно признался Андрей. — Вы хотите сказать, что Олегу Петровичу поставили ошибочный диагноз? Что он был не маньяком-убийцей, а убийцей обыкновенным? И что его место было не в психушке, а в тюрьме?

Юркунс сделал крохотный глоточек коньяку, осторожно поставил рюмку на стол и окинул Андрея долгим взглядом своих светлых ярких глаз.

— Олег Петрович не был ни маньяком, ни убийцей. Вот что я хочу вам сказать. Когда его перевели в нашу больницу из Белых Столбов, он был в очень плохом состоянии. Есть такая формулировка: в связи с утратой общественной опасности. В Столбах сочли, что он уже неопасен, то есть утратил активность, интерес к жизни, и его можно переводить в больницу общего типа. В целом они не ошиблись, Олег Петрович действительно утратил активность в том смысле, что не рвался кричать на всех углах о своей невиновности, у него на это просто уже не было сил. Но он до самого последнего дня пытался разобраться, что же все-таки произошло и почему его осудили за то, чего он не совершал. Ему было трудно сосредоточиться, он начинал размышлять и очень скоро сбивался, забывал ход собственных рассуждений. У него в результате псевдолечения серьезно нарушилась память, то есть он достаточно хорошо помнил события давние, но, придумав какое-то логическое построение, уже через десять минут забывал его и совершенно терялся. Я посоветовал ему вести записи. Он так и сделал, записывал свои мысли, воспоминания, потом терял листки или рвал их и выбрасывал, потому что приходил в отчаяние от того, что ничего не получалось. Я приносил ему новую тетрадь, он снова записывал и снова вырывал листы и выбрасывал.

— Погодите... — Голова у Андрея шла кругом, и он вдруг подумал, что даже если у него, здорового мужика, мысли в стрессовой ситуации разбредаются в разные стороны, то каково же было тому, кого долгие годы закалывали психотропными препаратами. — Погодите, Лев Яковлевич, я ничего не понимаю. Откуда вы можете быть уверены, что Олег Петрович не совершал тех преступлений, за которые его привлекали к ответственности? Да, я верю, что вы, как опытный врач, смогли понять, что он изначально был здоров, я это допускаю. Но как вы можете точно знать, что он невиновен?

— Хороший вопрос, — Юркунс улыбнулся краешком тонких губ. — Если он виновен, но при этом психически здоров, то почему он оказался на принудительном лечении, а не в колонии?

— Он мог симулировать, чтобы уйти от ответственности.

— Ну конечно, и при этом каждый день заявлять, что он здоров. Что ж это за симуляция такая? Ему поставили диагноз «шизофрения», а когда он попал ко мне, я не увидел ни одного симптома, ни единого признака этого заболевания. А шизофрения, голубчик мой Андрей Константинович, не излечивается, это вам не алкоголизм какой-нибудь. Вы мне скажете, что у Олега Петровича была стойкая ремиссия, поэтому я не обнаружил признаков заболевания, а я вам отвечу, что я как врач гроша ломаного не стоил бы, если бы не умел отличать больных в ремиссии от здоровых. Я очень много занимался вашим батюшкой с самого начала... Впрочем, простите, я вижу, вам неприятно, когда я называю Олега Петровича вашим отцом. Хорошо, я буду называть его по имени-отчеству.

— Спасибо, — пробормотал Андрей, которому и впрямь слова «ваш батюшка» резали ухо. — Вы всеми своими больными так внимательно занимаетесь?

— Разумеется, нет. И далеко не обо всех я так долго храню в памяти различные подробности. Кстати, и Олегом Петровичем я не должен был заниматься, для этого есть палатные врачи. Но меня привлекла его фамилия.

— Это почему же?

— Ну, вы-то не знаете, а вот любой психиатр скажет вам, что Личко — это имя в нашей науке весьма известное. У нас есть классификация «по Личко», определения «по Личко», в общем, в психиатрии это классика. И мне стало любопытно взглянуть на больного, носящего такую же фамилию. Олег Петрович, что называется, «зацепил» меня с первой же беседы, я некоторое время наблюдал его сам, а потом отменил все назначения, оставил только общеукрепляющие препараты, витамины, стимуляторы мозгового кровообращения... Впрочем, вам эти детали ни к чему. Я как врач понимал, что после лечения в Белых Столбах он уже не восстановится полностью, но надеялся, что смогу хоть чем-то помочь ему. Вы еще очень молоды, голубчик, вы не знаете, какой была жизнь в середине восьмидесятых, когда Олег Петрович попал в нашу больницу, и по каким правилам тогда играли. Я не мог ни опротестовать диагноз, ни изменить его. Я не смел. Мне хотелось продолжать работать и, если угодно, жить. Диагноз Олегу Петровичу поставили в Институте судебной психиатрии, а вы знаете, что это такое? Конечно, вы не знаете, откуда вам знать! Если бы я посмел поставить под сомнение их диагноз, меня постигла бы примерно такая же участь, как и Олега Петровича. В Институте судебной психиатрии в те годы ставили диагнозы всем диссидентам и прочим неугодным лицам, которым нужно было заткнуть рот. Там работали блестящие ученые, превосходные диагносты, там была мощнейшая научная база, но что они могли сделать, когда поступал звонок сверху? Ни-че-го! Им приказывали — и они ставили диагноз, потому что наша тогдашняя власть сделала психиатрию своим подручным карательным средством. И все оказались заложниками: и больные, и здоровые, и сами врачи. Вы знаете, что произошло с человеком, который стрелял в Горбачева?

— Нет, — удивленно протянул Андрей. — Я и случая такого не помню. А что, в Горбачева стреляли?

— Боже мой, голубчик, как же вы молоды! — весело воскликнул Юркунс и почему-то рассмеялся. — Как многого вы не знаете из нашей прошлой жизни! Так вот, в Горбачева стреляли прямо-таки на Красной площади, во время демонстрации, из толпы. Стрелка вовремя обезвредили, он только-только успел оружие достать и прицелиться. И знаете, что сделал Горбачев? Он сказал, что не хочет, чтобы этот человек сидел в тюрьме, и если его нужно наказать, то пусть его сделают психически больным. Сказано — сделано, команда свыше — это приказ. В два счета соорудили диагноз, и человек пять лет пробыл в заведении по моему профилю. Правда, лечили его не так исступленно, как Олега Петровича, все-таки времена были уже другие, и тот стрелок вышел из больницы почти совсем сохранным.

— Но кому был неугоден Олег Петрович? Он был обыкновенным милиционером, оперативником, к тому же совсем молодым... — растерянно произнес Андрей. — Если бы он был диссидентом, мама знала бы об этом, а она искренне считает его убийцей. Тогда что же?

— Вот именно, голубчик. — Лев Яковлевич налил себе еще коньяку и принялся потягивать мелкими глоточками. — Тогда что же? Кстати, Олег Петрович действительно не был диссидентом, потому что даже в самые ясные часы и минуты никаких подобного рода рассуждений или высказываний я от него не слышал. Значит, было что-то другое.

— Но что же, что? За что можно запереть в психушку молодого милиционера и залечить его до состояния растения? У него были какие-нибудь предположения? Ну хоть какие-нибудь? Вы ведь сами сказали, что много общались с ним, он должен был вам сказать, если бы что-то подозревал.

— В том-то и дело, что он ничего не подозревал. И потом, как вы себе представляете наше с ним общение? Долгие вечерние беседы в тихом кабинете за чашкой чаю, как у нас с вами сейчас?

Честно признаться, Андрей почему-то именно так и думал.

— У главврача масса забот, должен вам заметить. Это только малосведущие люди думают, что главный врач — это именно главный врач, то есть врач всем врачам, самый лучший специалист в данной больнице. Может быть, так оно и есть, да только функция главврача не в том состоит, чтобы лучше всех ставить диагнозы и лечить, а в том, чтобы обеспечить жизнедеятельность вверенной ему больницы. Чтобы крыша не протекала, чтобы санузлы не засорялись, чтобы лекарства были в наличии и в потребном ассортименте, чтобы вакансии врачей, сестер, санитаров и нянечек не пустовали, чтобы продукты вовремя привозили, чтобы у пожарной инспекции и санэпидстанции не было претензий, чтобы прачечная работала, как надо... всего и не перечислишь. И после рабочего дня, наполненного всеми этими хлопотами, как-то не хочется и минуты лишней оставаться в кабинете. Хочется прийти домой, раздеться, поужинать и взять в руки умную книжку. Ни с кем не разговаривать. Хочется тишины и молчания. Поэтому разговоры мои с Олегом Петровичем имели место в основном днем, чаще всего — во дворе, если он сидел на лавочке и дышал воздухом, а я пробегал мимо и у меня были свободные десять-пятнадцать минут. У него в руках всегда была тетрадка, в которую он пытался записывать свои мысли, воспоминания и рассуждения, и если у меня было время, я просил показать пару страниц. Должен вам сказать, голубчик, что даже в письменном виде это было довольно бессвязно, но две вещи повторялись постоянно, и я их запомнил. Вам интересно?

«Нет, — хотел было ответить Андрей. — Мне совершенно неинтересно, что там писал в своих тетрадках этот псих. Мне нужна справка, на основании которой мне выдадут свидетельство о смерти, свидетельство я отнесу в посольство США и получу визу, чтобы уехать на пять месяцев на стажировку. Все. Больше мне ничего не нужно и неинтересно. Даже если Олег Петрович не был сумасшедшим, даже, в конце концов, если он и убийцей не был, то какое это теперь имеет значение? Для меня, во всяком случае, — никакого. Я не Андрей Олегович Личко, я — Андрей Константинович Мусатов, и мне нет дела до бессвязной писанины несчастного милиционера, которого во времена советской власти запихнули в психушку и залечили до полного разрушения личности. Нет мне никакого дела, нет, нет!!!»

Но вместо этого он почему-то ответил:

— Конечно, интересно, Лев Яковлевич.

Но обмануть доктора Юркунса оказалось не так-то просто. Он, казалось, прочел невысказанные мысли Андрея, потому что недобро усмехнулся.

— Не уверен, голубчик. Мне кажется, вы лукавите. Трагическая история Олега Петровича, похоже, оставила вас равнодушным. Но я все равно расскажу вам то, что собирался, даже если вам это не нужно и не интересно. Как знать, возможно, ваше отношение к этой истории со временем изменится, и тогда то, что я вам расскажу, может оказаться полезным. Так вот, в писаниях Олега Петровича постоянно повторялись две фразы. Первая: «Если бы знать, почему Лена так поступила». Или, как вариант: «Не понимаю, зачем Лена это сделала. Мне кажется, если я это пойму, то пойму и все остальное». И вторая фраза: «Все дело в Группе. Мне кажется, это единственное объяснение». Причем слово «Группа» во всех случаях было написано с заглавной буквы. Ну вот, кажется, и все. Больше мне нечего вам сообщить, Андрей Константинович. А вы, голубчик? Ничего спросить не хотите?

На этот раз ответ «не хочу» даже не пришел Андрею в голову. Ему стало интересно, как интересно бывает дочитать до конца детективный роман, чтобы узнать, кто же все-таки преступник, хотя ни один из персонажей не вызывает ни малейшего человеческого интереса.

— А кто такая Лена? И что это за группа с заглавной буквы? Вы что-нибудь об этом знаете? — спросил он.

— Насчет группы — ничего, — развел руками Лев Яковлевич. — А вот что касается Лены — тут у меня есть кое-какие соображения. Вы, конечно, не знаете, но я вам скажу: когда человека направляют на принудительное лечение в психиатрическую больницу, вместе с медицинской картой обязательно прикладывают копию постановления суда.

— Ну, это понятно, — пожал плечами Мусатов. — Должен же быть документ, на основании которого человека помещают в больницу. Почему вы думаете, что я этого не знаю?

— А вы знаете, как выглядит это постановление? — хитро прищурился Юркунс.

— Ну как... Обычно выглядит. Бумажка, официальный бланк с реквизитами, все такое.

— Ой, боже мой, — старый доктор снова расхохотался, — как же вы молоды, голубчик, как же вы молоды! Неужели вы всерьез полагаете, что тридцать лет назад жизнь была такой же, как сейчас? Какие бланки? Какие реквизиты? Бог с вами, окститесь! Вы хоть примерно представляете себе принципы ведения делопроизводства в те времена, когда не было компьютеров, а ксероксы были большой редкостью и все до единого стояли на учете в милиции, и для того, чтобы сделать копию одной-единственной никому не нужной бумажки, нужно было получить сто пятьдесят разрешительных и согласительных подписей?

— Я не понимаю, к чему все это, — сердито буркнул Андрей, которого бесконечные упоминания о его молодости и неопытности уже стали раздражать.

Лев Яковлевич плеснул немного коньяку в опустевшую рюмку и стал задумчиво крутить ее за толстую короткую ножку.

— Не сердитесь на меня, — внезапно улыбнулся он, — я так часто говорю о вашей молодости не потому, что хочу как-то поддеть или уколоть, а только лишь для того, чтобы вы перестали, наконец, равнять прошлое с настоящим. Это разные эпохи, принципиально разные, и никакие аналогии тут не проходят. Чтобы что-то понять в той жизни, недостаточно обладать острым аналитическим умом. Нужно знать. В частности, нужно знать, что, если подсудимый признается виновным и вменяемым, суд выносит ему приговор, а если виновным, но невменяемым, как это было в случае в Олегом Петровичем, суд выносит постановление. Названия-то разные, и это юридически оправданно, все-таки в одном случае человек признается преступником, а то, что он сотворил, — преступлением, а в другом случае человек признается психически больным, а то, что он сделал, называется общественно опасными действиями невменяемого, но суть одна, и выглядят эти документы совершенно одинаково. И в том и в другом содержится полное описание содеянного и излагаются доказательства, в том числе и показания свидетелей, называются имена этих свидетелей. Просто в самом конце, в так называемой резолютивной части документа, в одном случае пишется: «суд приговорил», а в другом — «суд постановил», вот и вся разница.

— Ну и что? — недоумевал Андрей. — Какое это имеет отношение к нашему делу?

— О, вот вы уже и сказали: к нашему делу. Это прогресс. Так вот, копий приговоров и постановлений всегда нужно много, экземпляров десять-двенадцать, чтобы хватило для всех инстанций и заинтересованных лиц. А печатные машинки, даже самые лучшие, электрические, на обычной бумаге пробивали максимум пять экземпляров, из которых только первые три были хорошо читаемыми, а два последних — почти «слепыми». Поэтому все приговоры, решения и постановления печатались на папиросной бумаге. Первый экземпляр, как и положено, делали на хорошей бумаге, а все остальные — на папиросной. Не знали?

— Не знал, — улыбнулся Андрей. — Мне это и в голову не приходило. Вы хотите сказать, что у Олега Петровича был на руках приговор?

— Постановление, — строго поправил его Юркунс. — Постановление суда. Да, этот документ у него был. И еще один экземпляр был приложен к его медкарте, чтобы врач в любой момент мог ознакомиться. Экземпляр Олега Петровича, разумеется, не сохранился, его личные вещи после смерти были уничтожены, поскольку их никто не востребовал. А вот экземпляр, приложенный к карте, сохранился. И я позволил себе принести его сюда, специально для вас.

— Зачем? — поморщился Андрей.

Ему совсем не хотелось читать подробные описания кровавых злодеяний человека, который стал его биологическим отцом. Стоп! Но ведь Лев Яковлевич уверяет, что никаких злодеяний не было... То есть они были, но совершил их вовсе не Олег Личко.

— А вы почитайте, вам будет любопытно.

— Я не хочу читать об убийствах детей, — резко ответил Мусатов, — независимо от того, кто на самом деле их совершил. Я — человек с нормальной психикой, я не могу получать удовольствие от такой, с позволения сказать, литературы.

— А вы про убийства и не читайте. Вы обратите внимание на доказательственную базу. Все обвинение Олега Петровича было построено на свидетельских показаниях одной молодой женщины, которая утверждала, что видела Личко рядом с детским садиком, из которого впоследствии пропал ребенок, и Личко якобы что-то там долго высматривал и даже задавал этой свидетельнице вопросы о порядках в том садике, о воспитателях, о времени прогулок и так далее. Почитайте, почитайте. Она там много чего интересного рассказывала про Личко.

— Зачем мне это читать? — тупо упирался Андрей.

Он не хотел. Он не просто не хотел вникать в эту историю, не хотел читать описание страшных преступлений, он не хотел даже брать в руки бумагу, на которой все это написано. Он не хотел приближаться к Олегу Петровичу Личко, он не хотел сокращать дистанцию между собой и этих чужим, неизвестным человеком.

— А затем, что там указано имя этой свидетельницы.

Юркунс протянул руку к висящему на спинке соседнего стула пиджаку и вытащил из кармана несколько сложенных вчетверо листков папиросной бумаги.

— Вот, — он развернул листки и быстро пробежал глазами, — извольте: Шляхтина Е.В. К сожалению, здесь только инициалы, полное имя не указано, но ведь «Е»! Вы понимаете? Е! Елена!

— Или Екатерина, — буркнул Андрей. — Или Елизавета, или Ефросинья. Или даже Евдокия.

— Возможно, — вздохнул Юркунс.

Он вновь сложил листки вчетверо, но в карман не убрал, оставил на столе и, как показалось Андрею, даже будто подтолкнул их в сторону гостя.

— Все возможно. И Екатерина, и Елизавета. Но возможно, что и Елена. И возможно, именно ее, именно эту Елену Шляхтину, имел в виду Олег Петрович, когда без конца записывал одну и ту же фразу: «Не понимаю, почему Лена так поступила». Она оболгала его. Она дала следствию и суду ложные показания. И Олег Петрович не понимал почему. Более того, они были знакомы, даже, позволю себе предположить, хорошо знакомы. В противном случае он написал бы «Шляхтина» или называл бы ее по имени-отчеству, как человека незнакомого, постороннего. Понимаете? А он всегда в своих записях называл ее Леной. И тут одно из двух, голубчик мой: или он имел в виду Елену Шляхтину, которая дала на него такие показания, или какую-то другую Лену из своего окружения, которую, вполне возможно, знала и ваша матушка. Вы ведь можете ее спросить, верно? И вы можете найти эту Лену и задать ей ряд вопросов, ведь так?

— Могу, — согласился Андрей. — Но зачем? Зачем мне это нужно? Кстати, а почему вы сами не спросили Олега Петровича, кто такая эта Лена? Вы поощряли его попытки разобраться и установить истину, вы сами это говорили, а такой простой вопрос не задали. Почему?

— Потому, голубчик мой Андрей Константинович, что мне не нужно было в этом разбираться. И мне не нужна была истина. Что я стал бы с ней делать? Пошел бы в прокуратуру и стал требовать возобновления дела? На каком основании? На основании бреда психически больного с неснятым диагнозом? Не забывайте, все это происходило до девяносто первого года, когда власть партии и КГБ была еще очень сильна, а любому психиатру в те времена было известно, что такие липовые диагнозы без их прямого указания не ставились. Что же я, враг самому себе? Я не правозащитник и не камикадзе, я старый врач, который хотел спокойно работать до самой смерти в своей тихой больнице на своей хлопотной должности. И у вас нет права меня упрекать.

— Да я и не собирался, — пристыженно пробормотал Андрей, осознавший в эту минуту, как мало он в действительности знает о тех временах, которые условно назывались «при советской власти». — Мне жаль, если вам так показалось. Извините, Лев Яковлевич.

— Извиняю. — Юркунс махнул рукой, изображая жест великодушия. — Я поощрял Олега Петровича в его попытках разобраться, потому что для него это имело бы хороший терапевтический эффект. Родители не захотели взять его из больницы домой, и я понимал, что жить ему суждено одному. И либо он восстановится настолько, что его можно будет выписать, как говорится, «в никуда», и он будет жить самостоятельно, либо он не восстановится и проведет в моей больнице остаток жизни. А остаток этот, смею вам заметить, был весьма велик, когда Олег Петрович поступил к нам, ему еще и сорока лет не исполнилось. Мне не хотелось думать, что изначально здоровый человек проведет свою жизнь так безрадостно. В своих попытках разобраться он тренировал ослабленную память и логическое мышление, он заново учился связно мыслить и ясно излагать, и если бы ему удалось восстановить ход событий, это значило бы, что он может жить самостоятельно. А мне истина не была нужна. Более того, она была бы для меня в то время просто опасна. Многие знания — многие горести, а если попроще: меньше знаешь — лучше спишь. Потом, после смерти Олега Петровича, времена изменились, и истина перестала быть для меня опасной, но она так и осталась ненужной. Возможно, теперь она станет нужна вам.

— Да зачем?! — почти выкрикнул Андрей. — Зачем она мне, эта истина? Что я с ней буду делать? Что мне с нее толку?

— Голубчик мой. — Юркунс протянул руку и положил ладонь на пальцы Андрея. Рука у доктора была сухой и прохладной. — Я вовсе не призываю вас устраивать что-то вроде журналистского расследования, добиваться реабилитации Олега Петровича Личко и клеймить советские порядки. Если вы так подумали, то вы меня неправильно поняли. Я — психиатр, а не правозащитник, впрочем, я это уже говорил. И я отчетливо вижу, что истина нужна именно вам. Она нужна вашей матушке. В конце концов, она нужна покойным родителям Олега Петровича, которые ушли из жизни, думая, что вырастили монстра, чудовище, которые провели последние годы своей жизни, изнемогая от стыда. Строго говоря, они в конечном итоге и умерли от стыда. Вы что же думаете, вы перестали по три раза в день мыться в душе и это означает, что для вас вопрос исчерпан? Да ничего подобного! Вы бы видели свое лицо, когда я несколько раз позволил себе назвать Олега Петровича вашим батюшкой. А это ваше нежелание влезать в проблему, слушать мои доводы? А ваш страх перед этими вот бумажками? — Он кивком головы указал на лежащие на столе листки постановления суда. — Вы ведь даже прикоснуться к ним боитесь. Вы не взяли их в руки, вы их не прочитали. Вы продолжаете отгораживаться от человека, который дал вам жизнь, вы не желаете признаваться себе в том, что в вас течет его кровь, вам это глубоко противно, вас это пугает, нервирует. Внешне вы вполне благополучный, успешный, здоровый молодой человек, а внутри у вас вот уже тринадцать лет бушует ад, который вы тщательно скрываете не только от посторонних, но и от самого себя. Вы — сын убийцы, монстра, чудовища, маньяка, убивавшего и насиловавшего маленьких деток. В вас течет та же кровь. Вы биологически связаны с этим кошмаром. Ваше подсознание живет с этим каждую минуту, каждую секунду, и если вы удачно скрываете эту адскую войну от внешнего мира, то это не означает, что войны нет. Скрывать-то можно, только ад от этого не заканчивается. Я даю вам в руки оружие, при помощи которого этот ад можно прекратить. Разве вы сами этого не хотите? Разве вы не хотите убедиться в том, что ваш отец — честный и психически здоровый человек, ставший жертвой системы? Разве вы не хотите перестать стыдиться его?

— Хочу, — пересохшими губами тихо произнес Андрей. — Но почему вы уверены, что все будет именно так? А вдруг окажется, что он действительно маньяк-убийца, а никакая не жертва?

— Не окажется, — твердо пообещал Лев Яковлевич, слегка сжав прохладной ладонью пальцы Андрея. — В том, что он не маньяк, то есть не психически больной, я абсолютно уверен. В этом вы можете не сомневаться. А если окажется, что он и в самом деле совершил какое-то преступление, то уж наверняка оно будет не таким страшным и отвратительным, как описано в постановлении. И вам будет не так стыдно и не так противно думать о своем отце, о человеке, которого любила ваша матушка и от которого родила вас. После этого ваша жизнь станет намного легче, это я вам обещаю.

Андрей чувствовал, что внутри нарастает непонятное сопротивление. Ему было неприятно слушать старого доктора и неприятно было то раздражение, которое вызывали в нем слова Юркунса. Он не понимал сам себя и от этого злился еще больше. Да что он себе вообразил, этот старый провинциальный докторишка? Что может вот так, пообщавшись с совершенно незнакомым человеком пару часов, выпив с ним по рюмке коньяку, за здорово живешь выворачивать его наизнанку и рассказывать ему правду о его душе? Чушь! Самоуверенное шарлатанство. Да как он смеет указывать ему, Андрею, что нужно делать, чтобы его жизнь стала лучше? Жизнь у него и без того очень даже неплохая, и без советов его непрошеных он как-нибудь обойдется. И с чего он взял, что

Андрей постоянно думает о своем биологическом отце и стыдится его? Да он и не думает о нем вовсе, и до самой смерти не вспоминал бы, если бы не стажировка, не посольство и не свидетельство это дурацкое, которое приходится раздобывать всеми возможными способами. Вот получит завтра повторное свидетельство о смерти, отнесет в посольство — и все. И никакого Олега Петровича Личко в жизни Андрея больше никогда не будет, как не было его и раньше. И обсуждать тут нечего.

Он резко выдернул свои пальцы из руки Юркунса, сделав вид, что хочет налить себе коньяку.

— Я понимаю, — неожиданно мягко заговорил доктор, — вам мои слова кажутся странными и неуместными. Вы хотите возразить мне, что и без того не думаете о своем отце, нет у вас в голове таких мыслей, и вам совершенно все равно, что с ним когда-то там, в незапамятные времена, произошло, потому что этого человека никогда не было в вашей жизни и уж больше не будет.

Андрей ошарашенно посмотрел на него и машинально опустошил одним глотком всю рюмку.

— Я не...

— Хотите, хотите, я же вижу. Торопиться нам некуда, ночь впереди длинная, так что вы меня послушайте. У каждого человека есть два родителя, этот закон природы никто пока не отменил. Даже при искусственном оплодотворении, даже при использовании банка спермы — все равно так или иначе присутствуют мужчина и женщина. Человечество, голубчик мой, существует так давно, что представление об обязательном наличии мамы и папы закреплено на генном уровне, и с этим ничего поделать нельзя. Да и не надо. Более того, человеческий ум устроен таким образом, что он во всем ищет аналогии с собственной жизнью, ибо каждый человек сам для себя — центр вселенной, и в этом нет ничего плохого. Для каждого человека важнее всего на свете — он сам, его чувства, его потребности, его переживания. Именно поэтому он все соотносит с собой. И как только в окружающем его информационном поле появляются упоминания о чьих-то родителях, он мгновенно вспоминает о своих собственных. Порой осознанно, порой неосознанно, но вспоминает. Вы идете по улице и видите мужчину с маленьким мальчиком, вы понимаете, что это отец и сын, и ваше подсознание автоматически соотносит увиденное с вашим собственным опытом, возникает образ отца, и тут же выплывают все связанные с ним эмоции, хотя вы их, разумеется, чаще всего и не замечаете, вы даже этого мужчину с мальчиком могли не заметить, шли себе задумавшись и внимания не обратили, но глаз-то ваш их увидел и команду в мозг на обработку информации послал, а мозг быстренько отправил в подсознание, поскольку сознание ваше в этот момент занято какими-то важными мыслями, да и вообще оно про отца думать не любит. Ну, не любит — и не надо, у вас для обработки такой нелюбимой информации есть подсознание, которым вы управлять не можете, приказать ему не можете, и на вкусы ваши и пристрастия ему глубоко наплевать, оно живет по своему собственному разумению, а не по вашему. Или другой пример: смотрит человек кино по телевизору, а там герой говорит: «Какие вкусные пирожки, прямо как у моей мамы». И тот, кто это кино смотрит, машинально вспоминает свою маму, и если в его воспоминаниях тоже присутствуют вкусные пирожки, он испытывает мгновенное приятное чувство. А если к тому же мамы уже нет в живых, чувство может оказаться грустным, человек может даже всплакнуть. Если же никаких пирожков мама не пекла, чувство будет окрашено легким сожалением, мол, у меня так не было. А если с мамой были постоянные тяжелые конфликты, душа вспомнит и об этом, и возникнет некоторый эмоциональный дискомфорт. Мгновенный, как легкий укол, человек его даже не заметит. Более того, он может и не заметить, что в этот момент вспомнил маму. Но это все на уровне сознания. А на уровне подсознания все фиксируется, ничто не проходит бесследно. И ранка от уколов становится все глубже и глубже, она начинает гноиться, воспаляться, расширяться. Образ родителей, информация о родителях присутствуют постоянно, она кругом, ее очень много, просто вы не привыкли обращать на нее внимание. Вашему сознанию она не нужна, а ваше подсознание принимает ее всю, и как оно реагирует? Только не надо мне говорить, что информацию об отцах вы соотносите с образом второго мужа вашей матушки, который усыновил вас, дал вам свою фамилию и даже отчество, воспитывал вас и стал вам добрым другом. Это все так, не спорю, но на генном уровне вы не можете отрицать, что у вас есть еще и родной отец, которого вы столь упорно именуете не родным, а биологическим. И каждый раз, сталкиваясь в окружающем мире с образом или понятием «отец», ваше подсознание соотносит его не с вашим отчимом, а именно с Олегом Петровичем Личко. В течение тринадцати лет, изо дня в день, каждый час, каждую минуту ваше подсознание, улавливая понятие «отец», порождает болезненный укол, потому что вы знаете, что Личко — человек недостойный, ненормальный, чудовищный, и вы не хотите быть его сыном. Вам стыдно и противно чувствовать себя его кровным родственником. Вы пытаетесь защититься от этого, делая вид, что Личко не имеет к вашей жизни никакого отношения, но если сделать вид, что проблемы нет, она ведь не исчезнет, она просто превратится в проблему, загнанную вглубь, а это куда опаснее. Когда проблема явственно видна, вы осознаете необходимость что-то с ней делать, как-то бороться, когда же она загнана вглубь, вы ничего с ней не делаете, не боретесь, не противостоите ей, и она живет себе вольготно, пускает корни, расширяется, углубляется и в один прекрасный день вылезает в вашей жизни в чудовищном виде, потому что, пока проблема маленькая, ей хватает места в вашем подсознании, но, когда она разрастается, ей становится тесно и она ищет новые просторы. А знаете, где она их находит? Сначала в вашем сознании, потом в вашем поведении. Она появляется в ужасающем облике и начинает разрушать всю вашу жизнь, вашу работу, карьеру, ваши отношения с людьми, с коллегами, с родственниками, с самыми близкими. А потом она разрушит ваши отношения с самим собой. Вы превратитесь в тяжелого невротика, за этим последует либо алкоголизм, либо большая психиатрия. Как вам такая перспектива? Поймите, голубчик мой Андрей Константинович, душевный мир человека напрямую зависит от того, может ли он любить и уважать своих близких. Родители, дети которых оказались недостойными людьми, никогда не найдут душевного мира, они обречены на внутренний разлад, потому что как родители они не могут своих детей не любить, но как личности, как индивиды они не могут их уважать. И этот диссонанс разрушает их жизнь. То же самое можно сказать и о детях. Человек генетически приспособлен для любви к своим родителям, и, если по каким-то причинам приходится их не любить, не уважать, даже презирать, возникает точно такой же диссонанс, потому что рассудок входит в конфликт с природой. Вы можете мне тысячу раз повторить, что у вас все не так, и все это не про вас, и вы об Олеге Петровиче вообще не думаете и не вспоминаете о нем, но я вам не поверю. Не потому, что вы меня обманываете, а просто потому, что вы не знаете. А я знаю. И если вы хотите сохранить душевное здоровье, воспользуйтесь тем, что я вам рассказал. Узнайте правду, выясните, как все было на самом деле, чтобы уколы в вашем подсознании стали менее болезненными или исчезли вовсе. Я не жду от вас сейчас никакого положительного ответа, мне не нужно немедленное подтверждение моей правоты, потому что я и так знаю, что прав. Вы только подумайте над моими словами, прислушайтесь к себе повнимательнее, а потом решайте.

Юркунс постелил ему в кабинете. Диван оказался действительно широким, но ужасно неудобным. Впрочем, даже если бы диван этот оказался верхом комфортабельности, Андрей вряд ли уснул бы. Сначала не давало спать раздражение, вызванное словами старого доктора, и Андрей мысленно искал аргументы, доказывающие, что Лев Яковлевич ошибался. Но чем больше аргументов он находил, тем яснее почему-то ощущал слабость собственной позиции.

Покрутившись в постели часов до четырех, Андрей не выдержал и вышел в гостиную покурить. Дверь в спальню Льва Яковлевича была приоткрытой, и Андрей решил осторожно прикрыть ее, чтобы дым не потревожил некурящего старика. Однако едва он приблизился к двери, как послышался бодрый голос:

— Что, голубчик, не спится? Болит ранка-то?

Андрей буркнул в ответ что-то невнятное, а про себя подумал: «Да пошел ты!» Выкурил подряд три сигареты, прошел в кухню, выпил стакан воды из-под крана и снова улегся в кабинете. Но сон так и не пришел к нему.

Утром Юркунс накормил его завтраком, состоящим из яичницы все с теми же ватными сосисками и крепкого невкусного чая, и Андрей отправился в ЗАГС за свидетельством, а вечером уже летел в самолете из Вологды в Москву. Завтра он отнесет свидетельство о смерти Личко в посольство и в ближайшие же выходные поедет в Питер. Надо поговорить с мамой. Он еще не знал точно, о чем, но чувствовал, что поговорить обязательно надо.

* * *

Однако к тому моменту, когда Андрей Мусатов выбрался в Петербург, он уже не был так безоговорочно уверен, что нужно говорить с мамой. Может быть, лучше сначала с Костей? Ведь неизвестно, как мама отнесется ко всей этой истории, а вдруг разнервничается, ей станет неприятно и все такое... Нет, правда, лучше поговорить сперва с Костей, он знает маму как самого себя, понимает как никто другой и сможет дать дельный совет.

Прямо с вокзала Андрей отправился в университет, где Константин Викторович Мусатов преподавал психологию. Справившись в деканате, в какой аудитории Костя читает лекцию, Андрей набрался терпения, уселся на подоконник рядом с лекционным залом и стал ждать. Ждать пришлось, к счастью, не очень долго, всего двадцать пять минут. Двери аудитории распахнулись, в коридор повалила толпа студентов, следом вышел Костя, окруженный десятком таких хорошеньких девушек, что у Андрея аж глаза заболели. Девушки заглядывали в лицо своему профессору с таким обожанием, что впору было прыснуть от смеха, но Андрей сдержался. Его бабушка, мамина мама, часто говорила: «Ксенечка, у твоего мужа только один недостаток — он слишком красив. Это чревато тем, что ты растеряешь всех своих подруг». Все, конечно же, понимали, что это всего лишь милая шутка. Но правда в этой шутке все-таки была, и в немалой доле. Разумеется, с подругами у Ксении Георгиевны все было в порядке, а вот студентки-аспирантки и доцентура-профессура женского пола в Константине Мусатове души не чаяли.

— Андрюша!

Мусатов заметил сына, приветственно взмахнул рукой и резко свернул к тому месту, где сидел Андрей.

— Рад тебя видеть. А ты почему не дома? Я был уверен, что ты после поезда отсыпаешься.

— Привет, — улыбнулся Андрей. — Дома скучно, вы с мамой на работе, я же не спать сюда приехал, а с вами повидаться. Я смотрю, ты по-прежнему в окружении нежных цветочков.

— Андрюша, ты же должен понимать: это чисто профессиональное, — рассмеялся Константин Викторович. — Грош мне цена как психологу, если я не могу влюбить в себя глупенькую неопытную студентку. И потом, есть золотое правило: если студент влюблен в преподавателя, он изучает предмет намного эффективнее. Кстати, спроси у любого психиатра, он тебе подтвердит, что лечение идет на порядок успешнее, если больной влюблен в своего врача.

— Да, кстати о психиатрах, — осторожно начал Андрей. — Ты сейчас свободен?

— У меня еще одна пара. А что? Случилось что-нибудь? Почему ты заговорил о психиатрах?

— Костя, надо поговорить. Ничего не случилось, не волнуйся, просто у меня возникла проблема, и мне нужен совет. Когда ты освободишься?

— Через два часа. Будешь ждать или встретимся дома?

— Подожду, — твердо сказал Андрей. — Пойду пока куда-нибудь позавтракаю, я же прямо с поезда сюда притащился, домой не заходил.

Константин Викторович задумчиво оглядел его, словно видел впервые.

— Сегодня пятница, — неторопливо произнес он. — Обычно ты приезжаешь в субботу, когда мы с мамой оба дома. Надо ли это понимать таким образом, что у тебя проблема, о которой ты хочешь поговорить со мной, но о которой не должна знать мама?

— Нет, не так. Я думаю, мама должна знать, но предварительно я должен проговорить ее с тобой. Понимаешь?

— Конечно. Хотя и весьма загадочно. Ладно, сынок, встречаемся через два часа.

Андрей никогда не любил питерское межсезонье, сырое и пронзительно-промозглое, но сегодня даже не замечал ни влажного тягучего ветра, ни накрапывающего дождя, медленно брел по набережной Невы в сторону кафе, которое, как он знал, открывается в восемь утра и в котором варили хороший кофе, и пытался продумать предстоящий разговор с Костей. Как рассказывать? На чем делать акценты? Все зависит от того, какой результат он хочет получить. «Так чего же, собственно говоря, ты хочешь, Андрей Константинович? — спросил он сам себя. — Ты хочешь, чтобы Костя отговорил тебя, сказал, что все это бред сивой кобылы, что этого не может быть, потому что не может быть никогда, что старый доктор из провинциальной психбольницы — маразматик и набитый дурак, и нет никакого смысла ворошить прошлое, и тем более ни в коем случае не нужно травмировать маму? Да? Ты этого хочешь? Или ты хочешь, чтобы он подтвердил правоту Юркунса, добавил к его словам собственные аргументы и убедил тебя в том, что нужно непременно постараться выяснить, что же на самом деле произошло с Олегом Петровичем Личко, твоим биологическим отцом? Ты хочешь, чтобы Костя лишь укрепил тебя в твоем решении, которое ты на самом деле уже принял? Или решения нет, и ты хочешь, чтобы Костя помог тебе его принять? Определись уж наконец, попробуй быть честным сам с собой».

Увлеченный внутренним монологом, Андрей не замечал хода времени и чуть не опоздал на встречу с Константином Викторовичем. Мусатов-старший уже ждал его, сидя в припаркованной неподалеку от входа в факультетское здание белой «Хонде».

— Ну как, плотно позавтракал? — спросил он, когда Андрей сел в машину.

— Только кофе выпил, правда, три чашки. А что?

— Тогда поедем куда-нибудь пообедаем. И поговорим. Или ты предпочитаешь сначала поговорить?

— Давай сначала поговорим, — решительно произнес Андрей.

Он подробно, не упуская ни одной мелочи, рассказал всю эпопею, связанную с поисками свидетельства о смерти Личко. И о поездке в Черемисино, и о разговоре с супругами Перхуровыми, и о встрече с доктором Юркунсом. Рассказал и о своих сомнениях, о той злости, которая его охватывала все время, пока он слушал Льва Яковлевича, о растерянности, о том, что в словах старого психиатра показалось ему убедительным, а что — не очень. Одним словом, он рассказал все, тщательно выбирая выражения и стараясь ничего не переврать и ни на чем не делать акцент.

Константин Викторович слушал внимательно, ни разу не перебил Андрея, а потом долго молчал.

— Какой совет тебе нужен? — наконец спросил он. — Говорить ли об этом маме? Или заниматься ли этим вообще?

— И то, и другое. Но главным образом насчет мамы, конечно. Я не могу понять, нужно ей знать об этом или нет.

— А сам ты как считаешь?

— Я считаю, что нет, не нужно, — твердо заявил Андрей.

— Аргументы? — коротко потребовал Мусатов-старший.

— Понимаешь, Костя, я подумал, что... В общем, смотри, как получается: если на самом деле этот Личко ни в чем не виноват, а мама сразу поверила в его вину и отказалась от него и даже от его родителей, отказалась от всей своей жизни с ним, вычеркнула его не только из своей, но и из моей жизни, то получается, что она его предала. Вместо того чтобы не поверить в его вину и добиваться правды, она бросила его на произвол судьбы. Пока она думает, что Личко действительно маньяк-убийца, она чувствует себя правой, а если выяснится, что все было не так, как она будет себя чувствовать? Предательницей, бросившей близкого человека в беде?

— Я понял твои доводы, — кивнул Константин Викторович. — Они разумны. Но есть и другая сторона медали, и мне хотелось бы, чтобы ты на нее взглянул. Люди, знаешь ли, почему-то очень не любят, когда обманывают их доверие. Ну есть у нас, у человеческих особей, такая странная особенность. Мы очень болезненно реагируем на ситуации, когда человек, которого мы представляем себе определенным образом, вдруг оказывается совсем не таким. Мы в таких случаях чувствуем себя обманутыми. Чаще всего мы перестаем общаться с таким человеком, если можем, конечно, но чувство обманутости оказывается весьма болезненным и дает о себе знать еще долгие годы. Знаешь почему? Когда человек оказывается не таким, каким мы его себе представляли, мы можем сколько угодно говорить вслух о том, что он обманул наше доверие, но в глубине души, в том самом подсознании, о котором говорил тебе старый доктор, мы твердим: это я дурак, не распознал, не рассмотрел, не угадал, это я слепец, я идиот, я ничего не понимаю в людях. Мы на самом деле обвиняем сами себя, мы считаем себя глупыми, и нам это ужасно неприятно. Идеи самообвинения и собственной недостаточности — одни из самых пагубных с точки зрения душевного равновесия и даже, если хочешь, психического здоровья. А теперь представь себе, как на протяжении почти тридцати лет чувствовала себя твоя мама, думая, что не распознала рядом с собой психически больного жестокого детоубийцу и насильника, не разглядела, ничего в нем не поняла.

— Думаю, что плохо, — уныло согласился Андрей, которому такая постановка вопроса в голову как-то не приходила. — Но все равно я не понимаю, что лучше: чувствовать себя жертвой обмана или предателем, бросившим человека в трудную минуту на произвол судьбы.

— А тебе и не нужно это понимать, потому что каждый человек воспринимает это по-своему. Одному легче чувствовать себя предателем, другой предпочтет быть обманутым. Здесь нет рецепта.

— Так что же мне делать? — нетерпеливо спросил Андрей. — Говорить маме или нет?

— Обязательно говорить, — кивнул Константин Викторович. — А мама пусть сама решает, пусть она сама выберет, кем ей себя чувствовать. Не нужно думать за нее и тем более не нужно делать за нее выбор.

— Тогда следующий вопрос: а мне-то что делать? Допустим, она скажет, что хочет знать правду, и тогда мы все дружно будем думать, как нам взяться за это дело. А если она не захочет никаких разбирательств? Если запретит мне даже думать об этом?

— Ну, глупости какие! — рассмеялся Мусатов-старший. — Как это она может тебе запретить? Ты не ребенок, ты взрослый тридцатилетний мужик, вон какую карьеру сделал, да и живешь ты в другом городе, а не под маминым крылышком. Как сам захочешь, как сочтешь нужным, так и сделаешь. Другой вопрос, сообщишь ли ты маме о результатах своих изысканий, но это уж будет зависеть от ее позиции. Ты сам-то чего хочешь? Хочешь ты влезать в это дело или тебе неинтересно?

— Я не знаю, — честно признался Андрей. — Не могу разобраться в себе. С одной стороны, конечно, хорошо бы перестать думать о себе как о сыне маньяка-убийцы, но с другой стороны...

Он замолчал, подыскивая слова, которые все куда-то подевались.

— С другой стороны... — мягко подсказал Константин. — Ну? Так какие мысли у тебя находятся с другой стороны?

— Это не мысли, это чувства. Я их не понимаю, не могу ни объяснить, ни описать. Какой-то внутренний протест, что ли. Когда я об этом думаю, внутри меня все поднимается, и бунтует, и кричит: нет! нет!!!

— Значит, прав был твой доктор Юркунс, — задумчиво проговорил Мусатов-старший. — Болит ранка-то. Болит.

— Ну вот, и ты туда же. Далась вам эта ранка!

— Вот видишь, ты повышаешь голос, раздражаешься. Значит, тема тебе не безразлична. Я полагаю, Андрюша, ответ однозначен: поисками истины заниматься нужно. И вовсе не потому, что истина важнее всего, глупости все это. Иногда она действительно важнее, а иногда не имеет никакого значения, а порой и просто вредна. Но в нашем случае узнать правду о том, что случилось с твоим отцом, все-таки нужно, что бы по этому поводу ни думала твоя мама. Это нужно в первую очередь тебе самому.

— Выходит, все эти разговоры про подсознание...

— Да-да, сынок, это все так и есть. Твой доктор вовсе не выживший из ума маразматик, все, что он тебе говорил, давно известно и в психологии, и в психиатрии. А теперь давай подумаем, как нам вечером построить разговор с мамой, чтобы как можно меньше ее травмировать.

Они поехали обедать в дорогой ресторан, строили планы, вырабатывали стратегию разговора, чтобы выдавать информацию Ксении Георгиевне постепенно, подготавливая ее к каждому новому повороту, а то еще, не дай бог, сердце не выдержит.

Но Ксения Георгиевна все равно, конечно, разволновалась донельзя, сосала валидол, слушала сына бледная, с выступившей на лбу испариной и синевой вокруг плотно сжатых губ. Как и ее муж, она умела слушать не перебивая, поэтому до самого конца Андрею так и не удалось предугадать, какой же будет ее реакция. Что она скажет? Захочет узнать правду или нет?

Выслушав рассказ Андрея, она встала с дивана, на котором все это время сидела, и спокойно спросила:

— Кто будет чай, кто кофе?

— Кофе, — быстро ответил Андрей.

— А мне чайку, если можно, — попросил Константин Викторович.

Ксения молча кивнула и вышла из комнаты.

— Я не понял... — ошарашенно прошептал Андрей, глядя вопросительно на Костю.

Он ожидал бури эмоций, может быть, крика, может быть, слез, да чего угодно, только не такого ледяного спокойствия. А как же валидол, испарина, бледность? Нет, рассказ сына совершенно точно не оставил ее равнодушной. И вдруг — чай какой-то... И ни слова о том, что она только что услышала.

— Ей нужно подумать, — так же шепотом ответил тот. — Ты что, свою маму не знаешь? Она никогда в жизни на серьезные вопросы сразу не отвечает.

— Но она так спокойна, — удивился Андрей.

— Если бы она не умела сохранять спокойствие в самых экстремальных ситуациях, она не проработала бы столько лет в школе.

Через несколько минут Ксения Георгиевна внесла в комнату поднос с чашечкой кофе для сына и двумя большими чашками с чаем — для себя и для мужа. Прошло еще минут пять, но к чаю она так и не прикоснулась, сидела неподвижно, обхватив горячую чашку ладонями. Андрей почему-то не мог оторвать глаз от ее рук, он впервые заметил сейчас на них проступающие пигментные пятна, неумолимые свидетельства надвигающейся старости. Правда, пятна совсем еще незаметные, бледные, ведь мама совсем не старая...

— Костя, Андрюша, — начала Ксения Георгиевна глухим голосом, — я не знаю, как вы отнесетесь к тому, что я сейчас скажу, но я все равно скажу, потому что когда-то же нужно... Нужно наконец сказать. Я очень любила Олега, своего первого мужа. Очень любила. Я считала его самым лучшим, самым добрым, самым умным. Я восхищалась им, его трудолюбием, его умом, его образованностью... Он ведь очень много читал и очень много знал. Я всегда удивлялась, как это получается, что мальчик из провинциального городка знает намного больше меня, столичной девчонки. Знаете, такое столичное высокомерие... Я не просто восхищалась им, я его боготворила. Он был абсолютно неординарной личностью, ни на кого не похожий, с очень своеобразным мышлением, с оригинальной логикой. Прости, Костя, я никогда не говорила тебе этого, и тебе, наверное, неприятно это слышать.

— Ничего, — успокоил жену Мусатов-старший, — ничего, Ксюша, все в порядке. Все нормально. Рассказывай.

— Олег с самого первого дня нашего знакомства попросил, чтобы я занималась с ним английским, просил для перевода самые трудные тексты. Разговорная практика ему была не нужна, он набирал лексику и учился читать научную литературу. Он где-то доставал научные книги на английском, в основном по специальности, но потом я заметила, что он читает и много другого. Он интересовался даже астрологией... Тогда, в семидесятых, это было чем-то совершенно запредельным, вроде сатанинских культов, ведь мы все были оголтелыми материалистами, воспитанными в идеологии научного атеизма.

Ксения Георгиевна помолчала немного, глядя в свою чашку, потом заговорила снова:

— И вот когда все это случилось... Когда Олега арестовали, отправили на судебно-психиатрическую экспертизу, поставили ему диагноз и признали невменяемым, я сразу поверила. И его оригинальность, и своеобразие, и невероятная, просто какая-то нечеловеческая память, и способность усваивать новые знания, и его увлечение астрологией и некоторыми другими вещами, которые в то время назывались «буржуазными штучками» и «отрыжкой капитализма»... Все это укладывалось в картину шизоидной личности. И я поверила. Я не оправдываюсь сейчас, я хочу сказать совсем о другом... — Она тяжело вздохнула и впервые за все время разговора подняла глаза на мужа и сына. — Я действительно очень его любила. И я действительно боготворила его. И вот уже без малого тридцать лет я живу с сознанием, что обожала и боготворила чудовище, убийцу детей. Мне стыдно за свою любовь. Я отвратительна сама себе. И сегодня я вдруг поняла, что больше не могу. Я больше не хочу этого стыда. Я устала от отвращения к себе самой. И если есть хоть малейшая надежда покончить со всем этим, я прошу вас, дорогие мои, любимые мои Андрюша и Костенька, давайте сделаем это. Помогите мне. Пожалуйста.

И вот тут она наконец заплакала. Очень тихо и очень горько. Слезы лились по щекам, стекали по подбородку и капали в чашку с чаем.

— Мам, соленый чай — это невкусно, — попробовал пошутить Андрей, чтобы, как выражался Костя, «снизить уровень полемики».

Константин Викторович одобрительно посмотрел на него и едва заметно подмигнул.

И снова Андрей никак не мог уснуть, хотя и комната была его, а не чужая, и за стенкой спали мама с Костей, а не посторонний человек, и диван был привычным и удобным. Неужели и вправду этот Личко был не чудовищным детоубийцей, а талантливым, неординарным человеком, которого любила и боготворила мама? Неужели у него, Андрея Мусатова, могут появиться основания гордиться своим отцом? Не стыдиться его, а уважать? А если старый доктор ошибается? Если Личко и впрямь был сумасшедшим, если он и в самом деле убивал и насиловал маленьких детей? Андрей займется выяснением обстоятельств, он примерно представляет уже, с какого конца браться за дело, и выяснится, что все было именно так, как написано на тех страшных листках папиросной бумаги, которые Лев Яковлевич Юркунс заставил-таки его взять с собой. И что тогда с этим делать? Ничего не выяснять, сказать себе: «Юркунс прав, Олег Личко ни в чем не виноват, произошла чудовищная ошибка, сломавшая жизни нескольких людей», — и на этом успокоиться и закрыть тему. Может быть, так и поступить?

Он услышал тихий шорох, шаркающие шаги прошелестели мимо двери комнаты Андрея. Это Костя идет на кухню. Андрей никогда не путал Костины шаги и мамины, потому что Костя дома носил шлепанцы без задников, а мама никогда никаких шлепанцев не признавала, она носила тонкие матерчатые закрытые тапочки, в которых ходила совершенно бесшумно. Андрей откинул одеяло, сполз с дивана и выскользнул из комнаты.

— Ты чего? — вполголоса, чтобы не разбудить мать, спросил он, увидев Константина Викторовича, неподвижно сидящего за столом в просторной кухне.

— Да так... Не спится что-то. Давай чаю, что ли, выпьем, — предложил тот.

— Давай.

Андрей нажал кнопку на электрическом чайнике, достал из шкафа чашки.

— Что ты решил? Будешь заниматься этим делом? — спросил Константин Викторович.

— Не знаю. Не могу решить. Если результат будет положительным, это хорошо для всех. А если он окажется отрицательным? Если Юркунс ошибается?

— Тогда ничего не изменится, — пожал плечами Константин Викторович, — все останется, как есть. Что ты теряешь?

— Многое. Надежду. Пока мы еще ничего не выяснили, мы можем просто сказать себе: Юркунс прав, а Личко не виноват. А вдруг потом мы этого сказать не сможем?

— Андрюша, Андрюша, — Мусатов слабо улыбнулся, — как это похоже на тебя. Закрыть глаза и сделать вид, что проблемы не существует. Кажется, твой доктор тебе все объяснил насчет проблемы, загнанной внутрь, а ты не сделал никаких выводов.

— Но тут совсем другое дело!

— Да то же самое дело, Андрюша, то же самое. Ты когда-нибудь задумывался о том, что ты всю жизнь называл меня Костей, а не папой?

— А ты обижался?

— Да нет же, не об этом речь. Речь сейчас о том, почему ты не называл меня папой. Можешь ответить, почему?

— Потому что я знал, что ты не папа. Мне было девять лет, когда ты вошел в нашу семью, я уже все понимал, и откуда дети берутся — тоже знал.

— Нет, Андрюшенька, это ты можешь сам себе рассказывать, а мне не надо. Ты снова загоняешь проблему вглубь, вместо того чтобы посмотреть ей в глаза. Если ребенок хочет, чтобы у него был отец, как у всех, если ему нравится избранник его матери, то нет ничего более естественного, чем называть этого человека папой. Более того, ребенок испытывает невероятное наслаждение оттого, что теперь может вслух произносить это слово, обращаясь к конкретному взрослому мужчине. Ты хотел, чтобы у тебя был отец, это предопределено на генетическом уровне, твой старый психиатр все тебе про это объяснил. И я тебе нравился, иначе у нас не сложились бы такие отношения, какие сложились. Так почему же ты никогда не называл меня папой, а?

— Не знаю, — пожал плечами Андрей, разливая в чашки кипяток, — не называл — и все. И какое это имеет значение?

— Огромное. Это означает, что уже в детстве, уже в свои девять лет, ты подсознательно хотел называть папой только своего родного отца, биологического. Того, от кого тебя родила мама.

— Да перестань, Костя! Ну что я мог соображать в девять-то лет! Какое подсознание? Откуда оно возьмется у девятилетнего пацана?

— Не говори ерунды. Ты — превосходный инженер, специалист по нефтяным вышкам, не спорю, но в психологии ты, уж прости меня, полный профан. Тебя даже слушать смешно. Подсознание формируется даже раньше сознания, в нем зафиксировано все, что происходило с тобой, пока ты еще в утробе матери находился, это давно доказано наукой. И то, как сильно, страстно и нежно мама любила твоего отца, как уважала его, боготворила, как восхищалась им, там тоже зафиксировано, хотя ты этого, разумеется, не осознаешь. Именно поэтому твое подсознание не давало тебе назвать меня папой. Слово «папа» было предназначено только для него, для того, другого, которого ты не помнишь, потому что был слишком маленьким, когда он исчез из твоей жизни. Его нет в твоей памяти, но он есть в твоем подсознании, потому что ты прожил с ним бок о бок целых полтора года. И он любил тебя, носил на руках, целовал тебя, баюкал, тетешкал, менял тебе пеленки. То, что тебе официально рассказывали об отце, я имею в виду, что ты родился вне брака, что он расстался с мамой еще до твоего рождения, не давало тебе оснований ненавидеть его. До семнадцати лет ты не знал о нем ничего плохого. Зато в твоем подсознании накрепко запечатлелись и мамина любовь к твоему отцу, и его любовь к ней, и его любовь к тебе.

— Ты так говоришь, будто на сто процентов уверен, что он не был психом, — перебил его Андрей. — А если все-таки был? И маму он не любил, и меня не любил тем более, потому что человек, который убивает и насилует чужих детей, не может любить своих собственных.

— Боже мой, какая чушь! Какая чушь! Тысячи, миллионы убийц отнимают чужие жизни, оставаясь при этом любящими детьми, мужьями и родителями, это же прописная истина! Но это не о том... — Мусатов тряхнул головой. — Не о том мы заговорили. Я вот что хочу тебе сказать: тебе нужен человек, которого ты сможешь назвать отцом. Ты все время держал это место вакантным, потому что твое подсознание знало: или Личко, или никто. С тем багажом информации, который у нас был до недавнего времени, называть Олега Личко отцом как-то не очень хотелось, верно?

— Да уж, — хмыкнул Андрей, — приятного мало.

— Твое подсознание хочет сказать: «Папа!» и при этом испытывать радость, гордость, счастье, любовь. Понимаешь? Это нормальное желание нормального человека, заложенное в нас природой. Потому что природой нам предназначено любить своих родителей, и, если по каким-то причинам мы этого сделать не можем, мы страдаем. Кто больше, кто меньше, кто явно, кто скрыто, но страдаем все. Думая, что Олег Личко — убийца и насильник, ты не сможешь испытывать никаких положительных эмоций, называя его папой. Согласен?

— Ну.

— Но, ничего не выясняя, поверив доктору Юркунсу на слово, ты оставляешь место сомнениям и все равно не сможешь думать о Личко как об отце и испытывать радость и гордость. Знаешь, как в старом анекдоте: то ли он украл, то ли у него украли, но что-то такое было. Если ты оставишь все, как есть, тебе не станет лучше. Если выяснится, что доктор ошибается и Личко — преступник, тебе не станет хуже, потому что ты и так живешь с этим уже много лет. Но есть шанс, что доктор не ошибается. И тогда вакантное место окажется заполненным. И все встанет на свои места, и сделается так, как должно быть по природе. В твоей душе появится образ отца, которого ты будешь любить и уважать, пусть даже его давно нет в живых. Имей в виду, деление людей на живых и мертвых функция сознания. Подсознание этого деления не принимает, ему все равно, умер человек или жив, оно видит образ и либо радуется, либо негодует. У тебя есть шанс дать своей душе радость, которой ты был лишен тридцать лет. Теперь ты понимаешь, о чем я говорю?

— Не очень. Я должен подумать.

— Мамин сын, — ласково усмехнулся Константин Викторович.

* * *

Андрей вернулся в Москву в понедельник утром, прямо с вокзала отправился в офис, до обеда успел напутать в бумагах все, что можно, обнаружил это только часам к пяти, разозлился, пнул ногой урну для мусора, стоящую рядом со столом, потом, чертыхаясь и ползая на коленях, навел порядок и уселся все переделывать заново. Настроение было отвратительным.

Около восьми вечера в кабинет заглянул руководитель службы безопасности Болотов, грузный, седой, краснолицый, отставной полковник милиции, имеющий репутацию человека, не доверяющего никому и не верящего ничему.

— Охрана сказала, вы еще работаете, — как можно безразличнее бросил он в пространство, стараясь не встречаться глазами с Андреем.

Болотов был именно руководителем службы безопасности, а не просто начальником всех охранников, и бдительно следил за тем, чтобы из фирмы не утекали производственные секреты. Любой сотрудник, остающийся в офисе после окончания рабочего дня, автоматически подозревался Болотовым в попытках скачать и скопировать информацию в неблаговидных целях. Андрей это знал и относился с пониманием.

— Сам виноват, — сердито ответил он, — напортачил, теперь переделываю. Настроение хреновое, всякая дурь в голову лезет, вот и наделал ошибок.

Болотов подошел поближе и сел за соседний стол, повернувшись так, чтобы видеть экран компьютера, на котором работал Андрей.

— Проблемы, Андрей Константинович?

— Проблемы, — вздохнул тот. — Кстати, можно я с вами посоветуюсь? Мне нужен частный детектив, может, вы кого-нибудь порекомендуете?

— Что-то связанное с личной жизнью? — кинул на него понимающий взгляд Болотов. — Дама сердца своим поведением доставляет беспокойство? Или бывшая супруга донимает?

— Нет, с бывшей супругой все в порядке, — улыбнулся Андрей. — И с дамой сердца тоже. Мне нужен человек, умеющий разбираться с прошлым, причем очень давним. Середина семидесятых. Наверное, нужно работать с архивами или еще что... В общем, не знаю.

— А можно чуть подробнее?

— У меня на руках есть постановление суда по одному делу, где человек был признан невменяемым и отправлен на принудительное лечение. И есть основания полагать, что одна из свидетельниц говорила неправду. Мне нужно разыскать эту женщину и узнать о ней как можно больше. Это возможно?

— А почему нет? — пожал плечами Болотов. — Возможно все, если правильно взяться. Вам нужен человек, имеющий доступ к архивам суда. В архиве лежит уголовное дело, в деле — все протоколы допросов, а в протоколе — паспортные данные свидетеля, место его работы, адрес и много другой полезной информации. В каком суде слушалось дело?

В каком суде? А бог его знает. Андрей достал из кармана сложенные вчетверо листки, привезенные от Юркунса, развернул, пробежал глазами первую страницу. А вот, есть.

— В Московском городском.

— Вполне реально. Если бы суд был не московским, тогда сложнее, а здесь я вам подберу подходящего человека, если вы готовы платить.

— Разумеется, — кивнул Андрей. — Мне обязательно нужно разобраться с этим, а то — сами видите, не работа, а сплошная халтура. Голова не тем занята.

— Вас это так сильно беспокоит?

— Очень сильно.

— Речь идет о ком-то из близких?

Андрей помолчал, прикидывая, говорить Болотову правду или придумать какое-нибудь правдоподобное вранье. Решил не врать. Смысла нет, ведь если Болотов свяжет его со своим знакомым детективом, он все равно узнает правду, но Андрей в его глазах окажется лжецом и выйдет из доверия. А кому это надо — выйти из доверия у руководителя службы безопасности фирмы? Себе дороже.

— Речь идет о первом муже моей матери.

И ведь это чистая правда. Хотя и не вся.

— Ясно. Я подумаю, что можно сделать.

Выправлять огрехи Андрей Мусатов закончил около десяти вечера и, прежде чем уходить с работы, позвонил Наташе.

— Ну ты где вообще? — капризно протянула девушка. — Сколько можно тебя ждать?

— Не надо меня специально ждать, я на работе. А ты где?

— А я, между прочим, у тебя дома. Сижу тут как дура, а тебя все нет и нет.

— Ты бы позвонила, я бы тебе сказал, что приду поздно.

— А я хотела, чтобы был сюрприз.

«Не надо, — мысленно произнес он, — не надо мне сюрпризов. Мне пока достаточно того, что уже случилось. И тебя мне пока не надо. Я хочу дома побыть один. Куда ж тебя девать, сокровище ты мое?»

— Наталья, я очень устал и вряд ли составлю тебе хорошую компанию. Тем более ночь я провел в поезде, а ты же знаешь, я в поездах не могу спать.

— Ну почему ты так упорно ездишь поездом, а не летаешь самолетами? Нет, я просто тебя не понимаю. Это же гораздо быстрее, и спать будешь нормально.

Наверное, самолетом и в самом деле лучше, но Андрей привык ездить на поезде из Москвы в Питер и обратно. Главным образом потому, что питерская квартира, в которую они переехали тринадцать лет назад, находилась на улице Восстания, прямо напротив Московского вокзала, и так соблазнительно было, выйдя из вагона, через семь минут оказываться дома! А из Пулкова пока доберешься... Да и в Шереметьево путь не близкий.

— Я делаю так, как мне удобно, — сухо ответил он.

— Значит, тебе удобно ночь не спать, чтобы потом чувствовать себя разбитым и портить мне настроение, — уточнила Наташа.

— Я не собирался портить тебе настроение...

— Ага, и ты вообще не собирался со мной сегодня встречаться, — зло закончила она. — Так, может, мне уйти?

«Уходи, — про себя произнес Андрей. — И чем скорее — тем лучше. У меня нет ни малейшего желания сегодня вечером ни с кем общаться. Вот приду через полчаса домой — чтоб тебя уже не было».

— Ну зачем ты так, — примирительно сказал он вслух. — Просто я действительно не гожусь сегодня для веселья. Если ты готова терпеть меня таким — я буду рад тебя видеть.

— Ничего я не готова. Ты мне весь вечер испортил. Я могла бы его провести намного интереснее.

— Ну так проведи, у тебя еще есть возможность все исправить. Только не надо меня лечить, хорошо?

Когда разговариваешь по городскому телефону, всегда слышно, если твой собеседник в ярости швыряет трубку на рычаг. Мобильная связь таких прекрасных возможностей не дает, и нажатие кнопки приводит к совершенно одинаковым акустическим результатам, какие бы клокочущие эмоции ты ни испытывал, поэтому о настроении своей подруги в момент прекращения разговора Андрей мог только догадываться. Вероятно, она все-таки очень обиделась, потому что через тридцать пять минут, когда он вошел в свою квартиру на Ленинском проспекте, там никого не было. Более того, Наташа, похоже, решила обидеться всерьез и надолго, вероятно, недели на две: из ванной исчезли ее зубная щетка, щетка для волос, баночки с кремами и шелковый белый пеньюар. Сколько бы времени она ни провела в этот день в квартире Андрея, продуктов она не купила и ужин не приготовила, наверное, рассчитывая, что он после работы поведет ее в ресторан.

Он равнодушно оглядел содержимое холодильника, одновременно прислушиваясь к себе, чтобы понять, настолько ли он голоден, чтобы затеваться с приготовлением чего-нибудь серьезного, или можно перебиться бутербродом с чаем. Сыр в холодильнике был, масло тоже, а вот хлеба в шкафу не оказалось, так что номер с бутербродом, пожалуй, не пройдет. Зато в том же шкафу обнаружились разнообразные несъедобные, на его взгляд, продукты вроде отрубей и целлюлозы, которые покупала Наташа, трепетно относящаяся к всяческим идеям очищения организма, и макароны «Макфа», которые предпочитал он сам и мог есть в любое время дня и ночи.

Юность Андрюши Мусатова пришлась на рубеж восьмидесятых-девяностых годов, когда его растущему организму постоянно требовалась сытная еда, а продуктовые прилавки своим ассортиментом могли устроить только тех, кто сидел на голодной диете. Но макароны можно было купить всегда, и с легкой руки Ксении Георгиевны мальчик научился их любить и потреблять в любом виде: с маслом, с сахаром, с сыром, с кабачковой икрой, с тушеными помидорами, с творогом и даже с подливкой, которую он делал из супового концентрата. Спустя годы, когда наступило продуктовое изобилие, он остался верен своей любви к макаронам, методично перепробовал все поступающие в продажу сорта и остановил свой окончательный выбор на «Макфе». Андрей любил, особенно в плохом настроении, плотно поесть перед сном и обычно наутро, встав на весы, отчетливо видел результаты нервических излишеств, однако почему-то после двух-трех изрядных порций макарон ничего экстраординарного не происходило. То ли такая особенность обмена веществ у него, то ли особенность сорта — он не знал, но радовался, что можно бесконтрольно набивать утробу в поздний час себе на радость. И еще одно привлекало его: эти макароны не разваривались, сколько их ни вари, а это немаловажно для мужчины, который не умеет, как многие женщины, стоять над плитой и вообще торчать на кухне часами, он ставит кастрюлю на конфорку и уходит в комнату, где утыкается в книгу, отвлекается на телефонные разговоры и телевизионные передачи, а то и на мысли о геополитических проблемах и мировой экономике. Его бывшая жена, с которой Андрей развелся год назад, ужасно злилась на него за эту непонятную для нее любовь к макаронам определенного сорта, потому что покупала продукты всегда наспех, торопясь и не глядя на этикетки, а он не-«Макфу» есть отказывался и сердито ворчал, мол, неужели так трудно запомнить, какие макароны он любит. Вообще-то Андрей Мусатов особо капризным не был, ел, что дают, и пил, что наливают, относительная финансовая свобода пришла к нему всего несколько лет назад, а до этого он, как и многие, считал рубли, умел экономить и довольствоваться малым, но были вещи, к которым он испытывал стойкую привязанность и изменять ей не собирался: если передвигаться между Москвой и Санкт-Петербургом, то только на поезде; если пить чай, то только с лимоном; если пользоваться блокнотами, то листки должны быть непременно в клеточку, а не чисто белые и не в линеечку; если покупать макароны, то только любимого сорта. Никаких других принципиальных предпочтений у него не было.

Обозрев бакалейный ассортимент, Андрей решительно вытащил пачку своих любимых макарон и поставил на плиту кастрюлю с водой. Пока готовился ужин, он переоделся и даже успел вполуха послушать вечерние новости. Жадно уплетая макароны с маслом и сыром, он привычно окунулся сперва в ощущение детства, потом в мысли о маме, которые вполне естественным путем привели его (в который уже раз за сегодняшний день!) к мыслям об Олеге Петровиче Личко. Костя прав, надо постараться выяснить, что там к чему, и расставить все точки над «i». Будем надеяться, что Болотов найдет толкового специалиста, который сумеет помочь.

Он уже крепко спал, когда позвонила Наташа. Есть такие женщины, которые чем сильнее обижаются, тем чаще и неуместнее звонят. Судя по звукам музыки и оживленным голосам, свою обиду на Андрея она «полировала» в месте не тихом и не скучном.

— Хочу тебя успокоить, чтобы ты за меня не переживал, — вызывающим тоном заявила она, — я отлично провожу время.

— Я рад за тебя, — сонно пробормотал Андрей. — Будь умницей, веди себя прилично, с посторонними мужчинами не разговаривай и дай мне, пожалуйста, поспать.

Положив трубку, он с закрытыми глазами нащупал шнур и ловким движением отсоединил его от аппарата. Потом протянул руку к лежащему на тумбочке мобильнику и так же не глядя нажал кнопку отключения. И почему все красивые девушки такие вредные?

* * *

— Его фамилия Пинчук, зовут Виктором Альбертовичем, вот телефон, — с этими словами Болотов положил перед Андреем твердый прямоугольник визитной карточки. — Он ждет вашего звонка. Я переговорил с ним, объяснил вашу проблему, он готов за нее взяться. Расценки он вам скажет сам.

— Спасибо.

Информации на карточке было маловато, только имя, фамилия, электронный адрес и два телефона. Ни названия агентства, ни офисного адреса. Скромненько. Но Андрею было все равно, пусть этот Пинчук с изысканным отчеством окажется даже кустарем-одиночкой, лишь бы толк был.

Он позвонил по одному из указанных телефонов, ответил совсем юный женский голос, который сообщил, что Виктор Альбертович в данный момент отсутствует, но доступен по мобильнику. Владелицу голоса Андрей определил как девицу лет девятнадцати-двадцати и скептически подумал, что специалиста ему Болотов подыскал по меньшей мере сомнительного. Если у него такая юная подружка или даже жена, то либо он сам еще совсем пацан зеленый и мало что умеет и может, либо средних лет сладострастник, оживляющий усталую и плохо слушающуюся плоть свеженькими молоденькими телами, что в глазах Мусатова его не украшало. Почему-то Андрею даже в голову не пришло, что девица может оказаться дочерью Виктора Альбертовича Пинчука. А между тем так оно и было.

Они договорились встретиться в тихом ресторанчике на Бульварном кольце. Пинчук явился чуть раньше, и когда Андрей подошел к столику, тот уже с видимым удовольствием потягивал темное пиво из высокой кружки. Маленького роста, рыхловатый, с более чем редкими волосиками и огромной бородавкой возле правой ноздри, Пинчук почему-то вызывал у Андрея ассоциации с жуликом, и Мусатов в первый момент собрался даже отказаться от его услуг. Мол, извините, обстоятельства изменились, мне ничего не нужно, простите, что побеспокоил напрасно. Но привычка доводить дело до конца возобладала, и он решил для начала хотя бы поговорить с частным сыщиком, которого рекомендовал Болотов.

Рассказывал Андрей долго и обстоятельно, а Виктор Альбертович слушал, то и дело что-то записывая в толстом блокноте с кожаной обложкой.

— Копия постановления у вас с собой? — спросил он, когда Андрей закончил рассказывать.

— Да. — Андрей протянул ему тонкие, изрядно истрепанные листки. — Правда, она плохо читается.

— Ничего, — усмехнулся Пинчук, — я привычный.

И, поймав удивленный взгляд Андрея, пояснил:

— Я не из милиционеров, я из адвокатов. И таких вот приговоров и постановлений на папиросной бумаге прочитал в свое время великое множество. Вы позволите, я быстренько пробегу глазами?

— Да, конечно, — кивнул Андрей, все еще недоумевая. Как это он собирается «быстренько пробежать» такой «слепой» экземпляр, когда там каждое слово чуть ли не по буквам надо разбирать? За тридцать лет краска от синей копирки изрядно стерлась и выцвела, правда, чья-то заботливая рука аккуратно обводила особо нечитаемые слова и даже целые фразы шариковой ручкой по контуру букв, но все равно текст читался с большим трудом. Однако для бывшего адвоката Пинчука это, видимо, действительно было делом привычным, во всяком случае, уже минут через десять он положил листки на стол перед собой и снова взялся за свое пиво.

— Понятно, — сказал он. — У меня к вам два вопроса. Первый: какими сроками для выполнения работы располагаю я? И второй: какими средствами для оплаты моей работы располагаете вы?

— Это не срочно. Через две недели я улетаю в Штаты на пять месяцев, то есть до конца октября меня все равно не будет в Москве. Ну... вот если до конца октября — сколько это будет стоить?

— Если до конца октября — то недорого, — рассмеялся Пинчук. — Чем более сжатые сроки — тем дороже, это естественно, а если срок такой большой, то существенно дешевле.

Он назвал сумму, которая показалась Андрею вполне приемлемой.

— И что я получу за эти деньги?

— За эти деньги вы получите все сведения, которые можно будет собрать о свидетельнице Шляхтиной, а также перечень лиц, обладающих хоть какой-то информацией по данному делу, их имена, адреса, телефоны, место работы и так далее. Кроме того, за эти же деньги вы получите мою собственную аналитическую справку, написанную по результатам изучения материалов архивного уголовного дела. Если вы хотите что-то еще, то скажите сейчас, чтобы потом у нас с вами не возникало недоразумений.

— Если честно, я не знаю, чего еще можно хотеть, — признался Андрей. — У меня нет опыта в подобных делах, я даже представить себе пока не могу, какие сведения мне обязательно нужны, а какие совсем не пригодятся.

— Тогда вам придется довериться моему собственному опыту.

— Вы уже делали для кого-нибудь такую работу?

— И даже чаще, чем вы можете себе представить, — уклончиво ответил Виктор Альбертович, пряча очки для чтения в дорогой футляр «Роденшток». — Несправедливость правосудия имеет место во все времена, просто не при всех режимах есть возможность ее выявлять. При прежнем режиме такой возможности не было, но зато теперь огромное количество людей пытается восстановить справедливость, нарушенную много лет назад. Прошу прощения, — он пододвинул к себе счет, принесенный официантом, — за мое пиво я заплачу сам.

Андрей молча кивнул и положил на стол деньги за три выпитые им чашки кофе. Они договорились встретиться на следующий день, Пинчук принесет договор об оказании услуг, Мусатов — первую часть оплаты за работу.

Через две недели Андрей Мусатов улетел в США. Перед отъездом было много суеты, консультаций, подготовительной работы, кроме того, он каждый вечер ходил на ускоренные «продвинутые» курсы английского, чтобы натренироваться в разговорной речи, и только в самолете Андрей вспомнил, что Наташа все еще дуется. Надо же, вместо запланированных им двух недель обида у нее затянулась почти на месяц. А может, это и к лучшему? Пять месяцев — срок немалый, и когда он вернется, можно будет начать новый этап в личной жизни. Ведь если она устроила целый тарарам из-за того, что прождала его всего один вечер, то уж пять-то месяцев Наташа совершенно точно ждать не станет.

Глава 2

Привет, это снова я, участковый уполномоченный капитан Игорь Дорошин. И снова меня совершенно не к месту потянуло на поэзию, потому что, когда я собрался объяснить, с чего началась вся эта история, на память пришли известные еще из школьной программы строки классика: «Когда б вы знали, из какого сора растут стихи, не ведая стыда...» Ну, моя работа, конечно, от поэтики весьма далека, она даже более чем прозаична, но все равно приходится иногда сталкиваться с тем, что, осмысливая конец истории, вспоминаешь, с чего она началась, и только диву даешься! И откуда что берется? Ведь ничто, казалось бы, не предвещало...

А началось (лично для меня) все в тот день, когда я сидел в квартире Капитолины Никифоровны Гарбузюк, восьмидесяти трех лет от роду, держал несчастную старушку за руку, то и дело подавал ей лекарство в строгом соответствии с тем, что прописал недавно уехавший врач «Скорой помощи», и медленно закипал от злобы. Злобы было много, потому что

злился я одновременно в трех направлениях. Первым объектом моего праведного гнева были две негодяйки, которые
под видом работников социальных служб ходили по квартирам одиноких пенсионеров, нагло врали что-то по поводу пе-
ресчета пенсий (разумеется, в сторону увеличения пособия),
просили посчитать какие-то деньги, что-то подписать, после
чего мирно удалялись, а пенсионеры в скором времени с
удивлением обнаруживали, что все их сбережения пропали.
Способов обмана было множество, и все они хорошо и давно
известны, и недели не проходит, чтобы по телевизору в разных криминально-новостных программах об этом не расска-
зывалось, а все равно старики попадаются. Вторым объектом
злости был я сам, потому что обманутый на моей территории
старик — моя прямая недоработка. Ведь уж года два как минимум я периодически объясняю своим пенсионерам, что к
чему, и каждый квартал самолично пишу некую «методич-
ку-напоминаловку», распечатываю на собственном компьютере, а потом за свои деньги делаю пару сотен ксерокопий и
разношу по квартирам, где проживают одинокие пенсионеры. Мол, имейте в виду, есть такие мошенники, приходят под
таким-то видом, пользуются такими-то предлогами, говорят
и делают то-то и то-то, и ни в коем случае не открывайте им
двери, а если уж открыли, то не верьте ни одному их слову,
а если уж очень они убедительны и правдоподобны и страсть
как хочется поверить, то не поленитесь, наберите мой номер
телефона (все номера, включая домашний, прилагаются)
и попросите подойти. В течение десяти минут я буду у вас и
лично разберусь. Ну почему же мои старички и старушки
меня не слушаются?!

Поэтому третьим объектом моих негативных эмоций
были, как ни печально, те самые непослушные пенсионеры.
В течение того дня на моем участке «обнесли» сразу двоих,
Михаила Иосифовича Бурдейна и Капитолину Никифоровну
Гарбузюк, но к старику Бурдейну тут же примчались воинст-
венно настроенные сын с невесткой и двумя взрослыми детьми, а вот бабушка Капа у меня совсем одинокая, никто к ней
не приедет, поэтому первые часы после стресса и сердечного
приступа она проводит в моем обществе.

— Игоречек, сынок, — покаянно бормочет Капитолина

Никифоровна, — ну как же так, а? Ведь без ничего осталась, а пенсия только вчера была. На что же я жить-то буду?

Ну, для меня это как раз не вопрос, денег я ей оставлю ровно в размере утраченной пенсии, даже чуть больше, потому что предстоят дополнительные расходы на лекарства.

— Ты их будешь ловить? — с надеждой спрашивает она.

— Буду, — уверенно вру я.

Вру — потому что ловить мошенниц мне вряд ли придется. Не моя это работа, я ж не уголовный розыск, а всего лишь участковый. Моя задача сделать так, чтобы люди, проживающие на моей территории, не становились жертвами преступлений, в частности вот таких наглых афер. Ибо известно, что задача участкового — это в первую очередь профилактика, предупреждение преступлений, а не их раскрытие.

— А найдешь? — все с той же безосновательной надеждой продолжает вопрошать старушка.

— Я буду стараться. Капитолина Никифоровна, вы читали те листовки, которые я вам приносил?

— Листовки? Какие листовки?

— Помните, я несколько раз приносил вам такие бумажки, в которых написано, чтобы вы были осторожнее, потому что очень много мошенников ходит по домам и обманывает стариков. Ну, вспомнили? В последний раз вы меня еще грибным супом угощали.

— Ах, это... Ну конечно, Игорек, конечно. Ты не думай, я их не выбросила, они все у меня в шкафу лежат, вон в том ящике. — Она указала дрожащей морщинистой рукой в сторону громоздкого буфета с резными дверцами. — Можешь проверить, все в целости.

Да что мне их целость! Пусть бы бабушка Гарбузюк их вообще выкинула в помойку, только чтобы предварительно выучила наизусть и не забывала.

— Да я верю, что в целости, Капитолина Никифоровна, но вы их читали? Вы помните, что там написано?

— Ну да, помню... — отвечает она неуверенно.

— Рассказать можете?

— Я... ну, как сказать... нет, сынок, не помню, старая я, память подводит. А что там было? Про оплату коммунальных услуг? Так у меня все вовремя заплачено, — забеспокоилась она.

Вот тут я начал злиться на себя с особой силой. Я что, с ума сошел, полагая, что старый человек будет в течение нескольких месяцев помнить, что я там ему написал? Я что, про склероз никогда не слыхал? Или, может, я полагаю, что у стариков мозги и память лучше, чем у меня? И про рассеянность внимания у пожилых людей мне никто никогда не говорил? И сам я этого не видел, не понимал, не замечал?

— Капитолина Никифоровна, — мягко говорю я, — а почему вы им поверили? Расскажите мне подробно и с самого начала, вот они позвонили в дверь, вот вы им открыли... Что они сказали? Почему вы их не испугались, они же совсем незнакомые, мало ли, а вдруг они воровки? Почему вы сразу не подумали плохое? Чем они вас так подкупили?

Оказалось, подкупили они Капитолину Никифоровну разговорами. Дескать, как живете, в чем нуждаетесь в первую очередь, есть ли близкие родственники, навещают ли и как часто. Ах, никого нет? Ну надо же! Как же так получилось? Ах, вот как... ну вы подумайте, какая печальная история... А на лекарства денег хватает? А как вы относитесь к монетизации льгот? Станет ли вам лучше от этой реформы? И так далее.

— Я их и чаем поила, и печеньем угощала, и мы все разговаривали, разговаривали... — На глаза у Капитолины Никифоровны навернулись слезы, и в этот момент я готов был удушить и тех двух мошенниц, и самого себя, только надо было решить, в какой очередности это проделать.

Мне стало ясно, что, сколько бы бумажек я ни писал и ни разносил по квартирам, толку от этого не будет ни малейшего, потому что никакие опасения, предупреждения и страхи не перевесят для одинокого человека радости общения. Ему задают вопросы и внимательно слушают, не перебивая, не только всю историю его жизни в прошлом, но и жалобы на жизнь теперешнюю. Ну можно ли перед этим устоять?

Стало быть, что нужно делать, чтобы старики не попадались на крючок бессовестным мошенникам? Правильно, устранять дефицит общения. Бумажки бумажками, это дело нужное, само собой, но необходимо сделать так, чтобы человек не кидался с распростертыми объятиями навстречу любому, кто готов с ним поговорить и терпеливо его выслушать.

Тот день у меня по графику был «банным», и это означало, что я должен был вымыть своих кошек специальным шампунем против клещей и блох. Вообще-то кошек мыть совсем не обязательно, если не готовишь их к выставкам, но мало ли какую пакость мы заносим в квартиру на своей обуви? Так что ежемесячная противоблошиная стирка является, как мне кажется, необходимой и вполне уместной профилактической мерой. Наверное, сказывается мой менталитет участкового, ведь я уже говорил, что участковый и профилактика — близнецы-братья, как Ленин и партия у Маяковского.

Мытье зверей — это целая эпопея, требующая соблюдения определенной последовательности действий. Первым в ванную затаскивается Айсор, потому что мыться он любит примерно так же сильно, как принимать таблетки и делать уколы, то есть не любит совсем. Почему-то. И если первым утащить на экзекуцию любого другого хвостатого обитателя моей квартиры, Айсор мгновенно понимает, что происходит, и прячется так, что его фиг найдешь, а если и найдешь, то не достанешь. Я все-таки не гигант-штангист, чтобы каждый раз отодвигать от стены огромный тяжеленный диван. Однажды я попробовал. Получилось плохо. И для дивана, и для пола, и для моей спины. Больше не рискую. Так что право первой помывки навсегда закреплено за сообразительным быстроногим юрким Айсором, черным гладкошерстным котом неизвестной породы, но высокого интеллекта.

Айсор ведет себя по-мужски, самоотверженно борется за свободу и независимость, вырывается, царапается, пытается выскочить из ванны, но не издает при этом ни звука. Парень, что и говорить! После его помывки я уже весь мокрый и от воды, и от пота. Дальше все идет легче, святое семейство в составе папы Дружочка, мамы Арины и их дочки Кармы — американских экзотов — к мытью относится нейтрально, не приветствует его, но и не боится так истошно, как Айсор. Девочки, как и положено дамам, не вырываются, но ерзают и утробно воют, так, для порядка, чтобы я, не дай бог, не подумал, что им это нравится. Дружочек молчит, сопит и смотрит на меня с немым укором. Последним под душ отправляется старик Ринго, сибирский котяра, который, в отличие от остальных, мыться почему-то любит, стоит в ванне совершенно спокойно и даже урчит, недовольно фыркая и встряхиваясь только тогда, когда струйки воды попадают ему в глаза или ушки. Несмотря на лояльное отношение к процедуре, возни с Ринго больше всего, потому что шерсть у него длинная, пушистая, и ее нужно не только долго промывать, но и тщательно сушить феном, одновременно расчесывая, иначе появятся колтуны. Если водная часть занимает час на всех пятерых, то сушка и расчесывание Ринго требуют еще полутора. Сушиться он не любит, фена боится, расчески люто ненавидит, посему полтора часа я провожу в более чем странной позе под названием «захват ногами сидя на полу». Держать кота руками возможности нет, ибо в одной руке зажат фен, включенный на самую слабую мощность, а в другой — ненавистная расческа. Третьей руки бог не дал. А жаль. Мог бы предусмотреть такую запчасть специально для кошатников, очень бы пригодилось.

Обычно через пятнадцать-двадцать минут пребывания в позе «захват ногами» у меня начинает зверски ломить поясницу, но в тот день я настолько погрузился в мысли о своих стариках, что боли не заметил. Зато когда Ринго был отпущен на свободу, я, кажется, понял, что нужно делать.

Старикам нужен свой клуб. Или не клуб, называйте как хотите, но это должно быть место рядом с домом (потому что они — старики и ходить далеко им трудно), где они могли бы встречаться и общаться и где можно было бы проводить какие-то развлекательные мероприятия. Чем и как развлечь стариков — это вопрос отдельный, и о нем я буду думать потом. Первый вопрос — это помещение. Второй вопрос — деньги. Допустим, помещение у муниципальных властей удастся выбить бесплатное (что маловероятно, конечно, но шанс есть), но все равно его нужно оборудовать, поддерживать, покупать что-то минимально необходимое, чтобы пришедшие на посиделки старички и старушки могли хотя бы чаю выпить и съесть пару конфет. Бюджет никогда в жизни не выделит на это денег, это и к гадалке не ходи, значит, нужны спонсоры. Кто может стать спонсором? Состоятельные пенсионеры, у которых есть деньги, но не хватает общения? Возможно. Только на моем участке таких нет. На соседнем участке, у моего дружбана Вальки Семенова, старшего участкового нашего «околотка», есть старый академик, лауреат и заслуженный деятель всяческих наук, обладатель огромной квартиры и дорогущей коллекции фарфора, у него, надо думать, денег немало, но вся наша затея ему по барабану, потому что он-то как раз от скуки не страдает, у него постоянно толчется народ — родственники, ученики, последователи, коллеги, коллекционеры, и это является для Семенова неиссякающим источником головной боли: чем больше людей посещают квартиру, в которой есть что украсть, тем выше риск. Валька на моей памяти раз двадцать ходил к этому академику с увещеваниями хотя бы стальную дверь поставить, ну хоть видеодомофон, ну, на худой конец, охранную сигнализацию — все впустую. Упрямый старик ничего не хотел слушать, будучи (непонятно почему) абсолютно уверен, что уж его-то никому в голову не придет обкрадывать, он же почти не выходит из дому. О том, что красть в отсутствие хозяина совсем необязательно, можно соорудить разбойное нападение с убийством, деликатный Семенов даже заикаться боялся.

В общем, по здравом размышлении я пришел к выводу, что на первых порах спонсором собственной затеи придется стать мне самому. Ну а кому же еще, если не мне? Идея моя, и деньги у меня есть. Если со временем найдутся еще желающие поучаствовать в обеспечении жизни стариков на моей территории, я буду только счастлив, но сидеть и ждать, пока эти желающие появятся, я не стану. Эдак можно много лет просидеть. Никому ведь ничего не нужно, и само по себе ничего не сделается. Кто-то должен сделать первый шаг и начать. И пусть этим человеком буду я, в конце концов, это ведь у меня душа болит за моих пенсионеров, так кому же, как не мне, начинать с этой болью бороться? Никто за меня этого не сделает, да и не обязан.

Начал я, как и полагается, с хождения по начальству. Начальство слушало меня вполуха, рассеянно кивало и скупо объясняло, что с нежилым фондом большая напряженка, что даже для обязательных муниципальных служб места не хватает, а об аренде и мечтать нечего — таких денег ни у кого нет. Через месяц таких пустых хождений я понял, что на этом пути сделал все, что мог, и пора переходить на другую сторону улицы.

На моей территории есть несколько фирм, арендующих довольно просторные помещения в двух- и трехэтажных особнячках, и почему бы не поговорить с их владельцами о субаренде небольшой части их помещения? Разумеется, в те фирмы, которые свои особнячки отремонтировали снаружи и навели внутри «Версаль», я и соваться не стану, а вот в те, которые попроще и победнее, вполне можно заглянуть. Особое внимание мне как участковому следует уделить именно тем организациям, у которых не все в порядке в отношениях с санэпидстанцией и пожарной инспекцией. Я внимательно просмотрел свои записи, как внесенные в специальные «паспорта», так и сделанные на клочках бумаги и в рабочем блокноте, и выбрал две наиболее, как мне показалось, перспективные фирмы. В одной из них договориться не удалось, лишние площади у них были, но в разрозненном виде, то есть по одной комнате на разных этажах, а вот в другой мне повезло. У них оказался незадействованным довольно приличный кусок первого этажа, примерно сто квадратных метров. Субаренда этих ста метров счастья оценивалась владельцами фирмы в тридцать пять тысяч долларов на один год, что было вполне по-божески, учитывая месторасположение и существующие в Москве расценки, но очень дорого лично для меня. После разговора о пожарной инспекции и о моих собственных возможностях урегулировать имеющийся конфликт цена снизилась до тридцати тысяч, а после того, как мы задушевно побеседовали о том, как хорошо, что для работников фирмы организована собственная столовая, и как плохо, что санэпидстанция без конца высасывает из руководства кровь, находя все новые и новые недостатки и грозя столовую прикрыть, цена упала еще на пять тысяч. Но и двадцать пять тысяч было для меня дороговато.

На другой день я оделся поприличнее, то есть достал из шкафа вещи с виду простые — брюки, сорочку и джемпер, но для тех, кто понимает. А человек, с которым я собирался встречаться, именно понимал. Человека я не уважал, но знал давно и неплохо, потому как какое же может быть уважение между участковым милиционером и главой группировки, «держащей» район, а с другой стороны, хоть я и плохой участковый, но грош была бы мне цена, если бы с этим человеком я не был знаком и не знал о нем много всякого разного. Человек этот, по фамилии Абдурахманов и по прозвищу Абдул, был воспитан в любви к родственникам и в стремлении непременно всем им помогать, что для народов Кавказа является совершенно естественным, а для меня — выгодным. В данной ситуации, конечно. Абдул любил, чтобы вся родня была под рукой, его многоюродные дядья, братья и племянники оккупировали в наших окрестностях всю розничную торговлю, которой занимались сами, и все прочие виды коммерческой деятельности, с которой исправно взимали дань. Поэтому пробиться на прием к Абдулу большой проблемы не составило, достаточно было всего лишь зайти в любой магазин и сказать несколько слов его хозяину. Примерно часа через три я получил ответ: место и время встречи. Абдул, несмотря на кавказское происхождение, почему-то предпочитал восточную кухню и место наших переговоров определил в ресторане под названием «Чайхана».

Все церемонии, непременно сопровождающие такого рода переговоры, были мне хорошо известны, и я честно их соблюдал. Никаких рукопожатий, но и никаких разговоров о делах, пока не сделан первый глоток и не проглочен первый кусок.

— Не пьешь, капитан? — презрительно прищурился Абдул, увидев, как я вместо вина налил в свой бокал минералку.

Ну прямо-таки, не пью я. Я нормальный русский мужик. Но не с ним же мне пить! И вообще, я за рулем...

— Я, Абдул, рылом не вышел персонального водилу иметь, — спокойно ответил я. — А мне сегодня еще ездить и ездить.

— Да я гляжу, ты не бедствуешь.— Он тем самым понимающим взглядом окинул не только мой тщательно выбранный прикид, но и лежащие на столе ключи от машины в кожаном футлярчике от Луи Вюиттона. Кожгалантерея этой фирмы имеет цены просто-таки запредельные, чуть ли не самые высокие в мире.

— На жизнь хватает, — философски заметил я, — а вот на дело нет.

— А я тебе сколько раз предлагал помочь? Ты ж отказываешься, гордый. Что, передумал?

— Слушай, Абдул, — приступил я к делу, — у тебя родители живы?

— Слава Аллаху.

— Сколько им лет?

— Не понял, к чему ты клонишь, — нахмурился Абдул.

Я объяснил. Абдул слушал и кивал, причем мне даже показалось, что кивал одобрительно.

— Так ты денег хочешь? Сколько?

— Нет, Абдул, денег я не хочу. Я их сам заработаю. Я хочу, чтобы ты поговорил с хозяином той фирмы, которая готова сдать мне помещение. Он просит слишком много за аренду. Что мог — я сделал, цену сбил, но все равно получается дорого. Ты человек богатый...

— Ты моих денег не считай, — резко прервал меня Абдул.

— ...и с понятиями, — продолжал я как ни в чем не бывало, — у тебя есть уважение к старости. У русского человека его нет, а у тебя есть. Хозяин фирмы сказал, что не может снизить цену, потому что должен платить тебе. И у меня к тебе просьба: скажи ему, что будешь брать меньше до тех пор, пока он будет сдавать мне помещение. Помоги мне сбить арендную плату, иначе я просто не потяну. А дело-то нужное.

— Нужное, — согласился Абдул. — Но почему за мой счет?

— Не только за твой, за мой тоже, — возразил я. — И за мой даже больше. Он хочет двадцать пять тысяч за год. Я могу найти только двадцать. Сними с него пять тысяч в мою пользу.

— Ну допустим. А остальные деньги где возьмешь?

— Свои отдам.

— Интересно, откуда это у тебя такие деньги? — прищурился Абдул. — Ты ж за честного канаешь, руки не мараешь. Или врут люди?

— Да нет, не врут, — усмехнулся я.

— Врут, врут, — убежденно проговорил он. — На какой машине ездишь, какие шмотки носишь — я все вижу, меня не обманешь.

Да я и не собирался. Совсем даже наоборот. Я специально оделся так, чтобы Абдул видел: я — человек не бедный, а в его представлении это должно означать, что я человек серьезный и дело со мной иметь можно.

— Я твои деньги не считаю, и ты мои не считай. Сам видишь, бабки у меня есть, а откуда они — это мое дело. Но я готов их отдать. И очень рассчитываю, что ты отнесешься к моей просьбе с пониманием.

— И зачем мне это? Что я с этого буду иметь?

— Спать будешь лучше, — усмехнулся я. — Будешь вспоминать о своих родителях и думать, что ты сделал доброе дело, глядишь — и им там кто-нибудь поможет старость скоротать.

— Я своим родителям сам помогаю, ни от кого помощи не жду.

— Так это тебе повезло, Абдул, — вздохнул я, — не все же такие способные, как ты, не каждый умеет деньги делать. Я, например, не умею, а стариков жалко. Спасибо за ужин, я пойду. Будем считать, что я тебя попросил, но ты мне отказал.

Я промокнул губы салфеткой и встал, но не успел сделать и двух шагов, как услышал:

— Погоди, капитан, мы не закончили.

— Разве? — Я обернулся и сделал удивленное лицо. — А что еще?

Удивление мое, конечно, было липовым, я все понимал. Абдул, безусловно, готов был сделать то, о чем я просил, но ему хотелось, чтобы я поунижался, поклянчил, начал сулить ему что-нибудь эдакое, а еще лучше — чтобы я начал угрожать, и вот тут он всласть порезвился бы, отметая мои смешные угрозы и сопровождая все это оскорбительными выпадами. Натешившись, он, так и быть, согласился бы выполнить мою нижайшую просьбу, но тогда я оказался бы ему должен. Отдавать долг пришлось бы, разумеется, не деньгами, но услугами, а я этого жуть как не люблю. Закончив разговор в позиции равноправного партнера, я ловко уворачивался от попадания в категорию «должников».

— Сядь, — медленно произнес Абдул, буравя меня темными блестящими глазками, — выпей еще кофе, сделай мне уважение.

Ну вот это уже совсем другой разговор. Как представитель преступной группировки Абдул мне малосимпатичен, все-таки мы с ним живем по разные стороны баррикады, но я не мог не признать, что он не отморозок и с ним можно договариваться. У него есть одна маленькая слабость: при всей своей крутизне в отношениях с теми, кто платит ему дань, Абдул любит чувствовать себя благодетелем и меценатом, и на эту слабость я как раз и рассчитывал, собираясь на встречу с ним. Другими словами, он не был жадным. Просто он не терпел, когда кто-то не признавал его власть.

В общем, мы договорились.

* * *

Следующим моим шагом был разговор с Борисом Безрядиным, продюсером нескольких популярных рок-групп. Борис вместе с женой Светкой, моей старинной и задушевной подругой, и двумя детьми жил в одном со мной доме, только в другом подъезде, посему отношения наши были не только деловыми и дружескими, но и почти семейно-родственными. Два-три раза в неделю я забегал к Светке то пообедать, то поужинать, когда лень было самому готовить, она же безотказно помогала мне с котами, если я куда-то уезжал, навещала их, кормила и проводила необходимые санитарно-гигиенические мероприятия в виде чистки лотков.

— Боря, мне нужны деньги. Много, — начал я с места в карьер.

— Для чего?

Я объяснил. Арендная плата за год — это только полдела, помещение нужно подремонтировать, оборудовать всем необходимым, купить телевизор с большим экраном, например, «Пионер». Список расходов был мною продуман и устрашающе длинен, и с Борькой я разговаривал вполне предметно.

— У тебя есть что-нибудь? — спросил он, когда я закончил излагать свой грандиозный план.

— Есть. Две задумки, только руки не доходят сделать.

— Ну так сделай. Только сделай как следует, без халтуры. Принеси мне хорошую партитуру, найди текст, чтобы я не платил автору слов, и я дам тебе столько, сколько нужно, в счет роялтиз. Годится?

— Спасибо, — обрадовался я.

Собственно, это и было то, чего я хотел. Обычно я приносил Борису два-три листка из нотной тетради, где от руки набрасывал ноты мелодии, а все остальное доделывали за мной, ленивым, другие музыканты. Потому и денег за свое халтурное творчество я получал меньше, чем мог бы. Безрядин покупал у меня музыку и честно выплачивал мою долю отчислений за последующее использование. Но сейчас он готов был заплатить эти отчисления авансом, чтобы я не ждал долгие месяцы, пока накапает нужная мне сумма. И не долю, как обычно, а все роялтиз целиком, если я сделаю всю работу сам и за мной не нужно будет доделывать.

Домой я вернулся окрыленным и немедленно принялся за дело. Через три недели я подписал с фирмой договор субаренды помещения и вплотную занялся решением оргвопросов. Перво-наперво нужно найти среди жителей моего участка тех, кто мог бы составить инициативную группу и направить свою активность на организацию ремонта, приобретение всего необходимого и составление плана работы клуба. Тут у меня с фантазией оказалось бедновато, кроме закупки видеокассет и дисков с фильмами, которые могли бы привлечь пожилых людей, я ничего умного не придумал и пошел к Светке Безрядиной советоваться.

— Можно приглашать артистов, которые были популярны когда-то, — предложила она.

— Так это денег стоит, — вздохнул я. — У них знаешь какие гонорары?

— А ты посмотри, кто у тебя на участке живет. Может, среди них найдутся интересные люди, с которыми твои старики захотят встретиться. Уж со своих-то они денег брать не будут, это же общее дело.

— У меня на участке ни одного известного артиста нет, — уныло ответил я.

— Ну необязательно же артист. Может, у тебя найдется старый сыщик или следователь, который расскажет им про интересные дела.

Все-таки Светка умнее меня раз в сто. И почему до такой

простой мысли додумался не я, работник милиции, а она, не-состоявшаяся балерина, жена музыкального продюсера, мать двоих детей, домохозяйка?

На следующий день, придя на работу в свой околоток, я вытащил паспорта жилых домов и начал внимательно и вдумчиво изучать сведения о проживающих. Светка направила мои мысли в перспективную сторону, и я наметил для себе нескольких человек, встречи с которыми могли бы быть интересными для моих стариков. Помимо старого следователя, работавшего еще в шестидесятых годах, я наметил переводчицу с китайского, которая наверняка неоднократно выезжала в эту далекую страну и могла бы порассказать не только о Китае, но и о поведении советских делегаций (о, там всегда была масса любопытного и смешного!), а также парочку ученых-историков. Среди прочих в мой список попала Майя Витальевна Истомина, о которой было известно, что она писатель. Имя мне ничего не говорило, книг ее я не читал и даже не слышал, поэтому снова обратился за консультацией к Светке, которая читала много и все подряд.

— Майя Истомина? — переспросила она. — Да, была такая, но она уже давно ничего не пишет, по-моему. Или пишет, но что-то малоизвестное, для узкого круга. В общем, я помню, когда я была девицей, я ее читала с большим удовольствием, и она была даже довольно популярна. Но это было давно.

— Ты имеешь в виду свое девичество? — нагло поинтересовался я.

— Хам, — ласково отпарировала Светка. — Не смей напоминать мне о моем возрасте. Если хочешь, я поищу у себя дома какую-нибудь книжку Истоминой, наверняка у меня что-то сохранилось.

— Поищи, пожалуйста, а то неудобно идти к человеку и даже не иметь представления о том, что и как он написал.

Светка обещание выполнила и притащила мне спустя пару дней затрепанный донельзя номер журнала «Эпоха» за восемьдесят первый год, в котором я обнаружил повесть Майи Истоминой «Самосуд». Прочел я ее быстро, и надо признаться, впечатление она на меня произвела сильное. Я не знаток литературы, в том смысле, что не разбираюсь в тонкостях стиля и построении композиции, я — банальный потребитель литературных текстов и оцениваю их с единственной точки зрения: мне интересно это читать или нет.

Читать повесть Майи Истоминой мне было интересно. Герой повести пережил трагедию: похоронил девятилетнюю дочь, насмерть сбитую автомашиной. Суд признал водителя полностью невиновным, поскольку ехал он так, как положено, и даже чуть медленнее, чем дозволялось на данном участке, виновата была сама девочка, которая ринулась через дорогу в месте, где не было перехода, наперерез транспортному потоку. Но убитый горем отец с решением суда не согласился и поставил перед собой цель жизни: сжить негодяя-водителя со свету. Несколько лет он потратил на то, чтобы сделать жизнь несчастного водилы невыносимой. По большому счету он пытался довести его до самоубийства, демонстрируя чудеса жестокой изобретательности. И, гоняясь за призраком мести, полностью разрушил собственную жизнь. Вот такая поучительная история.

Перед тем как идти к писательнице знакомиться, я попытался вспомнить все, что знаю о ее семье. Не вспоминалось ничего. В моих бумажках было написано, что Майя Витальевна Истомина, уроженка г. Москвы, 1950 года рождения, проживает в четырехкомнатной квартире с мужем, Евгением Николаевичем Чаиновым, тоже москвичом и ее ровесником, что дети у нее взрослые и живут отдельно и что домашних животных в квартире не имеется. За время моей работы на участке, а тому уже больше десяти лет, сталкиваться мне с семейством писательницы не приходилось, а это означает, что жертвами преступлений они не были и домашними скандалами не баловались. Наше знакомство ограничилось моим первым визитом к ним и заполнением паспорта на квартиру, так что не только я ее не помню, но и она меня. Я позвонил Истоминой, заранее приготовившись услышать удивленно-недовольный тон и слова о том, как она занята и в ближайшее время выделить полчаса для беседы со мной не может, однако я обманулся в своих ожиданиях. Тон у Майи Витальевны и впрямь был удивленным, но никакого недовольства я в нем не услышал:

— Да пожалуйста, приходите в любое время, я сегодня целый день дома.

Вот это удача! Я быстренько почистил ботинки, одернул форменную куртку, схватил папку и помчался к писательнице. Даже машину брать не стал, добежал ножками за пять минут.

Открывшая мне дверь Майя Истомина выглядела примерно такой, какой я всегда представлял себе писательниц среднего возраста. Молодые авторессы в моем воображении должны быть некрасивы, плохо подстрижены, худосочны, бледны и слегка заторможены (и откуда только это взялось в моей голове?), писательницы маститые должны быть похожи на бабушку Барто (когда я был маленьким, никаких других портретов женщин-писателей я просто и не видал) или на Крупскую, а литературные дамы между сорока и шестьюдесятью представлялись мне именно такими, как встретившая меня женщина. Невысокая, крепкая, чуть полноватая, темные волосы с уже заметной сединой распущены по плечам. Очки в модной оправе, причем две пары сразу: одни на лице, вторые — на цепочке — висят на груди. Я такое уже видел у людей, которые давно страдают близорукостью, а с годами получили в придачу еще и возрастную дальнозоркость. Брюки, свободный неброского оттенка джемпер, в вырезе которого видна золотая цепочка с замысловатым кулоном.

Майя Витальевна проводила меня в гостиную, предложила чаю-кофею и вполне благосклонно выслушала мои объяснения насчет клуба.

— Вы думаете, ваши пенсионеры захотят со мной встречаться? — она с сомнением покачала головой.

— Почему же нет?

— Ну, я не настолько известна, и потом, меня как автора-беллетриста уже подзабыли, в последние годы я ничего такого не публиковала, что могло бы быть им интересно. Последний роман у меня вышел десять лет назад, с тех пор я занимаюсь только преподаванием и эссеистикой.

— А где вы преподаете? — поинтересовался я.

— В Литинституте, веду творческий семинар. Игорь Владимирович, можно я задам вам вопрос?

— Конечно, ради бога.

— Это, вероятно, звучит глупо, но... Мне кто-то говорил, что наш участковый — сын Владимира Дорошина. Врут, наверное, да? Вам уже надоело отвечать на этот вопрос?

— Да нет, — рассмеялся я, — не врут. Я действительно сын того самого Дорошина. А вы поклонница классического вокала?

— Честно признаться, нет, — улыбнулась она. Улыбка у Истоминой была чудесная, мягкая и какая-то застенчивая, словно извиняющаяся. — Эта часть искусства как-то прошла мимо меня. Но имя громкое. Трудно быть сыном такой знаменитости?

— Ни капельки. Вот если бы я пошел по музыкальному пути — тогда да, тогда было бы трудно, потому что все время вспоминали бы папу и сравнивали меня с ним по степени одаренности. А в милиции кому интересен баритон Дорошин? Среди моих коллег больше половины не знают, чем баритон отличается от тенора, а процентов девяносто пять ни разу в жизни не слышали оперу. Им до моего отца никакого дела нет. Если бы я был сыном министра внутренних дел, вот тогда мне мало не показалось бы. Но я, слава богу, не сын министра, а сын всего лишь певца.

— Ничего себе «всего лишь»! — Истомина всплеснула руками. — Даже я, человек далекий от музыки, и то знаю, что ваш отец выступает на ведущих оперных сценах мира. Кстати, как раз вчера по каналу «Культура» я слышала, что на следующей неделе он начинает петь в Барселоне вместе с Пласидо Доминго и нашим Черновым. Только я не запомнила, в какой опере.

— В «Аиде».

— Знаете, — она снова улыбнулась робко, словно прося прощения, — мне как-то трудно это представить... Неужели можно вот так просто прийти в театр и увидеть, услышать, дышать одним воздухом с Доминго, с вашим отцом? Не по телевизору увидеть, а своими глазами? Наверное, чувство необыкновенное.

— Не знаю, — пожал я плечами, — наверное, это дело привычки. Я привык. Хотя вспоминаю, когда я был еще школьником, в Москву приезжал Паваротти, так я действительно трепетал. А потом как-то пообвыкся. Хорошим вокалом наслаждаюсь, но уже не трепещу. Я ведь на оперные спектакли хожу, как на работу.

— Это как же? — удивилась она.

— Маму сопровождаю. Она жутко переживает, когда папа поет, особенно если премьера, и ей нужно, чтобы я находился рядом, утешал ее, подбадривал, поддерживал.

— А если премьера за границей, как же мама без вас обходится?

— А она и не обходится. На первый спектакль я обычно прилетаю, потом она успокаивается, и я возвращаюсь домой.

— С ума сойти!

Истомина смотрела на меня расширившимися глазами и некоторое время молча пила чай. Потом лицо ее слегка изменилось, словно в голову ей пришла какая-то мысль.

— Игорь Владимирович...

— Можно просто Игорь.

— Хорошо, Игорь... А в Барселону вы сейчас полетите?

— Похоже, полечу. Мама, во всяком случае, настаивает, и билет я забронировал. Так что если она не передумает, придется лететь. А что?

— Знаете, у меня к вам будет просьба... такая, немножко необычная... Ничего?

Ну вот, начинается. Когда просьба обычная, это, как правило, означает, что нужно кому-то позвонить и что-то спросить или передать. Вторым вариантом обычной просьбы было что-то купить, чаще всего лекарство или сигареты в «дьюти фри». А что такое просьба необычная? Встретиться с резидентом разведки и передать ему шифровку?

На самом деле просьба оказалась почти обычной. Нужно будет всего-навсего пойти в книжный магазин и купить два-три экземпляра книги. Майя Витальевна поведала мне, что примерно год тому назад к ней обратился представитель крупного издательства из Испании с предложением купить права на перевод и публикацию дневников и записных книжек. У них есть проект, который так и называется: «Записные книжки»; в этой серии публикуется то, что называется «записные книжки писателей»: наброски, заметки, дневниковые записи, зарисовки. Одним словом, то сырье, из которого впоследствии прорастает литературный текст. Серия предназначена не столько для широкого читателя, сколько для литературоведов, критиков и прочих специалистов. Проект предусматривает публикацию записных книжек одного автора из каждой европейской страны. Единственным условием было то, что хотя бы одно произведение этого автора должно быть переведено на испанский, чтобы тот, кто будет читать «записную книжку», мог обратиться и к литературному тексту, дабы воочию увидеть, что из чего произрастает и что из этого получается. У Майи Истоминой, как выяснилось, на испанском вышли в свое время целых две книги, так что она порылась в архивных папках, нашла то, что нужно, сделала ксерокопии и отдала. Подписала договор, получила гонорар наличными и теперь хочет иметь книжку на испанском языке. Желание вполне законное и более чем понятное.

Просьба не показалась мне обременительной, и я с готовностью пообещал Майе Витальевне ее выполнить. Она же, в свою очередь, пообещала мне прийти в клуб, когда мы ее позовем, чтобы рассказать моим любимым старикам о разных известных писателях, с которыми ей доводилось встречаться.

Если бы я знал в тот момент, какой лабиринт загадок и старых тайн вырастет из такой невинной вещи, как просьба купить в Барселоне книжку на испанском языке...

* * *

Мои надежды на то, что мамуля перенесет очередную папину премьеру с олимпийским спокойствием, рухнули. Предстоящее выступление Владимира Дорошина в «Аиде», в партии эфиопского царя Амонасро, превратилось для моей мамы сначала в Кошмар, потом в Кошмарный Ужас, и за два дня до спектакля она рыдала в телефонную трубку и требовала, чтобы я немедленно прибыл. Ситуация была привычной, и алгоритм действий на этот случай у меня давно отработан, благо в моем загранпаспорте красуется долгосрочная шенгенская виза. Поездка в агентство Аэрофлота, чтобы выкупить забронированный билет на самолет, потом поход в поликлинику к врачу, который мало того, что является большим любителем оперы, но еще и числится моим участковым терапевтом, с пониманием относится к мамулиной нервной системе и выписывает мне больничный по первому требованию, потом короткие посиделки со старшим участковым Валькой Семеновым, поскольку в мое отсутствие он по должности обязан брать на себя мой участок. Я почистил щеточкой смокинг (никакой другой одежды на премьерах мамуля не допускала), упаковал его в портплед, побросал в небольшую сумку туалетные принадлежности и футболку на случай жары, поскольку дело было в сентябре и в Барселоне стояла солнечная и вовсе не морозная погода, сдал котов Светке Безрядиной на попечение и отбыл в аэропорт.

Из всех зарубежных городов, где мне приходится бывать по случаю папиных премьер и маминых Кошмарных Ужасов, я больше всего люблю Барселону. Дело в том, что я от рождения страдаю топографическим кретинизмом и в незнакомом месте немедленно начинаю путаться в улицах и терять направление, а Барселона в основном спроектирована квадратно-гнездовым способом, во всяком случае в центральной своей части, дальше которой я все равно не ухожу, и чтобы там заблудиться, нужно быть еще тупее, чем я, а это, поверьте мне, не каждому дано. А еще в Барселоне есть совершенно замечательный проспект под названием «Диагональ», строго по диагонали пересекающий весь город, и если держаться вблизи от него, то заблудиться невозможно даже при очень большом желании. Вторым достоинством Барселоны в моих глазах является тот факт, что оперный театр «Лицеу» находится на бульваре Рамбла, упирающемся в набережную. То есть гуляешь себе по Рамбле, пьешь пиво или кофе на свежем воздухе, рассматриваешь и покупаешь сувениры в лавках (непременно доброму доктору-терапевту, а также Вальке Семенову и его многочисленному семейству), любуешься морем, дышишь морским воздухом, смотришь на чаек, потом — в нужный момент — раз! И ты уже у папы в гримерке, напяливаешь принесенный загодя смокинг и отправляешься вместе с мамулей в зрительный зал. Просто, легко и удобно. Я не большой любитель экскурсий, и осмотр достопримечательностей меня особо не вдохновляет, поэтому я предпочитаю гулять по бульвару Рамбла, удаляясь от него максимум на полкилометра. Но книжных магазинов рядом с театром не было.

Пришлось просить маму о помощи, тем более ее все равно нужно было всеми силами отвлекать от Кошмарного Ужаса. Мамуля, ловко чирикающая на языках всех стран, где регулярно выступает папа, с удовольствием согласилась пойти со мной за книгой. В первом же магазине, куда мы зашли, серии «Записные книжки» не оказалось, более того, девушки-продавщицы о такой серии даже не слышали.

— Это маленький магазин, — обнадежила меня мамуля, — сейчас я тебя отведу в большой книжный магазин, где есть все.

Но и там «Записных книжек» не оказалось, и продавщицы все так же недоуменно пожимали плечами и говорили, что о такой серии не слышали.

— Вполне может быть, — авторитетно заявила мама. — Ты же сам сказал, что серия рассчитана на специалистов, а не на широкого читателя, это скорее научная литература, и искать ее надо в специализированных магазинах.

Вместо вожделенной прогулки по Рамбле пришлось возвращаться в гостиницу, где был компьютер с подключением к Интернету. Мамуля принялась ловко бегать по сайтам и через некоторое время озадаченно произнесла:

— Егорушка, что-то я нигде не найду упоминаний об этой серии. Ты точно помнишь, что она называлась «Записные книжки»?

— Точно, — уверенно ответил я.

— А как называется издательство?

— Ой, вот этого я не спросил. Но можно позвонить Истоминой и спросить, она наверняка знает.

— Ну так позвони, а то мы методом простого тыка ничего не найдем.

Хорошо, что я взял с собой номер телефона Истоминой. Она оказалась дома и по буквам продиктовала мне название издательства. Мама снова села к компьютеру, а я вышел на террасу, уселся в шезлонг, подставил лицо горячему солнышку и расслабился. Вот найдем книжку для Майи Витальевны, вечером отсижу спектакль, послушаю папу, а завтра утром в аэропорт и домой. Странная у меня жизнь все-таки... Позавчера я еще бегал по улицам, помойкам, заброшенным гаражам и загаженным подвалам, сегодня сижу в роскошных апартаментах в пятизвездочном отеле, почти на берегу Средиземного моря, и вокруг меня звучит радующая мой слух испанская речь (ну, если быть точным — не совсем испанская, не кастильяно, а каталонская, но для меня, не знающего ни одного из этих языков, разницы нет), а послезавтра я снова надену форму и буду бегать по чердакам и помойкам, искать угнанные машины и урезонивать дебоширов и пьяниц.

Кажется, я задремал, потому что, когда над ухом раздался мамин голос, вздрогнул и чуть не свалился с шезлонга.

— Егор, я ничего не понимаю, — встревоженно сказала мама. — Я не могу найти ни серию, ни издательство.

— Может, оно маленькое и у него нет своего сайта, — сонно предположил я.

— Да я не только сайт искала, но и вообще упоминание об издательстве. Не может такого быть, чтобы оно нигде не упоминалось, если оно есть.

— Мам, все может быть. Давай найдем контактный телефон какого-нибудь крупного издательства, позвоним им и спросим. У них же есть какие-то свои справочники.

— Это мысль, — оживилась она и снова села за компьютер. — Вот, я нашла телефоны издательской группы «Планета».

— Годится, — одобрил я. — Если группа, то уж точно большое, и они там все знают.

Я продолжал нежиться на террасе, а мама бойко разговаривала по телефону. Я не понимал, что она говорит, но по интонациям догадывался, что она уговаривает кого-то, сердится и в чем-то пытается убедить. Вероятно, ей дали другой номер телефона, потому что она позвонила еще куда-то. Вполуха прислушиваясь к ее мелодичному щебету, я думал о том, что рядом с мамулей особенно остро ощущаю собственное несовершенство. Мало того, что она легко схватывает разговорный язык любой страны и умело им пользуется, она еще и в городском пространстве ориентируется безошибочно, пользуясь картой крайне редко. Наверное, сказывается многолетний опыт поездок с папой на гастроли, но и природными талантами моя мамуля не обижена. А какая она красавица! О папе с его вокальными и артистическими талантами я уж не говорю, и совершенно непонятно, как у таких щедро одаренных природой родителей мог появиться такой неудалый сынок, как я. Ничем не выдающийся, скромный участковый милиционер. Правда, у меня тоже есть некоторые способности, дающие мне возможность зарабатывать вполне приличные деньги, но до мамы с папой мне — как до Луны. Или до Марса. Астрономию в школе я учил из рук вон плохо, совсем, можно сказать, и не учил, поэтому слабо представляю, какая планета дальше от Земли. Кажется, все-таки Марс, потому что Луна вроде бы спутник. Или нет? Не помню.

Наконец мама повесила трубку и позвала меня.

— Они совершенно уверены, что не существует ни такого издательства, ни такой серии, — растерянно произнесла мама.

— Но ты же сама понимаешь, что этого не может быть. Есть договор, и они заплатили деньги. Стоп! — обрадованно воскликнул я. — Я идиот! Ведь есть же договор! И в нем должны быть реквизиты издательства, его адрес и имя человека, подписывающего контракт. Сейчас я снова позвоню Истоминой и все выясню.

Я схватился за телефон.

— Договор? — удивленно переспросила Майя Витальевна. — Но у меня его нет.

— Как — нет? А куда он делся?

— Я его подписала и отдала тому представителю, который ко мне приходил.

— Но у вас же должен был остаться свой экземпляр. Вы же подписывали как минимум два экземпляра.

Уж в этом-то я был докой, сам такие договоры подписывал с продюсерской компанией Бориса Безрядина каждый месяц, и всегда по три экземпляра, один из которых оставался у меня.

— Конечно, Игорь, я понимаю, о чем вы говорите. Он принес мне два экземпляра договора, я оба подписала, он их забрал, чтобы отправить в Испанию, где их подпишут руководители издательства.

— И что? Вам подписанный экземпляр не вернули?

— Нет. Да я как-то и забыла об этом. Деньги же заплатили...

— Майя Витальевна, я задам нескромный вопрос, просто чтобы понимать...

— Да-да, пожалуйста.

— Большой был гонорар?

— Очень приличный для такого рода материала.

— И все-таки?

— Пять тысяч евро.

Действительно, более чем приличный. Насколько я знаю, такие деньги платят, когда покупают права на беллетристику, которую рассчитывают продать немаленьким тиражом. Для узкоспециальной литературы пять тысяч евро даже многовато. Значит, намерения у издателя, купившего у Истоминой права, были серьезными. И куда же он делся, издатель этот, вместе со своей узкоспециальной книжной серией и серьезными намерениями?

Во мне проснулся милиционер, и мне стало интересно.

— У вас остались координаты того человека, который к вам приходил? — спросил я Майю.

— Нет.

— Ни телефона, ни адреса?

— Нет, Игорь, ничего. Он сказал, что приехал из Испании, живет там постоянно, в Москве остановился в гостинице. Какой смысл оставлять координаты?

— Ну хотя бы имя и фамилию вы запомнили?

— У меня записано. Сейчас, минутку...

Она пошуршала возле трубки какими-то бумагами, наверное, листала прошлогодний ежедневник.

— Нашла. Клюев Сергей Иванович.

Да толку-то... Где я сейчас по всей Испании буду искать этого Клюева? И зачем я задал вопрос? Бессмысленно. Наверное, сработала привычка, я почувствовал себя на работе и забыл, что нахожусь за границей.

— Вы меня простите, Игорь, из-за меня у вас столько хлопот. Бог с ней, с этой книжкой, не тратьте на нее время. Я догадываюсь, что могло произойти.

— И что же?

— Издательство не было крупным, это мне Клюев наврал, оно было на самом деле маленьким и только-только родившимся. «Записные книжки» — это их первый проект, они его придумали и были уверены, что он пойдет. А проект не пошел вообще. Или у них что-то случилось, и они лопнули, не выпустив ни одной книжки. Вот и все. Так бывает, я знаю. Жаль, конечно, но что поделаешь.

На миг мне показалось, что я снова вижу ее улыбку, осторожную, словно она сомневается в своем праве улыбаться.

За час до начала спектакля мы с мамой уже сидели в папиной гримуборной, дальше все поехало по привычной колее: спектакль, овации, цветы, ужин, сон, обильный «пятизвездочный» завтрак, такси в аэропорт, регистрация, паспортный контроль, два блока сигарет в «дьюти фри» для Светки Безрядиной, четыре с лишним часа в воздухе — и я уже забирал со стоянки в Шереметьево свою машину.

Все. Я дома.

* * *

Секретарь Ларочка терпеливо стояла у двери в ожидании, пока шеф соизволит ее заметить. Ей с самого утра казалось, что Лев Александрович вроде как не в себе, вопросы задает странные, ответов не слушает, и глаза у него какие-то... непривычные, что ли. За три года работы у Аргунова Лара таких глаз не видела, а ведь за три года всякое бывало: и трудности, и конфликты, и скандалы, уж, казалось бы, шефа она во всех состояниях успела увидеть. Ан нет. Сегодня он был совсем особенным, непонятным, и оттого Лара нервничала и не знала, как правильно себя вести, чтобы не разозлить начальника, который вообще-то всегда вел себя корректно и если и повышал голос, то только не на нее, своего секретаря.

Аргунов склонился над бумагами, сидя за столом, но Лара отчетливо видела, что он их не читает. Однако же головы он не поднимал и на Лару не смотрел, хотя не далее как десять минут назад вызвал ее в кабинет. Лара вошла и вот уже битых десять минут стоит, чувствуя себя полной дурой, и не понимает, что происходит. Аргунов молчит, хотя не может не видеть стоящую в трех метрах от себя девушку.

— Лев Александрович, — вполголоса позвала Лара уже в третий или в четвертый раз.

Эта попытка оказалась удачной, шеф поднял глаза и уставился на секретаря с выражением полного недоумения.

— Да, Лара? Вы что-то хотели?

— Вы меня вызвали, — сдержанно ответила девушка, пытаясь скрыть обиду.

«Что-то хотели». Да ничего она не хотела. Уже восьмой час, ей давно пора уходить, а она стоит тут как дура и ждет неизвестно чего.

— Ах да, простите, Ларочка, я отвлекся... Что-то я хотел вам сказать... Черт, из головы вылетело. Простите, ради бога.

— Да ничего, Лев Александрович, — смягчилась она.

Кто его знает, может, у него в самом деле такие серьезные проблемы, что голова не на месте. Всякое бывает.

— Вам чай сделать? — участливо спросила она.

— Нет-нет, спасибо. Вызовите машину, поеду домой.

— Хорошо.

Она позвонила водителю Аргунова, навела порядок на своем рабочем столе, выключила компьютер и кофе-машину, сменила обувь, сняв туфельки на высоких каблуках и надев более удобные, в которых ходила по улице, освежила макияж и приготовилась уходить. Но не раньше, чем уйдет шеф. Такое правило. Если он сам не скажет, что секретарь может быть свободна до завтра, то нужно сидеть до тех пор, пока он у себя в кабинете.

А Аргунов все не уходит. И чего он там высиживает? Звонка, что ли, ждет от кого-то? Зачем тогда просил вызвать машину? Ничего не понятно.

Лара со вздохом открыла сумку и достала книгу, которую читала в электричке. Жила она в ближнем Подмосковье, на дорогу времени уходило много, поэтому без книжки она обычно из дому не выходила.

Она успела прочесть десять страниц, когда в приемной появился Миша, водитель Аргунова.

— Лар, случилось что или как? Чего шеф-то не идет? Или вертаем все назад и никуда не едем?

Она пожала плечами:

— Не знаю. Велел вызвать машину, больше никаких указаний не поступало.

— Может, позвонишь, спросишь? А то я как дурак в машине сижу, а там такой футбол идет, я с охранниками смотрел. Если пока не едем, тогда я пойду еще посмотрю.

— Сам звони, — огрызнулась Лара, которая Мишу отчего-то недолюбливала.

— Ты чего, Лар? — удивился парень. — Конфликт интересов, что ли?

— Да нет, просто Лев Александрович сегодня какой-то слабоадекватный. Меня вызвал, так я у него перед носом битых полчаса проторчала, пока он меня заметил. А потом оказалось, что он не помнит, зачем вызвал. В общем, если что — звони ему сам, я нарываться не хочу.

Насчет получаса она, конечно, сильно преувеличила, но что это за женщина, если она в своих рассказах воспроизводит события с точностью до минуты и сантиметра? Женщины, в отличие от мужчин, прирожденные рассказчицы, а для рассказчика первое и главнейшее дело — сделать рассказ интересным и ярким, иначе будет скучно. Мужчины излагают факты, а женщины рассказывают истории, в этом вся разница.

В приемной стоял небольшой телевизор, и Миша бросил на него плотоядный взгляд.

— Лар, я включу телик, можно? Здесь посижу, футбол посмотрю.

— Включи, — холодно ответила она. — Только негромко.

Аргунов вышел спустя еще сорок минут, и Лариса с сожалением отметила, что книжка уже почти закончилась и на дорогу в метро и электричке оставшихся страниц явно не хватит.

* * *

— Не гони, Миша, — попросил Аргунов, — дождь, дорога мокрая. Я не тороплюсь.

— Хорошо, Лев Александрович, — кивнул водитель, — не буду.

Аргунову было плевать и на мокрый асфальт, и на дождь. Но он действительно не торопился. А если быть совсем честным с самим собой, то Льву Александровичу пришлось бы признаться, что он пытается всеми силами оттянуть момент возвращения домой. Потому что дома он больше не сможет делать вид, что ничего не произошло, он откроет шкаф в своей спальне и снова увидит ЭТО.

Он увидел ЭТО вчера поздно вечером, когда перед сном доставал из шкафа чистую пижаму. ЭТО выпало с верхней полки прямо ему в руки. Маленькая футболочка на ребенка лет семи-восьми, желтенькая, со смешным зайцем на груди. В первый момент он окаменел, потом судорожно запихнул футболку обратно в шкаф, закрыл дверцу и трясущимися руками запер ее на ключ, словно кусочек желтого трикотажа был живым и мог оттуда выползти, наброситься на него, спящего, и задушить.

Ночью он боялся уснуть, да и не смог бы, наверное, даже если бы очень захотел, лежал, прислушиваясь к себе, всматриваясь в самого себя, вспоминая и холодея от ужаса. Неужели все вернулось?

...Прошло почти тридцать лет, но до сих пор он не может без ужаса и содрогания вспоминать то, что тогда произошло. Тогда, в семьдесят пятом, он обнаружил в своей квартире, в тумбочке возле дивана, поясок от детского платьица, белый в красный горошек. Сначала удивлялся и недоумевал, даже смеялся над неожиданной находкой и весело, как помнится, за бутылкой дешевого вина, на кухне своей квартиры, с шуточками и прибауточками поведал об этом своему другу Славке Ситникову. Славка сначала тоже смеялся, потом вдруг стал необычно серьезным.

— Слушай, Левка, а ведь это плохо, — озабоченно произнес он. — Очень плохо.

— Почему? — не понял Лева.

— Да ты понимаешь... В общем, я не должен тебе этого говорить, потому что... ну, ты сам понимаешь. Это информация закрытая, ее разглашать нельзя. Но тут такое дело...

Славка помялся и, чтобы потянуть паузу, стал разливать по стаканам вино. Лева Аргунов все еще ничего не понимал, но его охватила такая острая тревога, которую просто невозможно было вынести.

— Да не тяни ты! — прикрикнул он на друга. — Решил говорить — говори, а то напугал до смерти.

— Ну... ты же знаешь, я в горкоме работаю в отделе, который курирует административные органы, в том числе милицию. Ну вот, нам в обязательном порядке дают сводки происшествий по городу. Только, Лева, я тебе ничего не говорил, ладно?

— Да ты и так пока ничего не сказал. Ты можешь толком объяснить, что за фигня с этим пояском?

— Понимаешь, в Москве орудует маньяк, который уводит из детских садов и школ маленьких детишек. Убивает их и... ну, всякое такое. Не буду тебе рассказывать в подробностях. Вся милиция на ушах стоит, его уже почти год ищут. Только, Лева, я повторяю, информация закрытая, ее ни в коем случае нельзя разглашать, иначе в городе поднимется паника.

— Да я понимаю, — с досадой крякнул Аргунов. — Только я-то тут при чем?

— Левка, ты не обижайся на меня, но помнишь, ты мне как-то говорил, что в детстве у тебя были приступы... Ну, ты вроде как лунатизмом страдал.

— Сомнамбулизмом, — подтвердил Аргунов.

— Ходил во сне куда-то, а потом вспомнить не мог, где был и что делал. Тебя даже из пионерского лагеря чуть не выгнали за это. Было?

— Было. И что? Ты хочешь сказать, что я во сне куда-то пошел и где-то украл этот дурацкий поясок от платья? Так у меня этих приступов уже много лет не было.

— Лева, ты меня послушай, — Ситников потянулся за сигаретами, судорожно закурил. — Твои предки работают в Дубне и в Москве бывают только наездами.

— И что?

— А то, что ты фактически живешь один. Понимаешь? Совершенно один. Пока ты жил с родителями, они видели, что ты по ночам встаешь, что-то делаешь, а утром не помнишь ни хрена, и они могли тебе об этом сказать. А сейчас кто тебе скажет? Если ты ходишь куда-то во сне, кто это видит? А тот, кто тебя видит, откуда может знать, что ты на самом деле спишь и ничего не соображаешь, а потом ничего не вспомнишь? Некому тебе об этом сказать. И ты живешь в счастливом неведении, думаешь, что приступы у тебя давно прекратились. А на самом деле...

— Погоди, погоди, — испугался Лева, — ты что, думаешь, что это я — маньяк? Что это я детишек увожу и убиваю? Ты что, охренел совсем?

Он почти кричал, сжав кулаки так, что побелели костяшки пальцев. В этот момент он готов был убить своего друга Славку Ситникова. Его охватила такая ярость, что в глазах потемнело.

И вдруг он опомнился. Ярость, неконтролируемая агрессия, желание ударить, убить... Он, тихий, безобидный аспирант, физик-теоретик, сын мамы-доцента и папы-профессора, подающий надежды двадцативосьмилетний молодой ученый Лева Аргунов, книжный червь, — он, оказывается, способен на такие сильные и разрушительные эмоции. А если и в самом деле? А вдруг Славка прав, и приступы не прекратились, просто он теперь о них не знает?

Лева попытался взять себя в руки, успокоиться и сосредоточиться. И спасительная мысль сразу же пришла!

— Но ведь детей уводили из детского сада и школы, так?

— Так.

— Значит, это было днем?

— По-разному. Когда утром, когда днем, а когда и ближе к вечеру.

— Вот видишь, — Лева торжествующе улыбнулся. — Значит, не ночью. Ночью дети спят у себя дома и их никуда нельзя увести.

— Ну ты даешь, — недобро усмехнулся Ситников. — Ты кто? Служащий в конторе? Ты — аспирант, ты сидишь дома и работаешь над диссертацией, у тебя рабочее время не с девяти до шести, а когда ты сам захочешь. Что я, не знаю, как вы работаете? Сидите над своими книжками ночи напролет, а потом весь день отсыпаетесь. Да ты сам вспомни, сколько раз я тебе днем звонил, а ты отвечал мне совершенно сонный и говорил, что лег спать только в восемь утра, потому что вечером тебе в голову пришла очередная гениальная идея и ты всю ночь ее просчитывал и продумывал. Было?

— Было, — признал Лева. — Слушай, Слава, ты меня не первый год знаешь, скажи честно: ты действительно считаешь, что я способен на такое? Ты в самом деле думаешь, что это я?

— Ну что ты, — Ситников успокаивающе улыбнулся и снова разлил вино. — Давай выпьем.

Он залпом осушил свой стакан и снова закурил.

— Ты мой друг, Левка, и я тебе верю как себе. Но не все

люди на свете твои друзья и будут тебе верить. Поэтому лучше, чтобы про эту историю с пояском никто не знал, понимаешь? Я никому ничего не скажу. И ты никому не говори. Ладно?

— Нет, подожди, — Лева все никак не мог успокоиться, — я хочу разобраться. Я должен понимать...

— Ничего ты не должен, — Слава чуть повысил голос. — Не бери в голову. И я дурак, не надо было тебе рассказывать. То есть нет, я правильно сделал, что рассказал, потому что теперь ты понимаешь, что об этом пояске и о твоих приступах не надо трепаться направо и налево. Понял? Скажешь кому-нибудь, сарафанное радио разнесет повсюду, дойдет до ментов, они к тебе прицепятся, всю душу вымотают, еще, не приведи господь, на психиатрическую экспертизу отправят. Хорошо, если на амбулаторную, а если на стационарную? Это ж на месяц в психушку залететь! А ты физик-теоретик, у тебя секретность и все такое. И все, конец карьере. Понял?

— Понял. Но все равно я хочу понимать, есть у меня приступы или нет, и если есть, то что я делаю в это время, — твердо сказал Аргунов. — Я не верю, что я убийца, но я ученый и не принимаю ничего на веру. Я должен знать точно.

— Экий ты, право, — улыбнулся Ситников. — Ну, заведи себе бабу, пусть она с тобой живет и ночует у тебя, сразу все узнаешь. Да вот хоть подружку нашу с тобой — только помани, сразу твоя будет. Она по тебе давно сохнет, сам знаешь.

— С ума сошел, — фыркнул Лева. — Сто лет она мне не нужна.

— Да брось ты, красивая девка, влюблена в тебя как кошка, чего тебе еще надо? И главное: если что не так — она тебя никогда не выдаст. Просекаешь?

— Даже говорить об этом не хочу, — отрезал Аргунов.

— Да почему? Чем она тебе не нравится?

— Не нравится — и все. И вообще, я уверен, что никакого «если что не так» не будет.

— Ну, это само собой, — согласился Ситников.

В тот день они много выпили и больше к разговору о приступах Аргунова и загадочном пояске от детского платья не возвращались, стараясь обсуждать что угодно, только не это.

Слава Ситников давно ушел, а Лева все сидел в комнате

на диване, крутил в руках поясок в красный горошек и с ужасом думал: «Неужели это действительно сделал я? Славка только делает вид, что верит мне, на самом деле он уверен, что это я убиваю и насилую детишек, но он мой друг и готов меня покрывать. Он готов мне помочь, он даже пошел на служебный проступок, разгласив закрытую информацию, чтобы уберечь меня от необдуманных действий. Он знает точно, что это я. А я? Я это знаю?»

Примерно месяц после этого Лева Аргунов жил в непрекращающемся кошмаре. Каждый день, ложась спать, он тщательно осматривал свое жилище, стараясь запомнить, что, где и в каком положении находится, ставил хитрые «метки» и, проснувшись, первым делом проверял, нет ли следов того, что он во сне вставал и что-то делал. Сон с каждым днем становился все короче и тревожнее, в конце концов он вообще перестал спать, похудел, почернел, забросил работу над диссертацией, сутками напролет изводя себя сомнениями и страхами. Он — убийца? Или нет?

Потом стало полегче, в конце концов любая боль ослабевает, а страх становится привычной частью повседневной жизни. Прошло еще несколько месяцев, и все вошло в обычную колею. Сомнения остались, ничего не забылось, но тревога понемногу притупилась, и Лева снова вплотную занялся диссертацией, быстро доведя ее до завершения. Ситников больше ни разу не заговорил об убитых детях, а Аргунов никаких вопросов сам не задавал. Он боялся услышать ответ, с которым он не будет знать, что делать.

Еще через два года Лева совсем успокоился и сделал наконец предложение молодой женщине, с которой давно встречался. Он женился, у него родилась дочь, он вполне успешно двигался по лестнице научно-педагогической карьеры, изменил научную специализацию, занявшись прикладной физикой, запатентовал кучу изобретений, которые могли с успехом применяться в технологии строительства, а с приходом новой экономики начал, не без помощи своего старого друга Славы Ситникова, заниматься бизнесом, торгуя этими самыми технологиями. Бизнес развивался успешно, Аргунов стал человеком состоятельным и теперь, когда до шестидесятилетия осталось всего два года, подумывал о том, чтобы заняться политикой. С его деньгами это вполне реально, можно стать если не вторым, то уж третьим лицом практически в любой партии, его примут с распростертыми объятиями. Кошмар семьдесят пятого года почти забылся...

И вдруг вчера он обнаружил в своем шкафу детскую футболку. И все вернулось. Уже три года, как они с женой спят в разных спальнях. И не потому, что отношения испортились, нет, просто возраст дает о себе знать. Жена давно жаловалась, что по ночам Лев Александрович храпит так громко, что она не может спать рядом с ним. У нее же, напротив, сон беспокойный, ей порой снятся тяжелые сны, после которых она просыпается с сильным сердцебиением, приходится вставать, чтобы выпить лекарство или просто стакан воды, и ей не хочется беспокоить мужа.

Дом огромный, трехэтажный особняк, спальня жены на втором этаже, сам Аргунов спит на третьем, и даже если он и встает по ночам, она совершенно точно этого не услышит и не увидит. Пока спали вместе, жена ничего не говорила о его приступах, и Аргунов был уверен, что их нет. Закончились они давным-давно, и можно про это забыть раз и навсегда. Но кто знает, что происходит в последние три года? В доме есть охрана, но охранники по ночам крепко спят, это Аргунов знал точно. Их работа нацелена на то, чтобы не дать посторонним проникнуть на территорию участка, для чего существует навороченная электронная сигнализация. Задания следить за выходящим из дому хозяином они не получали. И даже если бы увидели ночью Льва Александровича, только плечами пожали бы: ну вышел человек погулять, имеет право. Не такого масштаба он фигура, чтобы телохранители за ним днем и ночью таскались. Аргунов знал, что сомнамбулизм — штука малоизученная, специалисты говорили ему, что это до сих пор «белое пятно», никто не может сказать точно, отчего начинается снохождение и отчего прекращается. От психической травмы, от сильного стресса, от длительного нервного перенапряжения, даже от инфекционной болезни — от чего угодно. А стрессов в жизни состоятельного бизнесмена всегда хватало, причем с годами к ним не привыкаешь. Наоборот, с возрастом переносишь их все труднее, с все более тяжелыми последствиями для здоровья, это всем известно.

Все было так благополучно, так спокойно... И вдруг все вернулось. Но может быть, это только сон? Не было вчера никакой детской футболочки, это ему приснилось. И бессонной ночи не было, на самом деле он крепко спал, так крепко, что теперь не может отделить сон от яви. Сейчас он приедет домой, будет ужинать вместе с женой, потом поднимется к себе на третий этаж, войдет в спальню, откроет шкаф и убедится, что никакой желтой футболки со смешным зайцем и в помине нет.

А если она есть? Что с этим делать? Как было бы хорошо, если бы у него были внуки! Можно было бы сказать себе, что кто-то из ребятишек играл в дедушкиной спальне и сунул в шкаф свою маечку. И не было бы никаких вопросов, мучений, сомнений и страхов. Но внуков у Аргунова не было. Его единственная дочь всего неделю назад вышла замуж и уехала с новоиспеченным мужем на два месяца в свадебную поездку по Европе.

Он никогда не думал, что его дом находится так близко от центра Москвы. Когда машина въезжала на территорию участка, Аргунов невольно втянул голову в плечи. Ему хотелось стать маленьким и незаметным, исчезнуть, раствориться в салоне машины и перестать быть. Тогда не нужно будет входить в дом, подниматься в свою спальню и открывать шкаф.

И не открыть его он не может. Потому что открыть нужно. Потому что теплится еще, трепыхается на дне души надежда, что все приснилось и ничего не было.

А если ЭТО есть?

Тогда он позвонит Славе Ситникову. Слава — единственный, с кем можно об этом поговорить.

* * *

Олеся снова поставила две фишки на красное, одну на «нечет» и три на вторую дюжину. «Каждый раз одно и то же», — подумал Ситников, с улыбкой глядя на молодую женщину.

— Неужели тебе никогда не надоест повторять одни и те же ставки? — ласково спросил он. — Хотя бы ради разнообразия поставь на «зеро» или на первую дюжину.

— Ни за что! — весело отчеканила Олеся, чмокнув его в щеку.

— Ну тогда поменяй количество фишек.

— Ни за что, — повторила она, не отрывая глаз от шарика, судорожно мечущегося в колесе рулетки. — Это дело принципа. Красное, «нечет» и вторая дюжина. Я буду играть до тех пор, пока не выиграю на этом.

— Так на этом много не выиграешь. Я бы еще понимал, если бы ты ставила на одно и то же число. Тут вопрос только терпения, и рано или поздно сорвешь банк. А так...

— Мне не нужно много и сразу, — она улыбнулась и прижалась к нему. — Мне важен процесс. Пожалуйста, попроси, чтобы мне принесли «Кампари-оранж».

Ситников огляделся, нашел глазами официанта и сделал едва заметный знак пальцами. Через мгновение чернявый симпатичный юноша склонился к нему.

— Слушаю вас.

— Даме «Кампари-оранж», а мне, будьте любезны, эспрессо и пачку «Вог».

Он медленно пил свой кофе, затягивался тонкой «дамской» сигаретой и любовался Олесей. Боже мой, как же он ее любил! Когда он смотрел на нее, у него внутри все таяло и превращалось в мягкую пуховую подушку. В ней не было недостатков, она была совершенством, как совершенны бывают дочери для любящих отцов, а сыновья — для любящих матерей.

У Олеси в сумочке замурлыкал мобильник. Она досадливо сморщила носик и, не глядя, щелкнула замком.

— Алло! Я? В казино. Ну да, играю... Нет-нет, не беспокойся, я с папой... Да перестань ты, ради бога, ну сколько я выпила-то? Три кампари, там алкоголя вообще кот наплакал. Ладно, ладно, хорошо.

Она протянула трубку Ситникову.

— Получи руководящие указания, — шепнула она и снова отвернулась к игровому столу.

— Конечно, я ее отвезу, не волнуйся, — проговорил он, не тратя лишних слов на приветствия. — Пока, увидимся.

Вот дал же бог девке мужа! Хуже матери-наседки. Впрочем, в роли бога в данном случае выступил сам Ситников.

Что ж, за все надо платить. У Гриши есть недостатки, а у кого их нет? Но зато в этом браке масса достоинств, и за Олесю Вячеслав Антонович спокоен. Она в хороших руках. Во всяком случае, в таких, какие устраивают лично его, Ситникова.

— С папой она, — хмыкнул он, возвращая ей телефон. — Нашла себе прикрытие. Думаешь, если папа стоит рядом, то порок в глазах твоего мужа перестает быть пороком?

Олеся повернулась и посмотрела ему прямо в глаза.

— Если папа стоит рядом, значит, рядом нет любовника, — мягко произнесла она. — Это же очевидно.

«Вот уж это-то совсем не очевидно», — с сарказмом подумал Ситников.

Он так до конца и не понял, что влечет ее сюда, в казино, почему она с таким упорством приходит играть на рулетке дважды в неделю, делает одни и те же ставки и покидает заведение не тогда, когда заканчиваются фишки и деньги, а в одной ей известный момент. Играла она азартно, волновалась, сжимала ладони, глаза горели, щеки то пылали, то покрывались мраморной бледностью, но примерно через два часа Олеся прекращала игру и уходила. И сколько Вячеслав Антонович ни бился, вразумительного ответа он так и не получил.

Он заказал еще кофе, отошел от стола и сел в мягкое кресло, рядом с которым стоял низенький деревянный столик с пепельницей. Сам Ситников не играл вообще, никогда и ни при каких обстоятельствах, у него не было тяги к азартным играм, они не были ему интересны, кроме того, он — государственный чиновник, руководитель департамента в Министерстве экономики и должен беречь репутацию. Хорошо известно, что игры в казино — легкий и практически непроверяемый способ отмывания денег, полученных в виде взяток, а зачем Ситникову эта головная боль? Но с Олесей он ходил в казино с удовольствием, потому что каждая минута рядом с ней была праздником. Не играл, а просто стоял рядом или чуть в стороне, наблюдал за тем, как она играет, разговаривал с ней. Вот и сейчас он сидел и смотрел на ее обтянутую тонким трикотажным платьем спину, на изящную шею, на покачивающиеся длинные серьги, изысканно постриженные волосы на затылке, и ему казалось, что ничего лучше, ничего прекраснее на свете не существует. Как же милостива к нему судьба, давшая ему Олесю и позволившая любоваться этой красотой!

Снова зазвонил мобильник, на этот раз у него.

— Слава...

В первый момент он даже не узнал голос и нахмурился.

— Слушаю вас, — строго произнес он.

— Слава, это я.

— Господи, Левка! Что у тебя с голосом? Ты заболел? Или что-то случилось?

— Случилось. Слава, мне нужно с тобой поговорить. Это очень важно и срочно.

— Что, прямо сегодня?

Ситников бросил взгляд на часы: половина одиннадцатого. Н-да, дела...

— Не отказывай мне, Слава. Я пропаду.

— Ну конечно, конечно. Ты хочешь ко мне приехать?

— Я... не знаю. Не понимаю, как лучше... Я вообще ничего не понимаю.

— Все ясно. Ты дома?

— Да.

— Я сам приеду.

— Когда?

Ситников снова глянул на циферблат. Сейчас дороги уже относительно свободны, пробок не должно быть нигде. На то, чтобы отвезти Олесю домой, уйдет минут двадцать, оттуда до загородного дома Аргунова — еще минут сорок. Но согласится ли Олеся прервать игру прямо сейчас? А вдруг начнет капризничать, захочет еще остаться? Придется тратить время и слова на объяснения и увещевания.

— Примерно через час — час пятнадцать. Раньше не успею.

— Я жду тебя, Слава, я тебя очень жду.

Но тратить ни слова, ни время не пришлось. Стоило ему только сказать, что пора ехать, она немедленно собрала со стола оставшиеся фишки, и ни малейшего следа неудовольствия на ее красивом лице Ситников не заметил.

— Извини, что я тебя сорвал, — виновато сказал Вячеслав Антонович, когда они сели в машину. — Но это действительно важное дело.

Олеся молча взяла его за руку, прижала пальцы к своей щеке, поцеловала.

— Никогда передо мной не извиняйся. — Голос ее звучал тихо, но твердо. — Ты знаешь, что делаешь, и не мне судить, правильно это или нет.

От этих слов в горле у него встал ком, и Ситникову показалось, что он вот-вот расплачется. Он крепче сжал ее тонкие пальцы.

— Ты — самое большое сокровище в моей жизни. Так есть, так будет, и этого не отменят никакие твои мужья. Ты все равно будешь моим сокровищем, а не их. Ты поняла?

— Почему «мужья», почему во множественном числе? — Она лукаво улыбнулась. — У меня только один муж. Или ты планируешь для меня кого-то еще?

— Человек предполагает, а бог располагает, — отшутился Вячеслав Антонович. — Все может случиться в этой жизни.

Олеся резко отдернула руку и повернулась к нему. Стоянка возле казино была залита светом, и даже в неосвещенном салоне машины лицо ее было видно отчетливо, до малейшей черточки.

— Ты что, серьезно? — напряженно спросила она.

— Ты о чем?

— О том, что у меня может быть еще какой-то муж кроме Гриши.

— Все может случиться, — повторил он.

Ему нравилось поддразнивать ее.

— И ты это допустишь?

— Ну а почему же нет? Любовь, Олесик, штука малоуправляемая. Влюбишься, потеряешь голову, и что нам с Гришей прикажешь делать? На замок тебя закрывать?

— Не смей так говорить. И думать так не смей. Мне не нужен никакой другой муж.

Она должна была сказать еще одну фразу, просто обязана была ее сказать. Она всегда ее говорила, и Ситников приготовился услышать эти слова. Но... В этот раз Олеся промолчала. Она их произнесла мысленно, это было видно по слегка сощурившимся глазам, по подрагивающим губам, но вслух она так ничего и не сказала.

Вячеслав Антонович внутренне усмехнулся. Олеся тоже любила его поддразнивать. Что ж, они друг друга стоят. Старый матерый волк и молодая острозубая волчица.

* * *

Несмотря на полтора десятка лет, прожитых в безжалостном мире бизнеса, Лев Александрович Аргунов во многом так и остался ученым-физиком, напрочь лишенным фанаберии нуворишей. Загородный дом он построил только потому, что дочь рано или поздно выйдет замуж (так оно и случилось), у него появятся внуки, и пусть у них у всех будет просторное красивое жилище, окруженное елями и соснами. Самому ему куда больше нравилось жить в городской квартире, в центре Москвы, и он время от времени оставался там ночевать, если освобождался поздно, а на следующий день предстоял ранний подъем и хотелось выспаться.

К охране своего дома он отнесся тоже без фанатизма. Хоть дом и большой, но небогатый, в том смысле, что ни антиквариата, ни баснословной цены картин, ни коллекций, ни драгоценностей в нем не было. Сам по себе дом и участок под ним стоили очень дорого, но вот красть там было практически нечего. Разумеется, ювелирные украшения у жены и дочери были, и немало, но хранились они в банковской ячейке, а сам банк — через дорогу от здания, в котором располагался центральный офис фирмы Аргунова. Если было нужно, он просто заходил в банк и брал в ячейке нужный футляр, а на другой день возвращал его на место. Конечно, какие-то цацки, как он выражался, на каждый день, хранились дома, но не той они были цены и не в том количестве, чтобы из-за них устраивать нападение. Посему Лев Александрович обеспечение безопасности жилища ограничил хорошей сигнализацией, тремя пожилыми жителями близлежащего поселка, несшими вахту посменно, сутки через двое, и двумя кавказскими овчарками, которых сам вырастил и выдрессировал. Никаких широкоплечих бойцов в камуфляже, никаких бывших десантников или спецназовцев, все тихо, скромно, по-домашнему.

Едва он вернулся домой, дежуривший сегодня охранник Василь Василич высунулся из своей каморки:

— Вечер добрый, Лев Александрович!

— Добрый вечер, Василь Василич.

— Ждете кого сегодня или уже все?

— Все, — машинально ответил Аргунов.

— Так я включаю? Или вы еще с собаками пойдете?

— Включайте. Устал я что-то. Если и выйду с ними, то попозже, а может, и не пойду. Если что, я сам отключу сигнализацию, а потом включу, когда вернусь.

— Ну и ладно, — охотно согласился охранник.

«Да, — подумал Аргунов, — ему ладно, ему просто отлично. Сейчас посмотрит телевизор и ляжет спать. Я вполне могу ночью встать, отключить сигнализацию и уйти, потом вернуться, все включить, и никто не узнает, что я уходил. Собаки на меня лаять не станут. Черт! Как же все плохо!»

Его самообладания хватило на то, чтобы поужинать внизу с женой Жанной, но уже в начале одиннадцатого он сослался на усталость и головную боль, выпил по совету супруги таблетку какого-то спазмолитика и поднялся к себе в спальню. Вот сейчас все произойдет. Сейчас он откроет шкаф. Или да, или нет. Он в трезвом уме и твердой памяти, он не спит, не пьян, и то, что он сейчас увидит, будет реальностью, которую невозможно опровергнуть.

Грудь болезненно сдавило, в висках застучало. Глубоко вдохнув, как перед прыжком в воду, Аргунов подошел к шкафу, повернул ключ в замке и рывком распахнул дверцы. Желтая детская маечка с зайцем на груди выпала прямо ему в руки. Вот она. Не исчезла, не растворилась вместе с ночными кошмарами. Она здесь.

Он медленно и аккуратно сложил ее, положил на полку так, чтобы она не выпадала, и запер шкаф. Обессиленно присел на кровать, тупо уставясь в квадратик на рисунке лежащего на полу ковра. Потом потянулся за мобильником и набрал номер Ситникова.

Спустя час он появился на первом этаже, в гостиной, где жена, уютно свернувшись на мягком диване и накрывшись пледом, смотрела что-то американское про полицейских и наркомафию.

— Ты не спишь? — удивилась она. — Я думала, ты давно уснул. Как голова?

— Почти прошла. Я выйду с собаками, прогуляюсь.

Жанна Викторовна с готовностью приподнялась.

— Хочешь, пойдем вместе? Мне тоже полезно пройтись перед сном.

— Нет, милая, не нужно. Сейчас подъедет Слава, у него какой-то срочный вопрос, мы с ним поговорим, а заодно я и собак выгуляю.

— Зачем же на улице? — Она решительно откинула плед и встала. — Я сейчас накрою стол, хоть чаю попейте. Что ж вы будете на таком холоде дела обсуждать?

— Все равно надо собак выгулять.

— Левушка, твои собаки и без того целый день на воздухе, носятся по участку как угорелые. Ну что же это такое: уже почти двенадцать, а вы, как пацаны бездомные, свои мальчишеские секретики на улице обсуждаете. Я вам мешать не буду. А, Левушка?

Соблазн согласиться был велик, но стоило Аргунову представить, что об ЭТОМ он будет говорить вслух здесь, в своем доме, где рядом ходит жена, в доме, где жила и через два месяца снова будет жить его единственная дочь, где скоро начнут ползать, а потом ходить и бегать его внуки, — и его буквально затошнило. Нет, только не это, нельзя тащить такую грязь в дом, где живут твои любимые, твои родные.

— Спасибо, — тепло ответил он, — не нужно. Ты ложись, смотри свое кино, а мы погуляем. Я последние дни совсем на воздухе не был, может, у меня от этого и голова так разболелась.

— Хорошо, — вздохнула Жанна Викторовна, — делай как знаешь. Если вы со Славиком не зайдете, то передавай ему привет.

Аргунов подошел, поцеловал ее в макушку.

— Не обижайся, милая, у меня от тебя нет секретов. Просто мне и в самом деле ужасно захотелось прогуляться.

Он надел теплую куртку, отключил сигнализацию, снял с крюка длинные крепкие поводки и вышел из дому. Окошко в каморке охранника было темным, Василь Василич уже спал. Две крупные, устрашающего вида кавказские овчарки тут же возникли рядом с хозяином, с готовностью позволили пристегнуть поводки к ошейникам и рванулись к воротам. Оказавшись за пределами территории участка, они приготовились гулять и с обидой и недоумением глядели на хозяина, который почему-то не вел их в лес, а ходил взад и вперед вдоль ограды. Стоило ради этого выходить! Да еще поводки цеплять! Вдоль ограды они и сами могут бегать сколько угодно, только с другой стороны, но разницы-то никакой, запахи одни и те же, да и растительность одинаковая. Вот лес — это совсем другое дело. А так... Одно издевательство.

Заметив огни подъезжающей машины, Лев Александрович взглянул на часы: двадцать три сорок пять. Славка, как и обещал, приехал через час пятнадцать минут, а Аргунов в который уже раз за долгие годы дружбы восхитился его умению быть точным, рассчитывать время и не опаздывать. Не каждому дано. Например, сам он, бывший ученый-физик, со временем управлялся куда как плохо.

Они пошли в сторону леса. Аргунова не переставал преследовать страх, что их может кто-нибудь услышать, хотя в такое время по улицам поселка почти никто не ходил, а его дом и вовсе стоял на отшибе, на самом краю лесного массива. Но страх иррационален и заставляет людей делать еще и не такие глупости, это Аргунов знал точно.

— Это очень плохо, Лева, — серьезно и озабоченно проговорил Ситников, выслушав друга. — Очень плохо. Тебе нужна от меня конкретная помощь или ты хочешь просто выговориться?

— И то, и другое. Ты пойми, Слава, мне некому сказать об этом, кроме тебя, не с кем поделиться. А носить это в себе я не могу, я один не справляюсь... — Он судорожно перевел дыхание. — Ты можешь мне помочь?

— Я готов, только скажи, как.

— Ты можешь узнать, было ли на самом деле что-то... ну, ты понимаешь...

— Ты имеешь в виду, было ли совершено преступление, жертвой которого был ребенок в желтой футболочке?

— Ну да.

— Лева, пойми меня правильно. Узнать — не фокус, а вот как объяснить свой интерес? Да, я могу сделать так, что мне покажут сводки по Москве и области, тут я могу придумать какую-нибудь отмазку. Допустим, я прочту, что пропал ребенок или был найден труп ребенка. И что дальше? В сводке не указано, какого цвета одежда на нем была. Как и у кого я должен спрашивать про футболку?

— Если ребенок пропал, то обязательно указывается, в какой одежде он был, — возразил Аргунов, который уже почти сутки думал над проблемой и кое к каким возражениям был готов.

— Ты прав, — согласился Вячеслав Антонович. — Хорошо, если пропал. А если труп? Тогда никакого описания одежды не будет. И что мне делать дальше?

— Слава, если бы я знал, что нужно делать и в какой последовательности, я бы не просил у тебя помощи. Ты всю жизнь был связан с милицией, у тебя там наверняка до сих пор осталась масса знакомых. Неужели ты не можешь придумать, как узнать то, о чем я тебя прошу?

— Хорошо, я обязательно что-нибудь придумаю. Но я не обещаю, что это будет быстро, Левка, ты меня тоже пойми: пока я был в комсомольских структурах и курировал административные органы, у меня вся милицейская Москва была в кармане, но потом-то я перешел в другую систему, столько лет прошло, а знаешь, что произошло с милицией за эти годы? Она вся полностью поменялась. Старые ушли, новые пришли, и с ними у меня контактов нет. Но я постараюсь что-нибудь сделать, только, повторяю, быстрого результата не жди. Это когда-то я мог снять трубку, позвонить, задать вопрос и через три минуты получить ответ, а теперь все не так.

— Постарайся, пожалуйста, — тихо сказал Аргунов. — Мне нужно знать точно.

— Погоди, Лева, не гони волну. — Ситников осторожно взял друга за плечо. — Может, все не так страшно? Давай лучше вместе подумаем, порассуждаем, могло это в принципе случиться или нет. У страха, знаешь ли, глаза велики, и то, что тебе кажется доказательством твоей возможной вины, на самом деле может оказаться совершенно нейтральным фактом или даже доказательством невиновности.

Аргунов резко остановился, нарушив плавное движение

трусивших далеко впереди собак. Собаки дернули поводки и недовольно заворчали.

— Да? Хорошо, тогда найди мне приемлемое объяснение, как эта футболка попала в мой шкаф, в мой дом.

— А что, в твоем доме никогда не бывает малышей? К тебе не приезжают друзья с детьми и внуками? Опомнись, Лева, это же всего-навсего детская футболочка, а не камень из другой галактики.

— Я уже думал об этом. Гости с маленькими детьми у нас были в последний раз неделю назад, когда праздновали Лялькину свадьбу.

— Ну вот, а ты говоришь...

— Слава, у меня в шкафу идеальный порядок. Я могу голову дать на отсечение, что и шесть дней назад, и пять, и четыре, и три этой футболки там не было. В моем шкафу вообще мало вещей, полки не забиты битком, я открываю дверцы и сразу вижу, что где лежит. Ее там не было. Так откуда она взялась?

— А домработница? К вам же приходит какая-то женщина делать уборку. Может, это она случайно засунула?

— Куда? Куда она могла случайно засунуть? В запертый шкаф?

— А ты разве ключ от шкафа прячешь? — удивился Вячеслав Антонович.

— Нет, он торчит в замке, но зачем нашей домработнице его открывать?

— Господи, Лева, ты как с луны свалился, ей-богу. Ну она постирала твои вещи, сорочки там, майки, белье, пижамы, погладила и открыла шкаф, чтобы положить на полки.

— Ну хорошо, — покорно согласился Лев Александрович, — открыла и положила. Мои вещи. Мои, слышишь? Как туда попала эта желтая футболка?

— Не знаю, но можно придумать. Например, ее сын или дочка носили эту футболку, порвали или пятно посадили, она теперь годится только на тряпки, вот ваша помощница и взяла ее с собой, чтобы использовать при уборке. То есть в ваш дом она попала совершенно закономерно, а в шкаф — случайно, вместе с другими вещами. Ну что, успокоился?

— Славка, я, конечно, дурак, но все-таки доктор наук. Неужели ты думаешь, что мне это в голову не пришло?

— Ну и?

— Ну и ничего. Футболка совершенно целая, и никаких пятен, которые нельзя было бы отстирать, на ней нет. И вообще, она почти новая, если я что-то понимаю в вещах.

— Ой, да что ты можешь в них понимать, доктор наук! Ты же «Берберри» от «Черрути» не отличишь.

— А ты отличишь? — с внезапным интересом спросил Аргунов.

— И я не отличу, — рассмеялся Ситников. — Ну что, полегчало?

— Немного. Я подумаю, как это проверить.

Ему и в самом деле стало чуть легче. Да, вполне вероятно, что он снова ходит во сне, что приступы сомнамбулизма вернулись, но ничего плохого не происходит, он просто ходит по своей спальне или даже по дому. Может быть, даже на улицу выходит и возвращается. Но он никого не убивал и не насиловал. А футболочку принесла домработница Татьяна, у нее, кажется, двое детей. Все верно. Все получается.

Как хорошо, что он позвонил Славке Ситникову. И как хорошо, что Славка сразу же приехал и сделал все, чтобы развеять его страхи. Как хорошо, когда у тебя есть старые верные друзья.

* * *

Ночью Аргунову удалось задремать, облегчение, которое принес разговор с Ситниковым, словно приоткрыло калитку в высоком каменном заборе ужаса и пропустило немного тревожного сна. Но утром Лев Александрович встал с твердым намерением прояснить ситуацию хотя бы с футболкой. Предложенная Ситниковым версия появления ЭТОГО в шкафу казалась убедительной, но менталитет ученого не всегда соглашался принимать что бы то ни было на веру и требовал проверки.

Нужно было завести разговор о домработнице Татьяне, кстати сказать, племяннице того самого Василь Василича, сладко спавшего по ночам в помещении для охраны. Спустившись к завтраку и поздоровавшись с женой, Аргунов скроил недовольную мину:

— Хотел сегодня надеть серый костюм и не нашел свою любимую сорочку. Я ее еще на прошлой неделе бросил в стирку. У нас Татьяна что, стирает раз в месяц?

— Почему раз в месяц? Она стирает и гладит каждую неделю, — спокойно ответила Жанна Викторовна. — Просто Таня приболела. У тебя куча сорочек, не понимаю, почему надо делать из этого проблему.

— Приболела? — удивился Аргунов. — И давно?

— Да уж дней пять или шесть. А ты что, не заметил? — Теперь пришел ее черед удивляться.

— Не заметил, — признался он. — А что с ней?

— Гипертония. Давление подскочило.

— Гипертония? В ее-то годы? Боже мой, куда катится здоровье нации, — попытался пошутить Аргунов. — Если сегодня уже у молодых повышенное давление, то что будет завтра?

— Лева, побойся бога, — теперь Жанна Викторовна взирала на мужа в полном изумлении, — ты хоть знаешь, сколько Татьяне лет? Ты вообще ее видишь или, как обычно, смотришь на человека, а думаешь о своем? Ей пятьдесят три года.

— Правда? — смутился он. — Ну извини. Я действительно ее не очень-то рассматривал. Просто я помню, что у нее есть дети, вот и подумал, что раз маленькие дети, то и мама молодая.

— Лева, дети совсем необязательно бывают маленькими, уж кому, как не тебе, это знать. У нашей Тани младший сын уже в армии служит, а старший вообще во Владивостоке работает. Живет там со своей семьей.

Сердце у Аргунова сперва замерло: взрослые дети не могут носить такие маленькие футболочки. Но при последних словах жены он встрепенулся:

— Неужели и внуки есть? Надо же, а я был уверен, что она совсем молодая.

— Есть маленькая внучка, полтора годика.

Полтора годика... Нет. Никак не годится. Маечку такого размера должен носить ребенок лет семи-восьми. Господи, неужели кошмар возвращается?

— А что это ты вдруг моей помощницей заинтересовался?

— Да просто рассердился, что сорочку найти не могу.

Он налил себе чай, взял с большого круглого блюда поджаренный в масле гренок из белого хлеба, намазал маслом и медом.

— Ну что Славик? — спросила Жанна Викторовна. — У него действительно неприятности на службе? Или что-то на личном фронте?

— На личном, — коротко ответил Аргунов, надеясь, что не придется вдаваться в подробности. Сложно и накрученно врать он не любил, да и не очень-то умел.

— Не расскажешь?

Он отрицательно помотал головой.

— Почему? — невинно поинтересовалась жена. — Если бы речь шла о служебных проблемах, я бы не спрашивала. Но о личном-то почему нельзя поговорить? Славка у нас вдовец, так что с этической точки зрения ты ничего не нарушишь, если поделишься со мной. Это же наш друг, мы его столько лет знаем.

— Не могу, Жануся, правда, не обижайся. Знаешь, мужские дела. Как ты их назвала? Мальчиковые секретики? Вот это как раз тот случай.

— Все ясно, — с улыбкой вздохнула она. — У нашего Славика проблемы с потенцией. Это единственное, о чем ты не стал бы мне рассказывать. Все-все-все, молчу-молчу, — она рассмеялась, видя, какой растерянный взгляд бросил на нее муж.

«Ну и ладно, — подумал Аргунов, допивая чай, — ну и хорошо, пусть Жанна думает, что у Славки именно эти проблемы. По крайней мере не будет задавать слишком много вопросов, когда мы с ним будем уединяться, чтобы поговорить».

После разговора о помощнице по хозяйству ему снова стало муторно. Он умел держать себя в руках в присутствии жены, но знал: стоит ему остаться одному, сев в машину, страх снова схватит его костлявой жилистой рукой за горло. Водитель Миша не в счет, когда он рядом, Аргунов чувствует себя в полном одиночестве.

* * *

Прошло еще два дня, и позвонил Ситников. Голос его был строгим и, как показалось Льву Александровичу, слегка отчужденным. «Впрочем, он же звонит со службы, может, рядом кто-то стоит, так что не до сантиментов», — успокоил себя Аргунов.

— Лев Александрович, нужно обсудить наш вопрос.

— Да-да, конечно. Где и когда?

— Давайте через час, я подъеду.

— Хорошо.

На «вы» и по имени-отчеству. Ну конечно, Славка просто не один, поэтому такой официоз, люди должны думать, что руководитель департамента едет на деловые переговоры, а не с другом пива попить. А тон... ну что ж, тон как тон, человек на работе, мало ли какие неприятности и конфликты могут заставить человека впасть в плохое настроение. Нет, не скажет ему Славка ничего плохого, и этот его напряженный голос — не признак грядущих дурных вестей. Нет.

Лев Александрович плохо помнил, как прожил этот час между звонком Ситникова и встречей с ним. Но как-то прожил...

Ровно через час он спустился на улицу и встал под моросящим осенним дождем, не замечая его. Служебная машина Ситникова появилась минуты через три. Вячеслав Антонович вышел, молча пожал руку Аргунову.

— Давай отойдем, — сказал он, оглянувшись на сидящего в машине водителя.

Они прошли несколько шагов по тротуару, Ситников открыл зонт и поднял его над собой и Аргуновым.

— Ну что, Слава? Говори, — потребовал Лев Александрович.

— Плохо дело, Левка. — Казалось, слова давались Ситникову с трудом, он едва разжимал губы. — Очень все плохо. За последние три месяца пропали две девочки, шести и семи лет. Одна из них была в желтой футболке с зайцем. Я не знаю, что с этим делать, Лева. Но я тебя прошу: не дергайся. Я подумаю, что можно предпринять. Положись на меня и сам ничего не делай, только напортишь. Ты понял?

— Спасибо, — Аргунов удивился, что из его горла вырвался сиплый шепот, а не полнозвучный голос, как обычно. — Спасибо, Слава. Это ужасно. Что же мне делать теперь?

— Я же сказал: ничего. Ничего не делай. И не впадай в депрессию. Мне нужно несколько дней, чтобы подумать, как быть. Дай слово, что не наделаешь глупостей.

— Да какие же глупости я могу наделать?! — в отчаянии просипел Аргунов. — Уж хуже того, что я сделал, ничего невозможно придумать.

— Успокойся, — Вячеслав Антонович сжал его плечо, — успокойся и не дергайся. Твоя задача на сегодня — сделать все, чтобы быть уверенным, что больше этого не случится. Попроси Жанну спать в твоей спальне или сам иди к ней спать, придумай причину, я думаю, это несложно. Изобрази всплеск любви или что там еще... У супругов это всегда бывает, когда дети женятся. Инстинктивное стремление доказать себе, что ты еще молод или, во всяком случае, не стар. Постарайся не дергаться, спи с женой в одной постели, а я что-нибудь придумаю.

Глядя вслед машине, увозившей Ситникова, Лев Александрович подумал, что всегда смеялся над фразочками вроде: «разом обрушилось небо» или «рухнули небеса», они казались ему дешевыми заезженными штампами, за которыми на самом деле нет никакого реального чувства.

Теперь он точно знал, что это не штамп и что чувство есть. И еще какое!

Глава 3

В конце октября Андрей Мусатов вернулся в Москву. В первый же день после прилета он явился на работу, долго отчитывался перед руководством, показывал документы, комментировал бизнес-планы, объяснял схемы и чертежи, после чего вернулся домой и с размаху рухнул в сон, преодолевая сбой биологических часов. Проспавшись и немного придя в себя, он позвонил Виктору Альбертовичу Пинчуку, не то частному детективу, не то развлекающемуся на старости лет адвокату.

Голос Пинчука в телефонной трубке звучал хрипло и как-то натужно.

— Болею, — сообщил он Андрею.

«Ну вот, — с досадой подумал Мусатов, — начинается. Знаем мы эти уловки. Небось ничего не сделал, так всегда бывает, когда срок выполнения задания такой растянутый». Это Андрей знал по себе. В таких случаях кажется, что впереди еще уйма времени и нечего гнать коней, все десять раз успеется, а в результате не успевается ничего. Сейчас Пинчук начнет рассказывать, как тяжело и давно он болен и что завтра, а то и прямо сегодня его кладут в больницу, потом переводят для восстановления в загородный санаторий, а потом он уедет лечиться в Швейцарию, или куда там нынче ездят в модные клиники.

— Я мог бы предложить вам приехать ко мне домой, — продолжал между тем хрипеть Виктор Альбертович, — если вас не смущает вид немолодого мужчины, обвязанного компрессами и шерстяными платками. Или можете подождать недельку, пока я окончательно приду в себя. На ваше усмотрение.

— Сегодня я свободен, а дальше неизвестно, как сложится. Если позволите, я приеду.

— Буду рад, — коротко хрипнул бывший адвокат и продиктовал адрес.

Оказалось, что живет он в пяти минутах ходьбы от дома Андрея, просто-таки на соседней улице. Вот ведь как случается! Андрей даже машину брать не стал.

Дверь ему открыла симпатичная девушка лет двадцати в узких брючках-«капри» и крохотном топике. Мусатов вспомнил, как полгода назад впервые звонил Пинчуку, и подумал, что, наверное, это ее голос слышал тогда по телефону.

— Вы Андрей Константинович? — вежливо осведомилась она. — Проходите, папа вас ждет.

Квартира показалась Мусатову огромной, во всяком случае, его долго куда-то вели мимо множества дверей. «Коммуналка, что ли?» — удивленно подумал он. Девушка словно прочла его мысли, потому что обернулась на ходу и с улыбкой проговорила:

— Это бывшая коммуналка, расселенная. Мы ее отремонтировали, но перепланировку делать не стали, комнаты оставили, как было. Папа сказал, что так удобнее.

— Почему? — спросил Андрей.

На самом деле резоны Пинчука в деле перепланировки квартиры ему не были интересны, но девушка ему понравилась, и он хотел был вежливым.

— Большие пространства ограничивают свободу, — весело пояснила она, — кажется, что места много, а все у всех на виду. Когда много закрытых пространств, то свободы больше.

Она толкнула самую дальнюю дверь и сделала приглашающий жест.

— Сюда, пожалуйста. Что вам подать, чай, кофе, сок?

В США в это время раннее утро, голова все еще была немного чумная, и Андрей попросил крепкого кофе. Девушка кивнула и убежала, не входя в комнату, на пороге которой стоял Мусатов.

Бывший адвокат Пинчук и в самом деле являл собой зрелище по меньшей мере уморительное. Три толстых шерстяных платка — вокруг шеи, на груди и на пояснице — делали его и без того нестройную фигуру абсолютно шарообразной. Над большим шаром-туловищем возвышался шарик поменьше, с распухшим красным носом и слезящимися глазами. Это двухшаровое сооружение размещалось на кожаном кабинетном диване, обложенное подушками, и источало запах камфары, спирта и каких-то лекарств.

— Простите, что не встаю, — Пинчук протянул Андрею руку и шмыгнул носом, — но, помимо бронхита и ринита, меня скрутила поясница. Я с трудом нашел позу, в которой могу находиться, и стараюсь ее не менять. Вы присаживайтесь, Андрей Константинович.

Он указал на большое кресло с высокой спинкой.

— У меня, видите ли, аллергия практически на все лекарства, которыми лечат простуду, — продолжал хрипеть Пинчук, — поэтому мои дамы лечат меня народными средствами, в первую очередь — компрессами. Так что приношу извинения и за мой вид, и за запах.

— Наверное, я напрасно пришел, — покачал головой Андрей. — Вы так больны, вам тяжело разговаривать...

— Вот уж нет, — Виктор Альбертович оглушительно чихнул и закашлялся. — Я рад, что вы пришли. Мне есть что вам рассказать. И потом, открою вам маленький секрет: у жены сегодня день рождения. Из-за моей болезни гостей звать не стали, но все-таки хочется какой-то торжественности, правда же? Вы останетесь у нас на обед, и уже получится маленький праздник. Гость в доме — это всегда хорошо, если к этому правильно отнестись. Согласны?

Андрей кивнул, хотя согласен не был. И не потому, что у него были принципиальные возражения, а потому, что просто не задумывался над этим. Он принадлежал к тому поколению, которое не имеет привычки ходить в гости или принимать гостей у себя. Если нужно что-то отметить, идут в кафе или ресторан, едут за город на шашлыки, собираются в клубах. Ходить друг к другу домой, чтобы пообщаться, в его окружении как-то не принято. Домой приводят девушек, но и только.

— Но у меня нет подарка, — неуверенно произнес он. — Я даже цветов не купил.

— Не проблема, — беззаботно махнул рукой Виктор Альбертович. — Подарок вовсе не обязателен, вы же незнакомы с моей супругой, а если непременно хотите цветы, я пошлю Юлю, она купит.

— Ну что вы, это неудобно, — запротестовал Мусатов, машинально отметив про себя, что симпатичную девушку зовут Юлей.

— Удобно, очень даже удобно. У нас цветочный магазин прямо рядом с подъездом. Заметили?

— Нет.

— Экий вы невнимательный. — Пинчук снова закашлялся, при этом в груди у него что-то булькало и хлюпало. — Простите.

Юля внесла в комнату, которая, по всей видимости, выполняла функции кабинета Виктора Альбертовича, поднос с маленькой чашечкой кофе и большой фарфоровой кружкой, из которой исходил запах каких-то трав.

— Папа, твой отвар, — строго сказала она. — Андрей Константинович, проследите, пожалуйста, чтобы папа все выпил, пока не остыло. Это нужно пить обязательно горячим, иначе толку не будет.

— Хорошо, я прослежу, — улыбнулся Андрей, которому вдруг стало удивительно уютно и спокойно.

— Юля, сделай нашему гостю одолжение, купи букет для мамы. Андрей Константинович остается с нами обедать.

— Правда? — обрадовалась Юля. — Вы правда останетесь?

— Виктор Альбертович меня пригласил.

— Ой, как хорошо! Тогда я переоденусь к обеду. Какие цветы купить?

Андрей полез за бумажником, достал деньги.

— Самые красивые.

Он секунду подумал, потом вытащил еще две купюры.

— Юля, если вас не затруднит, купите, пожалуйста, два букета.

— Зачем? — удивилась она.

— Один для вашей мамы, другой — для вас. Я понимаю, это выглядит совершенно по-дурацки...

— Нет-нет, все в порядке, — торопливо перебила его девушка. — Я принесу цветы, а вы их нам подарите. Так даже лучше.

— Почему? — не понял смущенный Мусатов.

— Я знаю, какие букеты нравятся маме, и знаю, какие люблю я сама. При такой организации дела вы гарантированы от ошибки.

Она весело улыбнулась, взяла деньги и вышла.

— Вот видите, — прокашлял адвокат, — она переоденется к обеду. Вот что значит гость в доме. А вы говорите! Ну так что, Андрей Константинович, приступим?

— Может быть, обойдемся без отчества, Виктор Альбертович? — попросил Андрей, который за пять месяцев, проведенных в англоязычной среде, успел основательно отвыкнуть от длинного обращения. — Просто Андрей. Ладно?

— Нет, не получится. Я понимаю, вы только-только оттуда, — Пинчук махнул рукой куда-то в сторону окна, — но существует определенная этика общения с клиентом, в рамках которой панибратство недопустимо. Будьте любезны, подайте мне вон ту папку, черную.

Помимо дивана и кресла, в комнате был письменный стол с компьютером и множество книжных полок, на одну из которых как раз и показывал рукой Виктор Альбертович. Андрей достал папку и подал ему.

— Итак, Андрей Константинович, начну с главного. — Он открыл папку и достал несколько распечатанных на компьютере и скрепленных листков. — Дело по обвинению вашего отца я изучил...

Андрей поморщился.

— Я предпочел бы называть его просто по фамилии.

— Хорошо, — закивал шариком-головой Пинчук, — мне

понятны ваши побуждения, хотя я их и не разделяю. Но вы мой клиент, и ваше слово закон. Я изучил материалы уголовного дела по обвинению гражданина Личко Олега Петровича в убийстве и изнасиловании шестерых малолетних детей. Преступления были совершены в течение семьдесят четвертого и семьдесят пятого годов на территории Москвы и...

Андрей почувствовал, что его затошнило.

— Можно без подробностей? — сдавленным голосом попросил он. — Я не могу этого слышать.

— Хорошо, — снова покладисто согласился адвокат. — Подробности я изложил в аналитической справке, которую подготовил для вас.

Он помахал в воздухе листками и сложил их рядом с собой на диван.

— Вы можете их забрать и прочесть, если будет настроение. Оглашаю вывод: дело по обвинению гражданина Личко полностью сфальсифицировано.

— Значит, он невиновен? — вырвалось у Андрея.

— Я этого не сказал.

— Но как же...

— Дорогой Андрей Константинович, достоверность материалов дела имеет отношение к доказанности вины, но не к самой вине. Понимаете?

— Нет. Если можно, скажите то же самое попроще, — попросил Мусатов.

— Ладно, скажу проще. Ваш отец... прошу прощения, ваш гражданин Личко мог быть десять раз виновен, но работникам следствия и уголовного розыска не удалось найти доказательств его вины, таких доказательств, которые прошли бы в суде. Поэтому они эти доказательства сделали сами. В этом у меня нет ни малейших сомнений. Я опытный адвокат и умею читать уголовные дела. Доказательства липовые, это однозначно, но это не означает, что Личко не убивал. Его выследили, задержали, у оперативников и следователя не было ни малейших сомнений в его виновности, а доказать не смогли. Ну что делать? Отпускать на свободу маньяка-детоубийцу? Да ни за что на свете! То, что они сделали, безусловно незаконно, но, согласитесь, их можно понять.

— Значит, вы тоже уверены, что Личко — убийца? — упавшим голосом спросил Андрей.

— Вот уж нет, — замахал руками Виктор Альбертович. — В мои обязанности не входило выяснять вопрос о его виновности, вы мне таких полномочий не давали. Вы хотели найти свидетельницу, на показаниях которой построено все обвинение. Я ее нашел. Почти, — добавил он, глядя в сторону. — И вы хотели узнать мое мнение о качестве материалов дела в целом. Справку я для вас составил, в ней все подробно указано, в том числе и те факторы, которые однозначно свидетельствуют о фальсификации материалов. Вы же, насколько я помню, ссылались на мнение врача-психиатра, который был уверен, что ваш... г-мм... Личко никого не убивал и преступником не являлся. Я ничего не путаю?

— Нет.

— И вам нужно было всего лишь подтвердить или опровергнуть это мнение. В пользу того, что ваш доктор не ошибся, свидетельствует и мое заключение. Никаких факторов, говорящих о том, что врач-психиатр заблуждается, я не обнаружил. Но это только начало, точку ставить еще очень рано. Если вы собираетесь копаться в этом деле, вам предстоит очень большая работа. Очень большая.

— Но вы сказали, что нашли свидетельницу. Эту...

— Шляхтину Елену Васильевну, — подсказал Пинчук. — Да, я ее нашел. Но я добавил одно маленькое слово: почти.

— И что это означает?

— К сожалению, Елена Васильевна Шляхтина скончалась.

— Когда?! — в отчаянии воскликнул Андрей.

— Давно, Андрей Константинович, очень давно. В семьдесят шестом году. В конце семьдесят пятого она давала показания, изобличающие гражданина Личко в совершении убийств, а в середине семьдесят шестого покончила с собой.

— Ничего себе! — протянул Мусатов. — Совесть замучила?

— Не знаю, не знаю, — адвокат покачал шариком-головой, — это надо разбираться. Но все, что я мог о ней узнать, есть в этой папке, и вы имеете возможность ознакомиться. Во всяком случае, теперь вы не можете пойти к ней и спросить, зачем она давала ложные показания и кто ее заставил это сделать. Там, в папочке, список людей, которые знали Елену Васильевну и могут хоть что-то о ней вспомнить. Времени-то прошло ого-го! Без году тридцать лет. С некоторыми из этих людей я сумел встретиться и поговорить, результаты бесед там же, в папке. Вам рассказать, или сами почитаете?

— Если не трудно, расскажите.

Елена Шляхтина родилась в тысяча девятьсот пятьдесят первом году в Московской области, в небольшой деревне на самой границе со Смоленской областью. В шестьдесят восьмом году окончила среднюю школу и приехала в Москву, устроилась рабочей на фабрику «Красный Октябрь», получила место в общежитии. В семьдесят пятом году, на момент производства допросов по уголовному делу в качестве свидетеля, работала все там же и проживала все в той же общаге. Адрес общежития в уголовном деле был, но это мало чему помогло, потому как в настоящее время не то что общежития — самого здания уже нет. Какими-то невероятными усилиями Пинчуку удалось разыскать десятка два женщин, работавших тридцать лет назад на фабрике и живших в общежитии, из этих двух десятков только одна припомнила Лену Шляхтину, но зато она помнила и имена тех, кто жил с ней в одной комнате. Этих трех работниц Виктор Альбертович тоже нашел, к счастью, все они жили в Москве или ближнем Подмосковье. Лену они, конечно, помнили, то есть помнили, что она была, жила вместе с ними, спала на соседней койке, но вот воспоминания о ней за тридцать лет претерпели всяческие метаморфозы, стерлись, исказились и дополнились домыслами. Тем более что вспоминать-то особенно было и нечего.

Лена Шляхтина была девушкой замкнутой, высокомерной, с соседками по комнате в близкую дружбу не вступала, посему особой любви к себе с их стороны не вызывала. Она была очень красивой, в этом все три бывшие работницы «Красного Октября» сошлись единогласно, но вот был ли у нее ухажер или жених, не знали. Лена их в свою личную жизнь не посвящала, ничего не рассказывала, а в общагу к ней никто не приходил, это точно. И имени Олега Личко они никогда не слышали.

Еще они припомнили, что Лена была слаба здоровьем,

часто брала больничный, но болела не в общежитии. У нее была какая-то подруга, которая за ней во время болезни ухаживала. На вопрос, чем же болела Шляхтина, ее соседки по комнате только пожимали плечами: что-то с головой, но не в смысле психического заболевания, а мигрени какие-то, головокружения, в общем, что-то такое. Сама Лена говорила, что у нее в десятом классе было сотрясение мозга, а на носу выпускные экзамены, и она не лечилась как следует, скрывала от врачей симптомы, чтобы ее поскорее выписали из больницы. Она не хотела пропускать экзамены, потому что собиралась поступать в институт. Ей могли бы дать справку о том, что она освобождается от выпускных экзаменов по болезни, но Лена боялась, что это может повредить ей при поступлении в вуз. Все-таки не сломанная нога, а голова, мало ли, как отнесутся. В какой институт? Нет, этого она, кажется, не говорила. Но, судя по тому, что в том же году поступила на фабрику, на вступительных она провалилась. А может, и не сдавала вовсе. В общем, после той незалеченной травмы черепа у нее частенько возникали основания для бюллетеня.

Самым большим своим достижением Виктор Альбертович Пинчук считал то, что ему удалось выяснить имя той самой подруги, которая ухаживала за Шляхтиной, когда та болела. Эта женщина казалась адвокату наиболее перспективным фигурантом, ведь с ней Елену наверняка связывали отношения совсем иные, нежели с соседками по комнате в общежитии, с которыми она почти и не разговаривала.

Одна из женщин — бывших соседок, Лидия Смычкова, припомнила, что однажды слышала по радио передачу «Молодые поэты»: в ней молодые поэты читали свои стихи. Среди прочих она вдруг услышала женский голос, который произнес: «Стихотворение посвящается моей подруге Елене Шляхтиной», и дальше зазвучало стихотворение. В поэзии Лидочка Смычкова не разбиралась и стихами не интересовалась, поэтому в поэтические строчки не вслушивалась, а думала о том, что это за Елена Шляхтина такая, которой стихи посвящают, их соседка или просто тезка-однофамилица? В конце передачи диктор сказал: «Вы слушали передачу «Молодые поэты». Стихи звучали в исполнении авторов...» И дальше последовал перечень нескольких имен. Лида внимательно слушала, среди всех названных имен женским было только одно — Майя Истомина. Значит, это Майя Истомина посвятила свое произведение Лене Шляхтиной? Все-таки очень интересно было узнать, это их Ленка или какая-то другая. И Лида, не смущаясь, задала Шляхтиной вопрос. А та, не моргнув глазом, ответила, мол, да, Майя Истомина — ее подруга. И больше ни слова не сказала. А девочки и выпытывать не стали, видели, что Лена и без того сквозь зубы с ними разговаривает, словно она королева, а они — так, пыль под ногами. Станешь акцентировать внимание на том, что настоящая поэтесса ей стихи посвящает, так вообще нос задерет — на кривой козе не подъедешь.

Одним словом, девушки-соседки Лену Шляхтину не жаловали. Но Майя Истомина — это нечто совсем другое, не станет же человек посвящать стихи тому, к кому плохо относится. Значит, это совершенно другой уровень отношений и другое их содержание.

— Так что, Андрей Константинович, решайте, кому идти к Истоминой, вам или мне. Это я оставил на ваше усмотрение. Если кто и знает об отношениях Шляхтиной с вашим... прошу прощения, с Олегом Петровичем Личко, то только она. Если не она, тогда вообще никто. Такая вот получается картинка.

— Я сам пойду, — решительно сказал Андрей. — Вы сделали для меня то, чего я сделать никогда не смог бы. Но есть вещи, которые человек должен делать сам. Все-таки это мое семейное дело. Если уж не справлюсь, тогда снова к вам обращусь.

— Как угодно, — развел руками Пинчук. — Всегда к вашим услугам.

— Что известно об этой Истоминой? Кто она, чем занимается, где живет?

— В Москве она живет, — Пинчук почему-то вздохнул. — Вот так уходят люди из памяти — и словно их не было.

— Вы о Шляхтиной?

— Да нет, я как раз об Истоминой. Майя Истомина в свое время была известной писательницей. Я, например, зачитывался ее произведениями, но это было давно. Теперь о ней мало кто помнит. А ведь какая была известная! Ну хорошо,

Андрей Константинович, ее координаты есть в папке, адрес, телефон, так что дальше вы сами решайте, когда и как действовать.

Он склонил голову набок, будто прислушиваясь, и удовлетворенно улыбнулся:

— Жена вернулась. Значит, скоро будем обедать. Юля! Юлька!!! — надрывно засипел он и тут же зашелся надсадным кашлем.

Девушка ворвалась в комнату через несколько секунд.

— Что случилось, папа? Тебе плохо?

— Да мне отлично! Где цветы? Мама пришла.

— Цветы у меня в комнате. Уже нести?

— Неси быстрее, пока мама их не обнаружила. Тоже мне, великий конспиратор. Надо было сразу их сюда принести, а она дождалась, пока мать домой придет, — ворчал Виктор Альбертович.

Впрочем, в его ворчании было куда больше любви, чем негодования.

* * *

— Представляешь, моего деда звали Альбертом Пинчуком. Могу себе представить, сколько он натерпелся из-за своего экзотического имени в сочетании с такой фамилией.

Андрей фыркнул. У них что, семейная особенность читать чужие мысли? Несколько раз он ловил себя на том, что Виктор Альбертович произносит вслух то, о чем Андрей едва успел подумать, и отвечает на пришедшие в голову, но не заданные вопросы. А теперь вот его дочка демонстрирует чудеса проницательности.

— Знаешь, мне это тоже пришло в голову, но я постеснялся сказать, — признался он. — А ты как будто мысли читаешь.

— Да ну, — Юля беззаботно махнула рукой. — Ничего сложного. Просто ты мыслишь стандартно, а стандартный ход мысли угадывать нетрудно. Но вообще-то это у меня от папы, он любого человека на счет «и» просчитывает и точно знает, что он хочет сказать и в какой момент.

— Значит, я стандартный? — обиженно спросил Мусатов.

— Да не обижайся ты, это же хорошо. Во всяком случае, ничего плохого в этом нет. Кто сказал, что быть стандартным плохо? Я, например, абсолютно стандартная, среднестатистическая, поэтому мне легко представить ход твоих мыслей. Он у нас с тобой одинаковый.

— Да? И о чем я сейчас думаю?

— О том, что со мной делать. То ли проводить меня до магазина и распрощаться, то ли подождать, пока я куплю продукты, и проводить домой, то ли придумать предлог, чтобы пригласить меня к себе. Ты никак не можешь сообразить, нравлюсь я тебе или нет, потому не можешь решить, надо тебе затевать эту канитель с ухаживаниями или ну ее на фиг.

Она была права до такой степени, что у Андрея щеки запылали. Именно об этом он и размышлял с того момента, как после торжественного обеда в честь дня рождения жены Пинчука собрался уходить, а мать попросила Юлю сходить в супермаркет за продуктами. Они вышли из дому вместе, и времени на размышления у Андрея было не так уж много: супермаркет находился в трех минутах от дома, где жил адвокат.

— Слушай, — удивленно произнес он, — ты такая молодая, а уже такая умная. Сколько тебе лет?

— Двадцать четыре. А что? Я знаю, что выгляжу совсем пацанкой, но это обман зрения. Я умом в папу пошла, — она засмеялась, — а внешностью в маму.

Это было правдой, жена Пинчука выглядела лет на двадцать моложе своего мужа, хотя, учитывая наличие взрослой дочери, ей никак не могло быть меньше сорока пяти, то есть на самом деле она была младше Виктора Альбертовича всего-то лет на пять.

— Ну так что, умная папина дочка, делать будем?

— Продукты покупать.

— А потом?

— Потом я отнесу их домой. Может быть, ты будешь настолько любезен, что донесешь мои тяжелые сумки до квартиры. А может, и не будешь.

— Ну хорошо, а если я буду настолько любезен, то что потом?

— А потом ты будешь принимать решение. Никто тебя не

торопит, — Юля лукаво улыбнулась. — Если тебя интересует мое мнение, то я готова его высказать.

— Давай, я слушаю.

— Андрей, не надо за мной ухаживать, ладно? Я уже вышла из того возраста, когда это будоражит.

— То есть я тебе совсем неинтересен?

Он отчего-то огорчился, хотя еще минуту назад действительно не мог понять, хочет он продолжать знакомство с симпатичной Юлей или нет.

— Да нет же, ты не так меня понял, — она досадливо сморщила носик. — Мне процесс ухаживания неинтересен.

— Почему?

— Да ну, надоело. Всегда одно и то же: цветы, рестораны, клубы, подарки. Скучно.

— А как же романтизм? — шутливо поддел ее Андрей. — Свидания, расставания и...

— Ага, и прочая мура, — подхватила девушка. — Ты еще про поцелуи в подъезде или на скамейке вспомни. У меня нет времени на эту дребедень, мне нужно делом заниматься и карьеру строить.

— Так что, вообще без личной жизни обходиться? Так, что ли?

— Ну почему, личная жизнь нужна, — рассудительно ответила она, — но в разумных рамках. Личная жизнь должна быть именно для личной жизни, то есть для души, для общения. А вовсе не для развлечений типа ресторанов и клубов. Развлечения — они должны быть сами по себе, безотносительно к мужчине, с которым я сплю.

— То есть спать с одними, а развлекаться с другими?

— Это уж как выйдет. На самом деле, если правильно выбрать мужчину, то на личную жизнь вполне хватает времени, свободного от работы, а развлечения тут вообще с боку припека. Это необязательный элемент. Кому-то они нужны, кому-то нет. Мне, например, не нужны, мне и так не скучно.

Они уже вошли в магазин, Юля взяла тележку и прошла через турникет, Мусатов подумал немного и решил тоже сделать закупки: после пятимесячного отсутствия у него дома не было ничего, кроме чая, кофе, сахара и остатков купленного накануне в кулинарии плова. Первым делом он рванул, конечно же, к прилавку с бакалеей и начал любовно складывать в тележку разные сорта макаронных изделий «Макфа», одновременно поглядывая на Юлю, вдумчиво выбирающую молочные продукты. Она подолгу разглядывала упаковки, смотрела сроки годности, принимала какие-то одной ей ведомые решения, в соответствии с которыми вдруг выкладывала йогурты и сметану из тележки на стойку-холодильник и набирала другие. Было видно, что выбор продуктов для нее занятие серьезное. Впрочем, подумал Мусатов, она, наверное, все делает вдумчиво и не торопясь. Вдумчиво училась, выбирала профессию, теперь столь же обстоятельно строит карьеру. Кстати, он даже не спросил, в какой сфере она эту карьеру строит, кто она по профессии. Интересно, а мужчин она выбирает так же вдумчиво? От этой мысли ему стало не по себе, Андрей представил, как делает Юле недвусмысленное предложение, а она долго обдумывает его, анализирует все «за» и «против», прикидывает, препарируя его будто под микроскопом. Б-р-р!

Он прошел дальше и начал выбирать соусы к макаронам и разные копчености.

— Ну так что ты надумал? — раздался за спиной Юлин голос.

Андрей вздрогнул от неожиданности и обернулся.

— Ты о чем?

— О твоей любезности. Если ты проводишь меня домой, то я еще соков наберу, а если не проводишь, тогда не буду, потому что одной мне все это не дотащить.

Андрей увидел рядом с ней тележку, доверху набитую продуктами.

— Бери соки, конечно, я донесу.

— Не надорвешься? — она бросила насмешливый взгляд на его тележку, которая тоже была далеко не пуста.

— Нормально. Я, конечно, хотел предложить тебе приготовить мне ужин, но теперь не рискую, уж очень ты деловая.

— Я не деловая, я практичная и целеустремленная. И сегодня вполне могу приготовить тебе ужин.

— А готовить ты умеешь?

— И даже очень неплохо. Только давай договоримся заранее: если ты хочешь, чтобы я еще и завтрак тебе приготовила, то предупреждай уже сейчас, я возьму с собой мюсли и йогурт, ничего другого я по утрам не ем.

Нет, от этой девчонки можно с ума сойти!

Юля вертела в руках прозрачный пакетик с сушеным миндалем и, прищурившись, пыталась прочесть мелкие буквы на этикетке. Внезапно она подняла на Андрея серьезные глаза, которые показались ему в этот момент очень красивыми. Надо же, они два часа просидели за одним столом во время обеда, а он и не заметил, какие красивые у нее глаза, зеленоватые, в рыжую крапинку, большие, с длинными густыми ресницами.

— Я кажусь тебе циничной и излишне прямолинейной?

— Да что ты...

— Просто я ценю свое и чужое время и не люблю тратить его на всякие ненужные глупости. Да — да, нет — нет, и никаких обид.

— Тогда пошли. — Андрей решительно взялся за ручку своей тележки.

— Куда?

— За мюсли и йогуртом. Я положу их в свою корзину, чтобы ты их случайно дома не оставила.

Юля пожала плечами, потом скорчила ему рожицу и рассмеялась.

* * *

Звонок Майи Витальевны Истоминой был для меня полной неожиданностью.

— Игорь Владимирович, я могу вас попросить зайти ко мне?

— Прямо сейчас? Что-то случилось? — заволновался я. — Через десять минут буду.

— Нет, завтра в восемь вечера. Пожалуйста, я вас очень прошу.

Так, начинается. У нее ничего не случилось, а завтра в восемь вечера к ней придут какие-нибудь гости, которым она хочет продемонстрировать диковинку: интеллигентного участкового милиционера с грамотной речью и папой-знаменитостью. Великосветский прием, блин, с непременным участием клоунов и дрессированных медведей. Как бы отказать ей повежливее? И ссориться с писательницей не хочется, ведь она согласилась бесплатно выступать в нашем стариковском клубе и даже обещала пригласить каких-то знаменитых в прошлом журналистов, которым тоже есть что порассказать.

— А что будет завтра в восемь вечера? — осторожно поинтересовался я, пытаясь выиграть время, чтобы наметить стратегию отказа.

— Придет один человек...

Ну вот точно, так я и знал.

— ...которого я не знаю, — продолжала Истомина, — и мне не хотелось бы оставаться с ним один на один.

А зачем, интересно, она соглашалась на его визит, если боится? Вот ведь какие существа эти женщины, сперва делают, а потом думают.

— Что за человек? Откуда он взялся?

— Он позвонил и сказал, что хотел бы поговорить со мной о моих ранних стихах, которые я писала, когда еще в Литинституте училась. Вернее, его интересует одно конкретное стихотворение. Я сначала подумала, что это какой-нибудь молодой литературовед, которого я не знаю, или студент-филолог, который пишет диплом, и договорилась с ним о встрече. Но потом мне стало как-то... тревожно, что ли. И я подумала, что будет лучше, если рядом посидит работник милиции.

Ого, из меня уже сделали пугалку-страшилку. Впрочем, по большому счету Истомина, конечно, права, лучше перестраховаться, чем стать жертвой квартирного налетчика. В конце концов, участковые существуют в первую очередь для предупреждения преступлений, хотя мое начальство, разумеется, считает иначе. Начальство тоже можно понять, с него ведь за раскрытие преступлений спрашивают, вот они все силы на это и бросают, а предупрежденные, то есть несовершённые, преступления — как их учитывать, как посчитать? В отчетность они не идут.

— Правильно, Майя Витальевна. Завтра в восемь я буду у вас.

Удивительное дело с этими женщинами, особенно писательницами! Ну как это можно — дать свой адрес совершенно незнакомому человеку, которого ты даже не видишь, только по телефону с ним разговариваешь, и разрешить прийти! В голове не укладывается. Как работник милиции я прекрасно знаю, что великое множество людей именно так и поступают, а потом страшно удивляются, что их обокрали или иным каким способом обнесли, делают большие глаза, рвут на себе волосы и обижаются на нас же, милиционеров, что мы преступников распустили, что они в полной безопасности ходят по городу и безнаказанно нарушают покой граждан. Хорошо еще, что мы с Истоминой успели познакомиться и у нее хватило ума позвонить мне и попросить поприсутствовать при встрече с прекрасным незнакомцем. А ну как не были бы мы знакомы? Кому бы она позвонила? Да и пришло бы ей в голову вспомнить про существование на этом свете участкового милиционера с табельным оружием в кобуре? Ой, вряд ли. Ведь раньше она, надо полагать, никому не звонила и никого для страховки не приглашала, и подтверждение тому — ее переговоры с неким затерявшимся в испанских дебрях Клюевым, представителем лопнувшего издательства. Спасибо тебе, дорогой сеньор Клюев, за то, что ты был, ибо без тебя писательница Истомина не прониклась бы ко мне теплыми чувствами, не запомнила бы как следует и не попросила бы меня завтра зайти. Хоть книжка, за которую ты добросовестно заплатил денежки, и не вышла, но все-таки польза от тебя есть. Одного только разговора о клубе было бы наверняка недостаточно, а так благодаря моим испанским книжно-магазинным приключениям мы с Истоминой стали почти приятелями, во всяком случае, теперь она обо мне уж точно не забудет. Это еще большое счастье, что Майя Витальевна при таких-то легкомысленных привычках до сих пор жива, здорова и не ограблена. Это ей просто сильно повезло в жизни.

На другой день я радостно обнаружил, что у меня лежит запрос из разрешительной службы о проверке условий хранения огнестрельного оружия у гражданина, проживающего аккурат в одном доме с Истоминой. Гражданин этот продлевал разрешение на охотничье ружье, и в мои обязанности как участкового входит проверить, есть ли у него специальный шкаф, запирающийся на замок. С гражданином охотником мы договорились о том, что я зайду к нему в половине восьмого. Без четверти восемь я, вполне удовлетворенный результатами проверки и наличием железного запирающегося шкафа для оружия, покинул увешанное охотничьими трофеями жилище и направился к Истоминой.

— Спасибо, что пришли, — приветливо улыбнулась Майя Витальевна. — Вы извините, что я вас побеспокоила. Знаете, нам придется немножко подождать, этот человек только что звонил и сказал, что опаздывает, стоит в пробке на Бульварном кольце. Это ничего?

— Ничего, — великодушно ответил я, — надеюсь, ждать придется не до глубокой ночи.

— Пойдемте, я вас накормлю ужином, — предложила она.

От ужина я отказался, а выпить чаю с тортом согласился с превеликим удовольствием. Истомина усадила меня в той же гостиной, в которой мы беседовали с ней в прошлый раз, поставила на стол торт, конфеты и всякие другие вкусности и отправилась на кухню заваривать чай. Интересно, а где ее муж? В моем кондуите указано, что он наличествует, а я здесь уже во второй раз и никакого мужа не наблюдаю. Может, разошлись? Если бы, не приведи господи, он умер, у меня были бы сведения из паспортного стола. Стало быть, жив.

Я оглядывал комнату и вспоминал затертое выражение «остатки былой роскоши». Видно, что в этом доме когда-то был достаток, но эти времена давно прошли. Мебель, бывшая дорогой и модной в восьмидесятые годы, во времена моего детства, устарела не только морально, но и физически, хотя мой хозяйственный глаз углядел старательные попытки сохранить ее товарный вид. Все в этой комнате было идеально чистым, сверкающим и отполированным, любовно ухоженным, но — увы — старым. Это вполне соответствовало тому, что сказала мне Светка Безрядина: Истомина была одно время очень известной, популярной, но давно уже ничего не пишет. Иными словами, когда-то деньги в семье водились, и весьма приличные, но теперь Майя Витальевна живет более чем скромно. Конечно, для нее те пять тысяч евро, которые принес ей в конвертике Клюев, — это не кот начхал, поэтому она и контракт внимательно не прочла, и данные издательства не записала. Какая разница при таких-то деньжищах?

Скрипнула дверь, медленно открылась, в комнате появилась сначала голова, а затем и туловище дряхлого старика, опирающегося на палку. Это еще кто? Не муж — это точно, я помню, что он ровесник Майи Витальевны, а этому деду лет девяносто, если не больше. Дед молча проковылял к столу и начал пристально вглядываться в вазочки и тарелки. Протянул трясущуюся руку, жадно схватил горсть шоколадных конфет и сунул в отвисающий карман просторной домашней вязаной кофты. Потом наконец соизволил остановить свой взор на мне.

— Украду конфетку, пока Майка не видит, — сообщил он с видом заговорщика. — А то она ругаться будет. Она их для себя покупает, мне не дает, а я ворую.

Он захихикал, продолжая буравить меня глазками из-за толстых стекол очков.

— Наверное, вам нельзя сладкого, — предположил я. — У вас диабет?

— У меня? Хи-хи-хи... С чего это у меня будет диабет? Нет у меня никакого диабета.

— Может, какая-то другая болезнь, при которой сладкого нельзя?

— Еще чего. Нет у меня никаких болезней. Я еще их всех переживу! Просто Майка жадная, она все вкусненькое покупает только для себя и своего Женьки, а мне ничего не дает, голодом морит. Надеется, что я сдохну. Но я не таков!

Он попытался гордо выпрямиться, для чего оперся на палку двумя руками, не сводя при этом алчно блестящих глаз от блюда с нарезанными кусками домашнего торта. Так, появился «ее Женька», стало быть, муж, Евгений Николаевич Чаинов, как гласят записи в моем кондуите. А вы-то кто, уважаемый? Не иначе, отец Майи Витальевны. Во всяком случае, по возрасту подходите.

— А ты кто таков? — спросил меня дед. — Ученик Майкин? Рукопись принес?

— Нет, я из милиции, участковый.

— О! Вот это дело! Это очень хорошо, очень! Майка — воровка, ее давно пора к ногтю...

— Дядя Жора!

Истомина буквально ворвалась в комнату, держа в одной руке большой чайник с кипятком, в другой — красивый заварочный чайник. Лицо ее было одновременно негодующим и почему-то испуганным.

Дед, названный дядей Жорой, пригнулся, втянул голову в плечи и затравленно посмотрел на нее.

— Только не бей меня, Маечка, девочка моя дорогая, — залепетал он, шаркая мимо нее к двери, — я ничего такого не сделал, я только вышел вот поздороваться с молодым человеком, все-таки гость в доме, надо быть вежливым... Я пошел к себе, я пошел... Уже ушел.

Истомина грохнула чайниками об стол и закрыла лицо руками. Я деликатно молчал. Пауза затягивалась и становилась тягостной. Наконец хозяйка дома подняла голову и с вызовом посмотрела мне в глаза.

— Я знаю, что он вам сказал, и примерно представляю, что вы подумали. Пойдемте.

— Куда?

— Пойдемте, — настойчиво повторила Майя Витальевна. — Лучше увидеть самому, чем слушать мои объяснения и не верить им.

Она направилась в коридор, и я послушно последовал за ней. Мы вошли в другую комнату, где в глубоком мягком кресле восседал дядя Жора с телевизионным пультом в руке. Напротив него стоял дорогой телевизор с большим экраном, и старик деловито переключал программы в поисках того, что ему интересно.

Я обвел глазами комнату и обомлел. Помимо кресла и телевизора, здесь стояла широкая кровать, аккуратно застеленная и накрытая золотистым шелковым покрывалом, шкаф для одежды, небольшой диванчик с подушками и шерстяным пледом и два стола. Один, маленький, изящный, стоял в изголовье кровати, на нем телефон, лампа-ночник, стеклянный кувшин с водой, стакан и куча склянок и упаковок с лекарствами, одним словом, это был типичный прикроватный столик не очень здорового человека. А вот большой стол, расположенный рядом с креслом, поразил мое воображение напрочь: он весь был уставлен большими и маленькими вазочками с конфетами, халвой, зефиром, пастилой, печеньем разных сортов. На отдельной тарелке лежали несколько изрядных кусков того самого торта, на который с таким вожделением глядел старик, находясь в гостиной. Надо признать, на том столе, за которым меня собирались поить чаем, разнообразие десертов было не столь изобильным, как здесь, у дяди Жоры. И комната эта была не тесной, и шторы на окнах — дорогими, а уж про мебель я вообще молчу. Даже мне, человеку, далекому от дизайнерских изысков, и то было понятно, что эту комнату обставляли не так давно и не жалея денег.

Истомина стояла рядом, испытующе глядя на меня. А дед, казалось, не обращал на нас ни малейшего внимания, продолжая щелкать пультом и перескакивая с программы на программу.

— Смотрите сюда, — требовательно произнесла она, открывая платяной шкаф и доставая с полки деревянную шкатулку.

Дядя Жора, однако, не настолько был увлечен телевизором, чтобы не заметить этого.

— Зачем ты это трогаешь? — завопил он. — Ты у меня и так все украла, это мое последнее, на похороны отложено. Вот товарищ из милиции, я при нем официально заявляю: ты воровка, ты все у меня украла, оставила нищим и бездомным. У меня было все! А теперь у меня ничего нет!

Я думал, у меня барабанные перепонки лопнут. Истомина же, казалось, ничего не слышала. Она открыла шкатулку и достала оттуда сберкнижку и пачку долларов.

— Вот, пересчитайте. И посмотрите, сколько лежит на счете.

— Да зачем мне это считать? — рассердился я.

Не хватало мне еще влезать в эту семейную дрязгу.

— Пересчитайте, — твердо повторила она.

Я покорно подчинился. Две тысячи долларов. Открыл сберкнижку и посмотрел сумму.

— Обратите внимание на дату последнего вклада, — велела Истомина.

— Зачем?

— Я объясню. Чтобы не было недоразумений.

Я посмотрел. Последний раз деньги на счет вносились четыре месяца назад. Я сложил деньги и книжку в шкатулку, которую Майя Витальевна снова убрала в шкаф.

— Что это вы там считаете? — требовательно вопросил дед.

— Мы считаем деньги, — холодно и слегка раздраженно ответила она.

— Какие деньги?

— Твои, дядя Жора. Твои деньги. И смотрим твою сберкнижку.

— Что ты там можешь считать? — снова начал кричать он. — Откуда там деньги? Там ничего нет, у меня же все украли. Ты и украла. Ты меня всего обокрала, положила в шкатулку какие-то бумажки и всем показываешь, как будто это деньги. Кого ты хочешь обмануть? Милицию? Не выйдет!

Майя Витальевна тронула меня за руку, и мы молча вышли. Оказавшись снова в гостиной, она тяжело села на стул и обхватила голову руками.

— Что это был за спектакль, Майя Витальевна? К чему все это?

— Дядя Жора — брат моей мамы, он совсем одинокий, у него никого нет, кроме меня. Жена умерла давно, детей не было. У меня есть младшая сестра, она живет в Канаде с мужем, наши родители уехали к ней, вот и получилось, что я — единственная дядина родственница. Он уже очень стар, ему девяносто четыре года, он не может жить один, и мы с мужем взяли его сюда. Дядину квартиру мы сдаем за пятьсот долларов в месяц, все деньги я кладу на его счет в Сбербанке. Не каждый месяц, конечно. Как поднакопится приличная сумма, которую уже страшно хранить дома, так иду в банк. В последний раз я относила деньги четыре месяца назад. Плата за последние четыре месяца лежит в шкатулке, вы сами видели и считали. Из этих денег я не беру ни копейки, понимаете? Ни копейки! — В ее голосе зазвучало отчаяние. — Я содержу дядю Жору полностью за свой счет. Не думайте, я не считаю это подвигом, это нормально, потому что он всю жизнь был очень близок к нашей семье, он всегда очень меня любил, и я его тоже любила. Он много для меня делал, и я ему всегда буду благодарна за это. Мне не в тягость за ним ухаживать, мне не жалко кормить его и покупать ему лекарства, просто мне очень обидно, когда он каждому встречному начинает рассказывать, как я его обокрала, лишила его квартиры, денег, в общем, всего. Люди же могут поверить, понимаете? У него старческий маразм, сенильное слабоумие, но тот, кто никогда с этим не сталкивался, просто не может себе представить, что эти слова могут быть неправдой. Люди, особенно молодые, которые мало сталкивались с глубокой старостью, начинают думать, что я действительно повела себя непорядочно и что дядя Жора говорит правду.

— Успокойтесь, — мне было отчаянно жаль эту женщину, и я старался говорить как можно мягче и теплее, — успокойтесь, Майя Витальевна, я постоянно имею дело со стариками. Некоторые из них интеллектуально сохранны, некоторые страдают склерозом, а есть и такие, как ваш дядя. Я знаю, как это бывает. Можете быть уверены: в вашей порядочности я не сомневаюсь.

— Спасибо, — тихо сказала Истомина.

Она уже разлила чай по чашкам, когда тренькнул дверной звонок. Истомина пошла открывать, а я приготовился лицезреть любителя поэзии, которому писательница так неосмотрительно назначила встречу в собственном доме.

Вошедший в комнату любитель поэзии на студента-филолога никак не тянул, да и на преподавателя тоже, уж больно прилично был одет. Если я вообще что-то понимаю в нынешней экономике, профессиональные любители поэзии лет тридцати не могут носить костюмы от Хьюго Босса, сорочки фирмы «Пионер» (я сам их ношу, поскольку их очень легко гладить, что немаловажно при моей холостяцкой жизни, поэтому знаю, сколько они стоят) и галстуки от Кензо. И что этому небедному проходимцу надо от писательницы Истоминой? Я весь подобрался и насторожился. Похоже, легкомысленная и доверчивая Майя Витальевна не напрасно меня позвала.

Гость был усажен за стол и обеспечен чаем. Меня ему представили как Игоря Владимировича, без указания должности и звания.

— Андрей, — он протянул мне руку, которую я пожал с демонстративным радушием.

— Чем я могу быть вам полезной, Андрей? — спросила Истомина. — Вы что-то говорили о моих ранних стихах, если я не ошибаюсь.

— Если точнее, меня интересует одно стихотворение.

Я не нашел публикацию и даже не знаю, печаталось ли оно где-нибудь, но я знаю, что оно существует.

— Даже так? — несказанно удивилась писательница. — Откуда же вы о нем знаете, если не читали?

— По радио. Где-то в начале семидесятых годов вы читали его в передаче «Молодые поэты».

Истомина улыбнулась и словно помолодела на глазах.

— Да, был грех, увлекалась в юности, — сказала она чуть смущенно. — Но вы правы, мои стихи действительно нигде не публиковались. То есть в качестве поэта я не состоялась. Я в той программе читала «Твой профиль на полях моих стихов...». Вы ведь это имеете в виду?

Теперь смутился гость.

— Честно говоря, не знаю.

— То есть как? Вы что, совсем ничего не помните, ни строчки из стихотворения, ради которого вы пришли ко мне? Это как-то странно.

Мне показалось, что Истомина даже немножко обиделась. Вот поди пойми этих авторов: только что сама призналась, что как поэт не состоялась и стихи свои нигде не публиковала, а теперь обижается, что кто-то не помнит ни строчки из ее творчества. Нет, я всегда знал, что певцы и актеры — люди с большими странностями, все-таки папа у меня оперный певец, и все эти странности мы с мамулей прочувствовали на собственной шкуре, но с писателями мне как-то не приходилось иметь дело, а выходит, что и они — натуры слишком тонкие для понимания такого обывателя, как я.

— Майя Витальевна, вы уж простите меня, — виновато заговорил гость в дорогом костюме, — но я стихотворения сам не слышал, ведь это было в начале семидесятых, а я родился только в семьдесят четвертом. Мне о нем рассказывали.

— Да? — она надменно приподняла брови над оправой очков. — И что вам рассказывали?

— Что оно было посвящено некоей Елене Шляхтиной. Это верно?

— Верно. Но я что-то не пойму, Андрей, что вас конкретно интересует и зачем это вам. Вы вообще кто?

О! Вот вам пример женской психологии. Она уже впустила человека в дом, усадила его пить чай, обсудила свое несостоявшееся поэтическое творчество и только теперь наконец соизволила спросить, кто он такой и почему интересуется ее стихами. Нет, ну вы мне скажите: можно спокойно работать на участке с таким населением? Можно крепко спать по ночам, зная, что половина моего населения — женского пола, а из них две трети ведут себя именно так, как Майя Витальевна Истомина? А я еще удивляюсь, что мои старики проявляют излишнюю доверчивость и вступают в разговоры с разными проходимцами, звонящими в двери их квартир.

В ответ на замечательный и своевременный вопрос хозяйки дома гость вытащил паспорт и протянул ей.

— Я — Мусатов Андрей Константинович, специалист по нефтяным установкам. Скажу сразу: в поэзии я не специалист.

— Тогда зачем вы пришли?

— Меня интересует Елена Шляхтина, которой вы посвятили свои стихи. Это сугубо личный интерес.

— Да, но... — Истомина растерялась и бессмысленно вертела в руках паспорт, который так и не открыла. — Лена умерла. Она погибла. Давно. Если вы ее ищете, то напрасно. Ее нет в живых.

— Я знаю. Если бы она была жива, я задал бы ей вопросы, которые для меня очень важны. Но поскольку ее нет, мне приходится искать людей, которые знали ее, в надежде, что на эти вопросы смогут ответить они. Еще раз простите, Майя Витальевна, но я пришел к вам не как к поэту, а как к подруге Елены Васильевны Шляхтиной. Я хочу просить вас, чтобы вы рассказали мне о ней все, что помните.

Я понял, что пора вмешаться. Конечно, в поведении этого Мусатова пока не было ничего подозрительного, но сама ситуация мне не нравилась. Ладно бы он был частным детективом и собирал сведения о людях, пусть и давно умерших, но я бы еще это понял. Но ведь он специалист по нефтянке, по крайней мере, он сам так сказал. Что это еще за археологические изыскания?

— Она ваша родственница? — невинно спросил я, шурша фантиком от шоколадной конфеты.

— Нет. То есть думаю, что нет, — поправился Андрей. — Во всяком случае, моя мать никогда о ней не слышала.

— Тогда чем вызван ваш интерес к этой даме?

— Я объясню, — он вздохнул. — Много лет назад она выступала свидетелем в суде по делу об убийстве.

— Лена? — удивленно перебила его Истомина. — Свидетелем? Я ничего об этом не знала. В каком году это было?

— В конце семьдесят пятого.

— Странно, — она покачала головой. — Впервые слышу. Мы много общались с ней, но она ни словом об этом не обмолвилась. Нет, не может быть. Вы уверены, что мы говорим об одном и том же человеке? Может быть, это какая-то другая Лена Шляхтина?

— Она работала на фабрике «Красный Октябрь», жила в общежитии...

— Да, правильно, — подтвердила Майя Витальевна. — Но может быть, однофамилица? Ведь фабрика очень большая, тысячи рабочих.

— Она покончила с собой в семьдесят шестом году, — продолжал Андрей.

— Да, да... Но как же так? Не могу понять. Как же могло получиться, что я ничего не знала? Впрочем, Лена действительно была очень скрытной... Господи, но не до такой же степени! Убийство, следствие, суд — это же очень серьезные вещи, не понимаю, как можно было не сказать...

Так, мою писательницу опять понесло не в ту степь. Вместо того чтобы причитать по поводу скрытности своей подружки, лучше бы спросила, какой интерес у ее гостя в старом деле об убийстве. Нет, не додумается. Видно, опять придется мне встревать.

— А зачем вам это, Андрей? Убийство тридцатилетней давности, и вы собираете сведения об одном из свидетелей. Я что-то не улавливаю связи между всеми этими событиями и инженером-нефтяником, которому в ту пору был год от рождения.

История мне не очень нравилась, она не звучала убедительно, и с каждой минутой я все сильнее подозревал, что Андрей Мусатов в костюме от Босса явился сюда под явно надуманным предлогом, преследуя какие-то не вполне благовидные цели. Спасибо тебе, житель солнечной Испании Сергей Иванович Клюев, если бы не ты с твоим хилым издательством, сидела бы сейчас моя писательница один на один с мошенником, с готовностью развесив уши, на которые этот красавчик вешал бы свою длинную тонкую лапшу. А потом побежала бы в милицию писать заявление о краже или еще о чем похуже.

— Дело в том, что меня на самом деле интересует не столько сама Шляхтина, сколько тот человек, которого осудили, опираясь на ее показания.

Ну вот, приехали. Сначала нас интересуют стихи, потом на самом деле не стихи, а Лена Шляхтина, которой они были посвящены, а теперь уже и не Лена, а вовсе даже подсудимый, против которого она давала показания. Еще несколько вопросов — и выяснится, что его интересует не подсудимый, а судья, председательствовавший на процессе, или следователь, потом выплывет жена следователя, потом ее троюродная тетка... И так до бесконечности.

— Понимаете, — продолжал между тем Мусатов, — у меня есть основания думать, что она зачем-то оговорила подсудимого. Если бы она была жива, я бы спросил ее, как все было на самом деле. Но она умерла, и мне приходится искать тех, с кем она общалась. Может быть, она им рассказывала, какие отношения связывали ее с... — он почему-то запнулся, — с этим подсудимым, может быть, она могла мстить ему за что-то...

— И вы полагаете, что, будь она жива, она сказала бы вам правду? — скептически осведомился я. — Так вот взяла бы и призналась первому встречному, что давала на суде ложные показания? Да вы большой оптимист, господин Мусатов.

— Вы хотите сказать, что это подсудное дело?

— Вот именно.

— Но сроки давности истекли, так что к ответственности ее привлечь нельзя было бы.

— Для нефтяника вы неплохо осведомлены, — заметил я.

— Я консультировался с опытным юристом, — он холодно взглянул на меня. — В конце концов, я мог бы предложить ей денег, чтобы она рассказала мне правду, которая сегодня ей уже ничем не угрожает. Но это все пустые рассуждения, потому что Елены Васильевны Шляхтиной нет в живых. И моя единственная надежда — это люди, с которыми она в те годы общалась. Они могут что-то знать.

— А откуда у вас такой интерес к этому подсудимому? —

вдруг спросила Истомина, которая наконец начала задавать правильные вопросы.

— Это мой отец, — коротко ответил Мусатов. — Он был признан невменяемым, помещен на принудительное психиатрическое лечение и умер в больнице. Но сегодня у меня есть основания полагать, что он не был болен, что все это было подстроено, организовано в чьих-то интересах. Я хочу попытаться выяснить, что на самом деле произошло. До недавнего времени я считал себя сыном убийцы. Думаю, вы понимаете, что положительных эмоций это не приносит.

Не могу сказать, что мне стало стыдно за свои подозрения, но неловкость я испытал. Хотя еще вопрос, не врет ли Мусатов.

— Лена, — медленно проговорила Майя Витальевна, — Лена... Конечно, я расскажу вам все, что вспомню.

* * *

...Она с детства была благополучной и обеспеченной и с детства же стеснялась своего благополучия, стеснялась того, что живет лучше, чем ее подружки, одноклассники, даже соседи. Маленькая Майя патологически боялась вызвать зависть окружающих, потому что знала: от зависти до ненависти меньше одного шага, а ей так хотелось, чтобы к ней относились хорошо. Она заискивала перед другими девчонками, преданно заглядывала им в глаза, никогда не настаивала на своем, никогда не говорила, что ей чего-то не хочется или что-то не нравится, чтобы не прослыть задавакой, которая считает, что ей все можно и ее слово — главное, потому что у нее папа большая шишка, директор крупного завода, Герой Социалистического Труда, лауреат сначала Сталинской, а потом и Ленинской премий. У Истоминых была огромная квартира, хорошая дача в ближнем Подмосковье, темно-зеленая «Победа», на которой ездила мама Майи, и черный «ЗИМ», служебный, на котором водитель возил отца. Потом, со временем, «Победу» сменила голубая «Волга», а вместо «ЗИМа» появилась «Волга» черная, отец бессменно руководил своим заводом и вдобавок стал членом бюро горкома КПСС, так что благополучие неуклонно возрастало. А Майя до самого окончания школы так и продолжала стесняться того, что живет лучше других в ее окружении.

У нее всегда были самые лучшие сочинения в классе, и она ни минуты не сомневалась, что станет писателем. Стать писателем ей очень хотелось, она тщательно готовилась к поступлению в Литературный институт, успешно прошла творческий конкурс, подав на него три рассказа, и была отобрана в семинар к известному прозаику. Как только Майя стала студенткой, папа устроил ей отдельную квартиру, однокомнатную. В те годы даже при его связях и возможностях выбить двухкомнатную квартиру для одного человека было нереальным. Зато она была просторная, светлая, в новом доме и в хорошем районе, на тихой зеленой улице, но в самом центре Москвы.

С Леной Шляхтиной она познакомилась весной, когда заканчивала первый курс. Лена поступала в Литинститут и подавала свои опусы на конкурс.

— Если не примут, буду летом поступать в университет, на журналистику, — сказала Лена. — Так тоже можно стать писателем.

На творческом конкурсе Шляхтину отсеяли, ни один мастер не отобрал ее в свой семинар, и девушка распрощалась с Майей до июля, когда собиралась вернуться, чтобы сдавать экзамены в университет. Зная, что Лена живет где-то далеко и добираться до Москвы ей долго и сложно, Майя предложила:

— Когда приедешь в июле, можешь пожить у меня, если хочешь. Будешь спокойно готовиться к экзаменам, никто тебе не помешает, а я, если нужно, чем-нибудь помогу. Все-таки отдельная квартира — это не университетская общага, там вообще заниматься невозможно, я знаю, мне рассказывали.

Лена предложение приняла и в начале июля, когда подошло время подавать документы, поселилась у Майи Истоминой. Особо тесной дружбы у них не возникло, но жили они мирно, не ссорились, бытовые заботы делили пополам, хотя Майя частенько пыталась сделать побольше: встать пораньше, пока Лена еще спит, что-нибудь помыть, приготовить еду. Она страшно боялась, что Лене может показаться, будто на ее, Ленину, долю приходится больше хлопот, и гостья подумает, что Майя пользуется девушкой из деревни как бесплатной прислугой. Комплексы обеспеченной стесняющейся девочки никуда не исчезли.

На факультете журналистики тоже был творческий конкурс, который Лена прошла, зато экзамены завалила. У нее были, по мнению комиссии, интересные по фактуре тексты, но с точки зрения русского языка — абсолютно безграмотные.

— Пойду работать, а на следующий год снова буду поступать, — решительно говорила Лена. — Я им всем докажу, что могу писать. И буду.

Она устроилась на «Красный Октябрь», получила место в общежитии, периодически жила у Майи, то дней по пять-семь, а бывало, и по две недели. Упорно писала очерки и рассказы и весной снова подала их на конкурс в Литинститут и на журфак. На этот раз ее отсеяли на обоих.

— А что, она действительно плохо писала? — спросил Андрей.

Истомина замялась.

— Я не могу это обсуждать, — уклончиво ответила она.

— Но почему?

— Я не считаю это этичным. Кто я такая, чтобы судить, кто хорошо пишет, а кто плохо? Комиссии решили, что Лена пишет недостаточно хорошо, а мое мнение значения не имеет.

— И все-таки, Майя Витальевна, — настаивал Андрей. — У Шляхтиной были способности к литературе?

— Не знаю. Я не читала того, что она пишет.

— То есть как?! Совсем не читали? — оторопел Андрей.

— Совсем. Я не считала себя вправе просить ее показать мне, что она пишет. А сама она такого желания не выражала.

— Ничего не понимаю... А почему вы не могли попросить? Вам что, не было интересно? Вы же сами учились в Литинституте...

— Поймите, Андрей, есть вещи настолько тонкие, настолько деликатные... Господи, ну как же вам объяснить! Представьте себе, что я прочла бы рассказ, который написала Лена. Допустим, он мне не понравился бы, я увидела бы в нем какие-то изъяны, недостатки. Что мне ей сказать? Что рассказ написан плохо? И как это будет звучать в моих устах? Кто я такая? Студентка, которая сама-то еще не стала писателем, зато живет в отдельной квартире, карманных денег не считает, одевается в заграничные шмотки и имеет такого папу, что еще неизвестно, ее саму-то в институт приняли за талант или за папу. Да я рот не посмела бы открыть! Вы можете это понять?

— Честно говоря, с трудом, — признался Мусатов.

— Ну конечно, — вздохнула она, — вы — другое поколение, у вас другой менталитет, вы никогда не поймете, как мы жили тогда, как думали, как чувствовали. Вы, наверное, удивитесь, если я вам скажу, что в те времена стыдно было быть богатым. То есть все этого хотели, все к этому стремились, но стремление свое скрывали, потому что хотеть быть богатым было стыдно. Я была богатой, и не потому, что сама заработала, а только лишь потому, что мне повезло с родителями. В этом не было моей личной заслуги. И мне все время было стыдно, потому что мне нравилось жить в отдельной квартире, мне нравилось быть хорошо одетой, нравилось, что я могу попросить у отца машину с водителем, чтобы куда-нибудь съездить, если очень нужно. И мне было стыдно за то, что мне это нравится. И это накладывало определенный отпечаток на мои отношения с друзьями, в частности с Леночкой. Впрочем, вам это действительно трудно понять. Одним словом, я не знаю, каким она была писателем.

Прошел еще год, и все повторилось снова. Два института, два конкурса, два отказа. Лена продолжала работать на фабрике, периодически жила по нескольку дней у Майи, спокойно соглашаясь с тем, что подруга кормит ее на свои деньги и моет за ней посуду. Ни разу за все время она не заговаривала о своих поклонниках, о молодых людях, с которыми она встречается, и у Майи создавалось впечатление, что Лена личной жизнью как-то не озабочена. После трех неудачных попыток Лена Шляхтина заявила, что поступать пока не будет, по крайней мере пару лет.

— А что потом? — спросила Майя. — Ты литературное образование в принципе получать собираешься или нет?

— Еще не решила, — Лена лениво потянулась на диване. — Но писателем я все равно стану, вот увидишь. И даже, может быть, раньше, чем ты, хоть ты и учишься на писателя, а я на фабрике ишачу.

В семьдесят третьем году Майя Истомина окончила институт и стала работать в популярной еженедельной газете. В этом ей помог не кто иной, как брат ее матери, дядя Жора, Георгий Степанович, который был ни больше ни меньше — главным редактором «толстого» литературно-публицистического журнала «Эпоха». В ее жизни появился молодой ученый Женя Чаинов, вместе с которым Майя уже строила планы на будущее. У Леночки Шляхтиной, кажется, тоже появился постоянный поклонник, и хотя девушка ничего не рассказывала о нем, но Майя отметила, что и без того красивая Лена стала просто-таки ослепительной. Лена по-прежнему короткими наездами жила у Майи, правда, в последние года два ее пребывание в квартире Майи стало более длительным, не меньше двух недель, а то и целых три. Для Майи это было неудобным, ведь был Женя... Но она не смела сказать об этом подруге, боясь обидеть.

— У Елены ведь были проблемы со здоровьем, — сказал Андрей. — Когда она у вас болела, вы за ней ухаживали, да?

— С чего вы взяли? — неподдельно удивилась Истомина. — Какие проблемы со здоровьем?

— Ну как же, ее соседки по комнате в общежитии сказали, что Лена часто брала больничный и на этот период уходила жить к вам, потому что у вас спокойнее и вообще условия лучше. Разве не так?

— Да бог с вами! Когда она жила у меня, она каждое утро уходила на работу, ни о каких больничных и речи не было. Приходила вечером, когда пораньше, часов в семь, а когда и совсем поздно, даже ночью. У нее, наверное, были свидания, но она подробностей не рассказывала. Я, конечно, спрашивала, это вполне естественно, а она отвечала, мол, как же без этого, но ничего серьезного, потому что все парни — козлы. Ну, что-то в этом роде. Я понимала, что она просто уклоняется от откровенного разговора, и не считала себя вправе настаивать. Я не хотела, чтобы в ответ на мои расспросы она ответила: «Ты думаешь, что если я у тебя живу и ем твой хлеб, то ты имеешь право лезть мне в душу?»

— Но ведь она действительно у вас жила и ела ваш хлеб, — осторожно заметил Андрей. — И создавала вам большие неудобства.

— Да, но это не давало мне никаких дополнительных прав, — сухо ответила Майя Витальевна. — Во всяком случае, я считала, что у меня их нет. У Лены были хорошие периоды, когда она веселилась и улыбалась, а бывали и периоды очень тяжелые, когда она буквально чернела, высыхала, почти ничего не ела и со мной не разговаривала. Молча приходила, ложилась на диван, отворачивалась к стене и молчала. Или курила. Она много курила. Я понимала, что в такие периоды она приходит не ко мне как к подруге, чтобы поделиться чем-то, поговорить, отвести душу, получить поддержку, а приползает в нору, где ее никто не тронет, не станет задавать вопросы, дергать и чего-то требовать, и где она сможет зализать раны. Поэтому я мирилась с тем, что она ничего не рассказывает.

А в семьдесят шестом году Лена Шляхтина покончила с собой, бросившись с крыши шестнадцатиэтажного дома. Имени Олега Личко она в присутствии своей подружки Майи никогда не произносила, точно так же как ни словом не обмолвилась ни о следствии, ни о суде, на которых выступала свидетелем.

— Но хоть каких-нибудь своих знакомых она упоминала? — упавшим голосом спросил Андрей. — Хоть какие-нибудь имена, Майя Витальевна, я вас умоляю, вы — последняя надежда. Может быть, вы ее знакомили с кем-то из своих друзей или родственников, и они потом общались уже без вас? Вспомните, пожалуйста.

— Нет, — она покачала головой. — У нас не было никаких общих знакомых. Но я еще подумаю, и если что-то вспомню — я вам позвоню.

Андрей поблагодарил ее за потраченное время и готовность помочь, но ощущение у него было такое, что он уперся в чугунные ажурные ворота. За ними совершенно точно что-то есть, это «что-то» даже можно разглядеть, а потрогать нельзя.

Глава 4

— Не люблю осень, — тяжко протянула Дарья, лениво высовывая из-под одеяла тонкую смуглую руку с ярким маникюром. — Скука такая...

— Скука оттого, что работы нет, а не потому, что осень, — так же лениво возразил ей лежащий рядом мужчина. — Радуйся передышке, отдыхай, наслаждайся жизнью.

— Чем наслаждаться-то? — капризно откликнулась она.

— Хочешь, можем съездить куда-нибудь, где тепло и можно купаться. Например, в Эмираты. Или в Европу, устроим тебе хороший шопинг. Да и здесь, в Москве, можно найти развлечения, было бы желание.

— Да ну тебя. — Дарья спрятала руку назад под одеяло и теперь высунула ногу. — Мне драйв нужен, азарт, чтобы все кипело, чтобы ничего не получалось — и я падаю в бездну отчаяния, а потом зверею, начинаю крушить все вокруг — и все получается, и я победитель. Вот так я люблю, а не шопинг какой-то там.

— Ты — победитель? — скептически прищурился мужчина.

— Ну не я. Мы с тобой. Мы — победители. Не придирайся.

— И не говори мне, что ты не любишь шопинг, уж кто, как не я, был свидетелем твоих бутиковых безумств. Особенно в Париже.

— Это другое, Димка, это совсем другое. Шопинг после удачно проведенной операции — это как награда, как заслуженный отдых. А тратить деньги на тряпки и всякое барахло просто от скуки — нет, это не мое. После последнего рейда я себя достойно вознаградила, а теперь мы уже две недели в простое. Может, поищем что-нибудь сами? Я тут одну фирмашечку приглядела еще летом, она легко пойдет, проблем не будет, и если ты найдешь покупателя...

— Дашка, уймись. — Дима тяжело перевернулся на другой бок, чтобы видеть ее лицо. — У меня нет сил, дай мне отдохнуть. Давай хотя бы выспимся как следует.

— Да сколько можно спать-то! — возмутилась она. — Мы уже две недели только спим и едим, спим и едим, надоело. Время идет, а деньги не зарабатываются.

Деньги... Дима, вообще-то к сантиментам не склонный, ощутил острый приступ жалости к своей подруге-коллеге-партнеру. Он знал, что Дарья никогда не была ни жадной, ни скупой, просто жизнь у нее так сложилась. Ведь бывает же так, чтобы все беды — и на одну и ту же голову. Все ее детство и юность прошли под двумя знаками: нищеты и болезней. В ее семье болели все, кроме нее самой, и болели тяжело. Бабушки, дедушки, родители, младшая сестра, и за всеми нужно было ухаживать, за стариками — выносить горшки и кормить с ложечки. Сначала мать Дарьи, а вскоре и отец получили инвалидность, да такую, с которой не поработаешь, получали пенсию. Копейки считали, на лекарства и еду хватало впритык, о том, чтобы девочки были более или менее пристойно одеты, даже речи не было. Даша хорошо помнила свое постоянное раздражение, усталость, стыд от немодности внешнего вида; все это постепенно переросло в ненависть к семье, которая только болела и ничего не зарабатывала. Став взрослой и начав хорошо зарабатывать, она поставила себе цель: заработать столько, чтобы хватило на долгую жизнь, до глубокой старости, при хорошем здоровье, и чтобы ни от кого не зависеть. Если надо, она лучше наймет постоянную сиделку, но никогда не попросит своих детей или других родственников ухаживать за собой, чтобы они не прониклись к ней такой же ненавистью и скрытым ожиданием смерти. Ей нужны были деньги, много денег, и она зарабатывала их истово, почти исступленно, не зная усталости и не желая отдыха. Поэтому вынужденный перерыв в работе она рассматривала почти как катастрофу.

Дмитрий Найденов и Дарья Брайко были давними любовниками и столь же давними партнерами. У каждого за спиной остался не вполне удачный брак, у Дарьи этих браков было целых два, зато у Димы рос сынишка. Вот уже без малого четыре года они были вместе и вместе промышляли тем, что способствовали недружественным поглощениям одних фирм другими. То, чем они занимались, имело официальное название «рейдерство». Конечно, не надо думать, что работу свою они делали вдвоем, отнюдь. У них были хваткие юристы, опытные экономисты, ловкие переговорщики и зубастые пиарщики, за собой Дмитрий и Дарья оставили стратегическое и тактическое планирование, неусыпный контроль за каждым шагом в операции, за каждым принятым решением и — самое главное в их деле — поиск заказчиков. Их рейдерская фирма была не столь известна, чтобы к ним заказчики в очередь выстраивались, и желающих «скушать» чужое предприятие нужно было искать, да еще сделать так, чтобы этот желающий им доверился.

— Давай-ка я посмотрю сам, чего ты там нашла, — произнес Дмитрий, вылезая из постели и накидывая халат.

Он включил компьютер, вошел в Интернет.

— Почту посмотри, — раздался глухой голос Даши, которая говорила, уткнувшись носом в подушку.

Дима защелкал «мышкой» и удивленно присвистнул:

— Ты как знала, Дашка! У нас заказчик.

Ее будто пружиной выбросило из постели, и через мгновение она, закутанная в одеяло, уже стояла рядом с Димой возле компьютера.

— Покажи!

— Да вот, читай. Или тебе распечатать?

— Нет, я с экрана прочту.

Она быстро пробежала глазами несколько строк, потом прочла во второй раз, уже медленнее.

— Так он посредник, — пробормотала она не то разочарованно, не то сердито.

— Ну а нам-то какая разница? Работа одна и та же.

— Но мы не знаем, кто заказчик. Я так не люблю.

— Погоди, Дашуня, не гони волну. Никто от тебя заказчика и не скрывает, просто глупо в первом же письме открывать все карты. Автор письма — посредник, его задача — найти рейдеров для своего доверителя, то есть пока что он предлагает нам работу, за которую мы, может, еще и не возьмемся. Зачем же сливать нам лишнюю информацию? А вот если мы согласимся, тогда он нам все скажет. Ну, Дашка, чего ж ты не радуешься? Ты же только что ныла и страдала, что сидишь без дела. Вот тебе и дело.

— Все равно плохо, что он даже не подписался, — упрямилась Дарья. — И кого «кошмарить», тоже не указал. Темнила.

— Дашуня, это бизнес такой у нас с тобой, — терпеливо увещевал ее Дима. — Он сам по себе темный, а многия знания — многия горести, это старая истина. Хочешь, я позвоню Матвею, пусть проверит адрес?

— Позвони, — кивнула она. — А я пока поесть приготовлю.

Она ушла в кухню успокоенная. В их команде, помимо прочих, был еще и замечательный хакер Матвей, с удовольствием выполнявший и самые сложные работы по вскрытию компьютерной базы предприятий, с которыми они в данный момент работали, но не гнушавшийся и простенькими заданиями, вроде того, какое собирался поручить ему Дмитрий Найденов: проверить, кому принадлежит электронный адрес, с которого пришло письмо без подписи.

В периоды простоя или плохого настроения у Дарьи напрочь пропадал аппетит, но как только начиналась работа, она поглощала пищу, как обезумевшая слониха. Глядя на ее тоненькую, хрупкую фигурку, просто невозможно было поверить, что в нее влезает такое количество продуктов, и главное — совершенно непонятно было, куда это все девается, потому что в весе она почему-то не прибавляла. Впрочем, надо заметить, что в те периоды, когда она теряла аппетит и ела мало, словно по обязанности, она и не худела. Такое впечатление, что тело Дарьи Брайко существовало как-то совсем отдельно от пищеварительных и обменных процессов, в этом теле происходящих.

Дима озадачил Матвея и пошел в душ. На кухне он, свежий, тщательно выбритый, с мокрыми волосами, появился как раз в тот момент, когда на двух сковородах дожаривались две немыслимых размеров свиные отбивные, а на третьей потрескивал жареный картофель, уже покрывшийся золотистой корочкой. Дима давно перестал удивляться еще одной потрясающей способности своей любовницы: она готовила еду феноменально быстро, и при этом не в ущерб качеству. В руках у нее все горело, все делалось словно бы само собой. Стоило ей взять в одну руку нож, в другую — картофелину, и очищенный белый корнеплод через секунду волшебным образом оказывался в миске с водой.

Огромная отбивная с горой жареной картошки — это недвусмысленный знак.

— Значит, работаем? — удовлетворенно спросил Дима.

— Ну а как же? Конечно.

— Да мне что-то показалось, что ты сомневаешься...

— А! — Дарья махнула рукой с зажатым в ней ножом. — Сомнения сомнениями, а работа работой. Никакие сомнения не могут помешать мне работать и зарабатывать. Просто сомнения, если они возникают, надо развеивать, и это становится дополнительным пунктом в наших планах, вот и все. Глупо отказываться от работы, если чего-то не понимаешь. Не понимаешь — собери информацию и пойми.

Матвей позвонил как раз в тот момент, когда они доедали последние ломтики картофеля, обмакивая их в кетчуп.

— Ну вот, — Дима положил трубку и весело взглянул на Дашу, — письмо пришло из банка «Русский кредит», а точнее — из их управления экономической безопасности.

— Супер! — радостно откликнулась она. — Тогда вопросов нет. Начинаем.

— Может, хотя бы кофейку выпьем? — с улыбкой спросил он.

— Выпьем, а как же. Я пока сварю, а ты иди пиши ответ. Ну иди же, Димуля, не теряй время.

* * *

После встречи в доме писательницы Истоминой с неким Андреем Мусатовым прошло почти две недели, и я, замотанный повседневной работой, об этом странном госте даже не вспоминал. Моя задача — не допустить, чтобы жители моего участка попадались в лапы мошенникам и бандитам, а поскольку Мусатов не походил ни на того, ни на другого, я успокоился. Спокойствие мое, однако, длилось недолго.

Известие о гибели сотрудника нашего окружного УВД повергло меня в шок. Я не был близко с ним знаком, но был уверен, что этот улыбчивый энергичный человек живет в полном ладу и с самим собой, и с окружающим миром. Во всяком случае, внешне он производил именно такое впечатление. И вдруг... Не погиб при исполнении, а застрелился прямо в рабочем кабинете. Или все-таки погиб, то есть был застрелен?

Понятно, что шум в управе поднялся большой, приехали следователи и принялись терзать каждого из нас: не замечали ли что-нибудь странного в поведении, не было ли каких высказываний или настроений, указывающих на тяжелую депрессию, и все в таком духе. Слушая вопросы и добросовестно отвечая на них, я ощущал внутри себя некое неудобство, маленькое, но назойливое, как будто в меня залетела мошка и трепыхается по пищеводу или трахее.

Когда до меня дошло, что это за мошка, я позвонил Истоминой и спросил, не оставлял ли Мусатов ей свои координаты.

— Конечно, — удивилась Майя Витальевна, — он же просил меня позвонить, если я что-нибудь еще вспомню.

— Но вы пока не вспомнили?

— Пока нет.

— А телефончик его дадите?

Истомина продиктовала мне номер, и я тут же перезвонил Андрею. Был разгар рабочего дня, поэтому я не стал разводить долгие политесы.

— У меня есть идея. Даже две. Если вам интересно, можем встретиться, — коротко сообщил я, представившись и убедившись, что Мусатов почему-то отлично меня помнит. Ну надо же, а ведь я его почти забыл.

— Я могу приехать, куда вы скажете, — с готовностью ответил он.

— Против котов ничего не имеете? Аллергия, например, или общая неприязнь?

— Нет-нет, я животных вообще люблю, любых.

— Тогда давайте встретимся у меня дома, — предложил я. — Записывайте адрес.

До конца рабочего дня оставалось еще четыре часа, а я уже так умотался, что готов был упасть и уснуть прямо в кабинете, посему перспектива провести вечер в общественном месте, да вдобавок в форменной одежде повергала меня в ужас. Мне хотелось переодеться в домашнее, выпить и расслабиться, все-таки допросы по делу о возможном самоубийстве здорово выматывают психику. А вот наличие в непосредственной близости моих любимых котов и кошек очень помогает при восстановлении этой самой вымотанной ослабленной психики. Короче, мне хотелось поскорее поделиться своими соображениями с Мусатовым, но при этом смертельно хотелось домой.

Явившийся строго в назначенное время Мусатов тут же открыл кейс и достал бутылку хорошего виски. Правильный мужик, воспитанный. Я, в свою очередь, вежливо предложил разделить со мной скромную трапезу, состоящую из слегка поджаренной буженины и свежих овощей. Сегодня у меня просто не было сил идти в магазин, и ужинал я тем, что оставалось в холодильнике после обильного завтрака. Оставалось, как вы сами можете догадаться, немного.

— А где ваш кот? — Андрей осматривался по сторонам в поисках обещанного животного.

Наивный, он думает, что зверь у меня один. Ничего, придет время, узнает, и мало ему не покажется.

— Прячется, — уклончиво ответил я, не вдаваясь в количественные характеристики моего зверинца и быстро сервируя стол в комнате. — Боится чужих. Сейчас бужениной запахнет — прибежит как миленький.

— А я слышал, что котов нельзя кормить человеческой едой.

— Нельзя, — согласился я. — Но коты этого не знают и все равно просят, если им вкусно.

— И что, не даете? — недоверчиво спросил он.

— Даю, — усмехнулся я. — Сердце ж не камень. Но по чуть-чуть, и то не все. Только сыр и вареную курицу.

Я принес из кухни ужин, мы выпили по первой и приступили к еде.

Первым, как обычно, появился Ринго, который полагал, что ему как старшему по квартире слишком долго бояться не к лицу, это подрывает его репутацию руководителя.

— Обалдеть! — ахнул Андрей, увидев огромного восьмикилограммового кота черепахового окраса. — Какой красавец! Сибирец?

— Точно, — подтвердил я с немалым удовольствием.

Во-первых, любой хозяин млеет, когда его животным восхищаются. А во-вторых, мне понравилось, что мой гость разбирается в породах. Наш человек.

Ринго покосился на гостя и выразительно сел рядом с моим стулом, справа. Он давно усвоил, что если я что-то даю со стола, то правой рукой. Я сделал вид, что намека не понял. Ринго мявкнул. Я отправил в рот кусок теплой буженины и дольку помидора. Ринго встал на задние лапы, а передней попытался поймать меня за рукав джемпера. Я нахально налил по второй.

— Он просит, — заметил Андрей.

— Я вижу, — хладнокровно сообщил я. — Свинину котам нельзя.

— Неужели не жалко? Я бы не выдержал.

— Жалко. Но когда животные болеют, их тоже жалко. Не обращайте внимания, Андрей. Ринго прекрасно знает, что буженину ему не дадут, он просит на всякий случай: а вдруг я впаду в задумчивость и по рассеянности кину кусочек. Давайте приступим к делу.

Ринго немедленно обиделся, фыркнул и ушел в другую комнату. Вот, ей же богу, иногда складывается впечатление, что коты понимают человеческую речь. Как разумный кошковладелец я знаю, что ничего такого особенного они не понимают, реагируют только на интонации похвалы или неудовольствия и на несколько знакомых слов, а сложные предложения понимать в деталях им не дано. Но как кошковладелец опытный я знаю точно, что достаточно часто поведенческие проявления у домашних животных совпадают со смыслом слов, которые произносят люди, что и заставляет нас думать, будто они понимают нашу речь. А вот почему они так часто совпадают — это вопрос.

— Андрей, я знаете о чем подумал? Если ваша Елена Шляхтина покончила с собой, то должны быть материалы дела, возбужденного по факту обнаружения трупа и прекращенного в связи с отсутствием события преступления. То есть нашли тело, началось следствие с целью выяснить, что это было, убийство или самоубийство, провели целый ряд действий, опросили кучу народа, провели всяческие экспертизы и установили, что Шляхтина сама прыгнула с крыши дома. Понимаете?

— Нет, — он смотрел на меня в упор, не мигая. — Вы хотите сказать, что на самом деле это было убийство?

— Да нет же, господи! Какое убийство? При чем тут убийство? Я хочу вам сказать, что где-то в архивах лежит это прекращенное дело, и в нем есть показания людей, с которыми тогда работали следователь и оперативники. То есть там названы люди, которые знали вашу Шляхтину, которые могли что-то о ней рассказать. Теперь поняли?

Мусатов глядел на меня растерянно, как будто я ему сейчас фокус показал.

— А мне и в голову не пришло... Надо же, как просто.

— Да мне-то тоже не сразу в голову пришло, — честно признался я. — Почти две недели прошло, пока додумался. Вам нужно искать человека, имеющего доступ к архивам.

— Так у меня есть! — радостно воскликнул Мусатов.

— Кто?

— Ну, человек, имеющий доступ к архивам. Это же он смотрел для меня дело Личко, чтобы найти Шляхтину.

— Погодите, Андрей, — мне пришлось, к сожалению, остудить его пыл. — Личко был осужден, и его дело находится в архиве суда. А дело об обнаружении трупа Шляхтиной было прекращено на стадии предварительного следствия, и находится оно, стало быть, не в судебном архиве, а в архиве прокуратуры, хотя возможно, что и в архиве ГУВД. Вы поговорите со своим знакомым, может быть, у него и в эти архивы есть ходы. Ну а уж если нет, тогда вам придется искать самому. Это первая идея, но у меня есть и вторая.

Андрей, кажется, слегка расстроился, когда услышал, что

его знакомый, имеющий доступ к судебным архивам, может оказаться бесполезным, но, услышав про вторую идею, воспрял.

— Я подумал, что вы ищете сведения о Елене Шляхтиной со стороны самой Елены. Но ведь в этой истории была и вторая сторона. Может быть, имеет смысл поискать там. А?

— Я что-то не понимаю...

— Давайте еще выпьем, — предложил я.

— Мне, наверное, достаточно, мне ведь еще домой ехать.

К этому я отнесся с пониманием и налил виски только в свой стакан. Человек, старающийся не напиваться перед тем, как сесть за руль, всегда вызывает у меня уважение.

— Вот смотрите. Шляхтина давала показания, уличающие Личко в совершении преступления, так?

— Так.

— А Личко потом все время повторял: «Почему Лена так поступила?» или «Зачем Лена это сделала?» То есть он был с ней знаком еще до суда, она не была случайной свидетельницей, которая мимо проходила и что-то там такое видела. Но если об этом знакомстве не знают люди, связанные с Еленой, то о нем могут знать другие люди. Люди, которые контактировали с Личко.

Я старался быть максимально аккуратным в выражениях, потому что еще во время беседы в доме у Истоминой увидел, как болезненно Андрей Мусатов относится к тому, что Личко называют его отцом.

— Вы хотите сказать, что мне нужно поговорить с сослуживцами Личко?

— В первую очередь вам нужно поговорить с вашей матерью, — как можно мягче произнес я. — Попросите ее вспомнить всех друзей и знакомых ее мужа, в том числе и сослуживцев. Среди них наверняка окажется кто-то, кто был с ним особенно близок и мог знать о знакомстве Личко с молодой красивой женщиной.

— И зачем это? — Андрей нахмурился. — Я и без того не сомневаюсь, что они были знакомы. Что мне даст лишнее подтверждение этого факта?

— Вы не понимаете, — я был терпелив, как учитель в школе для умственно отсталых. — Допустим, у вас есть девушка, дама сердца, и есть близкий друг. Вы их знакомите, это естественно. Или не знакомите, но другу многое о ней рассказываете. Например, о том, что она уехала к тетке в Волгоград, или о том, что она посещает какие-нибудь курсы, или о том, что у нее есть подружка Маша, совершенно невыносимая особа, которая часами висит на телефоне и изводит вашу девушку всякими глупостями, мешая вам предаваться интимным радостям. Ведь расскажете же, правда? Почему бы нет? Это нормально.

— Ну, в общем, да, — согласился он, — нормально.

— И когда мы приходим к этому вашему другу и спрашиваем, что он знает о вашей девушке, он нам рассказывает, что она посещала такие-то курсы, что у нее в Волгограде живет тетка, а в Москве есть безумная подружка Маша. После чего мы находим в Волгограде тетку, а в Москве курсы и Машу и задаем им уже вполне конкретные вопросы о вашей девушке. Люди, которые знали о знакомстве Личко и Шляхтиной, могут кое-что знать о самой Шляхтиной, либо о ее жизни, либо о других ее знакомых. Тут главное — найти кончик ниточки, за который можно тянуть. Пока что этого кончика у вас в руках нет, во всяком случае, поиски со стороны самой Шляхтиной вам ничего не дали. Так попробуйте поискать со стороны Личко. Что вы теряете?

Мы проговорили еще час, и я все время со страхом ждал, что Мусатов расценит мое участие в его судьбе как намек на желание сотрудничать и сделает мне конкретное предложение. Мне придется отказываться, а он станет предлагать деньги, и мне нужно будет объяснять, что заниматься его археологическими изысканиями мне неинтересно, а деньги я зарабатываю совсем другим способом, куда более приятным. Он обидится и уйдет, я буду чувствовать себя виноватым, в общем, ничего хорошего. И зачем я, дурак, вообще полез в это дело? Ну сперва — ладно, меня Майя попросила прийти и посидеть рядом, но сегодня-то я зачем ввязался? Мне что, больше всех надо? У человека есть проблема, вот пусть он ею и занимается, а при чем тут я? С какого боку? Видимо, три дня сплошных разговоров о самоубийстве коллеги совсем выбили меня из колеи.

Но Мусатов, к моему огромному облегчению, ничего мне не предлагал и ни о чем не просил, только благодарил и тщательно записывал все мои бредовые идеи. В частности, я посоветовал ему как следует подумать, осмыслить собственный жизненный опыт и составить для Майи Витальевны небольшой вопросник, который помог бы ей встряхнуть воспоминания о Елене Шляхтиной. Например, ходили ли они вместе в кино или театры? Может быть, на выставки, концерты, литературные чтения? Не встречали ли там знакомых либо Майи, либо самой Лены? Не знакомила ли ее Майя с кем-нибудь? Истомина заявила, что у нее не было общих знакомых с Шляхтиной, но обычно под общими знакомыми мы подразумеваем людей, с которыми общаемся более или менее регулярно. Если я иду по улице с кем-то, встречаю знакомого и представляю своих приятелей друг другу, после чего мы мило болтаем пять минут и расходимся, мне в голову не придет считать этих людей «общими знакомыми». Да, я назвал их имена, они пожали друг другу руки, и на этом все закончилось. Больше они никогда не встретятся. И вот здесь мы совершаем большую ошибку. С чего это мы полагаем, что они больше нигде никогда не встретятся? Они очень даже могут встретиться, и узнать друг друга, и контактировать друг с другом, а мне об этом не говорить. Уж сколько раз бывало... Одна моя девушка вышла замуж за такого вот моего приятеля, с которым мы случайно столкнулись, выходя из ресторана. О том, что они стали тесно общаться, я узнал только тогда, когда получил приглашение на свадьбу.

Еще было бы неплохо, если бы Майя Витальевна вспомнила, приходил ли к ней кто-нибудь в те дни, когда у нее жила Лена. Если приходил, то как она представляла Лену, как проходило общение втроем. Эти люди тоже могли потом где-то столкнуться с Шляхтиной, завязался разговор и... далее везде.

Я придумал еще несколько заморочек, которые могли бы облегчить как процесс воспоминаний, так и поиск тех самых кончиков ниточки, за которые можно было бы тянуть. Одни кончики, несомненно, оборвутся сразу же, другие — чуть погодя, но найдутся и такие, которые размотают всю катушку. Или весь клубок, это уж как вам удобнее.

Надо заметить, что звери мои проявили несвойственную им деликатность одновременно с бесстрашием. Вероятно, Ринго им сообщил, что гость не страшный, руки не протягивает и с глупостями не пристает, то есть не пытается погладить или потискать, и он точно не кошачий доктор, потому что от него не пахнет лекарствами. А буженину не дают. Первым свой любопытный нос высунул Айсор, но, поскольку он черный и выглядывал из неосвещенного коридора, Мусатов его не заметил. Потом подтянулись остальные — святое семейство в составе Дружочка, Арины и Кармы. Но дальше порога комнаты никто не продвинулся. Они молча сели в проеме двери, в одинаковых позах, поставив передние лапки в третью позицию (так утверждает Светка, а поскольку она занималась балетом — я ей верю), и стали ждать, когда их заметят и упадут в обморок от их неземной красоты. Ни один зверь не подошел к столу и не попросил мяса. То ли Андрей им понравился и они хотели выглядеть воспитанными в его глазах, то ли они его все-таки побаивались и сочли за благо не приближаться. Старик Ринго-то никого не боится, если что — массой задавит, а вот остальные ребятки у меня помельче и опасливее.

Когда Андрей увидел мой выводок, он сперва впал в ступор, потом отчего-то долго хохотал, потом выдал вполне удовлетворившую меня восхищенную тираду. Породу святого семейства — американский экзот — он тоже определил безошибочно, а вот насчет Айсора засомневался. Я сказал ему, что сам точно не знаю, какой он породы, потому что этот кот подкидыш-найденыш, то ли бенгалец, то ли русская короткошерстная, а вернее всего — помесь того и другого с чем-нибудь третьим, например, с бомбейской кошкой.

— Вы разбираетесь в кошках, — заметил я.

— Не особенно. У меня жена была большой любительницей, и, пока мы жили вместе, весь дом был завален книгами о кошках, иллюстрированными энциклопедиями и справочниками. Так что знания я приобрел поневоле. А собственного опыта у меня нет, у нас никогда не было кошек. Только собаки, и то давно.

На прощание я дал Мусатову свою визитку, сам не знаю зачем. Ведь я не собирался ввязываться в его дело и даже частично участвовать в нем не хотел, и не потому, что оно мне по каким-то причинам противно, просто мне это неинтересно, у меня полно других служебных забот. Но я подумал, что если сам первым проявил инициативу и подсказал какие-то идеи, то тем самым дал ему право обращаться ко мне хотя бы с вопросами. Как сказал Маленький принц, мы в ответе за тех, кого приручили. Протягивая руку помощи, мы словно даем понять, что готовы помогать и в дальнейшем. В общем, сложно все это...

* * *

Вячеслав Антонович Ситников терпеть не мог опаздывать. Никуда. Ни на службу, ни на дружеские встречи, ни тем более на свидания с женщинами. Появление в назначенное время, минута в минуту, было его коньком, которым Ситников гордился с юности. Правда, во времена его комсомольской и партийной молодости в этом не было ничего сложного, поскольку автомобилей на дорогах бегало куда меньше и пробки были редкостью, но и сейчас, в эпоху тотальной автомобилизации, он ухитрялся не отступать от давно выработанного правила.

Он и сегодня явился домой ровно тогда, когда обещал: в половине девятого вечера. Метрах в десяти от подъезда он увидел машину Олеси, темно-зеленую «Мазду». Забирая почту из ящика, услышал слащавый голос консьержки:

— А Олесенька уже пришла, ждет вас с ужином.

Стоя спиной к любопытной и все знающей бабенке, Ситников брезгливо поморщился, но, когда обернулся, лицо его было приятным во всех отношениях.

— Вы даже про ужин знаете, Тамара Ивановна?

— Так она две сумки продуктов несла. Кому же, если не вам?

— Мне, мне, — он снисходительно улыбнулся и направился к лифту.

— Хорошая у вас невестка, заботливая, — говорила консьержка ему вслед. — Как Ольгу Павловну схоронили, так одного вас не оставляет...

Кажется, она собиралась развить мысль, но двери лифта уже закрылись, и Ситников с облегчением расправил плечи. Олеся, жена его сына Григория, приходила сюда не скрываясь, из ее визитов Ситников не делал никакого секрета ни для соседей, ни для собственного сына. Что особенного в том, что заботливая невестка часто навещает вдовеющего свекра, приносит продукты, готовит еду, убирает в квартире? Это не только естественно, но и во всех смыслах положительно. Не Грише же отцу обеды варить, в самом деле! Тем более сын очень занят своим бизнесом, а его молодая жена нигде не работает, и времени у нее более чем достаточно, чтобы и мужа обиходить, и о свекре позаботиться.

Олеся встретила его сияющей улыбкой и страстным поцелуем.

— Садись быстрей за стол, у меня все готово. Ой, Слава, как мне нравится, что ты всегда приходишь вовремя! Тебя так легко ждать с ужином, все можно рассчитать до минутки и подавать с пылу с жару.

— Ты сегодня надолго? — спросил он, снимая дорогое кашемировое пальто.

— Надолго, — она снова счастливо улыбнулась. — Гриша с мужичками в баню отправился, это до глубокой ночи.

Вячеслав Антонович неодобрительно покачал головой.

— Опять нетрезвый придет? Знаю я эти бани с мужичками.

— Это называется «слегка взямши», — рассмеялась она. — Я не в претензии. Ну пошли же за стол скорее, я так соскучилась.

«Соскучилась» относилось, конечно же, не к ужину, а к тому, что будет происходить потом.

То, что происходило «потом», восхищало Ситникова и одновременно пугало, расслабляло и в то же время напрягало. Он безумно любил Олесю, любил так, как, пожалуй, ни одну женщину в своей жизни. За все пять лет, что они вместе, он так и не привык к этой любви, как не привык и к тому, что Олеся отвечает ему взаимностью. Весь ужас его положения состоял в том, что он ей не верил. Вот как-то так. Страстно любил, постоянно получал подтверждения ее ответного чувства, и не верил. Наверное, это было просто привычкой: никому не верить.

Он обнимал ее — и не верил, целовал — и не верил, проводил с ней долгие часы в постели, а иногда, когда позволяла ситуация, и целые ночи, он пил кофе, который она приносила ему в постель, лежал вместе с ней в пенной ванне, возил в загородный клуб кататься верхом, ходил с ней в казино, слушал слова любви — и не верил. Наверное, чтобы заглушить это неверие, он и поставил себя с ней диктатором, которого и помыслить невозможно ослушаться.

...Пять лет назад он впервые поехал отдыхать один. У жены обнаружили рак, сказали, что это безнадежно и что болеть она будет долго, назначили какое-то поддерживающее лечение, которое от рака не спасет, но сделает ее жизнь хотя бы чуть-чуть полегче. Ольга Павловна не требовала к себе повышенного внимания и сама настаивала на том, чтобы муж съездил в Альпы покататься на горных лыжах, как делал это вот уже несколько лет подряд. Движение, выплеск адреналина, чистый вкусный воздух и крепкий сон заряжали его здоровьем и силой на целый год работы. Оставив Ольгу на попечение сына и одинокой родственницы, Вячеслав Антонович уехал в Гармиш-Партенкирхен, любимый свой баварский горнолыжный курорт.

Первые три дня он бездумно наслаждался крутыми склонами, поднимаясь на Цугшпитце и пытаясь впитать в себя всю окружающую его белизну и голубизну. На четвертый день он встретил Олесю.

В тот день он решил подняться на Хаусберг, покататься на самых умеренных, «красных» спусках и подольше посидеть в ресторанчике на открытом воздухе, позагорать и почитать. Книжка была какая-то увлекательная, Ситников открыл ее накануне и с трудом оторвался, теперь ему не терпелось узнать, что же дальше, но и жертвовать лыжами не хотелось. Он решил совместить оба удовольствия, сунул книжку в рюкзак, поставил взятую напрокат машину на огромной парковке перед подъемником, сменил кроссовки на тяжеленные горнолыжные ботинки, купил билет и отправился наверх.

Он вышел из подъемника и сразу ощутил привычную захлестывающую радость от упругого бело-голубого простора, наполненного воздухом, который можно пить, как воду. Было совсем рано, всего начало десятого, и народу на горе пока еще немного. Ситников рассчитывал покататься, пока нет толпы, а через час-полтора устроиться за одним из стоящих прямо на снегу длинных деревянных столов, попросить чаю с апфельштруделем, горячим яблочным пирогом с мороженым и взбитыми сливками, раскрыть книжку и насладиться увлекательным сюжетом.

Надев лыжи, он легко заскользил в сторону ресторана, где стояли закрывающиеся шкафчики, в которых можно оставить рюкзак. Проезжая мимо медпункта, он заметил девушку, сидящую на скамейке. Ярко-красный комбинезон расстегнут и частично снят, на высвобожденной руке — лангета. Лицо у девушки было бледным и расстроенным, на глазах блестели злые слезы. Вячеслав Антонович понял, что она приехала, вероятно, с первым подъемником, который начинает работать в половине девятого, успела съехать один раз и травмировала руку. «Вот бедолага, — с сочувственной усмешкой подумал он, — наверное, начинающая, специально в такую рань поднялась, чтобы покататься, пока склоны пустые, и сразу же упала». И только потом почувствовал, как внутри все сжалось и взорвалось с такой силой, что чуть слезы из глаз не брызнули. Ему было отчаянно жаль эту девушку, сидевшую в грустном и злом одиночестве, и захотелось сказать ей что-нибудь утешительное. О том, на каком языке сказать, Ситников даже не задумался, соотечественников он распознавал мгновенно и безошибочно. Девушка в красном комбинезоне была, без сомнения, русской.

Уже потом, когда они вместе сидели в ресторане, подставив лица солнцу, он разглядел ее как следует. Да, красивая, но таких красивых в Москве — пруд пруди. И все-таки что-то было в ней такое, что заставило Вячеслава Антоновича заговорить с ней не только о погоде и неудобствах, связанных с травмой руки. Олеся приехала в Гармиш со своим бойфрендом, ей было двадцать два года, и отдых на горнолыжном курорте, к тому же отнюдь не дешевом, представлялся ей весьма крутой забавой. Будет о чем девчонкам рассказать. Уроки катания она брала в Подмосковье, в настоящих горах оказалась впервые, каталась плохо, но это бы ничего, на любой горе полно «чайников», и нет ничего зазорного в том, чтобы выглядеть неуклюжим, осторожным и неумелым. Хуже другое. Ее бойфренд хотя и привез свои лыжи (твердил, что брать напрокат — это плебейство), но подниматься на гору что-то не рвался. В первый день заявил, что нужно отоспаться как следует, а на второй выяснилось, что он договорился с какими-то живущими в Мюнхене приятелями-москвичами о совместном отдыхе, который заключался в том, чтобы целыми днями ходить по барам и ресторанам, накачиваться пивом и дегустировать местную кухню. Олеся пива не любила, но еще больше она не любила запах пивного перегара и нетрезвый храп на соседней подушке. Она терпела целую неделю, проводила время вместе со всеми, улыбалась и старалась быть милой, после чего махнула рукой на своего пивного любовника и решила отправиться на Хаусберг самостоятельно. Ситников хорошо чувствовал время, его внутренние часы отмеряли минуты бесперебойно, поэтому он оказался прав: Олеся действительно приехала с первым подъемником и упала на первом же спуске.

Вячеслав Антонович знал, что выглядит для своих пятидесяти двух лет просто замечательно, моложав, строен, густоволос, широкоплеч, и еще он знал, что абонировать на оставшиеся дни эту девочку не составит для него никакого труда. Она была умной, в меру циничной и очень трезвой, и в ней Ситников узрел родственную душу. Все было очень славно: разговоры, кофе, горячий глинтвейн для Олеси, быстрый умелый флирт, стремительный и прямолинейный (ибо каждый точно понимал, чего хочет), и к моменту, когда они вместе спустились вниз и подошли к машине Ситникова, осталось только обсудить детали.

— В каком отеле ты живешь? — спросил он.

— В «Ротер Хане».

— Отлично. А я — в «Партенкирхнер-Хофе», это в двух минутах ходьбы. У меня сьют — гостиная и спальня с двухместной кроватью, так что нужно только доплатить за твои завтраки. Сама сможешь собраться или тебе помочь?

— Ты хочешь, чтобы я бросила своего кавалера и переехала к тебе?

— Ты тоже этого хочешь, — уверенно и спокойно ответил Вячеслав Антонович. — У тебя есть выбор: шататься по биргартенам и слушать по ночам пьяный храп или ездить со мной на гору и обедать в тихих изысканных ресторанах. Правда, кататься ты не можешь из-за руки, но ведь сидеть на свежем воздухе и загорать все равно приятнее, чем торчать в пивнухе. Можем съездить в Мюнхен, если захочешь, или махнуть в

Австрию или во Францию. Не могу обещать заранее, что секс со мной будет лучше, чем с твоим приятелем, но все остальное уж точно будет поприличнее. И, кстати, я не храплю.

— Что я за это буду должна? Кроме денег за завтраки, разумеется.

Ему понравился ее деловой подход.

— За твои завтраки я заплачу сам. Побудем вместе до конца моего отпуска, а там посмотрим.

Олеся почти не раздумывала.

— Хорошо, — кивнула она. — Довезешь меня до моего отеля, я поднимусь, соберу чемодан и оставлю записку. Это займет минут двадцать. Ты меня подождешь? Или мне идти к тебе в отель пешком?

Ситников молча помог ей сесть в машину, довез до отеля, удивился, когда она попросила помочь ей снять с верхнего багажника чехол с лыжами.

— Зачем? Я заберу тебя со всеми вещами. Или ты собираешься еще возвращаться сюда?

— Лыжи из проката. Пусть этот козел их сам сдает. Помоги мне оттащить их в хранилище.

Вячеслав Антонович подхватил чехол и зашагал следом за Олесей, показывавшей путь в подвальное помещение, где постояльцы отеля должны хранить лыжи. Проносить лыжное оборудование в номера в хороших гостиницах не разрешалось.

Он вернулся в машину, через двадцать минут спустилась Олеся с небольшим чемоданом на колесиках.

Еще два дня Ситников пребывал в полной уверенности, что «удачно снял телку для отпуска». На третью ночь случилось неожиданное. Олеся во сне неловко повернулась, оперлась на больную руку и застонала. Чутко спящий Вячеслав Антонович немедленно проснулся и поймал себя на мысли: «Лучше бы болело у меня, а не у нее». Подумал — и через секунду испугался. Что это еще за мысли? Откуда они? «Да ты никак влюбился, друг сердечный?» — ехидно сказал он сам себе и попытался снова уснуть. Но сна не было. Была щемящая нежность к лежащей рядом девушке, такая сильная и растворяющая все внутри, что Ситников сам себе казался бесформенной бескостной медузой.

С утра они ездили на гору, а после обеда Ситников водил ее по городу, поил кофе с дивными десертами в кондитерской на Банхоффштрассе. Олеся с опаской относилась к баварской кухне, блюда казались ей слишком обильными и калорийными, и на ужин они отправлялись в тихий элегантный ресторанчик «Эль Греко», где негромко звучала греческая музыка, приветливо улыбались молодые симпатичные греки-официанты и подавали вкусную и достаточно диетическую средиземноморскую еду: жаренные на гриле овощи, рыбу, ребра барашка и соус «тцацики», в который Олеся просто влюбилась. Она с усердием учила греческие слова, напечатанные на салфетках, и через несколько дней бойко говорила «калимера», когда входила в ресторан, и «тон логариазмо», когда нужно было просить счет, а также «пара калло» и «эфхаристо», что означало «пожалуйста» и «спасибо». После ужина они снова гуляли, наслаждаясь тихо падающим снегом, и уже в самом конце, возвращаясь в отель, выпивали в баре по бокалу красного вина. Никакого другого алкоголя Ситников, заботящийся о своей форме, на отдыхе себе не позволял. Олеся тоже не была любительницей спиртного.

Однажды он показал ей комплекс мрачных серых зданий и сказал, что это — центр подготовки спецназа НАТО, а раньше здесь располагалась натовская разведшкола. Это именно о ней говорил Михаил Тульев, сыгранный Георгием Жженовым в фильме о резиденте. Олесю эта информация оставила совершенно равнодушной, из чего Вячеслав Антонович понял, что если она и смотрела фильм, то, может быть, один раз и мало что из него помнит. В этот момент он особенно остро ощутил те тридцать лет, которые лежали между ними.

Ситников постоянно ждал, что в один прекрасный момент они столкнутся с Олесиным бойфрендом, и некрасивой сцены не миновать. Город небольшой, все туристы толкутся на одном пятачке, и встреча казалась ему неизбежной. Однако почему-то все обошлось. Наверное, этот тип и в самом деле проводил время за бесчисленными кружками пива, а может, вообще уехал из Гармиша, во всяком случае, маршруты их ни разу не пересеклись, хотя оба отеля находились неподалеку от вокзала, метрах в трехстах друг от друга. Самое поразительное, что он даже не попытался позвонить Олесе на мобильник. Вячеслав Антонович долго удивлялся этому факту, потом спросил.

— А я мобильник отключила, чтобы он меня не доставал, — бесстрастно ответила девушка. — И вообще, я оставила ему достаточно внятную записку. Надо быть полным идиотом, чтобы после этого пытаться меня найти.

Вячеслав Антонович, не забывающий своих обещаний, спросил, когда она хочет поехать в Австрию и во Францию, на что Олеся ответила, что ей и здесь хорошо и вообще она не поклонница экскурсий и долгих переездов на машине. Но если он не передумал, то в Мюнхен она бы съездила. Во-первых, это близко, всего восемьдесят километров по хорошему автобану, и во-вторых, ей было бы интересно взглянуть на знаменитый собор, в котором на полу отпечатались следы дьявола.

В Мюнхен они поехали не только погулять и посмотреть собор, но и для того, чтобы в агентстве Аэрофлота поменять Олесин билет. Оказалось, что у нее был эконом-класс, причем самый дешевый, который даже нельзя сдать и получить деньги. По нему можно только лететь или выбросить в помойку. К тому же улетать она должна была на два дня раньше Ситникова, что никак его не устраивало. Он взял девушке билет бизнес-класса на свой рейс. Конечно, он вполне мог отпустить ее и два дня пожить в одиночестве, но он отчего-то не смог, и это стало для трезвомыслящего Вячеслава Антоновича вторым звоночком. «Ну что я уцепился за эти два дня? Подумаешь, каких-то два дня! И билет дорогой. Можно подумать, я не смогу увидеть ее в Москве. Дурь какая-то», — твердил он себе, барражируя на лыжах по крутым склонам. Уже тогда он начал понимать, что расстаться с Олесей ему совершенно невозможно.

Решение пришло внезапно, когда они уже пили кофе в аэропорту Мюнхена.

— Я хочу, чтобы ты всегда была со мной. Но я женат, моя жена тяжело больна, она умирает. Сколько это продлится — неизвестно, может быть, год, а может, и все пять. Я не могу оставить ее.

— Я понимаю, — тихо ответила Олеся. — Но если ты хочешь, я буду тебя ждать. Ты хочешь?

— Нет. — Он произнес это так резко, что девушка вздрогнула.

— Почему?

— Я не хочу, чтобы кто-нибудь ждал смерти моей жены. Это бесчеловечно. Я не могу предложить тебе просто роль моей любовницы.

— Почему? Я же не возражаю.

— Нет, девочка моя, так не пойдет, — усмехнулся Ситников. — Поверь мне, я знаю, как это происходит. Сначала мы упиваемся друг другом, потом ты начнешь капризничать, потому что я не смогу проводить с тобой отпуск, выходные и праздники, я не смогу ходить с тобой по вечерам в рестораны, клубы и куда там еще ходят молодые женщины. Мы будем встречаться тайком, все время боясь, что кто-то узнает, кто-то увидит. Ты станешь раздражаться, я начну уставать от твоих претензий, а потом ты скажешь, что хочешь нормальной семьи и ребенка, рожденного в законном браке. И я ничего не смогу тебе возразить. Я не смогу тебя удержать. У меня в руках не будет ни одного козыря. Вот так все и происходит, всегда и у всех. И начнется это не через десять лет, а уже через полгода.

— И что ты предлагаешь? Расстаться прямо сейчас?

Она подняла голову и посмотрела Ситникову в глаза.

— Я не хочу расставаться с тобой, — медленно сказал он, не отводя глаз. — Поэтому ты выйдешь замуж за моего сына.

— Что?!

— Ты выйдешь замуж за моего сына, — повторил он, чуть повысив голос. — И останешься в моей семье. У тебя будет муж, ты сможешь родить ребенка в браке. И у тебя буду я. И встречаться мы с тобой сможем совершенно открыто, ни от кого не таясь, не прячась, потому что мы — одна семья. Мы будем видеться на глазах у всех и на совершенно законных основаниях. Нам не нужно будет звонить друг другу и дышать в трубку или придумывать несуществующих людей, которые якобы не туда попали. Не нужно будет снимать квартиру или просить ключи у знакомых, которые так вовремя уехали на дачу. Все это пошло, примитивно и затерто до дыр. Я нашел новый, никем не использованный способ сохранить рядом с собой женщину, которая мне дорога. И никто никогда не догадается о том, что происходит на самом деле.

— Ловко ты распорядился моей судьбой.

— Сделай это лучше, если можешь. Ну? Я слушаю твои предложения. При этом не упускай из виду, что мой сын — человек неглупый, внешне привлекательный и успешно занимается бизнесом. То есть деньги у него есть. Не миллионы, конечно, но вполне достаточно.

— Ты так уверен, что он захочет на мне жениться... — пробормотала Олеся, отпивая глоток кофе. — А если нет? У него вообще как с этим делом? Есть постоянная подруга?

— Это не имеет значения. Он женится на той женщине, на которую я ему укажу. Твоя задача — познакомиться с ним и сделать так, чтобы он представил тебя своим родителям. Все остальное я беру на себя. Через неделю, максимум через две он будет думать, что лучшей жены, чем ты, ему никогда не найти.

— Ну да, дар убеждать у тебя есть, это точно. — Олеся допила свой кофе и налила в стакан воду из бутылки. — Меня ты обломал за пять минут.

— И это при том, что я тебя совсем не знал, — с улыбкой добавил Ситников. — А уж сына-то своего я знаю как облупленного.

Он с напряжением ждал, что она скажет. Если начнет отказываться, возмущаться или говорить тупые банальности вроде того, что неужели ему не жалко отдавать любимую женщину своими руками другому мужчине, если произнесет хоть что-нибудь в этом роде — значит, он ошибся в ней, чего-то не понял, не разглядел, не прочувствовал. А коль так, стало быть, никакие они не родственные души, и тогда пусть будет как будет, не жалко. Таких красивых он еще найдет для двух-трехмесячных утех.

— Хотелось бы понимать, чем я рискую, — неторопливо проговорила Олеся, и Вячеслав Антонович с облегчением перевел дыхание.

Он не ошибся в ней. Она такая же, как он сам. И с ней будет легко и комфортно.

— Ничем, — весело ответил он, расслабляясь и закуривая. — Ты абсолютно ничем не рискуешь. Как только наши отношения изживут себя или станут тебе в тягость, ты немедленно разведешься с моим сыном и уйдешь из семьи. Я тебя отпущу.

— А если будет ребенок? При наличии ребенка процесс развода обрастет всякими ненужными трудностями, в том числе моральными. А зачем мне лишние трудности?

Ему понравилось, что она в свои-то юные годы уже умеет мыслить не только тактически, но и стратегически.

— Ребенка не будет до тех пор, пока я не разрешу, — жестко ответил Ситников.

Она удивленно приподняла красиво очерченные брови.

— То есть?

— Об этом мы поговорим позже, если ты твердо выразишь свое согласие. Ведь ребенок — это вопрос не завтрашнего дня, я надеюсь?

— Хорошо. Поговорим об этом позже.

— Значит, ты согласна?

— Дай мне время хотя бы до прилета в Москву, — попросила Олеся. — Я не люблю принимать скоропалительные решения, тем более такие нестандартные.

В Москве у Ситникова был заказан трансфер, и он порадовался, что не стал договариваться с сыном, чтобы тот встретил его на машине. Теперь он сможет довезти Олесю до самого дома.

Он ничего не спрашивал. Зачем? Если надумает — сама скажет, а коль промолчит — значит, отказывается. Машина остановилась возле ее подъезда, Вячеслав Антонович вытащил ее чемодан и понес к лифту.

— Вот мой телефон, — спокойно сказала Олеся, протягивая ему небольшой листок, в котором Ситников узнал счет из ресторана в мюнхенском аэропорту. — Это номер мобильного.

— Я должен позвонить? — холодно спросил он.

— Ну а как иначе я узнаю, где и когда бывает твой сын. Я не экстрасенс.

Он поцеловал ее нежно и бережно. Между ними все решено. Остальное — только вопрос времени.

Знакомство прелестной девушки Олеси с Григорием Ситниковым состоялось уже через неделю. Вячеслав Антонович устроил все достаточно ловко, то есть на мероприятии присутствовал и он сам с женой Ольгой Павловной, которая чувствовала себя в этот период неплохо и могла выходить в свет. Заметив, что сын разговаривает с Олесей, он немедленно подошел и попросил представить его. Ситников всегда умел делать так, как ему нужно, у него был не только дар убеждения, но и способность просчитывать людей, их мысли, реакции и побуждения, и оборачивать практически любую ситуацию в свою пользу. Без этого он вряд ли сделал бы успешную административную карьеру. Еще через полчаса Олеся была представлена Ольге Павловне, а к концу светского мероприятия они уже сидели за одним столом и весело строили планы на ближайшие выходные. Для шашлыков на даче было пока рановато, все-таки конец марта, а вот съездить в загородный клуб верховой езды вполне можно. Олеся смущенно признавалась, что не умеет ездить верхом, но всю жизнь мечтала научиться, Гриша снисходительно улыбался и говорил, что ничего сложного, а инструкторы в клубе очень хорошие.

К концу недели Ольга Павловна снова почувствовала себя слабой и очень сокрушалась, что не может поехать за город. Разумеется, она не собиралась кататься верхом, но просто посидеть на свежем воздухе с чашечкой чаю и книгой ей хотелось. Однако она не могла даже этого.

— Славочка, ты непременно поезжай, — уговаривала она мужа.

— И оставить тебя дома одну? — Он умело изображал негодование, понимая, что все идет по составленному им же плану. Уж он постарался, чтобы Ольга сказала именно это. Три дня старался.

— Да что со мной станется? Полежу, почитаю, посмотрю телевизор. А ты непременно должен поехать, слышишь?

— Не понимаю, зачем.

— Ну как же, Славочка? За Гришей надо следить, чтобы он не напортачил. Я три дня тебе толкую о том, что Олеся — это то, что ему нужно, и все эти его дурочки, которых он без конца заводит и бросает, заводит и бросает, в подметки ей не годятся. В ней есть порода, внутреннее достоинство, она очень неглупа, умеет держаться. Если Гришка ее упустит — это будет катастрофа. Поезжай обязательно и присмотри, чтобы все было как следует. Ни в коем случае не давай им поссориться.

А то я Гришу знаю, за ним не задержится, он же ничего в себе держать не умеет, чуть что не так — сразу скандал.

Это было правдой, характер у Ситникова-младшего далеко не сахарный, и в таком тонком деле, как сватовство, за ним нужен глаз да глаз. Разумеется, Вячеслав Антонович поехал.

На следующий день Ольга Павловна, несмотря на недомогание, начала планомерную атаку на сына. Первым делом она пригласила его с Олесей на ужин и весь вечер тщательно присматривалась к кандидатке в невестки. Девушка была на высоте, придраться было невозможно ни к ее речи, ни к манерам, ни к выражению лица. Вячеслав Антонович больше помалкивал, покуривал и смотрел в сторону, всем своим видом давая понять, что он лицо незаинтересованное, как сын решит — так и будет. Ольга же Павловна своим влиянием на сына воспользовалась в полной мере, и уже через месяц Гриша сказал ей:

— Ну, мать, если тебе Олеся так нравится, так, может, мне жениться на ней? По крайней мере, я буду спокоен за отношения между вами. А то знаешь, все эти невестки-свекрови... Вечно какая-то драма кровавая получается.

Они подали заявление и начали готовиться к свадьбе. Григорий уехал на переговоры в Нефтеюганск, где затевалось какое-то крупное строительство, поэтому выглядело вполне естественным, что, когда Олесе нужно было поездить по магазинам в поисках аксессуаров к свадебному наряду, повез ее именно Вячеслав Антонович. Ведь своей машины у девушки нет.

Это была их первая встреча наедине после прилета из Германии.

— Ты мной доволен? — спросила Олеся. — Или что-то не так?

— Ты умница. — Ситников обнял девушку, прижал к себе. — Все идет как надо. Еще немножко — и мы станем одной семьей и сможем встречаться без проблем.

— Я думала, что мы уже одна семья, с того момента, как я стала официальной невестой твоего сына.

— Потерпи чуть-чуть. — Он поцеловал ее в макушку, потом в лоб, в губы. — Не нужно навлекать лишние подозрения. Разве ты не знаешь, что свадьбы частенько расстраиваются из-за пустяков? Мой сын — человек взрывной, темперамент у него холерический, не дай бог что-нибудь заподозрит, приревнует тебя и сбежит из-под венца. Нам это надо?

— Не надо. Но я думала, что хотя бы сегодня... Есть место, куда можно поехать, я договорилась.

Он собрал всю волю в кулак, чтобы не согласиться. Ох, как ему хотелось поехать! Забыть обо всем, прижать ее к себе, слушать ее стоны и потом нежно гладить ее влажную от выступившего пота кожу. Но нет. Он слишком долго прожил на этом свете, он слишком хорошо знает, какие непредвиденные случайности порой ломают человеческие судьбы даже тогда, когда, кажется, все предусмотрено до мелочей.

— Давай потерпим, девочка моя, — ласково сказал Вячеслав Антонович. — Оно того стоит.

Он боялся, что Олеся обидится, но ничего подобного не произошло. Девушка смотрела на него серьезно, внимательно, но не обиженно.

— Я знаю, о чем ты хочешь меня спросить, но не спрашиваешь, — вдруг сказала она.

— И о чем же?

— О своем сыне. Ты же понимаешь, что мы уже давно...

— Я не желаю ничего об этом слышать, — резко оборвал ее Ситников.

— Может быть, — задумчиво произнесла Олеся, — слышать ты не желаешь, а вот знать ты хочешь. Или я ничего в тебе не понимаю.

Он вздрогнул. Словно отвратительные призраки прошлого просочились сквозь стекла автомобиля и окружили его. Он не хотел об этом вспоминать, ему было страшно.

— Ты хочешь знать, кто из вас лучше, ты или он, — продолжала между тем Олеся. — И хочешь знать, что я чувствую, когда сплю с ним. Ты лучше. Твой сын слишком любит выпить, а это порождает массу проблем. Когда я с ним сплю, я делаю свою работу, которая будет должным образом оплачена, поэтому я стараюсь сделать ее хорошо. Я вообще человек очень добросовестный и все делаю как следует.

Призраки отступили, и Ситникову стало легче. Она просто пытается уколоть его в отместку за то, что он не согласился поехать с ней на какую-то квартиру, вот и все. Обычный девичий каприз.

Они долго ездили по магазинам в поисках туфель нужного цвета и строго определенной модели, потом выбирали серьги, браслет и заколку для волос, которая тоже должна была быть золотой или хотя бы позолоченной. К разговору об интимных отношениях они в тот день больше не возвращались.

Свадьба состоялась в начале июня, а уже в конце июня Ситников понял, что все распланировал правильно и его задумка себя оправдывает. На лето они с Ольгой Павловной всегда переезжали на дачу, так было и в этом году, с той лишь разницей, что Ольгу снова положили в больницу, а Гриша уехал открывать филиал своей фирмы в Челябинск и отправил молодую жену на родительскую дачу, чтобы не скучала одна в городской духоте. Вячеслав Антонович остался вдвоем с Олесей. Конечно, он каждый день ездил на работу, по вечерам они сидели на веранде, на глазах у соседей, подолгу пили чай и смотрели маленький телевизор, а то, что происходило, когда наступала ночь, проконтролировать не мог никто. И заподозрить что-либо не было ни у кого ни малейших оснований.

Ольга Павловна промучилась своей болезнью еще полтора года. И всем показалось более чем естественным, что после похорон молодая невестка стала заботиться об овдовевшем свекре, приезжать к нему несколько раз в неделю, убирать квартиру, готовить еду, гладить сорочки, относить белье в прачечную, а одежду — в химчистку. Ситниковы всегда в глазах соседей и друзей были дружной семьей, где все друг друга любили и друг о друге заботились, так что поведение невестки вполне вписывалось в общую семейную модель. А кроме того, все знали, что Гришина жена не работает, да и зачем ей, при таком-то муже, зато машину ей Гриша подарил, так что поухаживать не только за мужем, но и за свекром ей не в напряг. Более того, необходимость обихаживать сразу двоих отдельно живущих мужиков как-то сама собой снимала вопрос о работе для Олеси. Когда ей работать-то? Некогда.

Вопрос о ребенке поднял сам Вячеслав Антонович вскоре после свадьбы, как раз тогда, когда жил вдвоем с Олесей на даче.

— Не вздумай беременеть, — безапелляционно заявил он

как-то ночью, разнеженно валяясь в постели после бурных ласк.

— Что, вообще никогда? — лениво отозвалась Олеся.

— Только когда я скажу, что можно.

— А когда будет можно?

— А ты что, торопишься стать матерью? — Он приподнялся на локте и недоверчиво посмотрел на нее. — Что-то не похоже.

— Я никуда не тороплюсь, но я хочу понимать, что в моей жизни от чего зависит.

Ответ ему понравился. Нет, не ошибся он в своей девочке, не ошибся. Она даже лучше, чем он думал в первые дни знакомства, потому что куда больше похожа на него самого, чем ему показалось вначале. На него и еще на ту, другую, которую так больно и страшно вспоминать.

— Помнишь пьесу «Любовь под вязами»? — спросил он, ожидая, впрочем, что Олеся ответит отрицательно. Она хорошо разбиралась в современности, но в том, что происходило до ее рождения, была удивительно невежественна, где уж ей знать о пьесе, которая полвека назад ставилась в театрах по всему миру.

Конечно, она ответила, что не только не помнит, но и не слышала о ней никогда.

— Так вот, девочка моя, в этой пьесе есть отец, его молодая жена и сын от предыдущего брака. Молодая жена влюбляется в сына своего мужа, а когда рожает ребенка, то совершенно непонятно, кого и кому она родила, то ли сына своему мужу и, соответственно, брата любовнику, то ли сына своему молодому любовнику и, соответственно, внука своему мужу. Я не хочу попасть в такое же идиотское положение с ребенком, которого родишь ты. Я ничего у тебя не спрашиваю, но могу предполагать, что с моим сыном ты спишь регулярно, как и положено молодой женщине, только что вышедшей замуж. И если ты забеременеешь, никто не будет знать, чей это ребенок. Ни ты, ни я. А мне это не нравится. Я хочу знать точно, что ребенок будем моим, а не Гришиным.

— Но, Слава, есть же масса способов... Ты знаешь, Гриша часто бывает, мягко говоря, нетрезвым, и мне ничего не стоит уклоняться целую неделю или даже две. Он вообще-то не особенно силен.

— Прекрати! Я не желаю обсуждать с тобой интимную сторону твоих отношений с моим сыном. Меня это не касается.

— А что же мы тогда сейчас обсуждаем? — холодно поинтересовалась она.

— Мы обсуждаем перспективы твоего материнства. Во-первых, для начала нужно прожить с мужем достаточно долго, чтобы убедиться, что брак крепкий и Гриша тебя не бросит в ближайшее время. Я бы не хотел, чтобы ты осталась одна с ребенком на руках. Материально ты, конечно, нуждаться не будешь, я бы об этом позаботился, но с моральной точки зрения это не очень хорошо. Согласна?

— Допустим, — осторожно ответила она. — Мораль у тебя, конечно, устаревшая, но я готова с ней считаться. Что во-вторых?

— Во-вторых, детей можно заводить тогда, когда финансовая база достаточно крепка. Гришка, само собой, думает, что он уже держит бога за бороду и круче его только Рокфеллер, но поверь мне, девочка, его положение пока еще весьма и весьма шатко. Я позволю тебе рожать только тогда, когда не буду беспокоиться о финансовых делах моего сына.

— Убедительно, — усмехнулась Олеся. — Дальше.

— А дальше, моя дорогая, когда первые два условия будут соблюдены, нужно будет дождаться момента, когда Гриши не будет в Москве довольно долго. Я должен быть абсолютно уверен, что ты спишь только со мной.

— Не получится, Славочка. Если Гриши долго не будет, то и сроки беременности и родов не совпадут. Он посчитает и догадается, что ребенок не от него.

Ситников хитро прищурился.

— А обмануть? Миллионы женщин это проделывают, и им сходит с рук.

Она села в постели, натянула на грудь тонкую махровую простыню и повернулась так, чтобы видеть его лицо.

— Слава, — сказала она очень серьезно, — если я соглашусь таким образом обмануть Гришу, ты все время будешь думать, не обманула ли я и тебя тоже. Ну ты сам подумай, речь ведь будет идти о двух-трех неделях, и ты все равно станешь сомневаться, в какую сторону я обманываю, в чью пользу, в твою или в его. Ведь понятно же, что перед его отъездом мы не будем спать в постели, как добрые соседи. А вдруг я как раз в этот момент залечу?

— Предохраняйся, но так, чтобы он не знал. Пей какие-нибудь таблетки, их сейчас полно.

— А как ты проверишь? Я тебе скажу, что пила таблетки, а ты будешь сомневаться, не солгала ли я. Слава, я тебя так хорошо знаю, ты ведь никому не веришь. Даже мне.

— Ну что ты, девочка моя, тебе я верю, — произнес он как можно теплее. — Ты, может быть, единственное существо на свете, которому я верю безоговорочно.

Но это было неправдой. Он действительно не верил никому, и Олесе тоже, и оба об этом знали.

— Значит, мы будем ждать момента, когда после отъезда Гриши получим бесспорное доказательство того, что ты не беременна.

— Но это...

— Да, знаю. Это может произойти далеко не в каждую его командировку. А если и произойдет, то нельзя быть уверенным, что наша с тобой близость в этот период закончится твоей беременностью. Это может затянуться надолго. Но будет только так и никак иначе. Ты поняла?

— Да я вообще понятливая, — равнодушно ответила Олеся, и неясно было, устраивает ее такая перспектива или нет. — В любом случае говорить об этом пока рано, ведь нужно выполнить два первых твоих условия, а это тоже может затянуться надолго.

— Правильно, — с облегчением сказал Ситников и поцеловал свою молодую невестку-любовницу.

В тот раз разговор о ребенке на этом и закончился, но возник снова через полтора года, после смерти Ольги Павловны.

— Слава, а что будет, если я уйду от Гриши к тебе? — спросила как-то Олеся. — С ним разведусь, а за тебя выйду замуж. А?

— И думать не смей, — приказал Вячеслав Антонович категорически.

— Почему? Ты теперь свободен. Так почему нет?

— Потому что я могу потерять сына. Думаешь, он мне простит, если я уведу у него жену?

— Не простит, — тут же согласилась она. — Другой бы,

может, и проглотил, но только не Гриша. Значит, все так и останется?

— Не понимаю, что тебя не устраивает, — пожал плечами Ситников. — У тебя есть статус замужней женщины, муж-бизнесмен, молодой, привлекательный, ты живешь в квартире намного лучше моей, ни в чем не нуждаешься, ездишь на машине, носишь дорогие тряпки. Я не смогу обеспечить тебе такой уровень жизни, как мой сын, потому что я всего лишь государственный чиновник. Да, высокооплачиваемый, да, имеющий изрядные побочные доходы, но они в любом случае не так высоки, как у Гриши. У тебя есть любовник, не такой богатый, как твой муж, но который от тебя без ума и с которым ты встречаешься через день, а то и каждый день, при этом тебе не надо ловчить и хитрить, чтобы обмануть мужа и скрыть любовное свидание, ты живешь спокойно и экономишь нервные клетки. Чем плоха такая жизнь?

— Ничем. Ты прав, Слава, такая жизнь ничем не плоха. Она могла бы быть лучше, если бы ты не поторопился выдать меня за своего сына.

— Я не хотел, чтобы ты ждала смерти Ольги.

— Конечно, я понимаю. И хорошо, что я ее не ждала. У меня совесть спокойна. Просто жаль, что так вышло.

— А по-другому выйти и не могло, — уверенно ответил Ситников. — Либо ты ждешь, пока моя жена умрет и я смогу на тебе жениться, и находишься на положении тайной любовницы, причем неопределенно долгое время, либо входишь в семью, и мы с тобой встречаемся открыто и без опасений. Совершенно очевидно, что первый вариант по всем статьям проигрывает второму. А третьего варианта не существует.

— Ну почему же? — мягко возразила Олеся. — У нас был и третий вариант.

— Какой же? — насторожился он.

— Мы могли расстаться сразу же после возвращения из Гармиша. Чем не вариант?

— И что, такой вариант тебя устроил бы?

— Меня — нет. Но он вполне мог устроить тебя.

Устроить его? Ситников вдруг вспомнил, как они ехали в машине из аэропорта, и как он ждал, что она скажет в ответ на его предложение, и как был счастлив, когда Олеся согласилась. Он вспомнил, как возвращался потом домой и думал, что ему совершенно невозможно расстаться с этой девушкой, которая думает и чувствует так же, как он сам. Не имеет никакого значения, что она моложе на целых тридцать лет. Да, она меньше знает, она меньше видела в жизни и меньше пережила, у нее совсем крохотный жизненный опыт, но все равно она такая же, как он. У них родственные души, в них течет одна кровь. И они должны быть вместе.

Так думал Вячеслав Антонович по возвращении из Германии, и так он продолжал думать и впоследствии.

— Нет, — твердо ответил он, — меня бы это не устроило. Я, конечно, могу без тебя жить, но я этого не хочу.

Прошло еще три с половиной года, в июне Григорий и Олеся отметили пятую годовщину свадьбы, и Ситников смог констатировать, что брак сына достаточно стабилен. Во всяком случае, ни разу за эти пять лет между молодыми супругами не произошло ничего такого, что можно было бы квалифицировать как кризис. Не было скандалов или хотя бы серьезных размолвок, не было попыток разойтись, сопровождающихся собиранием чемоданов и хлопаньем дверьми, не было даже видимых признаков Гришиных измен, хотя измены эти, без сомнения, были. Вячеслав Антонович понимал, что во всем этом благолепии процентов на девяносто пять заслуга только Олеси, которая терпела выходки мужа, обладающего взрывным темпераментом и крайне несдержанного на язык, никогда не выговаривала ему за чрезмерное употребление спиртного и не предъявляла излишних требований к интенсивности секса. Даже если она и подмечала какие-то мелочи, свидетельствующие об адюльтере Гриши, молчала и ни взглядом, ни жестом не давала понять, что чем-то недовольна. Зачем? Распадется брак — и утратится возможность бесконтрольных свиданий со свекром.

Вячеслав Антонович хотел сделать свою Олесю счастливой и был твердо уверен, что знает, как этого добиться. Да, она уже пять лет жила с нелюбимым мужем, да, у нее, двадцатисемилетней, до сих пор не было детей, да, его сын женат на женщине, которая ни одного дня не была ему верна и которая молча терпит мелкие и крупные измены мужа, и все это только потому, что так придумал и решил для собственного удобства он, Вячеслав Антонович Ситников. Но ему не было присуще чувство вины. Зато у него было чувство цели, а также неукротимая энергия и циничность нестандартного мышления.

* * *

На встречу с посредником Дмитрий Найденов отправился вместе с Дашей. Они оба знали, что в переговорах она не сильна и лучше бы ей сидеть тихонько и помалкивать, она не умела задавать неудобные вопросы и совершенно не могла торговаться, но не потому, что была глупа или чего-то недопонимала, а оттого лишь, что очень хорошо умела делать свою работу, но не умела правильно вести себя с теми, кто эту работу ей заказывает. Не дано ей было от природы. А Диме — дано. Зато она соображала куда быстрее своего партнера, и если во время разговора с заказчиком возникала необходимость что-то уточнить заранее или озвучить какие-то пункты стратегии, Дарья была незаменима.

Посредник, он же руководитель службы экономической безопасности банка «Русский кредит», оказался круглоголовым немолодым крепышом, равно широким в плечах и в талии, бодрым и даже как будто веселым. Назвался он Юрием Петровичем.

Финансовую сторону сотрудничества оговорили быстро, расценки были стандартными и давно всем известными. Юрий Петрович действительно был всего лишь посредником, заказчика же назвать отказался, но Дмитрий и Дарья не сомневались, что «закошмаренное» ими предприятие под названием «Баунет» будет по дешевке приобретено именно тем банком, в котором работает Юрий Петрович. Сроки были поставлены вполне приемлемые — два месяца. То есть никакого пожара, все можно делать не спеша и тщательно.

Поскольку речь шла об открытом акционерном обществе, созданном на базе бывшего советского предприятия, акционированного в свое время с участием трудового коллектива, то стратегия была хорошо отработана и никаких неожиданностей не предполагала. У реестродержателя за денежки покупается список владельцев акций, и начинается работа с миноритарными акционерами, которых посулами или легким обманом заставляют продать свои и без того недорогие акции буквально за копейки. Одновременно выбираются несколько акционеров, проживающих в тех регионах страны, где у Дмитрия есть крепкие подвязки в судах, чтобы в нужный момент обеспечить вынесение нужного судебного решения по иску этого самого миноритарного акционера к своей компании. В общем, все известно, все дорожки протоптаны, а Юрий Петрович даже подкинул некоторую дополнительную информацию, которая поможет быстрее и легче уговаривать миноритариев, буде те начнут упираться.

После встречи с посредником Дима и Даша пошли в ресторан отметить начало новой работы.

— Темнила он, этот квадратный Петрович, — уверенно проговорила Дарья, с воодушевлением уплетая блины с соленой рыбкой. — Сто пудов он работает на свой банк.

— Да и ради бога, — равнодушно отозвался Дима. — Нам-то какая разница?

— Никакой, — согласилась она. — Доставай блокнот, будем составлять список команды.

При разных стратегиях они привлекали к работе разных людей. Если стратегия предполагала консолидацию массива акций, то основная работа велась с крупными акционерами, как правило, входящими в руководство компании. Здесь нужно было иметь в запасе изрядный компромат на каждого, чтобы в случае надобности надавить, и тогда привлекались люди, имеющие связи в правоохранительных органах, а также великий компьютерный умелец Матвей, который мог взломать любую защиту и влезть в любой компьютер. Если же основная работа шла с миноритарными акционерами, то требовались совсем другие люди.

До конца ужина Дмитрий Найденов и Дарья Брайко обсудили общий план работы, получили по телефону отчет Матвея, которого попросили поискать информацию о компании «Баунет», и сошлись на том, что никаких трудностей не предвидится.

Глава 5

Все нормальные люди к середине декабря обычно приходят в приподнятое настроение и готовятся к Новому году. Бурно обсуждают, где будут встречать праздник, кто к кому придет, куда поедут, что подавать на стол. Украшают жилье и офисные помещения, наряжают елки, покупают подарки. В общем, для нормальных людей вторая половина декабря — сплошные положительные эмоции.

А я Новый год не люблю. Ну, не то что совсем не люблю, нет, я с нежностью отношусь к этому празднику, потому что в моем детстве и юности это действительно был Праздник. Мои родители относились к нему с трепетом и восторгом и всегда старались сделать его нарядным, веселым, полным сюрпризов и смешных неожиданностей. Лет с десяти мне в обязанность вменялось сочинить попурри-капустник из оперных арий, романсов и эстрадных песен, естественно, без слов, поскольку слова использовались авторские, то есть те, которые этой музыке предназначались изначально, и это произведение исполнялось перед гостями, умирающими от хохота. Папа пел своим знаменитым баритоном, а мы с мамой аккомпанировали, она — на рояле, а я на скрипке. Для каждого гостя, а собиралось их всегда немало, под елкой лежал подарок в нарядной упаковке, стол ломился от блюд, которые мамуля готовила мастерски, и было шумно, и много смеха, музыки и красивых нарядов.

Когда я стал взрослым и пошел работать в милицию, мое отношение к Новому году изменилось. Спросите любого милиционера, хоть участкового, хоть оперативника, хоть из патрульно-постовой службы, и они вам объяснят, что Новый год и три дня после него — самые тяжелые. Много пьяных драк и скандалов, резко возрастает количество так называемых «похмельных» преступлений, когда выпить просто жизненно необходимо, а не на что, и деньги или сама выпивка добываются путем краж, грабежей и разбойных нападений. В любые другие дни года количество потребляющих алкоголь примерно постоянно, потому что работает закон больших чисел. Кто-то пьет, кто-то работает. Соответственно и количество «пьяных» преступлений примерно одно и то же. В новогоднюю ночь и после нее пьет вся страна. А расхлебывать нам, то есть милиции.

Зато мои родители, главным образом, конечно, мамуля, по-прежнему носятся с этим праздником как с писаной торбой и хотят, чтобы в доме было много гостей, шума и веселья. К сожалению, с каждым годом это становится все более проблематичным. Во-первых, мои родители живут не в Москве, а в загородном доме, куда легко доехать на машине на трезвую голову, но откуда весьма непросто выбраться, когда человек выпил и не может сесть за руль. В Москве можно допраздноваться часов до шести утра, а потом спокойно уехать на метро или вызвать такси. Вы пробовали вызвать такси за город в новогоднюю ночь? И не пытайтесь, дохлый номер. Во-вторых, среди обеспеченных слоев населения стало модным встречать праздник в ресторане, на светской клубной тусовке или вообще уезжать на Новый год в Европу или теплые края, а друзья моих родителей люди в основном не бедные. Эдакий музыкально-театрально-продюсерско-директорский круг. В-третьих, это все люди в возрасте от пятидесяти до семидесяти, то есть, как правило, имеющие не только детей, но и внуков, в обществе которых и хотят встретить Новый год. И в-четвертых, хотя это плавно вытекает из третьей позиции, поскольку родительские друзья — люди далеко не юные, они уже не могут, как когда-то, веселиться всю ночь при температуре, соплях и головной боли, посему ежегодная осенне-зимняя эпидемия гриппа стала представлять немалую угрозу для комплектности приглашенных.

Что это означает лично для меня? Только одно: предпраздничная неделя превращается для моей мамули в Кошмарный Ужас. Ей так хочется полноценного праздника, такого же, как в дни ее молодости, а грипп косит приглашенных одного за другим. Кто-то болеет сам, у кого-то заболевают дети, и нужно сидеть с внуками, или, наоборот, болеют внуки, которых дети не могут из-за этого взять с собой туда, куда собирались, и нужно отпустить детей на праздник. Из-за первых трех пунктов количество приглашенных и без того из года в год уменьшается, а уж пункт четыре и вовсе ставит встречу Нового года под угрозу срыва. Поэтому за неделю до 31 декабря мамуля начинает вынимать из меня душу, описывая собственные переживания, волнения и ежедневно представляя мне сводку о состоянии здоровья каждого из гостей. Положение не спасают даже традиционные европейские и американские рождественские концерты, на которых папа поет каждый год. Мама не позволяет папиному продюсеру забывать о нашей семейной традиции, и когда он согласовывает график гастролей Владимира Дорошина, то всегда делает так, чтобы последнее выступление планировалось самое позднее на 24 декабря, после чего родители немедленно возвращаются домой, и начинается Кошмарный Ужас.

Я так подробно рассказываю вам про Новый год, чтобы вы понимали заковыристую логику моих последующих поступков. Да, и еще одно. Если кто еще не понял: я очень люблю своих родителей. Я отношусь к ним со здоровой критичностью, особенно к мамуле, и это означает, что ее Кошмарные Ужасы для меня таковыми, безусловно, не являются. Причины, по которым она начинает сходить с ума от беспокойства, теряет сон и без конца пьет валокордин, в девяноста процентах случаев представляются мне ничтожными, неважными и явно не стоящими таких колоссальных нервных затрат. Но оттого, что я все это понимаю, мамуля не начинает тревожиться и беспокоиться меньше. Она такая, какая есть, я люблю ее такой и принимаю, поэтому считаю своим сыновним долгом сделать так, чтобы она волновалась поменьше, если, конечно, это в моих силах. Именно поэтому я сижу рядом с ней на папиных премьерах или особо сложных выступлениях, даже если мне этого совершенно не хочется, и летаю для этого за границу, хотя это бывает далеко не всегда кстати; я терпеливо и сочувственно выслушиваю мамулины причитания и подробное описание всего того, что в ее представлении является Кошмаром или Кошмарным Ужасом, и если я могу что-то сделать для нее, я обязательно делаю.

Ничего у меня предисловие получилось, да? Как говорится, где поп, а где приход...

Так вот, двадцать пятого декабря у мамули начался предновогодний Кошмарный Ужас.

— Егорушка, — взволнованно говорила она в телефонную трубку, — это какой-то кошмар с Новым годом! Я пригласила...

Тут я позволил себе отвлечься и пошел доставать кошачью кассету. Список приглашенных с подробным описанием их семейства в целом достаточно длинен, чтобы я успел достать кассету из видеомагнитофона, соединенного с видеокамерой, заменить ее чистой кассетой, а ту, которую достал, отнести в гостиную и вставить в видак. Я как раз успел.

— Ты представляешь, Анна Григорьевна заболела, да так сильно, что к тридцать первому вряд ли встанет на ноги, а Павел Леонидович без нее, конечно, не поедет, потому что...

На экране появилась сладкая парочка: Айсор и Карма. Они ровесники, но поскольку Айсор лишен мужских достоинств, а Карма — радостей материнства, то их дружба носит характер нежный и платонический. Карма лежит на боку, вытянув передние лапки перпендикулярно туловищу, а Айсор сидит перед ней и осторожно трогает своей лапищей ее лапочку. Карма не то что не возражает, а даже вовсе и приветствует такое заигрывание, потому как изящным движением, в свою очередь, трогает его. Он ее, она — его. И морды у обоих — ну совершенно умильные. Вот ведь лицемеры! Это все происходит, когда меня нет дома, а у меня на глазах они нападают друг на друга, утробно урчат, поднимаются на задние лапы, вцепляются друг другу в холки и якобы дерутся. Не до крови, конечно, но вполне впечатляюще. Зритель неподготовленный может подумать, что у них война не на жизнь, а на смерть.

— У Кучинских тоже полный караул, — продолжает повествовать мамуля, — он должен срочно вылетать куда-то в Заполярье, там авария на предприятии, и она хочет лететь с ним на тот случай, если придется задержаться, чтобы в Новый год быть вместе...

Пока мама описывала катастрофу с гостями, я успел увидеть не только игрища Айсора и Кармы, но и совершенно позорное выступление Дружочка, который запрыгнул на стол, скатил к краю мою любимую данхилловскую ручку, сбросил ее на пол и начал упоенно гонять по комнате до тех пор, пока ручка не оказалась далеко под диваном. Он долго пытался ее достать, но не преуспел и, разочарованно помахивая упругим хвостом, покинул помещение. Хорошо, что у меня по всей квартире стоят камеры, а то бы я эту ручку до морковкиного заговенья искал.

— Просто не знаю, что делать, Егорушка, — жалобно завершила мама свою скорбную эпопею. — Из пятнадцати человек восемь уже точно не смогут прийти.

— Но семь человек — это тоже хорошо, — бодро заявил я. — Семеро гостей, вы с папой да я — вот уже и десять. Чем не праздник?

Вроде бы мне удалось ее успокоить, но через два дня количество гостей уменьшилось до пяти в связи с гриппом, которым внезапно заболели дети и внуки. Двадцать девятого декабря, за два дня до Нового года, из списка выпал еще один гость, и мамуля впала в полное отчаяние. Сколько я помню себя и наши праздники, никогда такого не было, чтобы за столом сидело всего семь человек, включая хозяев. Для моих родителей семь человек — это не Праздник, а деловой ужин.

— Егорушка, может, ты позвонишь Светочке? — робко попросила она.

Ну что ж, в этом был резон, Светка Безрядина с мужем и двумя детьми — это уже солидное количество. Но особых надежд я не питал, потому что у Светки с Борисом было такое плотное светское расписание, что моей мамуле с ее Кошмарным Ужасом в него никак не протиснуться.

— Ой, Игоречек, не получится, — с сожалением сказала Светка, услышав мою просьбу, — мы в новогоднюю ночь обязательно должны быть в клубе у Джаника, Боря ему клятвенно обещал. Не сердись.

— Да что ты, Свет, я понимаю. Просто мама просила пригласить тебя, вот я и пригласил.

— Татьяна Васильевна очень переживает? — сочувственно спросила моя сердобольная подруга.

— Ужасно. Она продуктов накупила на двадцать человек, ей так хотелось, чтобы было много народу, а теперь все пропадет. Ну и вообще, ты же знаешь мою маму, домашние посиделки ее не устраивают, она любит большие приемы, для нее и пятнадцать человек — мало, а уж четыре просто смешно.

— Прости, Игорек, но у нас, честное слово, не получается. Кажется, Светка уже чувствует себя виноватой. Этого еще не хватало!

— Да брось ты, Светуля, — как можно веселее сказал я, — не бери в голову. Я что-нибудь придумаю.

Для начала я позвонил Ивану Аркадьевичу, с которым папа учился в консерватории. Для меня он много лет был просто дядей Ваней, басом-профундо, к которому я нахально забирался на колени и требовал, чтобы он сидя пел «Блоху» Мусоргского, которую я почему-то обожал в сопливом детстве. Дядя Ваня послушно пел, а я прижимался щекой к его мощной груди и с восторгом ощущал вибрацию воздушного столба, который тогда виделся мне некоей золотой трубой, спрятанной в крупном дяди-Ванином теле. Иван Аркадьевич Лютц уже лет пятнадцать не входил в круг близких папиных друзей, которых непременно зовут в гости по разным торжественным поводам. Не то чтобы два певца поссорились, просто как-то разошлись, хотя относились друг к другу по-прежнему тепло, и минувшей осенью они вместе пели в «Трубадуре», папа — партию графа ди Луны, а дядя Ваня — Рюица. Тогда, на премьере, мама мне сказала, что у дяди Вани роман с меццо-сопрано, которая в том же спектакле пела Азучену, и я надеялся выкрутить из этой ситуации максимум пользы.

Иван Аркадьевич ужасно обрадовался моему звонку, понял все с полуслова, и уже через полчаса мне позвонила воодушевленная мама:

— Ты представляешь, Егорушка, как хорошо! Ванечка Лютц объявился! И так внезапно! Оказывается, ему совершенно некуда пойти на Новый год, какие-то планы были, но все сорвалось, и он пригласил нас с папой в ресторан, а я ему сказала...

Ну, что сказала мамуля, я и так могу догадаться. Иван Аркадьевич приедет к нам на Новый год вместе со своей меццо-сопрано и прихватит с собой директора театра, в котором они с папой поют в «Трубадуре». Само собой, директор будет с супругой. Итак, восемь человек гостей, да нас трое — уже одиннадцать. Вполне прилично.

— Ах, Егор, если бы ты вовремя женился, у тебя уже были бы дети, а у нас с папой — внуки. Все-таки большая семья — это так хорошо! — снова завела мамуля нескончаемую песнь о том, как неправильно я живу.

Песнь я выслушал молча, почитывая книгу. Я давно научился делать эти два дела одновременно, не упуская ни слова ни из текста, ни из телефонной трубки.

И в тот же день, совсем уж поздно, неожиданно позвонил Андрей Мусатов, о котором я успел забыть настолько прочно, что с трудом вспомнил, кто это такой, когда он представился.

— Я бы хотел с тобой посоветоваться, если можно, — вежливо и ненапористо проговорил он.

— Да можно, отчего ж нет, — без особого энтузиазма ответил я. — Насколько я помню, у тебя есть опытный консультант из адвокатов. С ним что-то не сложилось?

— Не в этом дело. — Андрей сделал паузу, и мне показалось, что он решает, говорить мне о чем-то или нет. Вероятно, решил, что говорить. — Понимаешь, у меня возник роман с его дочерью.

— С чьей дочерью? Этого Альбертовича с какой-то смешной фамилией?

— Ну да. И мне стало неловко пользоваться его услугами. Он очень толковый мужик, очень опытный, и связи у него огромные, но... Ты понимаешь, мне все время кажется, что он просит за свои услуги меньше денег, чем брал бы с другого клиента... В общем, не знаю, не могу объяснить, но мне неловко.

Я не был уверен, что Мусатов прав, но мне понравилось, что ему не чужда некоторая деликатность и даже душевная тонкость.

— А что, отношения с девушкой серьезные?

— Зачем тебе это знать? — резко спросил он.

Готов поклясться, что в этот момент он нахмурился и сжал губы. Хотя я, конечно, ничего этого не видел.

— Я подумал, что если они не серьезные, так, может, пожертвовать ими ради сохранения опытного консультанта, а? Ведь дело у тебя глубоко личное, семейное, а не служебное, которое можно сделать кое-как. Для себя ведь стараешься. У твоего Альбертовича связи, знакомства, знания, а это дорогого стоит. И потом, у него есть существенное преимущество перед большинством нынешних частных детективов: он годится для твоего дела по возрасту, понимаешь? В середине семидесятых он уже работал, крутился в правоохранительных структурах и может через общих знакомых найти тех людей, которые знали и до сих пор помнят твоего Личко. Ему это сделать проще, чем нашему с тобой ровеснику. Так что ты подумай как следует, кто для тебя важнее, папа или дочка.

— Спасибо за совет, — сухо ответил Андрей. — Мои отношения с Юлей достаточно серьезны, именно поэтому я хотел просить помощи у тебя. Но если ты...

— Да ладно тебе, — засмеялся я. — Что ж ты такой обидчивый? Ты делай скидку на мою ментовскую простоту. Я парень незатейливый, на меня обижаться грех. Кстати, ты не хочешь встретить Новый год вместе со мной, моими родителями и их друзьями? Такая небольшая театрально-музыкальная тусовка в загородном доме. Мы с тобой заодно и поговорили бы. Разумеется, ты приглашаешься с дамой.

Честно признаться, я ни на что не рассчитывал, приглашая Мусатова. Смешно полагать, что молодой успешный сотрудник богатой фирмы за два дня до Нового года не имеет определенных планов на праздничную ночь. Но поскольку я поставил перед собой цель сделать так, чтобы мамуля была довольна и не переживала, то бил по всем мишеням подряд в надежде, что в какую-нибудь да попаду. И, как ни странно, я попал. Юля, оказывается, категорически не хотела вести Андрея в компанию своих знакомых и столь же категорически отказывалась знакомиться с друзьями Андрея. Они уже решили провести Новый год вдвоем дома у Мусатова, и мое предложение показалось ему достаточно приемлемым. Нужно было только получить согласие девушки.

На следующий день он позвонил и сказал, что они приедут. Мамуля была в полном восторге.

Вот так и получилось, что 2005 год я встречал в компании приятных людей, среди которых оказались Андрей Мусатов и его подруга Юлия Пинчук. Теперь понимаете, для чего нужно было мое длинное нудное предисловие?

* * *

Лев Александрович Аргунов обладал качеством, которое можно было бы назвать интеллектуальной лабильностью. Одним словом, он умел не застревать подолгу на обдумывании неприятной ситуации, и после периода острой и болезненной реакции довольно скоро наступало привыкание и примирение с неблагоприятными обстоятельствами. Нет, он не забывал о том, что случилось, не успокаивался окончательно, он помнил и переживал, но уже мог по ночам спать, пусть не совсем спокойно, но все-таки...

Он не распускал персонал на рождественские каникулы: завод должен работать бесперебойно и круглосуточно, поэтому за два дня до Нового года возвращался домой в настроении рабочем и собранном, а не радостно расслабленном, как бывает перед длинной чередой выходных. Жанна Викторовна встретила его спокойной улыбкой и сообщила, как и каждый день, что ужин готов и можно через пять минут садиться за стол. Аргунов быстро переоделся и спустился в столовую.

— К тебе сегодня из милиции приходили, — сообщила жена, накладывая ему приготовленные на гриле овощи и мясо.

Аргунову показалось, что он на мгновение оглох и услышал что-то не то. Нет, не может быть, чтобы Жанна сказала «из милиции». Нет, только не это! Надо переспросить и убедиться, что речь идет о чем-то совсем другом.

— Откуда приходили?

Он с трудом взял себя в руки, но все-таки взял, мысленно твердя: «Я ослышался, ничего страшного, ничего не произошло. Сейчас я переспрошу, и она ответит, и окажется, что приходили из какой-нибудь муниципальной службы, из префектуры, из санэпиднадзора или ветеринарного надзора насчет собак, или пожарные...»

— Из милиции. Тебя спрашивали.

Он смотрел на тарелку и не мог понять, что на ней лежит. И зачем это лежит на тарелке. И вообще, где он?

— Зачем?

Одно слово он все-таки смог выдавить, не очень хорошо понимая, уместно оно или нет.

— Да у них какие-то вопросы к тебе. Я на них, к сожалению, ответить не смогла. Что-то насчет не то машины, которую ты мог видеть, не то человека... В общем, у них что-то там произошло, кого-то убили, и нашлись люди, которые сказали, что видели тебя неподалеку. Вот в милиции и думают, что ты мог что-то видеть или слышать.

— Я ничего не видел!!! — почти заорал Аргунов.

И опомнился. Но совладать с собой уже не мог.

— Ты должна была им сказать, что я ничего не видел!!! — продолжал он. — Почему ты им не сказала?

— Во-первых, ты не знаешь, что я им сказала, а чего не говорила, — сухо ответила жена. — А во-вторых, откуда мне знать, что ты видел, а чего не видел. Ты постоянно уходишь гулять с собаками поздно вечером, отсутствуешь по полтора-два часа, возвращаешься глубокой ночью, когда я уже сплю, и о своих впечатлениях мне не докладываешь. И в-третьих, не смей на меня орать.

Аргунов понимал, что она права. Но сделать с собой уже ничего не мог. Он сорвался, ему необходимо было выкричаться, страх, дремавший в нем, встрепенулся, начал разбухать и рваться наружу, и нужно было выпустить его любым доступным способом, чтобы не разорвалась грудная клетка.

— Сколько раз я повторял тебе, что ненавижу милицию! Сколько раз я повторял, что не потерплю этих дегенератов в моем доме! Как ты посмела их впустить?!

— Лева, ты имеешь право любить милицию или не любить, это твое личное дело, но люди выполняют свою работу. Зачем же им мешать? Неужели тебе трудно ответить на несколько простых вопросов и не делать из этого трагедию?

Краешком сознания он еще успел удивиться, почему Жанна терпит его выходку и не взрывается в ответ. Он зашел слишком далеко, а она так спокойна...

— Я не собираюсь с ними разговаривать! Они что, с ума сошли? Почему они смеют приходить ко мне со своими идиотскими вопросами?! Чтоб я их больше в моем доме не видел!!!

— Они придут сегодня попозже, я сказала, что ты вернешься к десяти. Лева, тебе не кажется, что ты ведешь себя неприлично?

Ну вот, значит, не так уж она и спокойна, просто Жанна хорошо владеет собой.

— И позволь тебе напомнить, что это не только твой дом, но и мой тоже, — продолжала Жанна Викторовна. — Или я уже лишена права впускать сюда того, кого считаю нужным?

— Зачем ты им сказала, что я вернусь к десяти? Кто тебя просил их информировать о моем графике? Почему ты лезешь не в свое дело?

Он с ужасом слушал себя словно бы со стороны, понимая, что затеял отвратительную пошлую ссору и произносит глупые и недостойные слова, после которых очень трудно будет возвращаться к нормальным отношениям. Но сделать ничего не мог. Это было выше его сил.

— Я не желаю встречаться с твоими милиционерами, — заявил он, резко отодвигаясь от стола. — Если они явятся, скажешь им, что я на несколько дней уехал по делам. Когда вернусь — неизвестно. Если им так нужно, пусть подождут или без меня обойдутся.

Не глядя на жену, он направился к лестнице, ведущей наверх. У себя в спальне быстро собрал все необходимое, схватил кейс с документами и спустился вниз.

— Я поживу в московской квартире. И не вздумай сказать этим кретинам, что я в Москве, и дать им мои телефоны.

Жанна Викторовна неподвижно сидела за столом точно в той же позе, в какой он ее оставил двадцать минут назад. Еда на ее тарелке оставалась нетронутой. Она даже не подняла голову и не повернулась к мужу.

— Жануся, ну прости, — примирительно произнес Лев Александрович. — Я сорвался. Безобразно сорвался. У меня неприятности на заводе, я весь на нервах. Представляешь, что будет, если я так же наброшусь на твоих ментов? Они меня, чего доброго, за хулиганку арестуют.

Аргунов сделал неловкую попытку пошутить и тем самым сгладить конфликт, но не преуспел. Жена молчала.

— Ну, я поехал?

— Уезжай, — глухо проговорила она. — Ты отвратителен. Чем дольше я тебя не увижу, тем лучше.

Он не стал вызывать водителя Мишу, вывел из гаража свой «Лексус» и поехал в город. Миновав Кольцевую, вытащил мобильник и набрал номер Ситникова.

— Слава, ко мне приходили, — коротко сообщил он, стараясь, чтобы голос не дрожал.

— Кто? — не понял Вячеслав Антонович.

— Из милиции.

— Та-а-ак, — протянул Ситников. — Это... то самое?

— Наверное. Я не знаю точно, — торопливо заговорил Аргунов. — Меня не было дома, с ними Жанна разговаривала. В общем, это не по телефону. Я еду к себе на Маросейку.

— Когда ты там будешь?

— Минут через тридцать.

— Хорошо, я приеду.

Свою московскую квартиру Лев Александрович любил нежно и преданно, она была той самой, в которой прошли его юность и молодость, и он ничего в ней не менял, кроме того, что явно выходило из строя. Сантехнику, например, заменил, а вот мебель оставил старую, ту, которую еще его родители покупали. В этой квартире он готовился к выпускным экзаменам в школе, потом писал диплом, потом диссертацию и прочие научные труды, сюда привел много лет назад Жанну, здесь его дочь Лялька делала первые шаги. Отсюда в последний раз забирали в больницу его родителей, сначала отца, затем, спустя пять лет, мать. Сюда приходили их друзья на поминки. Если бы не Жанна, не ее настойчивость и активность, он до сих пор жил бы здесь, в просторной трехкомнатной квартире в самом центре Москвы. Это Жанна много лет назад, в самом конце восьмидесятых, начала теребить его и уговаривать брать пример с других, которые наплевали на науку, занялись делом и теперь богатеют день ото дня. Она постоянно жаловалась на нехватку денег и восхищалась оборотистостью бывших коллег Аргунова. Она просила, она скандалила, она давила. И добилась своего. Теперь Лев Александрович Аргунов живет в загородном доме с хорошим участком, владеет прибыльным производством строительных конструкций на основе им же разработанных и запатентованных технологий, но при каждом удобном случае приезжает он в квартиру на Маросейке, то днем, чтобы передохнуть, то ночевать остается.

Аргунов вошел в прихожую, не глядя поставил на пол сумку с вещами и кейс с документами и, не включая свет и не раздеваясь, прошел в комнату и рухнул на диван. Диван старчески вздохнул и недовольно скрипнул. Ему было очень много лет, он давно порывался скончаться, но Лев Александрович терпеливо ремонтировал его раз десять, вызывал обойщиков, чтобы сменить протертую и прорвавшуюся местами обивку, но выбрасывать и не думал. Это был тот самый диван, на котором его родители смотрели по вечерам телевизор и на котором он, будучи студентом и аспирантом, начинал соблазнять знакомых девиц, прежде чем элегантно вести их в свою комнатку.

Он посидел несколько минут с закрытыми глазами, потом медленно протянул руку к торшеру, дернул за шелковый шнур и огляделся. Он ведь регулярно приезжает сюда... А что, если он здесь спит и... Не дома, за городом, а именно здесь, как тогда, много лет назад. Он засыпает, и потом происходит нечто такое, о чем он никогда не вспоминает. Он куда-то уходит, что-то делает и возвращается сюда, чтобы проснуться и ничего не знать. Почему ему это раньше в голову не пришло? Почему он думал только о доме, о Жанне, о спящем охраннике? С другой стороны, милиционер ведь приходил ТАМ, за городом, значит, его видели ТАМ, а не здесь. Хотя это ничего не значит, может быть, его видели где-то совсем в другом месте, а милиционер пришел туда, где он живет, по всем известному адресу. Жанна не сказала, о каком конкретно месте идет речь. Почему она не сказала? Потому что он, Аргунов, не спросил ее, он не задал ей ни одного нормального вопроса, а сразу кинулся в истерику, начал орать и загнал весь разговор совсем в другую плоскость. Впрочем, возможно, она и сама не знает, в каком месте его видели, милиционер мог ей и не сказать. Надо бы позвонить Жанне и поговорить с ней спокойно, попросить прощения, а когда она смягчится — задать все нужные вопросы, чтобы выяснить, что именно говорил этот мент и о чем спрашивал.

Или не нужно звонить? Ничего не спрашивать и ни о чем не знать? Тем более Новый год на носу, у них с женой были обширные планы на праздник, а он уехал и ничего не сказал насчет 31 декабря... Жанна станет требовать объяснений, а на объяснения, которые еще нужно придумать, у него нет сил.

... «Я думала, что ты — Лев, а ты оказался обыкновенным Левочкой». Так сказала ему много лет назад одна девушка, которая предложила ему себя, но безрезультатно. Она Аргунову совсем не нравилась, она не была ему нужна, и он даже не делал попыток притворяться и что-то такое из себя изображать. Наверное, он был не совсем деликатен, у него в те годы еще не было достаточного опыта отказывать девушкам, он растерялся и произнес, по-видимому, нечто бестактное, а может быть, и грубое. Сейчас он уже не помнил, как именно повел себя, но вот ее слова запомнил надолго. Ты не Лев, ты Левочка. А ведь она была почти права.

В нем всегда жили два человека, Лев и Левочка. Один обладал пытливым умом и стремлением добраться до сути, довести мысль до конца, он был терпелив и методичен, но только в том, что касалось его любимой науки. Второй же, Левочка, был трусоват, слаб и непоследователен, не умел и не любил выяснять отношения, боялся конфликтов и старался избегать всего неприятного, что может выбить его из колеи. Лев мыслил логично и четко, Левочка же быстро утомлялся от тяжелых переживаний и умел весьма успешно вытеснять из сознания все то, что мешало его душевному покою. Много лет назад, обнаружив поясок от детского платьица в горошек, Аргунов примерно два месяца побыл Львом, пытаясь наблюдать за собой и узнать правду. В течение первого месяца он пребывал в постоянном ужасе от самого себя, второй месяц провел в страхе, что его поймают и посадят в тюрьму, а на третий месяц превратился в Левочку, который ничего не хочет знать, потому что все это слишком сложно, слишком страшно и слишком обременительно. Не справляющаяся с тяжкой ношей душа предпочла сделать вид, что ноши не существует. Аргунов ненавидел те стороны бытия, которые не познавались при помощи логического анализа и требовали эмоциональных затрат.

После обнаружения в своем шкафу детской футболочки прошло без малого два месяца, он уже почти успокоился, и вдруг какой-то милиционер...

Ему нестерпимо хотелось выпить, но он решил подождать Ситникова. Пить в одиночку как-то неприлично, сильно смахивает на алкоголизм.

Вячеслав Антонович прибыл, как обычно, без опоздания, ровно через тридцать минут после звонка Аргунова.

— Почему сидишь без света? — сердито спросил он, проходя в квартиру. — Траур разводишь?

— Славка, что делать? — начал Аргунов с места в карьер. — Я был уверен, что на этот раз тоже обошлось, и вдруг милиция... Ты можешь узнать, что ему было нужно?

— Ну как я узнаю, как?

Ситников достал из бара бутылку, налил полстакана виски и протянул Льву Александровичу.

— Выпей и возьми себя в руки, Лева. Что я могу узнать? Как? Одно дело сунуть нос в сводку по городу или области, и совсем другое проявлять интерес к ходу следствия. Никто мне ничего не скажет, а если поднимать мощные связи, то придется как-то объяснять свое любопытство. Ты мне лучше скажи: ты по-прежнему спишь один?

Аргунов залпом выпил виски и выдохнул:

— Да.

— Почему? Я же советовал тебе спать в одной комнате с Жанной, чтобы проверить, ходишь ты во сне или нет.

— Я пытался, но она не хочет. Она уже отвыкла спать со мной, ей одной комфортнее. И потом, у нее там какие-то проблемы... по женской части, что ли. В общем, она часто встает, и ей неловко... Не знаю. Жанна отказалась спать в моей спальне и меня к себе не пускает. Говорит, я сильно храплю и мешаю ей.

— Ладно. Футболку куда девал?

— Сжег, как ты и говорил.

— Ну и молодец. Давай-ка еще выпей, а то ты совсем неадекватный.

Он налил снова и сунул стакан в руку Аргунову.

— Теперь слушай меня внимательно. Ты сюда приехал на одну ночь или останешься?

— Останусь. Поживу здесь некоторое время.

— И снова правильно. Значит, так: немедленно находишь себе бабу и поселяешь в этой квартире, понял? Пусть она постоянно будет рядом с тобой, когда ты здесь. Даже если ты во сне попытаешься куда-то уйти, она тебя не пустит.

— Но это не может длиться без конца, — запротестовал Лев Александрович. — Ну сколько я смогу здесь оставаться? Неделю, две. В крайнем случае — месяц. А потом что? Я же не смогу поселиться в Москве навсегда, а Жанну оставить за городом. Мы сегодня поссорились, я ей нахамил ужасно и уехал, но ведь рано или поздно придется мириться. И тогда надо будет возвращаться.

— Или разводиться, — с усмешкой заметил Вячеслав Антонович.

— С ума сошел?

— Я — нет. А насчет тебя пока не знаю. Ты о чем думаешь, Лева? О том, как нехорошо разводиться с женой? А о том, как нехорошо сидеть в тюрьме или в психушке, ты не подумал? Ты — убийца, как это ни прискорбно. До сих пор все как-то обходилось, но если ты хочешь остаться на свободе, тебе придется жить по-другому, даже если очень не хочется. Ты обязан предпринять все меры к тому, чтобы эти твои лунатические подвиги больше не повторялись. Будь я на твоем месте, я откровенно поговорил бы с Жанной, все ей рассказал, и про прошлое тоже. Она помогла бы тебе. Но ты устроен по-другому, ты не можешь признаться жене, тогда тебе придется поселить здесь другую женщину, которая ничего не будет знать, но будет по крайней мере за тобой следить и не выпускать из дома в безумном состоянии. Нужно только сделать так, чтобы Жанна сюда не явилась. Сумеешь?

— Господи, Славка, — простонал Аргунов, — о чем ты говоришь? Какая женщина? Где я ее найду?

— Раньше находил. По-моему, у тебя с этим проблем не было.

— А как я сделаю, чтобы Жанна здесь не появилась? Я же не могу ей запретить приезжать.

— Смени замки. Перестань психовать. И не вздумай бегать от милиции, это вызовет подозрения. Если придут еще раз — поговори с ними, ответь на их вопросы. Они тебя пока ни в чем не подозревают, они думают, что ты — свидетель, который мог видеть преступника. Ну и скажи им, что ты никого не видел. Или придумай, что видел, наври с три короба. Веди себя спокойно и дружелюбно.

— Почему ты думаешь, что они меня не подозревают?

— Ну, если бы подозревали, то ждали бы дома, пока ты не вернешься, задержали бы и привезли в ментовку в наручниках, а не ушли несолоно хлебавши. И уж в любом случае тот милиционер не пришел бы к тебе один, их было бы двое или трое, если бы они думали, что ты преступник. А он ведь был один? Так?

— Жанна сказала... Вроде бы один.

— А что она конкретно сказала? Дословно можешь повторить?

— Что приходили из милиции.

— Приходили... — задумчиво повторил Ситников. — Могуч русский язык, порой и не поймешь, что имеется в виду. То ли безличное предложение, то ли милиционер был не один. Что ж ты не спросил подробности?

— Растерялся, разнервничался. Начал орать на нее. Ну да, да, я сглупил, я повел себя как последняя идиотина, так что, ты теперь будешь мне печень за это выклевывать? Я тебя позвал как друга, чтобы ты мне помог, а не для того, чтобы выслушивать твои замечания!

Алкоголь подействовал, и Аргунов стал агрессивным.

— Теперь ты и на меня орешь, — покачал головой Вячеслав Антонович. — Эх, Левка, Левка. Ложись-ка ты спать, утро вечера мудренее. Проспишься — подумай над тем, что я тебе сказал. Если для тебя проблема найти бабу, я помогу. Совсем не обязательно изображать романтические отношения, можно просто нанять ее за деньги и объяснить, в чем заключаются ее обязанности.

— Я что, по-твоему, должен ей признаваться в том, что во сне ухожу из дома и убиваю детей?! — взъярился Лев Александрович. — Ты что, совсем обалдел?!

— Не кричи на меня, — Ситников повысил голос. — Для бабы можно придумать любую легенду, чтобы она тебя караулила, пока ты спишь. Никому ни в чем не нужно признаваться, запомни это. Все, я ухожу, мне завтра рано вставать. А ты выпей еще и ложись спать.

— Значит, ты мне не поможешь? — зло спросил Аргунов. — Я зря на тебя рассчитывал?

— Лева, — Ситников, уже собравшийся было идти к двери, снова сел и положил руку другу на плечо, — я не могу сделать то, о чем ты просишь. Понимаешь? Я не могу. У меня нет таких возможностей. Я могу помочь тебе только советом и дружеским участием. Но ты моих советов слушать не хочешь. Придется тебе ограничиться только моим участием. Что еще я могу для тебя сделать?

Аргунов трясущейся рукой налил виски, на этот раз полный стакан, и выпил несколькими большими глотками.

— Не оставляй меня, — пробормотал он, прикрывая глаза. — Не бросай меня одного. Переночуй здесь. Тебя же никто дома не ждет. Какая тебе разница, где спать? Я боюсь, Славка. А вдруг я засну и...

— Я не могу, — мягко произнес Вячеслав Антонович. — Ты видишь, в каком виде я приехал? Джинсы, свитер. Я же не могу в таком виде идти завтра на работу. И все документы, которые мне будут нужны, у меня дома. Я должен вернуться к себе.

— А как же я? — Пьяный сон все сильнее одолевал Аргунова, и агрессивность сменилась полувнятным бормотанием. — А вдруг я...

— Я тебя запру. Заберу ключи и запру дверь. А завтра утром перед работой заеду и открою. Из запертой квартиры ты никуда не денешься. Давай вставай, я тебя уложу.

Вячеслав Антонович заботливо довел друга до спальни, помог раздеться и забраться в постель. Взял ключи, запер дверь на оба замка и уехал к себе.

Наутро Лев Александрович проснулся с тяжелой головой, но, однако же, заметно успокоившимся. С неудовольствием вспомнил свой вчерашний разговор с Ситниковым и слегка побранил себя за несдержанность и грубость. Ну в самом деле, чего он хочет от Славки? Славка же не министр внутренних дел и даже не начальник ГУВД Москвы, он всего лишь руководитель департамента в Министерстве экономического развития. Где поп, как говорится, а где приход... Аргунов требовал от него невозможного. Но все равно он настоящий друг, примчался по первому же звонку, старался успокоить, давал какие-то советы. Может, и не всегда дельные, но ведь от души, искренне желая помочь. После разговора с ним все стало казаться не таким уж катастрофичным. А ну как и в самом деле проблема рассосется сама по себе? В тот раз, тридцать лет назад, ведь обошлось же, почему сейчас не может обойтись? Может. Он, Аргунов, совершил всего один, как выразился Славка, лунатический подвиг, с тех пор прошло почти два месяца, и ничего не произошло. Больше подвигов не будет, и никто ничего не узнает.

Лев Александрович выполз из-под одеяла и тут же направился в прихожую. Ключи от квартиры лежали на полочке, там, где он их оставил вчера, когда пришел. Значит, Ситников уже успел заехать и открыть дверь. Бабу завести... Тьфу, глупость какая! Надо просто договориться со Славкой, чтобы он каждый вечер запирал его, а утром привозил ключи, вот и все. Тогда и с Жанной проблем не будет, если она надумает проведать его в городской квартире.

Он принял душ, побрился, позавтракал и поехал в офис. Накануне Нового года было много суеты и, как обычно, из ниоткуда выскочили срочные вопросы, которые непременно нужно успеть решить до каникул. К вечеру Лев Александрович почти совсем оправился от давешних потрясений, вызванных визитом милиционера и скандалом с женой, послал секретаря Ларочку в находящийся неподалеку китайский ресторан, наказав взять для него две порции грибов му-эр с ростками бамбука и две порции риса с креветками. Ему не хотелось ужинать на людях, но и готовить себе самому он не умел. Когда девушка вернулась, неся в фирменном пакете горячую еду в упаковках из прозрачного пластика, Аргунов вызвал водителя и отправился на Маросейку.

Ему даже удалось получить удовольствие от еды, разогретой в микроволновке. Ничего, говорил он себе, ничего страшного, все обойдется, в тот раз обошлось — и сейчас тоже ничего не случится. Его немного беспокоило, что никак не удавалось дозвониться до Ситникова, чтобы попросить его приехать, запереть дверь и забрать ключи до утра, но Лев Александрович знал, что его друг может допоздна засидеться на каком-нибудь совещании у руководства или готовить документы в думском комитете; в таких случаях он мобильный телефон выключал. В конце концов Аргунов отправил SMS-сообщение и принялся терпеливо дожидаться, когда Ситников отзвонится. Посмотрел какую-то ерунду по телевизору и понял, что не может сосредоточиться и не понимает, что ему показывают. Побродил по пустой квартире, несколько раз брался за телефон, чтобы позвонить жене, но передумывал. Нужно было чем-то занять себя, чем-то таким, что не требовало умственных усилий, на которые Аргунов сейчас был просто не способен. Он помыл оставшуюся после ужина грязную посуду, заварил свежий чай и решил разобрать кухонные шкафчики. Говорят, перед Новым годом нужно выбрасывать старые, непригодные к использованию вещи, вот он и займется делом, выбросит залежавшиеся продукты с истекшим сроком годности и все старые чашки и тарелки, на которых обнаружит трещины.

Он решительно расчистил стол и принялся составлять на него все, что доставал из навесных шкафов кухонного гарнитура, попутно вспоминая, как мама бегала отмечаться в очереди за этой пластиковой мебелью, которая тогда, в начале восьмидесятых, казалась верхом удобства и красоты. А эти жестяные коробки с красными в белый горошек крышками! В них хранили муку, сахар, соль, чай, вермишель и держали в те времена непременно не в шкафах, а на открытых полках, как украшение интерьера. Коробки продавались далеко не везде, их нужно было «доставать», и ими гордились и выставляли напоказ.

В одной из банок оказались остатки муки вперемешку с жучком. Надо же, несколько лет Аргуновы живут за городом,

Жанна давно уже в этой квартире ничего не пекла, а мука осталась... И чаю целых полбанки. Открыв третью крышку, Аргунов помертвел. На дне сиротливо болтались несколько сухих вермишелинок. И лежала пластмассовая розовая заколка для волос. Маленькая. Детская.

«Нет, — судорожно забилась в голове спасительная мысль, — нет, это не может быть ТО САМОЕ. Это Лялькина. Лялька — девочка, она в детстве носила заколки. Неважно, как она здесь оказалась, важно, что это дочкина вещь».

Лев Александрович обессиленно опустился на стул. Он помнил, что у Ляльки всегда была короткая стрижка, она терпеть не могла длинные волосы. Но может быть... Он просто забыл. Конечно, он просто забыл, он не может помнить такие детали, как прическа дочери в раннем детстве. До определенного возраста дети не выбирают себе прическу, это за них делают родители, как правило — матери. Да, в сознательном возрасте Лялька длинных волос не носила, волосы у нее были очень густые и вьющиеся, и расчесывать их, особенно после мытья, было сущим мучением. А раньше, когда она была совсем маленькой? Надо немедленно позвонить Жанне и спросить, она — мать, она должна помнить точно. Впрочем, как это: позвонить Жанне? И что сказать? Как спросить? Как объяснить свой интерес к внешности дочери, когда той было лет семь-восемь? Или даже пять-шесть? Бред, бред, бред! Надо найти Лялькины детские фотографии. Но в этой квартире их нет, они все там, в загородном доме.

Да что же Ситников? Почему не звонит?! Где он, в конце концов?!

Лев Александрович схватил телефонную трубку и снова набрал знакомый номер. На этот раз мобильник Ситникова не был отключен, но Слава долго не отвечал на звонок. Наконец послышался его голос:

— Да, Лева. Что опять случилось?

Голос был недовольным и даже немного раздраженным, но Аргунов не обратил на это внимания.

— Слава, приезжай немедленно, — потребовал он.

— Зачем?

— Я нашел...

— Что ты нашел?

— ЭТО.

— Опять?!

— Да, — выдохнул Аргунов.

— Черт... Я же тебя запер! Как ты умудрился?

— Это давно здесь лежит... Я даже не представляю, с какого времени.

— И что это такое?

— Детская заколка. Заколка для волос. Такая розовая. Из пластмассы. Она лежала в банке на кухне. Знаешь, такая жестяная банка с крышкой, мы в ней вермишель хранили...

Почему-то Аргунову казалось, что чем больше деталей своей страшной находки он перечислит, тем легче Ситникову будет найти приемлемое объяснение и развеять кошмар.

— Ты уверен, что это не Лялькина? — Голос Вячеслава Антоновича уже был не раздраженным, а встревоженным.

— Я... не знаю. Я не помню.

— Ну ты посмотри на нее внимательно, — посоветовал Ситников. — Может, там где-нибудь что-нибудь написано.

— Что написано?! Что там может быть написано?

— Например, инициалы. Л.А. — Ляля Аргунова.

Аргунов поднес заколку к глазам. Нет, ничего не разобрать. Какие-то буквы есть, это точно, но без очков видно совсем плохо.

— Погоди, я возьму очки, — произнес он в трубку и пошел в комнату, чтобы достать очки из кармана пиджака.

Вооружившись оптикой, Лев Александрович снова принялся рассматривать кусочек розовой пластмассы. Теперь буквы были видны отчетливо, и гласили они, что изделие изготовлено во Франции. Во времена Лялькиного детства, в начале восьмидесятых, в России не могло быть таких заколок, их не было в продаже. Может, привез кто-то из знакомых? Навскидку Аргунов не смог припомнить, чтобы им из Франции кто-то привозил сувениры. Да из его окружения никто во Францию и не ездил, в те времена даже поездка в Болгарию считалась огромной удачей. А его знакомые из научного мира были в основном вообще невыездными.

А еще на заколке был маленький цветной рисунок, изображавший мальчика в круглых очках и в черной мантии.

Гарри Поттер. Его придумали совсем недавно, всего несколько лет назад.

— Это не Лялькина, — хрипло произнес Аргунов. — Что мне делать, Слава? Я не вынесу этого, я сойду с ума.

* * *

У Нового года есть одна особенность: сколько бы ты ни готовился к нему, праздник подкрадывается внезапно, и обязательно оказывается, что еще куча дел не сделана, и множество вопросов не решено, и непременно выясняется в последний момент, что ты забыл купить кому-то подарок. Не знаю, как с другими, а со мной всегда получается именно так. 31 декабря превратилось для меня в день суетливой бестолковой беготни по участку с повседневными заботами вперемешку со спорадическими забегами в магазины. Сперва я вспомнил, что не купил подарок для девушки Мусатова, а если для нее под маминой пышной елкой не будет нарядно перевязанного пакетика, мамуля меня не поймет. Я больше чем уверен, что от себя она уже купила что-то для этой девицы, которую ни она, ни я в глаза не видели. Но в традициях родительского дома были подарки всем и ото всех. То есть отдельно от родителей, и отдельно — лично от товарища капитана Дорошина. А ведь я даже имени девушкиного не знаю... Кажется, Мусатов в разговоре как-то ее назвал, но я не обратил внимания и не запомнил. Хорошо, что с перестройкой в наш новогодний быт вошли персонажи восточного календаря: не знаешь, что подарить — дари соответствующую фигурку, не промахнешься. Наступающий год — год Петуха, так что для мусатовской пассии я приобрел симпатичную желто-красную плюшевую несушку, которая вызывающе кудахтала, если нажать ей на грудку.

Часа через два я внезапно покрылся испариной: у меня нет подарка для отца! Елки-палки, как же я забыл-то?! Ведь еще месяц назад я думал об этом и даже принял решение, что именно подарить, а вот купить забыл. Почему-то у меня было четкое ощущение, что я его купил... Ан нет. Всего лишь придумал. Пришлось садиться в машину и судорожно объезжать цветочные магазины в поисках того растения, которое так понравилось папе во время гастролей в Барселоне. Такой цветок стоял у него в гримерке на окне, и папенька от него просто балдел. Если бы я еще знал, как он называется! Хорошо хоть, помнил, как он выглядит. Продавщицы смотрели на меня как на идиота, когда я шнырял безумными глазами по полкам и жардиньерками и что-то невнятно мычал о «таких длинненьких листочках в загогулинках, сверху красненьких, и еще прожилочки». К семи вечера, когда магазины уже закрывались, я наконец нашел то, что искал. Выяснилось, что это кротон. Господи, не забыть бы теперь, как оно называется.

Дома я быстренько поздравил котов с наступающим праздником, что выразилось в завязывании голубой ленточки на шее Арины (больше никто таких вольностей не терпел) и раздаче свежего мяса всем без исключения. Вообще-то кошачий доктор не велел давать стерилизованным котам сырое мясо, разве что по большим праздникам, и вся моя банда в основном питалась сухим кормом и специальными паштетами. Но Дружочку и Арине, которым дозволялось иметь детей, я раз в два-три дня давал сырое мясо, для чего приходилось зазывать их в кухню и закрывать дверь, дабы остальные не видели, не завидовали и не воровали куски. Остальные, конечно, не видели, но чуяли очень даже хорошо и устраивали под закрытой дверью громкие демонстрации протеста. Умом и сообразительностью особенно отличался старик Ринго, который, видя, что я беру на руки одновременно Дружочка и Арину, немедля смекал, в чем дело, и мчался на кухню, сбивая все и всех на своем пути, усаживался перед холодильником и принимал скорбный вид существа, которого не кормили вообще никогда. То есть бил на жалость. Меня-то этим не возьмешь, а вот моя подруга Светка Безрядина, которая кормила котов, когда я уезжал, подозреваю, давала слабину. В честь праздника сегодня мясо получили все.

На столе я обнаружил длинный список, продиктованный утром мамулей: то, что она не успела купить и что я непременно должен был привезти. Про список я, естественно, тоже благополучно забыл. Пробежав листок глазами, дабы прикинуть, в какие магазины придется ехать, я наткнулся на незнакомое слово. Это еще что? Когда утром записывал под диктовку — торопился и не спросил. Какой-то асклезан. Лекарство, что ли? По названию похоже.

Городской телефон у родителей был прочно занят, я безрезультатно дозванивался минут пятнадцать, причем мобильники у обоих были включены, но, вероятно, лежали совсем не там, где в данный момент находились мама с папой. Уже половина девятого, в десять я обещал заехать за Мусатовым и его девушкой, так что времени в обрез, и я решил все-таки ехать за покупками, в том числе и за таинственным асклезаном. Уж если я цветок нашел, не зная, как он называется, то уж тут как-нибудь вывернусь.

К половине десятого я, набрав полную тележку продуктов в соответствии со списком, миновал кассу, уныло обозрел закрытый аптечный киоск, загрузил покупки в багажник машины рядом с папиным цветком (кажется, я снова забыл, как он называется) и остальными подарками и ринулся в круглосуточную аптеку. На мой вопрос об асклезане я тут же получил удар под дых:

— Вам таблетки или крем?

Пришлось лезть за мобильником. Набрав номер, я спросил у пожилой дамы-провизора:

— А от чего оно? От какой болезни?

— Проблемы с венами. У кого ноги, у кого геморрой...

Ах да, вены. Ну конечно, это для папы, я и забыл совсем. Певцы постоянно на ногах, и вены — их слабое место. Сидя-то много не напоешь, опоры нет.

На этот раз мне повезло, мама ответила сразу же:

— Ну конечно, таблетки. Я же тебе сказала утром.

Да? Надо же, я как-то мимо ушей пропустил. Впрочем, мог бы и сам догадаться. Папа — человек публичный, в том смысле, что часть репетиций и все выступления проходят на людях, и не всегда удобно снимать брюки и мазать ноги.

— Таблетки, — вполголоса сказал я продавщице и стал одновременно доставать деньги и выслушивать мамины причитания о том, какой я плохой сын, не могу запомнить, что болит у папы и чем он это лечит. Оказывается, он пользуется асклезаном уже два года... Дальше я слушать не стал, потому что в моей голове зародился план мелкой мести. Не маме, конечно. Папе. Я до сих пор не мог простить ему адюльтера, который вскрылся минувшей осенью и о котором мама, разумеется, ничего не знала. Но я знал. И заготовил маленькую пакость, которую пущу в ход, если папа скажет то, что мне не понравится.

В пять минут одиннадцатого я подъехал к месту встречи с Мусатовым. Андрей держал в руках большой пакет — вероятно, подарки всем участникам торжества. Мамуля будет в восторге. Она так любит, когда под елкой лежит гора подарков! Рядом с Мусатовым стояла стильная девица небольшого росточка с яркими живыми глазами.

— Знакомьтесь: Игорь, Юля, — представил нас Андрей.

Они забрались в машину, Юля села рядом со мной впереди, Андрей сзади, и мы помчались в сторону Кольцевой.

— Игорь, а это правда... — начала Юля.

Ну вот, сейчас спросит, правда ли, что я участковый. И начнет задавать дурацкие вопросы о том, зачем мне такая работа. Или о том, как это при такой работе у меня такая дорогая машина. Или правда ли, что мой отец — тот самый Дорошин. Господи, как надоело!

— ...что у тебя пять котов?

Хорошо, что я молчал, а то поперхнулся бы.

— Истинная правда.

— Тогда понятно.

— Что понятно?

— Почему ты участковый.

Вот это да! Знает меня три минуты — и ей уже все понятно.

— Да? — скептически осведомился я. — И почему же?

— Потому что ты умеешь любить и заботиться о тех, кто не любит тебя. Это не каждому дано. В большинстве своем люди стремятся к гарантированно взаимной любви, любить просто так, без расчета на ответное чувство, мало кто умеет и хочет. Милицию у нас в стране не любят, так что милиционерам тоже трудно любить людей.

Я потерял дар речи. Понимал, что нужно поддерживать разговор, но ответить не мог. Как будто язык отнялся. Слава богу, на помощь пришел Мусатов.

— Ну ты даешь, Юлька! — засмеялся он. — А коты-то тут при чем? Какая связь?

— Да самая прямая, — невозмутимо ответила девушка. —

Кошки — не собаки, они относятся к своим хозяевам чисто потребительски. Они не стайные животные и не нуждаются в любви и одобрении вожака. Собаки те нуждаются, поэтому им так важна любовь хозяина, и они стараются всеми доступными им способами эту любовь заслужить. А кошки не нуждаются, они независимые, они сами по себе. Они просто позволяют хозяину обитать на своей территории при условии, что хозяин будет исправно выполнять возложенные на него функции. Давать корм, чистить лоток и так далее. Человек, у которого пять кошек, не может этого не понимать. Ведь ты же понимаешь, правда? — обратилась она ко мне.

— Понимаю, — выдавил я.

— Ну вот видишь, — она снова повернулась к Андрею. — Игорь понимает. И все равно их любит. Значит, он в принципе способен к бескорыстной и безответной любви. А человек, который на это не способен, не может работать участковым.

— Тебя послушать, так у нас все участковые способны к безответной любви, — усмехнулся Мусатов.

— Не передергивай, я так не сказала. Я имела в виду, что по-настоящему хорошим участковым может стать только тот, кто на это способен. А все остальные будут работать из-под палки.

Сковавшая меня оторопь слегка отступила, и я обрел способность говорить.

— Ребята, приближается праздник, давайте не будем мою работу обсуждать, ладно? Дайте мне отключиться от нее.

— Ой, извини, — виновато произнесла Юля. — Я не подумала. Тогда, мальчики, может, вы о деле поговорите? А то начнем праздновать и все забудем. Не обращайте на меня внимания, говорите, о чем вам надо.

Мне, честно признаться, не надо было говорить вообще ни о чем. И меньше всего на свете я хотел сейчас обсуждать проблемы Мусатова, который не может или не хочет больше пользоваться услугами Юлиного отца. Я хотел только одного: остаться с этой девушкой наедине на много-много часов, задать ей массу вопросов и услышать на них ответы. Я не особенно силен в психологии, есть всего три вещи, в которых я разбираюсь более или менее прилично: это музыка, кошки и работа участкового. И мне ни разу в жизни так и не удалось даже для самого себя внятно сформулировать то, что сказала про меня эта девчонка на третьей минуте знакомства. У меня появилось ощущение, что мои мозги просветили рентгеном и мгновенно расшифровали результат. И мне теперь никому и ничего не нужно объяснять, потому что все и так все знают и понимают про меня. И мне от этого почему-то не страшно, не стыдно и не противно, а, наоборот, радостно и спокойно.

Но я отогнал от себя опасные мысли. Юля — девушка Мусатова, и я имею право только на то, чтобы оценить ее интеллект и воздать ему должное, но без каких бы то ни было эмоций.

— Давай о деле, — согласился я, изобразив энтузиазм. — Что тебе удалось?

— Я получил список людей, которые работали с Личко в одном отделе, но где они сейчас и как их найти — пока не знаю.

— А что с делом о самоубийстве свидетельницы? Фамилию забыл...

— Шляхтина, — подсказал Андрей. — Елена Шляхтина. Пока ничего не удалось. Виктор Альбертович, Юлин отец, сказал, что достанет материалы дела, а когда я спросил, сколько это будет стоить, ответил, что нисколько. Вот, собственно, с этого момента все и застопорилось. Я же не ребенок, я понимаю, что бесплатно никто ему дело из архива доставать не станет, за это нужно платить. Я же платил за дело Личко, так почему же здесь бесплатно? Мне стало ясно, что Виктор Альбертович... как бы это сказать... покровительствует мне, что ли, потому что мы с Юлей... В общем, это связывает мне руки. Я так не хочу. Он будет платить за мои проблемы из собственного кармана...

— Ага, а капризная Юля вдруг заявит, что молодой человек ей не нравится, — встряла девушка. — Понимаешь, Игорь, папа очень озабочен моим замужеством, он боится, что я или выскочу замуж за проходимца, или вообще останусь в девках.

— Да? — удивился я. Представить себе «в девках» такую девушку я не мог. — У него есть основания так думать?

— Есть. У меня отвратительный характер, как у всех молодых психологов.

— Так ты психолог?

— Ну да. Извини, если не угодила.

— А что, у молодых психологов характер не такой, как у старых? — поинтересовался я.

— Конечно, не такой. Старые психологи умные, потому что давно на свете живут, а молодые психологи глупые, потому что молодые. Они уже много всего знают и много чего умеют, и им обязательно нужно демонстрировать это на каждом шагу. Человек им в дружеской непринужденной беседе что-то о себе скажет, а они ему: «Это у вас фрустрация», он им о своей душе, о проблемах, а они ему: «Это у вас когнитивный диссонанс». Ну кто это выдержит? Человек же не на прием к психологу пришел, зачем ему эти диагнозы? Короче, меня мало кто выдерживает. Шарахаются, как от чумной. А Андрюша, во-первых, от меня не шарахается, и во-вторых, он папе очень нравится, вот папа и решил, что надо всеми силами укреплять наше содружество. Папа видит в Андрюше будущего зятя и пытается ему помочь. А Андрюша не хочет быть обязанным. Мы пока еще мало времени вместе, может, у нас ничего и не сложится, тогда получится, что он обманул папино доверие и вверг его в напрасные расходы.

— Понятно, — кивнул я, удивляясь полному отсутствию комплексов у этой девушки. Объяснять такие деликатные вещи постороннему, в сущности, человеку и ни капли не смущаться — это надо уметь. — И какие дальнейшие шаги?

— Не знаю, — ответил Мусатов. — Хотел с тобой посоветоваться. Может, ты возьмешься мне помочь? Небезвозмездно, само собой. Я буду платить и тебе, и тем, кто дает тебе информацию.

Платить он мне будет! Умереть можно от смеха. Да я за два часа, проведенных у рояля, заработаю больше, чем за два месяца беспрерывных частных расследований. Тоже мне, нашел детектива-любителя.

— Андрей, ты не обижайся, но я вряд ли смогу быть тебе полезен.

— Тебе не нужны деньги? — удивился Мусатов.

— Деньги всем нужны, — философски заметил я. — Но у меня нет свободного времени, чтобы активно зарабатывать их частными расследованиями. Ты пойми, дело делу рознь.

Такое дело, как у тебя, требует работы в основном в рабочее время, по будням с девяти до шести, понимаешь? Возьми, к примеру, архив: это же госучреждение, и находить людей, которые мне помогут, дадут команду выдать дело, уговаривать их, объяснять, платить им, потом ехать в архив, ждать, пока будут искать материалы, читать их, делать выписки — это все днем, когда я сам работаю. Побеседовать с теми, кто работал вместе с Личко, — это можно и вечером, но для этого я тебе не нужен, тут ты и сам справишься.

— И что мне делать? Искать другого частного детектива?

И тут меня осенило. Валька Семенов, старший участковый, мой давнишний дружбан. У него семья, дети, музыкальных талантов бог не дал, а деньги-то надо зарабатывать. Почему бы нет? И связей разных-разнообразных у него уйма, мне в этом плане с ним не тягаться.

— Знаешь, Игорь, мне все-таки хотелось бы, чтобы ты сам... — пробормотал Мусатов.

— Да почему?! Какая тебе разница, я или кто другой?

— Потому что я не могу больше... Я устал объяснять с самого начала всю эту гнусную историю. Сначала доктор в психушке, потом Виктор Альбертович, Истомина... Не могу больше. А ты все-таки в теме, ты все знаешь.

Он еще долго уговаривал меня, а я сопротивлялся, не очень, впрочем, активно, потому что был сердит и расстроен. Сердит на самого себя за свои мысли о сидящей рядом Юле и расстроен по этой же причине. Мы уже выехали за Кольцевую и мчались прямо к родительскому дому, когда я сдался. С некоторыми, правда, оговорками.

— Ну хорошо, ладно. Я избавлю тебя от объяснений. Но денег я с тебя все равно не возьму, ты мне уже почти как родной. Платить будешь моему коллеге, который сделает всю организационную работу, не задавая лишних вопросов. Договорились?

— Договорились, — облегченно произнес Андрей. — А он согласится?

— Да куда он денется с подводной лодки, когда надо семью кормить.

Мама встретила нас на крыльце в накинутом на плечи норковом жакете, из-под которого виднелось нарядное длинное платье. Все окна в доме ярко светились, а метрах в десяти от крыльца переливалась подсвеченная специальным прожектором наряженная елка. Мамуля всегда умела устраивать настоящие праздники.

И началось! Оказывается, все уже собрались и для полного веселья ждали только нас. Жаль, конечно, что большинство приглашенных гостей не смогли приехать, но уж зато те, кто приехал, не утратили с годами способности радоваться жизни, петь и танцевать. Гвалт и хохот стоял такой, что уши закладывало. Было много музыкальных экспромтов, и в художественную часть вечера немалый вклад внесли бас дядя Ваня Лютц и его подруга меццо-сопрано, которая при ближайшем рассмотрении оказалась прелестной теткой лет пятидесяти с потрясающим чувством юмора. Втроем с папой они замечательно исполнили с листа наспех написанное мной попурри. Ноты я привез, само собой, в единственном экземпляре, но у родителей есть ксерокс, так что быстренько наделали копий по числу исполнителей. Мама села к роялю, я хватался то за скрипку, то за гитару, то подскакивал к маме и играл с ней в четыре руки. Гости дружно подпевали, если, конечно, не давились от хохота. Одним словом, праздновали на славу.

После активной части, пения, танцев и раздачи подарков, часа в два ночи, мама объявила паузу для отдыха перед «второй переменой блюд», и народ разбрелся по дому, составив небольшие «группы по интересам». Заметив, что папа удаляется в сторону зимнего сада в компании Мусатова и его девушки, я поспешил за ними. Вообще-то я давно хотел поговорить с отцом, но не решался, потому как предвидел его реакцию. Однако теперь он был в прекрасном расположении духа, тем паче что, во-первых, я угодил ему с цветком, а во-вторых, он, как правило, в присутствии посторонних вел себя достаточно тактично. Бывали исключения, что и говорить, бывали-с... Но только если он утрачивал душевное равновесие, а в настоящий момент к этому не было никаких оснований.

В зимнем саду папа с умным видом возглавлял совет по решению вопроса: куда лучше всего поставить мой подарок. Андрей, как я понял, был сторонником эмпирического решения вопроса, то есть предлагал поставить горшок с цветком «куда-нибудь», в первое попавшееся место, и посмотреть, как он будет себя чувствовать. Если плохо, то переставлять до тех пор, пока не найдется оптимальное для него местоположение. Юля же требовала найти книги о комнатных растениях и сначала все прочитать, а потом уже решать.

— Пока ты будешь его таскать с места на место, цветок погибнет, — горячилась она. — Он же живой, на нем нельзя экспериментировать.

— Мне кажется, Юлия права, — профессионально поставленным бархатным баритоном говорил папа, нежно поглаживая Юлино плечико.

Ах вот, значит, как! Юлия у нас права. И плечико у нее такое хрупкое, точеное, кажущееся белым-белым по контрасту с тонкой черной бретелькой вечернего топа, расшитого стразами. Ну-ну, поглядим, что будет дальше.

— Юля всегда права, — соглашался Андрей, — но, мне кажется, куда интересней наблюдать, делать выводы и принимать решения самому, на основе собственного опыта, нежели пользоваться чужими наработками. Разве нет?

Как говорилось в том старом еврейском анекдоте, «и ты, Сарочка, тоже права». Вообще-то точка зрения Мусатова была мне ближе, ведь со своими котами я поступал точно так же. Можно было прочесть миллионы книг о поведении кошек и о зоопсихологии, но мне интереснее было напичкать квартиру аппаратурой видеонаблюдения и изучать повадки моих питомцев самостоятельно, вести дневники, анализировать. Когда-нибудь я напишу свою собственную книгу о кошках. Может быть, я не открою Америку и не изобрету велосипед, но уж точно получу удовольствие.

— А вдруг цветок погибнет, если поставить его не в то место? — возмущалась Юля. — Ну как же вы не понимаете, он — живой. Все растения живые, они рождаются, развиваются, зреют, им нужны питание и вода, у них есть нервная система. Они только двигаться и говорить не могут, а во всем остальном они точно такие же, как животные. Игорь, ну скажи Андрею, объясни ему, если он не понимает! У тебя же кошки, ты должен понимать! Нельзя рисковать живым организмом.

— Юленька, вы очаровательны. — Папа приобнял девушку и отечески поцеловал ее в лобик. — Откуда в вас столько любви ко всему живому? В наше время это так редко встречается, особенно у молодых.

Ох уж этот папа! Наверное, даже могила его не исправит. Имея такую жену, как моя мамуля, умницу и красавицу, заботливую и преданную, живущую только его интересами и его жизнью, он все равно млеет от молоденьких вертихвосток. Хотя Юля, конечно, на вертихвостку не очень похожа, но все-таки...

А Юля-то, Юля! Прижалась к папиному плечу, вроде как по-дочернему отвечает на его отеческий поцелуй.

— Я дочь адвоката, Владимир Николаевич. А мой отец всегда учил меня, что нельзя рисковать чужой жизнью.

Папа просиял улыбкой и обратился ко мне:

— Ну а ты, сын, что скажешь? Мы тут рассуждаем, куда лучше всего поместить твой подарок.

Я живо включился в обсуждение, потому что нужно было подлизаться к отцу. Наконец мне показалось, что момент настал вполне подходящий, папа умилен и расслаблен, и я храбро ринулся головой в омут.

— Папа, как ты смотришь на то, чтобы выступить в клубе перед моими стариками?

— Ты что, хочешь, чтобы я перед ними пел?

Вся его фигура, не говоря уж о лице и голосе, выражала недоумение и удивление. Ну в самом деле, как это можно? Ему, великому Владимиру Дорошину, петь перед какими-то там пенсионерами в каком-то там занюханном стариковском клубе. Да помыслить невозможно!

— Необязательно петь. Они с удовольствием послушали бы твои рассказы, воспоминания. Ты много гастролируешь, общаешься с известными музыкантами по всему миру. И потом, ты мог бы поговорить с ними о кумирах их молодости, ведь ты еще Козловского застал, вы даже пели вместе в одном концерте. Ты знал Штоколова, Гмырю, ты выступал с Вишневской и Ростроповичем. Им было бы очень интересно.

— Да ты с ума сошел!

— Почему? — невинно поинтересовался я.

То есть я-то отлично понимал, почему «сошел с ума», но

мне было интересно, посмеет ли папа произнести это вслух, да еще при посторонних. Я был уверен, что не посмеет. И придется ему подбирать для отказа другие аргументы, которые, бог даст, я сумею разбить и вытащу-таки из него согласие.

Однако я папу недооценил. Он и не думал отказываться. Не в том смысле, что решил согласиться. Он вообще не обсуждал эту проблему, а перевел разговор сразу на меня, на мою неправильно выбранную профессию, на мой загубленный талант и на то, что я лишил его главной радости любого отца — возможности гордиться своим сыном. И тут никакие Мусатовы с красивыми молодыми девушками ему своим присутствием не помешали.

Нет, папа не кричал и даже не был резок в выражениях, его крепкий баритон звучал ровно и сочно. Более того, он был обольстительно мягок. Вернее, они оба: и папа, и его божественный знаменитый голос. Он говорил мне «сынок», а привычные «ты должен» заменил на «мне всегда казалось, что ты мог бы». Краем глаза я наблюдал за Андреем и Юлей и мог бы поклясться, что Мусатов хотел выйти и оставить нас с отцом наедине, но его благие побуждения упирались в Юлю, которая как стояла, привалившись плечиком к великому Дорошину, так и продолжала стоять. Более того, мой папа, произнося свою трагическую тираду, ласково гладил девушку по головке. Дескать, я вовсе не сержусь, и то, что вы тут слышите, это не семейная сцена и не скандал, а просто милый щебет на отвлеченную тему, не очень-то, в сущности, и важную.

Из всего сказанного я понял одно: выступать в моем клубе папа не будет, ибо сам клуб он считает пустой и глупой затеей, не стоящей доброго слова. И вообще, он не намерен помогать мне в моей работе, потому что чем скорее я ее брошу, тем будет лучше для всех, и в первую очередь — для меня самого.

— Хорошо, папа, спасибо, — я улыбнулся как можно радостнее, — я все понял. Так что мы решили с цветком? Куда будем ставить?

Все облегченно перевели дух. И вот тут я достал из-за пазухи свою маленькую месть, припасенную еще в аптеке:

— Кстати, папуля, не беспокойся, таблетки от геморроя я привез. Лечись на здоровье.

Не зря, не зря про моего отца говорят, что он не только великий певец, но и превосходный актер. Его самообладанию можно позавидовать. Лицо осталось таким же оживленным, и спина прямая, и грудь колесом, и голова все так же высоко поднята. Однако контролировать вегетативные реакции не дано на этом свете почти никому. Поэтому папа позеленел. И весьма заметно.

— У тебя своеобразный юмор, сынок, — пророкотал он голосом, предвещавшим мало хорошего.

В те исторические минуты дураков в зимнем саду не было. Ни одного. Поэтому все все поняли.

— Владимир Николаевич, — Юля подхватила моего отца под руку и потащила к двери, — по-моему, пора доказать вашему сыну, что геморроем вы не страдаете. Как насчет мазурки? А Игорь пусть побудет тапером.

Я оценил ее находчивость, хотя насчет мазурки что-то засомневался. Ну, папа-то, несомненно, станцует, вопросов нет, тридцать лет на сцене что-нибудь да значат, а вот что касается Юли — тут я не уверен. Мы вошли в комнату, где стоял рояль, и я громко объявил:

— Мазурка! Приглашаются все желающие! Солисты — Владимир Дорошин и Юлия Пинчук.

Гости удивленно оживились (или оживленно удивились?) и приготовились к очередной хохме. Эту компанию я знал много лет: кроме мамули, никто мазурку не станцует, но поскольку папа уже ангажирован Юлей, то для мамы и кавалера не найдется. Я заиграл что попроще из Шопена (для сложной вещи я технику давно подрастерял), а папа с Юлей пустились в пляс. Да как! Не думал, что папенька все еще способен на такие пируэты. Хотя чему удивляться? Он с виду неказист, а за формой своей следит — будьте-нате. Каждый день проплывает в бассейне по километру мощным брассом, чтобы дыхалку поддерживать.

Мусатов облокотился на рояль и склонился ко мне:

— За что ты его так? Давние контры?

— Угу, — кивнул я, не прерывая быстрого пассажа. —

Больная тема. Не одобряет мой профессиональный выбор. Слушай, а где это твоя Юля научилась мазурку танцевать?

— Она в детстве бальными танцами занималась.

— А-а... Ты не обижаешься, что папаня с ней заигрывает? Не обращай внимания, он любит молодых женщин, но чисто эстетически. Дальше поглаживаний по головке или по плечику дело не зайдет.

Я нагло кривил душой, потому что точно знал: если папа захочет, то дело зайдет именно туда, куда он захочет. Его любовница, о которой я совершенно случайно узнал, была молода и ослепительно красива.

— Надеюсь, — усмехнулся Андрей. — Хотя я вообще-то не ревнив.

Мазурка приближалась к концу. Я осторожно взял последнюю ноту, невесомую, воздушную, и отнял пальцы от клавиш. Под обрушившийся на танцоров шквал аплодисментов и приветственных криков вошла мама и пригласила всех к столу. Праздник продолжался.

После второго застолья все вывалились из дома и принялись дурачиться вокруг наряженной елки. Дядя Ваня Лютц вынес гитару, я взял скрипку, и мы устроили танцы на снегу. Оказалось, что приехавшая с Лютцем певица захватила с собой костюм цыганки Азучены, мы быстренько развели костер, и она устроила показ цыганского танца, после чего переключилась на пение цыганских песен, под зажигательные мелодии которых уже плясали все.

Играть на скрипке и одновременно танцевать я не умел, поэтому стоял неподвижно и через какое-то время замерз так, что готов был свалиться в обморок. Хорошо тем, кто выпил, а мне ведь еще за руль садиться. Обычно в Новый год я остаюсь ночевать у родителей и в спиртном себя не ограничиваю, но сегодня мне придется отвозить в город Юлю и Андрея, поэтому согреваться алкоголем я права не имею. Придется довольствоваться очень горячим чаем. Дождавшись перерыва в танцах, я побежал в дом, согрел чайник и, обжигаясь, выпил огромную чашку сладкого чая с тремя пирожками. Или с четырьмя. Или даже с пятью... Сладкое еще не подавали, и блюда с красиво уложенными пирогами, пирожками и пирожными стояли на кухне, такие соблазнительные на вид, источающие умопомрачительные запахи. Я отчетливо помню, как брал первый пирожок с яблоками и как мне было вкусно, а потом память фиксирует только момент, когда я вдруг увидел, что горка на блюде как-то подозрительно уменьшилась, причем уменьшилась ощутимо.

Я устыдился, постарался переложить оставшиеся пирожки так, чтобы горка казалась попышнее, быстро сполоснул чашку и направился к входной двери. Натягивая куртку, я услышал за дверью голоса. Кто-то разговаривал, стоя на крыльце. Я затих и прислушался. Андрей и Юля. Подслушивать не хотелось, и я собрался уже было толкнуть дверь, но вдруг понял, что они говорят обо мне. Если бы о себе, о своих отношениях, я бы точно вышел сразу и отошел подальше. Но ведь обо мне... Мало кто удержится от соблазна узнать, что люди говорят о тебе за твоей спиной. Я человек стандартный, малооригинальный, поэтому поступил так, как поступило бы большинство: замер и стал слушать.

— ...удивительный. Помнишь, я в машине говорила о способности к безответной любви?

— Помню.

— А теперь ты говоришь, что у него напряги с отцом из-за выбора профессии. Думаю, что и с матерью тоже.

— Почему ты решила?

— А ты посмотри на его маму. Она же с мужа глаз не сводит, в рот ему заглядывает. Вряд ли она осмелится на точку зрения, отличную от его мнения. Так что у Игоря проблемы с обоими родителями. И при этом он так их любит! Ведь все про них понимает и все им прощает, хотя слепому ежику видно, что ему это неприятно.

— Да, про геморрой он круто завернул, — усмехнулся Мусатов. — Я думал, папашу кондратий хватит.

— Ну а я о чем? Я же с ним в обнимку в этот момент стояла и чувствовала, как он напрягся. Думала, он меня как сырое яйцо раздавит — так его заколдобило. Ты понимаешь, Андрюша, способность любить человека независимо от того, как он к тебе относится, это признак огромной душевной силы. Люди слабые по сути своей враждебны, они знают, что слабы, поэтому стараются ограничить возможности нанесения удара по себе, то есть изначально видят во всех врагов и идут на сближение только с теми, кто гарантированно не сделает им больно, не обидит, не унизит, не оскорбит. А сильный человек ничего не боится, он знает, что вынесет любой удар, поэтому может позволить себе роскошь любить всех. Ну, может, не любить, но хорошо относиться. Ему не нужны гарантии ответности. Ты понимаешь, о чем я?

— Примерно. Ты думаешь, Игорь именно такой? Ты же его совсем не знаешь, сегодня только познакомилась с ним.

— А мне и знать не нужно. Вернее, мне достаточно того, что я уже знаю, — судя по голосу, Юля начала горячиться. — Вот смотри: он организовал какой-то клуб для пожилых людей, то есть он заботится о стариках, сочувствует им, старается как-то помочь. Правильно?

— Наверное. И что из того?

— А то. У тебя бабушки-дедушки были? Ты их застал?

— Были, конечно. Я даже прабабушку застал, бабку отчима. До девяноста лет дожила старушка. Мне было лет десять, когда она умерла.

— Вот и вспомни, какая она была. Память, речь, привычки, требования, опрятность... Вспомнил?

— Да уж, — Андрей снова хмыкнул. — Не подарок.

— Вот именно. Тебя небось палкой не заставить было провести с ней хотя бы полчаса.

— Точно, — теперь он рассмеялся, как-то легко и по-доброму. — Меня и на десять минут не хватало. Ее даже Костя, отчим мой, с трудом выносил. А уж его мама, моя бабушка, которая с ней вместе жила, так просто волком выла. Ты права, стариков любить трудно, у них характер обычно очень тяжелый, капризные они, забывчивые, потребуют чего-то, а когда сделаешь — кричат, мол, зачем, кто тебя просил, и все такое. Моя прабабка, например, очень любила свою дочку из дома выгонять. Представляешь? Дочке-то под семьдесят, а она к нам приходит, плачет, меня, говорит, мама опять выгнала, сказала, чтобы не возвращалась. Иди, дескать, туда, откуда пришла, а из-за чего сыр-бор? Из-за того, что бабушка задержалась в магазине, там очередь была за колбасой. Моя мама ее успокаивает, чай с ней пьет, а через какое-то время прабабка звонит и начинает рыдать в трубку, что ее все бросили, что дочка ушла и пропала, ее со вчерашнего дня нет дома, и, наверное, с ней что-то случилось. Она уже не помнила, что два часа назад бабушка еще была дома и что она сама же ее и выгнала. Мама ей говорит: «Так вы же сами велели ей уходить и больше не возвращаться». А прабабка отвечает: «Не ври, Ксенька! Ты все врешь! Этого не может быть». Вот так и жили.

— А Игорь любит стариков. Ты понимаешь, что это означает? Он человек огромной душевной силы. Только такие и способны любить без гарантий, любить без ответного удовольствия. Любить просто так. Просто любить. Понимаешь?

Мне стало тошно. И очень грустно. Счастливого Нового года!

А для меня наступающий год вряд ли будет счастливым. Хотя если Юля права, то она останется девушкой Мусатова, а я буду любить ее просто так. Просто любить. Интересно, я действительно смогу?

Глава 6

Я не ошибся, когда полагал, что наш старший участковый Валька Семенов с радостью ухватится за возможность подзаработать деньжат. Сразу после новогодних праздников он взял у меня переданные Мусатовым бумаги и ринулся на поиски бывших сослуживцев Личко в соответствии со списком, составленным Юлиным отцом, и на добывание из архива дела о самоубийстве Елены Шляхтиной. Мне казалось, что у Вальки все получится быстро и ловко, он вообще парень оборотистый, контактный, у него всюду есть знакомые и кореши, но, к моему немалому удивлению, дело с архивом застопорилось. Почему-то материалов о Шляхтиной там не оказалось. Или найти не могут, или... Не хотят? Странно. Чего там такого может быть, в этих документах? Дело-то уже плесенью покрылось, почти тридцать лет миновало. Или же этого дела там просто нет. Тогда где оно? Валька на всякий случай забросил удочку не только в архивы Мосгорпрокуратуры, но и в архивы ГУВД, но и там обломался. В те времена дела об убийствах вели в основном следователи прокуратуры, иногда их отдавали нашим следователям из МВД, дела же о самоубийствах попадали к прокурорским и к нашим примерно с равной вероятностью. Если по первым впечатлениям казалось, что это все-таки не самоубийство, а убийство, закамуфлированное под суицид, тогда, конечно, все карты в руки прокуратуре, а если случай очевидный, то и думать особенно нечего. В любом случае дело, возбужденное по факту смерти Елены Шляхтиной и прекращенное в связи с отсутствием события преступления (во формулировочки в нашем процессуальном кодексе, а? Это ж надо было такое придумать: «событие преступления»! Великому и могучего русским языка, воистину), должно было оказаться либо в архиве ГУВД, либо в архиве прокуратуры Москвы, больше ему быть негде. А его там не было. Ну и что теперь делать?

В принципе можно было бы отказаться от его поисков, там все равно нет ответов на вопрос, что произошло с Олегом Петровичем Личко и почему Шляхтина «это сделала». Но Вальку заклинило. Деньги, которые в соответствии с общепринятыми расценками должен был заплатить ему Мусатов, казались моему другу Семенову просто фантастическими по сравнению с зарплатой, и он хотел их получить во что бы то ни стало. Поэтому Валька начал искать ходы в архивы более высоких инстанций и спустя два месяца, к концу февраля, выудил-таки искомое дело. И откуда бы вы думали? Ни больше ни меньше — из Генеральной прокуратуры. Что же это за фигура была, Елена Васильевна Шляхтина, что ее самоубийством занимался следователь аж Генпрокуратуры?

Дело Семенову дали только «на посмотреть», выносить из здания не позволили, но легко согласились отксерокопировать отдельные листы. Я Вальке доверяю, он опытный мент, так что ничего важного в материалах дела он не пропустил. Папку с копиями документов и свой блокнот с записями Валька принес мне, и в ближайший выходной я занялся изучением истории гибели Елены Шляхтиной, основной свидетельницы по делу о маньяке Личко. Приступал я, надо признаться, с некоторым волнением, ведь в материалах непременно должно быть что-нибудь такое, что прольет свет на ту давнюю историю, не зря же Прокуратура СССР включилась.

И что? А ничего. Ничего такого-эдакого в принесенных Семеновым материалах не оказалось. Падение с высоты, смерть наступила мгновенно. Личность погибшей установлена, родилась в 1951 году, уроженка Московской области, после окончания школы и до трагической смерти работала на фабрике «Красный Октябрь», несколько раз участвовала в творческих конкурсах на поступление в Литературный институт и на факультет журналистики МГУ, но принята не была. Все. И все дословно сходилось с тем, что уже и без того было известно. Ни одного нового факта, ни одной зацепочки. Но ведь Генпрокуратура... Нет, что-то тут не то. С каких это пор следователи такого высокого уровня занимаются самоубийствами простых рабочих с фабрики? Если бы покончил с собой член ЦК или министр, тогда понятно, а тут что? Ответ напрашивался сам собой. Дело не в личности погибшей девушки. Дело в личности ее убийцы или человека, доведшего ее до суицида. Его нужно было спасать любыми средствами, он птица такого полета, что дело забрали в самую высокую инстанцию и поручили самому доверенному следователю, который не наделает глупостей.

Вывод меня не порадовал. Конечно, у нас уже давно все перестроилось и стало по-другому, но я человек трезвый и понимаю, что если в смерти Шляхтиной повинен, прямо или косвенно, кто-то заметный, то фиг мне дадут сегодня это раскопать. Конечно, двадцать девять лет — срок немалый, но, если вдуматься, не такой уж большой, и человеку, которому тогда, в семьдесят шестом, когда погибла Шляхтина, было не больше сорока, сегодня не больше семидесяти, и он почти наверняка еще жив. А если он был ее ровесником, то есть сынком какой-нибудь партийно-правительственной шишки, то нынче он вообще цветущий мужик на пике служебной или деловой карьеры. Ну и что вы думаете, позволит он мне выставить его убийцей? Как же, разбежался.

Но найти его все равно надо, потому что он может знать, какие отношения связывали Елену и Личко и зачем она «это сделала». Пинчук полагал, как мне сказал Мусатов, что Елена дала против Личко ложные показания, на основании которых он и был осужден. Но возможно, она сделала и что-то другое. Я записал на отдельном листочке фамилию следователя, который вел дело. Пусть Семенов его разыщет, если тот еще жив, конечно. Только предварительно нужно получить согласие Мусатова, ведь платить-то за работу придется ему.

А Шляхтина-то была поистине красавицей, если верить фотографии, которую Семенов тоже переснял. Правда, на ксероксе, поэтому эффект не тот, но и этого достаточно, чтобы судить о внешности загадочной девицы. И при такой красоте она одевалась на зарплату рабочего отнюдь не самой высокой квалификации. То есть, проще говоря, одевалась она неинтересно, по возможностям, потому что на «интересные» вещи у нее не было денег: спекулянты драли втридорога. Могу себе представить, как бешено завидовала она своей подружке Майе Истоминой, которая при довольно-таки заурядных внешних данных выглядела как картинка, в импортных шмотках, купленных папой в закрытом распределителе.

Я еще раз пролистал материалы, теперь уже более внимательно. В первый-то раз я смотрел только те документы, где могло содержаться объяснение такого внимания Генпрокуратуры к скромной рабочей с кондитерской фабрики. Сейчас я уже читал все подряд, в том числе и заключение посмертной судебно-психиатрической экспертизы, где было сказано, что погибшая Шляхтина Е.В. имела отягощенную наследственность (ее мать страдала маниакально-депрессивным психозом и неоднократно подвергалась стационарному лечению в психиатрической больнице, выписка из истории болезни и справка из психоневрологического диспансера прилагаются); что сама Шляхтина перенесла в возрасте шестнадцати лет черепно-мозговую травму, следствием которой являлись систематические мигренеподобные боли, лишавшие ее трудоспособности (выписка из амбулаторной карты поликлиники, где во время работы на фабрике наблюдалась Шляхтина, прилагается); что родной брат Шляхтиной тоже страдал психическим расстройством и покончил с собой на несколько месяцев раньше сестры, в январе семьдесят шестого года (документы прилагаются). Документы, которые «прилагались», я даже смотреть не стал. Мне было очевидно, что документы эти липовые и что все это состряпано, дабы убедить всех в психическом нездоровье девушки, которая внезапно впала в тяжелейшую депрессию и наложила на себя руки. То есть бросилась с крыши многоэтажного дома. Правдой из всего этого было только одно: у Шляхтиной перед выпускными экзаменами случилось сотрясение мозга, о чем она сама рассказывала соседкам по общежитию, и ее периодически мучили головные боли, такие сильные, что ей давали больничный.

Стоп! Ведь это уже было, было... Лидия Смычкова, проживавшая с Шляхтиной в одной комнате, говорила, что когда Лена болела, то уходила жить к подруге, которая за ней ухаживала. Этой подругой могла быть только Истомина. Но Истомина категорически отрицала факт ухода за больной. Когда Шляхтина жила у нее, то каждый день с утра уходила на работу, а возвращалась в разное время, то к вечеру, то поздно ночью, то есть образ жизни вела совсем не болезненный. Да и не жаловалась она на недомогание. Что же это? Выходит, Шляхтина брала больничный, на работу не выходила, но тем не менее где-то проводила целые дни и выглядела вполне здоровой. Может быть, это и есть та тайная сторона ее бытия, ради которой Генпрокуратура так расстаралась? И дело не в личности убийцы (хотя и она имеет значение), а все-таки в личности самой Шляхтиной? Кем она была на самом деле? Сотрудником КГБ или ГРУ, внедренным на кондитерскую фабрику для выполнения задания государственной важности? Или американской шпионкой, внедренной туда же и для того же? Держите меня семеро, а то лопну от смеха.

Тогда что же? Девочка «для особых интимных поручений», которую вызывали или посылали к высокопоставленным чиновникам? А вот это возможно. Но тогда...

Я снова открыл папку и нашел выписку из амбулаторной карты Шляхтиной, где подробно (ну а как же, нужно же продемонстрировать всем, кому интересно, как часто Елена болела «головой») перечислялось, когда, на какой срок и в связи с каким заболеванием ей выписывали больничный. Диагноз почти всегда был один и тот же: вегетососудистая дистония по гипертоническому типу, только два раза за восемь лет, прожитых Шляхтиной в Москве, ей давали больничный в связи с гриппом. При этом по гриппу она бюллетенила оба раза всего по три дня, потом закрывала больничный и выходила на работу. А вот дистонией своей она болела основательно и со вкусом, дней по десять-пятнадцать. Зачем нужна девушка для интимных услуг на полторы-две недели? Чтобы взять ее с собой на отдых или в деловую поездку. Но Шляхтина никуда не уезжала, она продолжала жить в Москве, ночевала у Истоминой. Еще такую девушку можно арендовать, когда уезжает жена и жаждущий нестандартных плотских утех крупный руководитель остается в Москве один. Это объясняло бы тот факт, что Шляхтина не выезжала из города, но никак не объясняло, почему она не ночевала у своего клиента, а возвращалась каждый раз к Истоминой. Когда же она его ублажала, если не по ночам? Днем, в рабочее время? Ну что ж, и такое бывает. Допустим, чиновник не может привести к себе на ночь даму, потому что в подъезде охрана, консьержи и прочие глазастые и языкастые личности, и ночевать вне дома он тоже не может, поскольку его неявка по месту жительства немедленно будет зафиксирована. Он встречается со Шляхтиной днем на какой-нибудь квартире. Сомнительно, но возможно. Но тогда почему нельзя делать это регулярно и нужно непременно ждать отъезда жены?

До вечера я ломал голову над странной «историей болезни», но так ничего и не придумал, кроме одного: именно в этих эпизодах, связанных с больничными листами, и кроется тайна личности Елены Васильевны Шляхтиной. Эта тайна, безусловно, объяснит интерес к ее смерти, проявленный Генеральной прокуратурой. Но прольет ли она свет на историю Олега Петровича Личко, из-за которой, собственно говоря, мы во всем этом копаемся?

Вот в этом я уже засомневался. Конечно, здесь прослеживалась некая психиатрическая тематика. Липовый диагноз Личко, на чем настаивал доктор Юркунс. Липовая история отягощенной наследственности у самой Шляхтиной, в чем был уверен я сам. Но что с того? Психиатрия советских времен была палочкой-выручалочкой во множестве ситуаций, когда нужно было объяснить поведение человека так, чтобы ни у кого не возникало вопросов. Диссидент, не согласный с режимом? Да что вы, он же просто сумасшедший, разве человек в здравом уме может быть не согласен с таким расчудесным режимом? Убийство, закамуфлированное под самоубийство, когда убирали неугодных, тоже было достойным поводом для привлечения знаний из области психиатрии, ведь считалось, что покончить с собой может только психически нездоровый человек. Помнится, мне рассказывали, что в советское время даже попытка суицида являлась основанием для принудительной госпитализации в психиатрическое отделение. А еще у нас была в Уголовном кодексе статья (она и сейчас есть, никуда не делась) «Доведение до самоубийства». И если человеком, доведшим другого до трагического решения, был кто-то, кого «трогать не моги», тоже пускали в ход всяческие депрессии и психозы. Что же касается Личко, то врачи, вполне вероятно, исходили не из особенностей его личности, а из описания того, что он сделал. Ведь шесть детских трупов ему доказали? Доказали. Какие у врачей были основания сомневаться? Никаких. Они не судьи, они врачи, их ставят перед фактом. Им сказали: на экспертизу поступил человек, изнасиловавший и убивший шестерых маленьких детей. Разве человек со здоровой психикой способен на такое? Нет, конечно. Вот вам и диагноз.

Так что наличие психиатрической составляющей в обоих случаях нельзя считать признаком, объединяющим оба дела (как формулирую, а?). Просто оба дела содержат элементы фальсификации, проще говоря — липы, отсюда и психиатрия. А вот хотелось бы мне знать, природа этой самой липы в обоих случаях одна и та же или нет? Если нет, то и незачем копаться в самоубийстве Шляхтиной, и следователя незачем искать. Ведь для чего мне понадобилось это дело? Чтобы посмотреть, не мелькнет ли в протоколах имя каких-нибудь знакомых Елены, которых мы не нашли, но которые что-то знали о ее тогдашней жизни. Ничего этого в материалах, найденных Валькой Семеновым, не оказалось, так что вопрос можно считать закрытым. Будем экономить деньги Мусатова и собственное время.

А если все-таки природа одна и та же? И смерть Шляхтиной напрямую связана с обвинением Личко в серии убийств?

Тогда придется копаться. Но нужно в обязательном порядке поговорить об этом с Мусатовым.

Я посмотрел на часы: половина одиннадцатого вечера, суббота. По-моему, звонить еще прилично. Чтобы не откладывать в долгий ящик, нужно договориться с ним о встрече на завтра, и тогда в понедельник Валька сможет приступить к новому витку своей хорошо оплачиваемой работы.

Я набрал номер, стараясь не думать о том, что к телефону может подойти Юля. После Нового года я больше ее не видел, но думал о ней даже чаще, чем это позволительно, как было сказано в знаменитом фильме «Служебный роман».

Чего боишься, то и случается. Закон всемирной подлости. Конечно же, трубку взяла именно Юля. Я вежливо поздоровался и попросил позвать Андрея Константиновича. Представляться я не стал, а голос мой Юля, разумеется, не узнала, мы ведь так мало с ней были знакомы. Нет, врать не стану, соблазн был, был. Хотелось назваться и несколько минут поболтать с ней, послушать ее голос. А вдруг она обрадовалась бы мне? Не в том смысле, конечно, что она забыть меня не может и сутками напролет ждет, когда ей удастся со мной пообщаться, а в том, что у нее сохранились обо мне хорошие воспоминания и ей приятно со мной поговорить.

Но я устоял. Не нужно. Незачем. Да и нечестно по отношению к Андрею.

— Андрей Константинович будет через полчаса. Ему что-нибудь передать? Может быть, записать ваш номер, чтобы он вам перезвонил? — доброжелательно, но очень нейтрально сказала Юля.

Ну как, как не назваться в такой ситуации? Ведь само в руки идет. И имя назвать, и телефон. Конечно, у Андрея мой номер есть, но у Юли-то его нет, а теперь будет...

— С вашего позволения, я перезвоню минут через сорок, — учтиво ответил я. — Это не очень поздно?

— Нет-нет, пожалуйста. Я предупрежу Андрея Константиновича, он будет ждать вашего звонка.

Идеальная секретарша. Интересно, как я отреагировал бы, если бы она, как многие девушки в подобной ситуации, сказала бы: «Это не поздно, мы еще не будем спать».

Минут через сорок пять я уже собрался было снова набрать номер Мусатова, но он позвонил сам.

— Ты меня искал?

— Откуда ты знаешь? — поразился я. — Интуиция?

— Юля сказала, что ты звонил.

Оп-па! Значит, она меня узнала. Ой, как неловко-то...

— Звонил, — подтвердил я.

— Чего ж ты ведешь себя как неродной? Вы же все-таки знакомы, — в его голосе мне почудился упрек.

— Ну... я не был уверен, что это она, — соврал я. — Я ведь ее голоса не помню. А вдруг у тебя уже другая пассия? Я назову ее Юлей, а она обидится и тебе потом сцену устроит.

— Да ладно. Так зачем ты меня искал? Что-то появилось?

— И да, и нет. Надо встретиться, поговорить.

Мы договорились посидеть завтра за кружкой пива в одном приятном местечке и все обсудить. Свою деятельность на ниве частной сыскной работы Валька Семенов начал с того, что представил Мусатову список адресов и телефонов бывших коллег Личко, имена которых назвал Виктор Альбертович Пинчук, и Андрей должен был сам встретиться с этими людьми и порасспрашивать об Олеге Петровиче. Так что ему тоже было что рассказать.

К сожалению, два месяца изысканий прошли у Андрея не более плодотворно, чем у меня. Картина стала более полной, но ответов на самые главные вопросы он так и не получил.

Начать хотя бы с того, что ни о какой Лене Шляхтиной мать Мусатова не слыхала и никаких знакомых первого мужа с таким именем не припомнила.

Олег Петрович, как оказалось, работал хоть и на легендарной Петровке, но вовсе не оперативником, а в информационно-аналитическом отделении штаба ГУВД и имел дело со сводками, статистикой и аналитическими обзорами, а не с пистолетами, засадами и бандитами. То есть никакой романтики, обычная кабинетная рутина. Почему-то сотрудники милиции редко доживают до старости, и из всего списка лиц, которые работали в то время в штабе, в живых на сегодняшний день остались далеко не все. В самом штабе трудились восемнадцать человек, из них шестеро — в информационно-аналитическом отделении, плюс около двадцати человек несло вахту в дежурной части, которая тоже относилась к штабу. Из примерно сорока человек, с которыми Личко контактировал по службе, скончались двадцать восемь, двое уехали из Москвы в другие города, с остальными Мусатов встречался. К сожалению, Олега Личко помнили не все, да это и понятно. В дежурную часть, например, Олег Петрович обращался только за ежедневными сводками, никаких других общих служебных задач у них не было, потому сотрудники этого подразделения его и не помнили. Мало ли кто к ним тридцать лет назад за сводками приходил! Так что более или менее связными воспоминаниями смогли поделиться лишь четверо из бывших работников штаба.

Лучше всех Олега Личко помнил Зураб Самсонович Шаламберидзе. Беда, однако, состояла в том, что было Зурабу Самсоновичу семьдесят восемь лет, и если множество пожилых людей в этом возрасте сохраняют живость и ясность мысли и четкость речи, то бывшему старшему инспектору штаба со здоровьем не повезло: сосуды головного мозга отказывались поддерживать его интеллект в надлежащем состоянии, и Мусатову все время казалось, что Зураб Самсонович... ну, привирает, что ли. Выдумывает, чтобы не признаваться, что чего-то не помнит или не знает. Сочиняет на ходу.

В целом же его рассказ сводился к тому, что Олег был очень необычным парнем и его за это сильно не любили сослуживцы. Он был резок в оценках и нестандартен в суждениях, он много знал и читал много научной и научно-популярной литературы (и это полностью совпадало с тем, что рассказывала Мусатову его мать), но при этом был непростительно высокомерен с теми, кто знал меньше. «Невежество — не аргумент», — часто повторял он. Особенно нетерпим был Личко к одному сотруднику, который действительно для штабной работы был мало пригоден, ничего не знал, умел еще меньше, но был чьим-то давним другом и благодаря этому досиживал до пенсии на тихой штабной работе в столице нашей Родины. В прошлом этот человек был начальником колонии строгого режима. Наверное, он был хорошим начальником, но с информацией и статистикой работать не умел. «Советская власть — не богадельня», — говорил Личко каждый раз, когда начальник отделения давал ему написанный коллегой документ с указанием переделать все от начала и до конца, иными словами, сделать заново, причем к завтрашнему утру, потому что сроки давно вышли.

Когда в начале семьдесят пятого года стало понятно, что в Москве орудует маньяк, убивающий и насилующий детишек, Личко на всех совещаниях стал говорить о том, что к его поискам следственно-оперативная группа подходит неправильно, что они действуют старыми заплесневелыми методами и никогда не найдут преступника, если не обратятся к новейшим достижениям науки. При этом он произносил так много непонятных и неизвестных коллегам слов, что всех передергивало. Вот тогда об Олеге впервые заговорили, что, дескать, псих какой-то. Он писал аналитические обзоры зарубежных исследований и требовал, чтобы руководство отделения представило их руководству штаба и начальнику ГУВД, но каждый раз получал отказ, мол, обзор не так написан, мысли неясны, текст плохо структурирован. Он писал заново, снова приносил и снова получал документ обратно. Наконец начальник отделения выразил свое мнение публично и предельно ясно:

— Ты что, Личко, не понимаешь, что все эти западные штучки для нас не годятся? Ты на чьи разработки ссылаешься? На американские! Их придумали псевдоученые из мира загнивающего капитализма! В них нет ни слова правды. Вся американская наука поставлена на службу буржуазной морали, а у нас советское общество. Понимаешь разницу? Ты кем себя возомнил? Думаешь, если ты поступил в заочную адъюнктуру, то ты теперь самый крупный ученый в нашей стране? Я показывал твою записку одному профессору из Высшей школы милиции, так он знаешь что про твои писульки сказал? «Болото ломброзианства», вот что! И ты эти свои фокусы брось, твоя задача — анализ оперативной обстановки по городу. И не тебе следователей учить. Ученых учить, знаешь ли, — только портить. Ты сначала русский язык выучи как следует, а потом уж по начальству со своими бумажками бегай.

— При чем здесь русский язык? — ошеломленно спросил Олег.

— А при том, что ты даже слово «эмпирический» не можешь правильно написать, а все туда же, все в эмпиреях витаешь.

Зураб Самсонович Шаламберидзе, по его собственному утверждению, сидел на том совещании рядом с Личко, и когда начальник в неописуемом раздражении кинул Олегу документ, не удержался и заглянул в него. Слово «эмпирический» было подчеркнуто толстым красным карандашом, а первая из трех букв «и» исправлена на «е». «Эмперический». То есть не эмпирика и не эмпиреи, а вовсе что-то третье, причем разницы между первым, вторым и третьим начальник, совершенно очевидно, не чувствовал. Олег вдруг начал хохотать, хохотать громко, неудержимо. Он не мог остановиться, и ему пришлось выйти из кабинета, в котором проходило совещание. Все присутствующие сочли, что у него истерика, что у парня плохо не только с головой, но и с нервами, после чего за Олегом Личко прочно закрепилось прозвище «Наш Псих», которое употребляли исключительно за его спиной. В глаза его, конечно, так не называли, но относиться начали с насмешливой опаской.

Где-то в июне, если Зураб Самсонович не ошибается, Личко вдруг сказал:

— Хотите, я угадаю, где и когда будет следующее похищение ребенка маньяком?

Все посмеялись, а Личко назвал район Москвы — Бабушкинский — и примерную дату: от пятого до восьмого июля. Никто не принял его слова всерьез, только пальцем у виска покрутили, мол, Наш Псих в своем репертуаре. Восьмое июля миновало, никаких убийств детей не случилось, и самые злопамятные припомнили-таки самонадеянное высказывание Олега. Над ним стали открыто издеваться и требовать, чтобы он как проспорившая сторона выставил отделению ящик коньяку. Одиннадцатого июля в одном из подвалов на окраине Москвы был обнаружен труп шестилетней девочки, которую кто-то увел из детского сада, расположенного в Бабушкинском районе. Это никого в тот момент не насторожило.

— Да ладно, чего там, просто случайно угадал. С датой же он не попал. Все это пальцем в небо, знаете ли, — говорили сослуживцы.

— Я ошибся в расчетах, — твердил Личко. — Теперь я учту эту ошибку. Но ведь я ошибся всего на три дня...

Он похудел, осунулся, глаза ввалились и стали совершенно безумными. Он был рассеян, погружен в себя и, как сказали бы специалисты, неадекватен. Мог часами сидеть молча, не отвечая на вопросы, не произнося ни слова, за своим рабочим столом и что-то писать, а то вдруг взрывался криком или хохотом в ответ на совершенно безобидную реплику кого-то из товарищей по работе.

В конце августа он заявил:

— Следующий труп будет четырнадцатого сентября. Ребенка заберут из школы в Черемушкинском районе. Я все точно рассчитал, ошибки быть не должно.

— Слушай, шел бы ты, а? — посоветовали ему коллеги. — Достал ты уже всех своей наукой. Если ты такой умный — иди на оперативную работу, а нам тут голову не морочь, и без тебя хлопот по горло.

Вечером 14 сентября в службу «02» поступил сигнал от женщины, дочь которой, первоклассница, не вернулась из школы, расположенной в Черемушкинском районе. Милиция кинулась искать девочку. Нашли ее на рассвете, 15 сентября. Умерла она накануне.

И вот тут кто-то сообразил:

— Это не может быть случайностью. Олег не угадывает.

— А что же он делает? — возразили ему. — Не хочешь ли ты сказать, что он изобрел революционный метод поимки маньяков?

— Он знает точно. Потому что он сам и есть тот маньяк. Он всех нас держит за идиотов и водит за нос.

И припомнилось все: внезапные перепады настроения, длительные периоды молчания, сменяющиеся истерическими выпадами, безумные горящие глаза, неадекватное поведение, нестандартные суждения и многое другое. Даже «невежество» и «богадельню» сюда приплели, теперь каждое лыко было в строку.

Начальник отделения немедленно связался с руководством МУРа, тот пообещал довести информацию до исполнителей. Обещание свое он, видимо, выполнил очень быстро, потому что уже через несколько часов фотографию Олега Личко предъявляли всем подряд жителям того микрорайона, где находилась школа. И нашлось несколько человек, которые твердо заявили: да, этого молодого симпатичного мужчину они видели сидящим на скамейке неподалеку от школы два дня назад, когда пропала девочка. Они совершенно одинаково и независимо друг от друга описали его одежду — серую модную куртку с накладными карманами и клапанами и голубой джемпер. Эту куртку и этот джемпер знали все коллеги Личко, он ходил в них на службу, а в милицейскую форму, как и многие, переодевался в кабинете.

Еще через час Олег Личко был задержан.

Вот, собственно, и все, что поведал Мусатову старенький Зураб Самсонович. Что из всего этого правда, а что — домыслы? Про «эмперические эмпиреи», наверное, правда, выдумать такое невозможно. И про «болото ломброзианства» тоже. А вот насчет безумных глаз и неадекватного поведения — это еще вопрос. Когда нам говорят, что у человека выявлено психическое заболевание, многие из нас невольно начинают «вспоминать» разные факты, это подтверждающие. Пока не знали о болезни, думали, что милое чудачество, а то и вовсе внимания не обращали, а уж когда узнали, тогда все и выстроилось в линеечку.

Так все-таки убивал Личко этих шестерых детишек или не убивал? И что такого сделала Елена Шляхтина?

— Знаешь, убивать детей, чтобы доказать свою научную правоту, это еще хуже, чем быть просто сумасшедшим, — с горечью произнес Мусатов. — Я думал, смогу доказать, что Личко был нормальным человеком, а получается, он был монстром, чудовищем. Я у Шаламберидзе был в понедельник, сегодня уже воскресенье, неделя прошла, а я все хожу как прибитый. Мне кажется порой, что я даже спину выпрямить не могу, до того тяжело.

— Погоди, Андрей, не гони волну. Дай подумать.

Пока я слушал его рассказ, мне казалось, что где-то «жмет». Моим мозгам было неудобно, как ногам в тесных жестких ботинках. Что-то не так, что-то не сходится. Но понять, что именно, я никак не мог. Чтобы отвлечься, я приступил к своей части отчета и поведал Андрею о соображениях по поводу самоубийства Елены Шляхтиной.

— Теперь слово за тобой, — сказал я, — как ты решишь, так и будет. Искать следователя, который вел дело? Если он еще жив, конечно.

— Ищите, — вяло ответил Мусатов.

Я понимал, что весь он сейчас под впечатлением того, что узнал о Личко, и какая-то там Шляхтина его заботит меньше всего.

— Но это будет стоить денег, — напомнил я.

— Я заплачу.

Он вытащил из кармана конверт и протянул мне.

— Раз уж мы с тобой встретились...

— Что это? — не понял я.

— Семенову передай. Это гонорар за архивное дело. А за следователя сейчас деньги отдавать?

— Нет, когда найдет. Мой друг Семенов авансы не берет, только гонорар за выполненную работу.

Мне ужасно хотелось спросить, как развиваются его отношения с Юлей, доволен ли Юлин папа или у него есть основания беспокоиться. А что такого? Просто поинтересоваться, по-дружески.

Но я не стал.

* * *

Лев Александрович Аргунов давно уже помирился с женой и вернулся из квартиры на Маросейке домой, на Рублевку. После той страшной находки, обнаруженной накануне Нового года, больше ничего особенного не происходило, и он решил, что все в очередной раз обошлось. Никто из милиции к нему больше не приходил, и он немного успокоился, хотя с нервозностью окончательно справиться так и не сумел, что, само собой, не ускользнуло от внимания сотрудников фирмы «Баунет».

Секретарь Лара с утра уже несколько раз напоминала Аргунову, что к нему на прием просится руководитель юридической службы, но Льву Александровичу было не до него, он занимался улаживанием отношений с поставщиками сырья, которые почему-то на исходе зимы решили взбунтоваться и ужесточить условия договора, готового к подписанию, казалось бы, еще две недели назад. В самом конце рабочего дня Аргунов попросил Лару принести чаю с бутербродами.

— Лев Александрович, Черных вас весь день ждет, — снова напомнила она. — Он просил сказать, что у него что-то срочное.

— Ладно, — он обреченно махнул рукой, — скажи, чтобы зашел.

Руководитель юридической службы «Баунета» по фамилии Черных был маленьким юрким человечком с густыми каштановыми волосами и идеально правильными чертами лица. Настолько правильными, что его невозможно было запомнить с первого взгляда, да и со второго тоже. Ни одной индивидуальной особенности, за которую мог бы зацепиться глаз. Он обладал совершенно замечательной походкой, настолько плавной, ровной и быстрой, что казалось, будто он не шагает, а катится на роликах. Благодаря крошечному, меньше метра шестидесяти, росту он производил впечатление некоторой игрушечности, что в совокупности с походкой дало сотрудникам основания за глаза называть его Механическим Мышонком.

Черных вкатился в кабинет уже через две минуты.

— Лев Александрович, у меня плохие новости, — начал он серьезно. — Если вы не в настроении — лучше скажите сразу, я не стану портить его вам еще больше. Но вопрос безотлагательный.

— Говорите, — устало вздохнул Аргунов. — Ваши юристы меня и так сегодня подставили — весь день разгребал, так что от вашей службы я уже ничего хорошего не жду.

— Кто-то скупает наши акции, — спокойно произнес Черных. — Вы об этом знаете?

— Черт!

Аргунов сжал кулаки и уронил их на деревянную столешницу. Этого еще не хватало.

— Значит, не знаете, — констатировал Черных. — Так вот я ставлю вас в известность. Скупка идет быстрыми темпами у миноритарных акционеров. На сегодняшнее утро от нас ушло двадцать четыре процента акций. Вы дадите какие-нибудь указания?

— Да!!! — заорал Аргунов. — Узнайте, кто нас хочет сожрать. И оторвите ему башку!

— Это указание не по адресу. В нашей фирме есть служба безопасности, это ее функции. Мы — по другой части. Если скажете, мы можем начать обременять наши активы, тогда «Баунет» никому не будет нужен, и от нас отстанут. Есть и другие варианты...

Двадцать четыре процента! Они уже в чужих руках. Еще

столько же, потом еще чуть-чуть — и контрольный пакет окажется... У кого? Пока неизвестно. А ведь мог предвидеть и
предпринять превентивные меры, мог, мог! Еще месяц назад
к нему, Аргунову, приходил помощник по кадрам с каким-то
странным разговором, мол, среди рабочих на заводе строительных конструкций ходят слухи, что фирма шатается и
вот-вот рухнет, потому что хозяина, то есть его, Аргунова,
скоро посадят. А ведь рабочие — это и есть те самые минори-
тарные акционеры. Они поверили слухам, испугались и теперь сбрасывают свои акции за бесценок, пока за них хоть
сколько-то денег дают, а то проморгаешь — и они вовсе обес-
ценятся. Помнится, тогда помощник по кадрам спросил его:

— У нас какие-то неприятности с налоговыми органами?

— Да нет, — пожал плечами Аргунов. — Финансисты и
юристы клянутся, что у нас нет задолженностей, все чисто.

— Может быть, у управления по борьбе с экономически-
ми преступлениями есть к нам претензии? Вам никто не звонил?

— Нет, — повторил Лев Александрович. — Никаких сиг-
налов. Глупости все это. Выбросьте из головы.

Уже через десять минут он об этом разговоре забыл. Фи-
нансы, налоги, юридическая сторона — тут он чувствовал
себя уверенно. Не за что его сажать. Но миноритарии, будь
они неладны, этого не знали и испугались. Значит, рейдеры,
которых неизвестный пока противник натравил на «Баунет»,
хорошо поработали с общественным мнением.

Но... Во всем этом было одно большое «НО». Его действительно могут посадить. Только за другое. За ТО САМОЕ.
И тогда «Баунет» точно рухнет. А с чем останется дочь? А жена? Да, у них на первый взгляд все есть, но ведь нужно покупать продукты, платить за бензин. А содержание дома на Руб-
левке? На это нужны большие деньги. Лялька уже беременна,
скоро появятся внуки, и что Аргунов им оставит?

Фирму надо спасать. Срочно. Нужно найти очень дове-
ренного человека и перевести на его счета все активы.

Первым, о ком он подумал, был, конечно же, Ситников.
Он — государственный чиновник, у него нет собственных
интересов в бизнесе, поэтому его советы будут абсолютно
объективными.

— Давай поужинаем вместе, — предложил Вячеслав Антонович, — я сейчас в Госдуме, освобожусь через час, выбирай любой ресторан на Тверской.

Одной из множества слабых сторон характера Аргунова было то, что в состоянии стресса, будь то ярость, растерянность или страх, он не умел мыслить ясно и последовательно, поэтому даже такая ерундовая задачка, как выбор ресторана на строго заданной улице, стала для него непосильной. Место встречи в конце концов назначил сам Ситников.

— Что у тебя самое ценное? — спросил Вячеслав Антонович, когда им принесли заказ — что-то экзотическое из крабового мяса. — Здания, оборудование?

— Самое ценное — технологии. Здание можно построить, оборудование закупить, а мои технологии оригинальны и дают бешеную прибыль.

— Тогда ты прав, обременять активы бессмысленно, нужно переводить их на другие счета. У тебя есть куда?

— Нет. Хотел с тобой посоветоваться.

— Ну, это я устрою, проблем нет. У тебя есть хоть какие-то идеи насчет заказчика? Кто на тебя рейдеров натравил?

— Понятия не имею, — зло ответил Аргунов. — Ко мне никто никогда не подкатывался с хитрыми предложениями, так что я никому и не отказывал.

— А что твоя служба безопасности? Мышей совсем не давит?

— Да хрен их знает, — в сердцах произнес Лев Александрович. — Распустились совсем от хорошей жизни. И, главное, я как дурак все проморгал, ведь мне еще месяц назад говорили, что среди рабочих разные слухи ходят, якобы меня скоро посадят. А я внимания не обратил.

— Как ты сказал? — вскинул голову Ситников. — Слухи, что тебя скоро посадят?

— Ну да. Мой помощник по кадрам приходил с этим. Я подумал — ерунда, досужие сплетни...

— Это плохо, Левка. Очень плохо.

— Но у меня нет проблем с государством, налоги все уплачены...

— Ты не понимаешь. Налоги тут ни при чем. Это значит, что у твоих врагов, которые хотят тебя скушать, есть свои источники в милиции. И из этих источников они узнали, что твое имя мелькает в их бумажках. Ты понимаешь, чем это тебе грозит? Ты понимаешь, что каким-то боком они уже на тебя вышли и теперь подкрадываются поближе? Может быть, они следят за каждым твоим шагом и ждут, когда ты впадешь в беспамятство и отправишься в очередной вояж. И тогда от твоего «Баунета» в течение часа останется горстка мусора. Вот мы с тобой тут сидим, вкусно кушаем, а они, может быть, сидят за соседним столом и наблюдают за нами. Лева, нельзя терять ни минуты. Я завтра же дам тебе все документы и реквизиты, чтобы ты переводил активы на другую фирму через куплю-продажу. Предупреди своих юристов, финансистов, службу безопасности — ну всех, кого надо, чтобы с утра все были на месте. Завтра к вечеру ты должен формально остаться голым и босым, ты понял?

— Но...

— Лева, сосредоточься. Я позвоню в налоговую инспекцию, Москомимущество, Москомзем и Регистрационную палату, твоих людей примут без очереди и все оформят на месте. Налоговики, конечно, так быстро все не сделают, но это уже неважно, важно подать документы. И прямо с утра к тебе придет нотариус, который умеет все, что необходимо в таких случаях, делать быстро, четко и без ошибок. Тебе нельзя терять время. Если бы ты позвонил мне, пока рабочий день не кончился, мы уже сейчас могли бы начать. Чего ты тянул до вечера?

— Да я позвонил тебе, как только узнал, — оправдывался Лев Александрович, кляня себя в душе за то, что целый день не принимал Механического Мышонка. Слава прав, можно было бы узнать все еще утром, и уже к сегодняшнему вечеру часть дела была бы сделана.

Но все-таки как хорошо, что у него есть друг, который занимает высокий пост в Министерстве экономического развития. Очень полезно.

* * *

Юрий Петрович Забелин, руководитель службы безопасности банка «Русский кредит», жену свою никогда особо не любил, относился к ней ровно и дружелюбно, за тридцать четыре года совместной жизни вырастил двоих детей и сменил бессчетное количество любовниц, с которыми заводил то короткие и необременительные, то довольно-таки серьезные отношения. Мысль о разводе его не посещала никогда, он дорожил своим психологически комфортным браком и берег его, потому в деле сокрытия любовных похождений достиг поистине вершин мастерства. Даже в те времена, когда он жил на одну зарплату, ни разу Юрий Петрович не позволил себе такую глупость, как встречи с подругами у себя дома или в служебном кабинете. Имея богатое милицейское прошлое, он хорошо знал, что именно на этих глупостях и сгорают мужики, даже самые умные и самые лучшие. А уж когда со службой в органах было покончено и началась сытая жизнь в коммерческих структурах, тут уж, как говорится, сам бог велел... Финансовые возможности для безопасной организации личного досуга имелись.

Сегодня после работы он поехал на улицу Сталеваров, чтобы как следует осмотреться в квартире, которую он снял на прошлой неделе. Квартира просторная, двухкомнатная, с хорошим ремонтом и дорогой мебелью, сдавалась весьма недешево, но дело того стоило. Ах, какая женщина! Юрий Петрович мысленно облизнулся, вспомнив молодую красавицу, с которой познакомился вскоре после Нового года. Он даже не рассчитывал, что может иметь у нее успех, поэтому активных действий сперва не предпринимал и даже мечтать не смел. А потом она позвонила ему сама и попросила порекомендовать сообразительного консультанта по размещению вкладов: у нее внезапно образовались довольно солидные деньги, и ей хотелось разместить их так, чтобы не только не понести убытки при инфляции, но и максимально выгадать, но без риска. Женщина еще при первом знакомстве говорила, что не понимает, каким банкам можно доверять, а каким нет, потому что то и дело возникают какие-то скандалы и газеты публикуют черные списки банков, которые вот-вот рухнут, вкладчики начинают паниковать, и ей очень не хотелось бы оказаться на их месте. Она была такой красивой и выглядела такой беззащитной, что не помочь ей — просто грех.

В тот раз Юрий Петрович устроил ей встречу с опытным сотрудником своего банка и загадал: если позвонит потом, чтобы поблагодарить, значит, ее звонок с просьбой о помощи был только поводом для начала отношений. Значит, она им заинтересовалась и, не дождавшись шагов с его стороны, решила действовать сама. В общем-то он слабо в это верил, понимая, что для молодой красавицы с солидными деньгами он в свои пятьдесят семь с избыточным весом и с зарплатой, эквивалентной двум тысячам условных единиц, интереса не представляет.

Так и оказалось. Женщина больше не звонила. Но теперь у Забелина появился повод позвонить самому, мол, как прошла консультация, получила ли она дельный совет, удовлетворена ли, или нужно поискать другого финансиста. Все-таки два мнения всегда лучше, чем одно, и так далее. Женщина была с ним мила и приветлива, сердечно поблагодарила за помощь и внимание и вполне благосклонно приняла робкое приглашение Забелина встретиться утром, перед работой, и вместе позавтракать в кафе на Новом Арбате, где, как он знал, подают восхитительные блинчики, малокалорийные десерты и варят очень хороший кофе. Юрий Петрович знал правила игры, и состоятельная красавица, судя по всему, тоже была осведомлена в данном вопросе. Сначала даму приглашают вместе позавтракать, потом следует предложение пообедать. И только после того, как она примет приглашение поужинать, можно рассчитывать на то, что она ляжет с тобой в постель. Если постель в ее планы не входит, она от ужина отказывается, вот и все. И никто не в обиде.

Две недели назад они вместе пообедали, и Юрий Петрович осторожно спросил, не согласится ли она как-нибудь поужинать с ним. После совместных завтраков и обедов люди обычно едут на работу, поэтому времени для разговоров не так уж много, а ему так хочется подольше побыть в ее обществе, ведь она такая замечательная собеседница. Женщина очаровательно улыбнулась и достала из сумочки изящный ежедневник (Забелин опытным глазом отметил дорогущую кожаную обложку известной фирмы): мол, согласуем день. Юрий Петрович воспрял духом, с трудом веря в удачу. Но все же он надеялся на ужин с продолжением, и ему нужна была на всякий случай возможность не ночевать дома. Жена через десять дней собиралась в Англию навестить младшую дочь, которая там училась, и это определило сроки следующей встречи. Кроме того, Забелину нужно было время, чтобы позаботиться о квартире.

Квартиру он нашел довольно быстро, и его даже не смутило, что аренда стоила так дорого. Ведь он получил свой гонорар, когда нашел этих ловких рейдеров, Дмитрия Найденова и его напарницу Дарью Брайко. Деньги были более чем приличные, при этом Забелин понятия не имел, от кого их получил и кто, собственно говоря, нацелился на недружественное поглощение фирмы «Баунет». Он получил по электронной почте письмо, в котором ему предлагали выступить посредником, найти рейдеров, дать им задание и оплатить их работу, потому что заинтересованное лицо не хочет до определенного момента заявлять о себе. Если «уважаемый Юрий Петрович» не сочтет возможным принять предложение, это будет встречено с пониманием. Если же он готов оказать требуемую услугу, которая, разумеется, будет должным образом оплачена (сумма была указана здесь же), то его гонорар, гонорар рейдерам и название фирмы, намеченной к поглощению, он найдет в соответствии с указаниями, которые получит, позвонив по телефону. Номер был указан. Забелин тут же «пробил» номерочек и выяснил, что телефон принадлежит какой-то домохозяйке, которую, в свою очередь, тоже попросили оказать услугу: если позвонит человек по имени Юрий Петрович, сказать ему то-то и то-то. Позвонили по телефону и попросили, денег обещали. Конечно, она согласилась. А почему нет? Ведь не убить, не украсть, не обмануть, просто передать информацию. Никакого криминала.

Надо сказать, Забелина вся эта история не сильно удивила. С рейдерами он имел дело много раз, нанимая их то по указанию своего же банка, то по просьбе дружественных банку фирм, и хорошо знал, кто из них что умеет и сколько стоит. Для «закошмаривания» фирмы «Баунет» он выбрал Найденова и Брайко, за подвигами которых наблюдал уже около года, хотя впрямую дел с ними пока не вел. Они казались ему достаточно знающими, напористыми и ловкими, но для работы с по-настоящему крупными компаниями были мелковаты. А вот для «Баунета» в самый раз.

Юрий Петрович предложение таинственного инкогнито принял, денежки положил в карман и предусмотрительно не сказал о них жене. Зарплата — это святое, она вся до копейки шла в семейный бюджет, а вот побочные доходы, которые у Забелина образовывались регулярно, это уж извините. Руки прочь.

«Все одно к одному, — радостно думал Юрий Петрович, в первый раз осматривая квартиру, которую ему показывал риелтор. — И она согласилась, и квартиру так быстро подобрали, и район хороший, никто из знакомых здесь не живет, так что риск нежелательных случайных встреч практически на нуле. Квартира хорошая, да что там — отличная квартира, в такую не стыдно женщину привести. И заказ этот на «Баунет». Вот денежки-то и пригодились! Положительно у меня пошла полоса удач».

Вчера он проводил жену в аэропорт, а сегодня ходил по квартире и разглядывал ее вдумчиво, надеясь, что уже послезавтра приведет сюда ту, которую до умопомрачения хотел вот уже два месяца. Забелин был человеком обстоятельным, экспромтов не любил и ко всему предпочитал готовиться загодя. Так, что нужно купить? Он достал ручку и бумагу и принялся записывать: кофе, чай, сахар, лимон, конфеты, печенье, фрукты, сыр, какую-нибудь мясную нарезку двух-трех видов в вакуумной упаковке, коньяк, шампанское, белое вино (как выяснилось во время совместного обеда, красное вино она не пьет), сок, вода... Прошел в ванную, подумал немного и продолжил записывать: две зубные щетки, паста, шампунь, мыло, гель для душа, шесть полотенец — два больших, банных, два средних и два маленьких. Вернувшись в спальню, оглядел широкую кровать и дополнил список комплектом постельного белья размера «кинг-сайз». Все это он купит сегодня же, принесет сюда, расставит и разложит по своим местам, чтобы послезавтра, когда он придет в эту квартиру не один, все было на высоте.

Покупки много времени не заняли, все необходимое можно было купить в одном большом супермаркете. Заминка, однако, вышла с постельным бельем: размера «кинг-сайз» не оказалось, и Забелину пришлось в поисках объездить несколько магазинов. Вернувшись на улицу Сталеваров, он припарковал машину, вытащил пакеты и собрался было войти в подъезд, когда за спиной раздался скрип тормозов и неуверенный радостный голос:

— Юрка? Забелин!

Сердце недовольно екнуло: черт возьми, неужели здесь все-таки живет кто-то из знакомых, о ком он совершенно забыл? Он обернулся, и тут же все недовольство как рукой сняло. Елки-палки, вот это встреча!

— Е-мое! — заорал Забелин, ставя пакеты на тротуар и широко распахивая руки навстречу выходящему из машины мужчине. — Сколько лет, сколько зим! Ты как здесь?

— Мимо ехал, смотрю: ты или не ты? Еле успел затормозить. А растолстел-то как, раздался! Юрка, старый чертяка, как же я рад тебя видеть!

— А я — тебя, — искренне ответил Юрий Петрович. — Сколько ж лет мы с тобой не виделись?

— И не говори, кум, даже вспомнить страшно. Ты давно в Москве? Чего ж не объявился, когда вернулся? Я думал, ты все еще на периферии милицией командуешь.

— В мои годы уже пора кончать командовать, надо начинать деньги зарабатывать, — пошутил Забелин.

Они весело рассмеялись, продолжая обниматься и похлопывая друг друга по спине.

«Одно к одному, — радостно билось в голове Забелина, — одно к одному. И старого друга встретил. И жена улетела, можно с ним посидеть хоть до утра, выпить как следует, не думая о том, что потом за руль садиться. Ведь такая встреча! И время есть, и место, и продуктов полные сумки, и спиртное...»

— Слушай, а давай посидим, как в добрые старые времена, а? — предложил он.

— Давай. Я с удовольствием. Сейчас позвоню, отменю все дела, ну их к едрене-фене, раз такое дело, до завтра подождут. Ох, Юрка, ну как же я рад тебя видеть, ты представить себе не можешь! Ты здесь живешь? У вас тут поблизости есть приличное местечко, где двое старых друзей могут зацепиться языками?

— Я... — Юрий Петрович замялся, но лишь на мгновение: — У меня здесь хата для дружеских посиделок. Как раз в этом доме.

— А в хате — грудастая бабешка? Юрка, ты не меняешься! Неужели до сих пор не унялся?

— Нет там никого, во всяком случае, сегодня. Так что никто нам с тобой не помешает. Ну что, пошли? Выпить-закусить есть. — Забелин поднял пакеты и выразительно потряс ими.

Ничего страшного, завтра он снова пойдет в магазин и купит продукты и выпивку. Для такого дела не жалко. Ну надо же, какая встреча! Одно к одному, сплошные удачи.

* * *

Уже и Восьмое марта наступило, а я так и не понял, что же такое мне «жмет» в мозгах, на которых, как на ноге в неудобном ботинке, буквально мозоль натерся. Перед Восьмым марта у меня работы невпроворот, потому как мошенники и воры не спят, бдительно следя за всяческими праздниками, которые поднимают настроение и притупляют осторожность у доверчивых людей, особенно у женщин и особенно у пожилых. На Новый год, День защитника Отечества, Восьмое марта и День победы принято дарить подарки и поздравлять пенсионеров и ветеранов, вот они и ходят, эти сволочи, по квартирам, представляются каким-нибудь комитетом, фондом, благотворительной организацией или, на худой конец, собесом, а после их ухода люди недосчитываются денег и ценностей, если вообще живыми и здоровыми остаются, тьфу-тьфу-тьфу, не приведи господи. Так что период от 20 февраля до 10 марта у меня всегда напряженный, я не ленюсь сочинять, печатать на собственном принтере и разносить по квартирам листочки-«напоминаловки» с просьбой не быть излишне доверчивыми, беседую с потенциальными жертвами, взывая к их здравому смыслу и умоляя не открывать дверь незнакомым людям. Мерзкий мозоль хоть и натирал мозги, но обращать на него внимание мне было недосуг.

Все-таки мои усилия даром не пропали, и в этот раз (впервые за последние годы!) праздники на моем участке прошли без происшествий. То есть пьяные драки, конечно, случились, и семейные дебоши тоже, куда ж без этого, но зато не было ни одного обманутого доверчивого пенсионера. Уже хорошо.

Одиннадцатого марта я перевел дух и с удивлением понял, что сегодня суббота. И именно в эту субботу у меня нет приема граждан. Посему я, предварительно позвонив и получив приглашение, купил букет цветов и отправился к Майе Витальевне Истоминой поздравлять ее с прошедшим праздником и благодарить за чудесную встречу в клубе, которая состоялась пару недель назад и вызвала у моих любимых стариков самые горячие отклики и просьбы как можно скорее пригласить писательницу выступить еще раз, потому что еще очень много интересного осталось нерассказанным. Ну и, само собой, я собирался задать ей несколько вопросов о «больничных» периодах жизни Елены Шляхтиной. Вообще-то это не мое дело, пусть бы Мусатов сам во всем этом ковырялся, речь все-таки идет о его отце, а не о моем, но мне уже стало интересно. Мы уже говорили об этом с Истоминой, но поверхностно, не подробно. И еще меня грыз непроясненный вопрос с братом Шляхтиной, который у нее якобы был и который якобы тоже покончил с собой в результате якобы имевшегося у него психического заболевания. Истомина, вспоминая о своей подруге, о брате умолчала, а ведь она не могла о нем не знать, ведь со Шляхтиной она общалась несколько лет. Почему же Майя Витальевна не сказала о нем ни слова? Тоже что-то скрывает? Или следователь из Прокуратуры СССР так расстарался в своих фантазиях, что даже психически больного брата-самоубийцу выдумал, чтобы смерть Елены казалась совсем уж естественной и, более того, неизбежной?

— Да вы что! — от удивления Истомина даже сняла очки. — Не было у Лены никакого брата. За семь лет я от нее ни о каком брате не слыхала. С чего вы вообще взяли, что он был? Кто вам сказал такую глупость?

Я объяснил, откуда это взял, и задал следующий вопрос:

— А о том, что мать Елены страдала психическим заболеванием и регулярно лечилась в стационаре, вы тоже не слышали?

— Нет, — она покачала головой. — Но это можно допустить.

— Почему?

— Мало кто будет рассказывать такое о своих родителях. Даже сейчас. А уж в те времена — тем более. Так что если это действительно было так и Лена об этом не рассказывала, ее можно понять. Но зачем ей было скрывать, что у нее есть брат? Что в этом постыдного? Нет, не понимаю. Впрочем, если брат тоже был болен, тогда... Ужасно, — она снова надела очки и грустно повторила: — Ужасно. Бедная девчонка. Иметь родных, о которых стыдишься рассказывать и делаешь вид, что их совсем нет, — горькая участь. Теперь я понимаю, почему она была такой скрытной. Она просто привыкла молчать, не рассказывать о себе, дозировать информацию, чтобы разговор не зашел о ее семье.

Майя Витальевна твердо стояла на своем: о брате Шляхтина не просто не говорила — даже не упоминала о его существовании, и я так и не понял, кто на самом деле был более скрытным, ее подруга или она сама. Ладно, здесь ничего не прояснилось — пойдем дальше.

— Майя Витальевна, давайте вернемся к тем периодам, когда Шляхтина жила у вас. Вы уверены, что она каждый день уходила на работу?

— А куда же ей было уходить? Будильник я ставила на семь часов, мне нужно было в институт, потом на работу. Лена вставала вместе со мной.

— И уходила вместе с вами?

— Когда как. Иногда мы уходили одновременно и вместе шли к метро, потом разъезжались в разные стороны, а иногда она убегала пораньше, если я долго копалась. Такого, чтобы я уходила, а она оставалась дома, не было ни разу, насколько я помню. А откуда у вас сомнения, Игорь?

— Помните, Майя Витальевна, Андрей вам рассказывал, что Шляхтина брала больничный, своим подругам по общежитию говорила, что болеть будет у вас, потому что вы за ней ухаживаете, когда ей нездоровится. И на работу не выходила. Тогда это были просто слова, но теперь мы проверили: она действительно систематически брала больничный, это подтверждено документально.

— Не может быть! — Она снова сняла очки, удивленно посмотрела на них, словно не понимая, что это за игрушка у нее в руках, и опять водрузила на нос. — Как это так? Ходила она на работу. Может быть, у нее была еще какая-то подруга, к которой она уходила болеть? Вы проверьте. Потому что у меня она была совершенно здорова. Настроение, конечно, бывало разным, чаще плохим, но это для нее обычно... Она в целом была такая... мрачноватая, тяжелая. И юмор у нее был специфический, черный. Но на здоровье она никогда не жаловалась, иногда, правда, просила какую-нибудь таблетку от головной боли, но покажите мне человека, у которого никогда не болит голова?

В принципе это все можно было бы проверить, если бы не пропасть в тридцать лет... Глупо надеяться, что память сохранит такие мелочи. На всякий случай я спросил. Ну а вдруг?

— Нет, конечно, я не помню. Хотя, погодите-ка, — Истомина оживилась, — я точно помню, что однажды на тот период, когда Лена жила у меня, попал день моего рождения. И я его не отмечала.

— Даже так? Почему?

— Она была какая-то особенно мрачная, казалось, у нее на душе черным-черно, разговаривала со мной сквозь зубы, будто я у нее сто рублей украла. Ну и я подумала, что... в общем, некстати будет звать друзей домой и праздновать, раз ей так плохо. Я даже не напомнила ей, что у меня день рождения, промолчала.

— А когда у вас день рождения?

— В ноябре, семнадцатого.

— В каком году это было?

— В каком году? — Истомина задумалась. — Боюсь напутать. В начале семидесятых, что ли... Знаете, я отчетливо помню, что в тот вечер, когда был день рождения, Лена пришла поздно, я сидела дома одна и злилась, потому что она ведь могла прийти вообще в час ночи, она никогда не предупреждала заранее, какие у нее планы и когда она вернется. Ну вот, я сидела одна и злилась, потому что, если бы знала, что ее так долго не будет, вполне могла бы позвать друзей. И тупо таращилась в телевизор, а там сплошняком «третий решающий, третий решающий». Ни фильма, ни концерта приличного, один третий решающий.

— Третий решающий? — удивленно переспросил я. — А что это?

— Третий, решающий год пятилетки. Третий год был всегда решающим, четвертый — определяющим, а пятый — завершающим. Неужели не помните?

Я не помнил. Вернее, вспомнил, когда она объяснила, но как-то смутно. Последний съезд КПСС состоялся, когда мне было не то тринадцать, не то четырнадцать лет, после этого никаких пятилеток с их «решающими» и «определяющими» годами в моей жизни не было.

— И какой это мог быть год, как вы думаете?

Она пожала плечами:

— Да разве я вспомню, когда у нас проходили съезды партии... Хотя постойте, надо спросить у дяди Жоры.

Она поднялась из-за стола, чтобы выйти из комнаты, когда дверь с легким, каким-то шуршащим скрипом начала открываться.

— Двадцать пятый съезд состоялся в феврале семьдесят шестого, — раздался с порога старческий голос. — Стыдно этого не помнить, Майка. Ты всегда была безалаберной и плохо училась.

Следом за голосом в комнате появился Георгий Степанович все в той же вязаной кофте с отвисшими карманами и с неизменной палкой в руке. А дядя Жора-то, оказывается, любитель подслушивать! Меня он, конечно, успел забыть, хотя я приходил к Истоминой сразу после Нового года, чтобы согласовать ее встречу с членами клуба. В тот раз он долго выспрашивал, кто я такой и что милиции нужно в их доме. Сегодня повторилось то же самое, даже без вариаций.

— Вы — Майкин студент? — Георгий Степанович ткнул в меня узловатым подагрическим пальцем. — В писатели намылились?

— Нет, я ваш участковый.

— Что, нас опять обокрали? Майка, это все ты виновата, дверь не запираешь, когда уходишь, ключи в замке забываешь, не проверяешь ничего. Меня тут могут ограбить и убить, а ты даже не спохватишься! — сердито закричал он.

— Дядя Жора, успокойся, — устало произнесла Истомина, — никто нас не обокрал. Участковый пришел ко мне по делу.

— По какому такому делу? Какие дела могут быть у тебя с участковыми? Майка, не смей мне врать! Не смей ничего от меня скрывать! Я твой родной дядя.

На какое-то время я отключился от созерцания сцены, ибо спектакль был не нов, и занялся простейшими подсчетами. Съезд прошел в феврале семьдесят шестого, следовательно, «пятым, завершающим» должен быть семьдесят пятый год, «четвертым, определяющим» — семьдесят четвертый, а «третьим, решающим», соответственно, семьдесят третий. Итак, вопрос: была ли Елена Шляхтина на больничном 17 ноября 1973 года? Ответ я нашел спустя минуту, открыв принесенную с собой папку с добытыми Валькой Семеновым материалами: была. Была Елена Васильевна на больничном. С 11 по 20 ноября интересующего меня года. Жила у своей подруги Майи и делала вид, что ходит на работу, на фабрику. А на самом деле она туда не ходила. Мои подозрения подтвердились, но легче от этого не стало. Так куда же она все-таки ходила, притворяясь больной перед соседками по общежитию и здоровой — перед Истоминой?

Сцена завершилась достойным финалом, Майя Витальевна подхватила настырного дядюшку под руку и повела прочь из комнаты, насовав ему предварительно полные карманы конфет и печенья, с которыми мы пили чай.

— Беда мне с ним, просто сил никаких не хватает, — горестно выдохнула она, усаживаясь за стол. — Кругом одни враги, все ему врут, все обманывают и все стремятся обокрасть. Он просто помешался на страхе быть обворованным.

— Зато какая память! — улыбнулся я. — Мы с вами сейчас два часа копались бы в энциклопедиях и справочниках, пытаясь восстановить хронологию партийных съездов, а ваш дядя нас спас за одну секунду.

— Но он подслушивал! — возмутилась Истомина. — Он стоял за дверью и слушал, о чем мы говорим. Господи, как стыдно! Извините меня, Игорь, мне так неловко.

Она сдвинула очки на темя и потерла пальцами глаза, словно в них соринка попала. Я уже заметил, что при удивлении или непонимании Истомина очки снимает, а при негативных эмоциях — сдвигает вверх. Жаль, что я не психоаналитик, а то мог бы придумать целую теорию о влиянии подсознания на формирование динамических стереотипов. Впрочем, ученых на нашей земле миллионы, и наверняка кто-нибудь уже все это продумал, разработал и описал.

— Не берите в голову, Майя Витальевна, у вас еще не самый тяжелый случай, — успокоил я ее. — Знали бы вы, какие бывают старики!

Несколько минут я развлекал писательницу рассказом о живущей в соседнем доме старушке Дресвяниной, которая регулярно звонила мне с требованием немедленно приехать и убрать труп, валяющийся на лестничной клетке у двери ее квартиры. Она не успокаивалась, пока я не приезжал. Когда однажды я попробовал «не обратить внимания», она, не дождавшись меня, позвонила в службу «02». Те, конечно, приняли все всерьез и примчались. Трупа не обнаружили, бабулю пожурили и наказали «больше так не делать». Через два дня все повторилось, я снова проигнорировал ее сигнал, а вот дежурный наряд отреагировал бурно и вполне адекватно. Они рассудили справедливо: бабка не виновата, что у нее маразм, и взять с нее нечего, а виноват участковый, который допускает нерациональное разбазаривание сил и средств родной милиции, вынуждая их выезжать по ложным вызовам. Они нажаловались моему начальству, начальство разбираться не стало, намылило мне шею и лишило премии по итогам работы за год. С тех пор я на призывы Дресвяниной «немедленно убрать труп» откликаюсь лично и безотлагательно, а если не могу прибыть сам — прошу Вальку Семенова или кого-то из участковых выручить меня. В принципе приехать мог кто угодно, лишь бы сказал, что он из милиции, и старушка тут же успокаивалась.

Майя Витальевна поохала над моим рассказом, посмеялась и, кажется, немного отошла. Я подумал, что вполне можно вернуться к делу.

— Вынужден вас огорчить, в ноябре семьдесят третьего года ваша подруга Лена жила у вас, имея на руках больничный, и на работу не ходила. Майя Витальевна, голубушка, ну постарайтесь вспомнить еще хоть какие-то мелочи! Мне так важно понять, что за человек была Шляхтина, как она жила, чем занималась.

— А знаете, — вдруг задумчиво проговорила Истомина, — вы спросили, не помню ли я точных дат, когда Лена у меня жила... а потом дядя Жора начал выступать насчет того, что нас обокрали... и у меня как-то сложилось... В общем, я вспомнила еще один случай. У Лены был знакомый милиционер.

— Какой милиционер? — вскинулся я.

— Не знаю. Кажется, оперативник. Я вспомнила о нем потому, что он приходил, когда в нашем доме убили и ограбили коллекционера. Ну, знаете, как они ходят по квартирам и всех подряд спрашивают, не видели ли чего, не слышали ли. Лена тогда тоже жила у меня.

Как «они», то есть мы, ходим по квартирам, я отлично знал. Майя Витальевна поведала мне, что они с Леной вечером были дома, пришли двое, сказали, что из милиции и что в их доме совершено тяжкое преступление: убит коллекционер-нумизмат, похищена вся его коллекция. Поскольку ни Майя, ни Елена ничего интересного рассказать не смогли, милиционеры отбыли. Спустя какое-то время, Истомина точно не может сказать, какое именно, не то два месяца прошло, не то четыре, они с Леной утром вместе шли к метро, и со Шляхтиной поздоровался какой-то молодой человек. Лена кивнула в ответ и сказала:

— Привет.

— Кто это? — удивленно спросила Майя.

— Помнишь, из милиции приходили, когда убили коллекционера? Это один из них.

— Надо же, — еще больше удивилась Истомина, — никогда в жизни не узнала бы его. Я его совсем не запомнила. Лен, а ведь он назвал тебя по имени. Ты что, знакома с ним?

— С чего ты взяла? — Елена равнодушно пожала плечами. — Просто у него хорошая память на лица и имена, профессиональная. Он же милиционер, а не кто-нибудь.

Но Майя не отступала. Тем утром Лена повела себя совсем уж паскудно, непростительно долго занимала ванную, так что Майя даже накраситься не успела. И скривилась при виде колбасы, с которой хозяйка квартиры сделала бутерброды к завтраку, дескать, сколько можно, мы эту колбасу уже третий день едим, надоело. Майя разозлилась, и теперь ей подспудно хотелось чем-нибудь уязвить подругу.

— А у тебя что, тоже профессиональная память? Как ты его запомнила? Я вот, например, совершенно не помню ни одного, ни второго и ни за что не узнала бы их на улице.

— Так то ты, а то — я, — усмехнулась Лена. — И вообще, не приставай с глупостями.

Майя обиженно замолчала. Она была уверена, что подруга лжет.

— Почему вы думаете, что она сказала неправду? — с интересом спросил я. — На свете есть огромное число людей с просто потрясающей памятью на лица и имена. Ничего необычного в этом нет. И среди работников милиции таких людей очень много.

— Игорь, — она снисходительно засмеялась, — если бы это было так, он бы поздоровался и со мной тоже. Он запомнил бы не только Лену, но и меня. Это же очевидно.

Ну, положим, это не было так уж очевидно, все-таки Шляхтина, по общему признанию, была очень красивой барышней, да и фотография ее сей факт подтверждала, рядом с которой вполне обычную Майю можно было просто не заметить, но объяснение выглядело убедительным.

— А что касается Лены, — продолжала Истомина, — то феерической памятью она отнюдь не обладала, можете мне поверить. Память у нее была самой обычной, хорошей, но ничего фантастического.

— Майя Витальевна, — я порылся в папке и достал фотографию Олега Личко, — посмотрите внимательно. Я вам уже показывал этот снимок, но все-таки посмотрите еще раз. Может быть, это тот самый милиционер?

Она рассматривала старую, скопированную из уголовного дела фотографию, которую Пинчук отдал Мусатову, долго-долго. Видимо, очень старалась.

— Нет, — наконец ответила она твердо, — это совершенно точно не он.

— У вас тоже профессиональная память? — неловко пошутил я. — Вы так хорошо запомнили того милиционера уже со второго раза?

Майя Витальевна легко рассмеялась и вернула мне снимок.

— Представьте себе, нет. Но этого человека, — она показала пальцем на фотографию Личко, — я бы не забыла и ни с кем не перепутала.

— Уверены?

— Абсолютно. Он очень похож на Юла Бриннера, а я по нему с ума сходила, когда была девчонкой, «Великолепную семерку» раз двадцать смотрела. Да вы сами взгляните, это же просто одно лицо! Только у Бриннера был бритый череп. Представьте себе этого человека без волос на голове, и получится точная копия. Нет, я ни с кем его не спутала бы и ни за что не забыла бы, если б когда-нибудь встретила. Я ведь вам еще в прошлый раз сказала, что никогда его не видела. А вы мне не поверили, да?

Итак, у Шляхтиной был знакомый сотрудник милиции, причем она почему-то не хотела, чтобы Майя об этом знала. Впрочем, скрытность этой барышни меня уже перестала удивлять. В самом деле, коль привыкла никому ничего не рассказывать, так уж и не рассказывала, даже о вещах совершенно невинных. Держала подругу на дистанции, чтобы в душу не лезла с расспросами и советами.

Однако сам факт наличия еще одного знакомого меня порадовал. Можно найти этого деятеля и поговорить с ним, а вдруг он что-нибудь знает о тайной стороне жизни Шляхтиной?

Далее следовал уже знакомый цикл мероприятий: звонок Мусатову, краткое изложение новых сведений, получение согласия на оплату работы по поиску того милиционера, передача задания Вале Семенову. Еще немного — и я смогу претендовать на звание лучшего координатора страны.

* * *

Айсор делил с Дружочком вертящийся табурет, который стоял у рояля. Зрелище было уморительным. Дружочек возлежал на табурете, свешиваясь с него во все стороны лапами и хвостом, а Айсор пытался изобрести какой-нибудь трюк, который заставит этого «хозяина жизни» спрыгнуть на пол.

Дружочку скоро исполнится шесть лет, то есть в жизни он повидал немало, был многоопытным и на уловки не поддавался. Айсор прикатил шарик для пинг-понга, который обычно с упоением гонял на пару с Кармой, и демонстративно играл с ним прямо под носом у американского экзота, надеясь, что тот соблазнится и поучаствует. Дружочек же лениво позевывал, никак не соблазнялся и участвовать не желал. И тут Айсор пошел ва-банк. Он на какое-то время исчез из поля зрения камеры и спустя несколько минут вернулся. В зубах у него был зажат листочек узамбарской фиалки — единственного растения, стоящего в кухне на окне. Больше ничего в моей квартире не росло, я вообще не любитель комнатных цветов, не завожу их и не развожу, тем более у меня коты, которые любопытны и активны, любят всюду лазить, опрокидывать горшки и все пробовать на вкус. Но цветущую фиалку мне подарила знакомая девушка, и выбросить ее я не смог, рука не поднялась. Почему-то коты мои фиалку полюбили любовью нежной и страстной, и все упругие мясистые листочки ее были обкусаны и пестрели дырками от здоровых кошачьих зубов. Но особенной привязанностью к цветочку отличался именно Дружочек, который обожал спать на кухонном подоконнике, прижавшись бочком к керамическому горшку.

И вот Айсор принес листочек... Такого святотатства мой экзот вынести, натурально, не пожелал и с утробным рыком спрыгнул с табурета, дабы надрать уши юному негодяю. Негодяй же бросил листочек и немедля взгромоздился на вожделенное место. Еще пару минут царило спокойствие, Дружочек обнюхивал листик, прогрызал его и думал, Айсор же устраивался на табурете поудобнее, вероятно, рассчитывая провести на троне остаток дней. Наконец Дружочек обдумал ситуацию и принял решение. Он подошел к табурету, встал на задние лапы, демонстрируя недюжинный рост, одной передней лапой оперся о край сиденья, второй же, с растопыренными когтями, заехал захватчику по морде. Захватчик вскочил, зашипел и огрызнулся, то есть попытался дать сдачи, но не преуспел: свергнутый правитель ловко отскочил назад. Само собой, Айсор кинулся догонять его, для чего ему пришлось покинуть пока еще не насиженное местечко, которое сей же момент снова оказалось занято, сами понимаете кем.

У котов все, как у людей. Только что ты был на вершине — и вот уже валяешься на полу. Вверх — вниз, вверх — вниз. Диалектика жизни и карьеры...

Мозоль прорвался. Я имею в виду мозоль, натертый у меня в мозгу мыслями, от которых мне было «неудобно». Я сперва засомневался, выключил видеомагнитофон и открыл папку с мусатовскими бумажками. Нет, я не ошибся, терзало меня именно это. Дело о маньяке, убивавшем и насиловавшем детишек, прошло несколько этапов. На первом этапе, то есть после первого эпизода, дело вел следователь Ворошиловской районной прокуратуры Москвы вместе с оперативниками из управления внутренних дел этого же района. Это правильно и естественно. После второго эпизода, случившегося в Тимирязевском районе, появились основания полагать, что речь идет об одном и том же преступнике, дело передали в Мосгорпрокуратуру и подключили сыщиков из Тимирязевского района и с Петровки. Тоже нормально и правильно. С каждым новым эпизодом подключались все новые оперативники из тех районов, где обнаруживали трупы жертв, следователь же оставался все тем же, из прокуратуры Москвы.

А потом дело передали в Прокуратуру СССР, сменили следователя, а оперативники оказались уже не московские, районные и с Петровки, а из Главного управления уголовного розыска МВД СССР. И это тоже было нормальным и правильным, поскольку преступником оказался сотрудник московской милиции. Так было предусмотрено правилами, и правила эти вполне разумны: не могут сыщики с Петровки работать против своего коллеги, которого знают, с которым сидят в одном здании. У РСФСР своего отдельного Министерства внутренних дел в те годы не было, и над ГУВД Москвы стояло непосредственно МВД Союза. И московские следователи не должны работать по делу милиционера уровня ГУВД города. Но почему появилась Генпрокуратура? Откуда она вылезла? Да, я понимаю, дело в таких случаях передавалось в вышестоящую инстанцию, но ведь вышестоящей по отношению к Московской прокуратуре была Прокуратура РСФСР, а вовсе не СССР, если я правильно помню административно-государственное устройство времен застоя. Или я что-то путаю?

Это бы еще ладно, каких только управленческих чудес не случалось при советской власти в нашей стране, мозоль-то натерся вовсе не этим фактом, хотя и странноватым, на мой взгляд. Меня удивили сроки. Да-да, именно сроки. Если следовать моей (может быть, ошибочной?) логике, дело должно было быть передано в Генпрокуратуру после того, как задержали Олега Личко. В тот же день или на следующий. Личко задержали 16 сентября 1975 года, а следователь по особо важным делам Прокуратуры СССР Н.Н. Царьков принял дело к производству... 6 августа. За сорок дней до того, как кому-то пришло в голову, что убийцей может оказаться сотрудник Главного управления внутренних дел Москвы.

Почему? Что случилось? Кто дал такое указание? Чем он руководствовался? В преступлениях подозревали какую-то крупную фигуру, но подозрения эти не оправдались, человека помурыжили и отпустили, а дело-то уже наверху, не спускать же его назад в Московскую прокуратуру. Может такое быть? Да запросто!

И снова крупная фигура, которая уже появлялась в моих рассуждениях, когда я изучал материалы о самоубийстве Елены Шляхтиной. Ее дело тоже по неведомым мне причинам оказалось в Прокуратуре СССР. Совпадение? Возможно. О чем я подумал-то, читая материалы о смерти девушки? О том, что к ее смерти причастен кто-то заметный, какая-то шишка, и его нужно было любыми способами отмазать. А здесь что? Может, то же самое? Крупную фигуру подловили, дело передали «самым-самым», доверенным и приближенным к власти, получили указание спустить на тормозах и не трогать уважаемого человека, дабы не порочить в глазах общественности светлый лик партийно-правительственной элиты, но поскольку на тот момент за маньяком числилось уже пять эпизодов, нужно было кого-то посадить, чтобы предъявить негодяя безутешным родителям. И вот после шестого эпизода так удачно подвернулся несчастный Олег Личко, книжный червь, знаток зарубежных криминологических и криминалистических разработок, человек неординарный и потому малопонятный, малоприятный и неуживчивый. Его и посадили. И дело сварганили — картинка с выставки!

Теперь все сложилось.

Но я не любитель случайных совпадений. Я люблю их в книгах, а в жизни они мне не нравятся, они заставляют меня нервничать и подозревать, что меня обманывают. В детстве я страшно любил роман Каверина «Два капитана», и душа моя совершенно не напрягалась от того, что мальчик Саня Григорьев нашел в Энске сумку с письмами, а потом приехал в Москву и познакомился (случайно!!!) с семьей, к которой эти письма имели непосредственное отношение. Когда я стал взрослым, то очень удивился, почему этот замечательный роман никто никогда не обвинял в неправдоподобии, ведь таких совпадений не бывает.

Что мы имеем? В августе семьдесят пятого года к следователю Прокуратуры СССР попадает уголовное дело, которое никак не могло к нему попасть обычным чередом. Спустя меньше года, в июне семьдесят шестого, к другому следователю Прокуратуры СССР попадает другое дело, возбужденное по факту обнаружения трупа девушки, выступавшей свидетелем по первому делу (то есть пока непонятно, убийство это или самоубийство), но и это дело никак не могло туда попасть обычным порядком. Единственное придуманное мной объяснение состоит в том, что в обоих случаях виновным был человек из руководящих верхов, крупный чиновник или кто-то из членов его семьи. Короче — человек, привлекать к ответственности которого ну никак невозможно. Оба дела связаны только одним: именем Елены Васильевны Шляхтиной. И как-то сама собой напрашивается мысль о том, что и человек, которого выводили из-под удара, тоже был в обоих случаях одним и тем же.

Нет, мой здравый смысл на этом месте начал бунтовать. Этого не может быть! Не может! Если в первом случае не без оснований заподозрили такого человека и даже установили его вину, то его должны были немедленно спрятать с глаз долой, закрыть в хитрой больнице и приставить к нему специальную охрану. Ведь понятно же, что он сумасшедший, который будет продолжать убивать детей, если его не остановить. Одно дело — сбил человека со смертельным исходом, раскаивается, испугался и больше так не будет. И совсем другое — псих, маньяк, которого нельзя оставлять без контроля. Его должны были изолировать. Тем более если было принято решение посадить за его преступления первого попавшегося. Где гарантии, что после того, как «пойманный и разоблаченный» псевдоубийца окажется в тюрьме, не появятся новые трупы детей? Нет таких гарантий, если оставить истинного виновника на свободе.

Дураков нет, его, конечно же, закрыли. Но тогда он никак не может быть причастен к смерти Шляхтиной.

Хотя... Тут еще как посмотреть. Предположим, Шляхтину подкупили, уговорили или вынудили дать ложные показания против Личко, чтобы быстренько закрыть дело и не портить отчетность. То есть она знает, что давала ложные показания. Она, может быть, и не в курсе, для чего это нужно и кого правоохранительная система кинулась всем скопом спасать от зоны и позора, но зато она очень хорошо знает, кто ей это предложил (заставил, подкупил, вынудил, запугал — перечень глаголов на ваше усмотрение). И что ей с этими знаниями делать? Можно похоронить их в своей душе и присыпать песочком, чтобы не проросли. А можно угрожать разглашением, шантажировать своих нанимателей и требовать всяческих материальных благ в виде денег, работы и жилья. Им это надоедает, и они ее убивают. Во избежание раскапывания неприятных и ненужных деталей о личности Шляхтиной дело передают в Генпрокуратуру, которая «в курсе». Каково?

Нет, не так все банально. Дело тонкое, непростое, и первую попавшуюся девицу с кондитерской фабрики на него не подпишут. Тут нужен человек доверенный и тысячу раз проверенный. А кто проверял Лену Шляхтину? И кто ей доверял? Ответ: те люди, с которыми была связана тайная сторона ее жизни. Той жизни, которой Елена начинала жить, когда брала больничный, переезжала к Майе Истоминой и делала вид, что исправно ходит на работу. Логично? Логично. Но если она была тысячу раз проверена и замешана в каких-то сложных и не подлежащих разглашению делах, то зачем бы она стала вдруг ни с того ни с сего шантажировать тех, кто велел ей дать показания против Личко? Это ее работа, и выполняла она ее до поры до времени вполне исправно. С чего это вдруг ей взбунтоваться? С катушек слетела, отягощенная наследственность дала себя знать? И такое бывает, но ни Истомина, ни соседки Елены по общежитию не припоминают никаких видимых изменений в ее поведении весной и в начале лета семьдесят шестого года, то есть перед самоубийством. Она была такой же, как всегда, и известие о ее добровольной смерти было воспринято ими с изумлением и недоверием. Никаких признаков душевной болезни или нервного расстройства, ну ни малейших!

Какой из этого следует вывод? А очень простой: может быть, Лена Шляхтина и на самом деле покончила с собой, может быть, ее кто-то убил, например, ревнивый любовник или даже те люди, которые «проверяли и доверяли», но совсем за другое, за что-то, никак не связанное с делом Личко. Но поскольку Шляхтина была фигурой, замешанной в тайных делишках, дело о ее смерти на всякий случай отправили повыше, туда, где поспокойнее, с указанием ничего не выяснять, ни в чем не разбираться и быстренько привести все к утрате душевного равновесия и суициду.

Вот теперь сходится.

Осталось проверить всего одну маленькую деталь, которая подтвердила бы правильность моих рассуждений. И мне вдруг стало... черт его знает, страшно, что ли. Я никогда не был оперативником, я никогда самостоятельно не раскрывал сложных преступлений, и это чувство, хорошо знакомое, наверное, каждому сыщику, было доселе мне неведомо. Когда ты мучительно выстраиваешь предполагаемую картину преступления, думаешь, чем можно свои догадки проверить, задаешь вопрос, тебе приносят ответ, и вот сейчас ты должен посмотреть, каков он. Прав ты был или нет, угадал или ошибся. Ты вспоминаешь, как не спал ночами, ворочая в голове кубики фактов и составляя из них разные фигурки, которые все время разваливались и рассыпались, потому что ты не мог приставить их друг к другу в правильном порядке, и как однажды ты нашел этот порядок, который казался тебе единственно возможным, но фигурка или пирамидка пока получалась немного шаткой, потому что нескольких кубиков не хватало, и ты уже представил себе, какими они могли бы быть, эти кубики, какой формы и цвета. И вот тебе принесли коробку, в которой лежат кубики. Какие-то кубики, которые тоже валялись где-то рядом с местом происшествия. Их поискали, нашли, подобрали и принесли тебе. И ты понимаешь, что сейчас нужно коробку открыть и посмотреть, что в ней. То, что, как тебе кажется, укрепит твою виртуальную конструкцию, или что-то другое? А вдруг там, внутри, совсем не то, что тебе нужно? И все твои бессонные ночи, и твоя радость, когда «кажется, получилось», и твоя гордость собой — все это псу под хвост... Боязно. Очень не хочется разочарований.

Я боялся, наверное, полчаса. За эти полчаса я просмотрел кассету, записанную с другой камеры, вмонтированной в потолок на кухне, и полюбовался Айсором, откусывающим листочек от моей узамбарской фиалки. Включил компьютер, открыл файл «Производитель и кастрированный кот», куда заносил историю взаимоотношений Дружочка с Ринго и Айсором, и кратко описал борьбу за табурет. Страх не прошел, и я открыл другой файл, под названием «Разнополые стерилизованные кошки», и записал свои вчерашние наблюдения за игрищами Айсора и его подружки Кармы.

Наконец я понял, что нужно взять хлыст и войти в клетку. То есть вдохнуть поглубже и сделать то, что надо, даже если это окажется не очень приятным. Я открыл папку с материалами дела Шляхтиной и, с негодованием поглядывая на свои дрожащие руки, посмотрел на фамилию следователя, отпечатанную на машинке в самом начале первого же документа. Я помнил, что выписывал эту фамилию на отдельный листок, который отдал Вальке Семенову, и мне даже казалось, что я ее помню, но официальный документ все-таки надежнее моей дырявой памяти.

Старший следователь по особо важным делам Царьков Николай Николаевич. Не веря себе, полез в материалы по делу Личко. Нет, я не ошибся. Оба дела вел Н.Н. Царьков.

Ну и скажите мне теперь, не молодец ли я? По-моему, просто умничка!

Глава 7

С реди ночи я проснулся оттого, что мне было холодно. Я начал поплотнее заворачиваться в одеяло и наткнулся носом на густую шелковистую шерстку. Арина. Не могу сказать, что мне это очень понравилось. Арина была единственной из моих котов, кто оставался неравнодушен к физическому и душевному состоянию хозяина, то есть меня. Вот говорят, что кошки чувствуют отрицательную энергетику и обязательно ложатся как раз на то место, где она есть, чтобы снять ее. Якобы именно в этом они видят свое кошачье предназначение в нашем мире. Не знаю, не знаю... Не уверен, что это так. Во всяком случае, из пяти котов и кошек только одна Арина реагирует на мое испорченное настроение и плохое самочувствие и с заботливостью и самоотверженностью мамушки-нянюшки спешит на помощь. Тот факт, что ночью она явилась на мою постель и улеглась возле головы, меня смутил и обеспокоил. Настроение у меня вроде хорошее, я бы даже сказал — отличное, никаких болезней тоже не замечается. Чего она пришла-то?

Тут с некоторым опозданием до меня дошло, что я не замерз. Меня знобит. То есть где-то я все-таки что-то подхватил, не то грипп, не то простуду. Ах, как некстати!

Здравый смысл требовал, чтобы я немедленно выполз из постели и выпил какое-нибудь лекарство, дабы задавить врага в зародыше. Обычная же человеческая лень, помноженная на свойственное большинству из нас, мужиков, халатное отношение к собственному здоровью, не пускала и ласково нашептывала: лежи тихонько под теплым мягким одеялком, тебе ведь под ним так удобно и уютно, постарайся уснуть, сделай вид, что ничего не происходит, что тебе просто показалось, а утром все будет тип-топчик.

Я подтянул Арину к груди, положил руку на упругую теплую кошачью спинку и решил поступить лениво и халатно. Но не тут-то было, озноб штука коварная и просто так не проходит даже от близости теплокровного животного. Промаявшись минут двадцать, я все-таки встал и поплелся на кухню, чтобы вскипятить воду и развести очередной новомодный порошок, обещающий убить насмерть и немедленно любые проявления простуды и гриппа. Эти порошки систематически поставляет мне Светка Безрядина, исправно заботящаяся о моем здоровье. Получившееся варево оказалось кисло-сладким, причем больше кислым, нежели сладким, и я заполировал его изрядной ложкой клубничного варенья, произведенного все той же Светкой и принесенного мне еще прошлым летом. Мне показалось мало, и я добавил еще пару ложек. Теперь вышло чересчур сладко, и пришлось выпить большую чашку чаю, чтобы как-то нормализовать вкусовые ощущения и привести их в равновесие.

Очень скоро я почувствовал, что согрелся, и быстренько нырнул назад под одеяло, по которому беспокойно прохаживалась взад-вперед сердобольная Арина. «Где тебя носит? — читалось в ее круглых янтарных глазах. — Ты болен и должен лежать, чтобы я могла тебя лечить. Немедленно в постель!» В виде поощрения за безупречную службу я дал ей кусочек сыру, захваченный из кухни. Пока я укладывался, Арина быстренько сжевала сыр, мурча и похрюкивая, и вернулась на боевой пост.

Проснувшись утром, я, не открывая глаз, мысленно проинспектировал собственное состояние. Нос пока дышал, озноба не было, зато грудь заложена так, словно в нее напихали вагон стекловаты. Все понятно, я ухитрился вляпаться в бронхит. Ну ничего, это дело обычное, и средства лечения давно известны и опробованы. Можно даже Светке не звонить, сам справлюсь. На всякий случай я сунул под мышку градусник. Вышло 37,6. Для утра многовато. Хорошо, что сегодня воскресенье, можно с чистой совестью пролечиться до завтра, а там видно будет.

Кое-как позавтракав, я начистил кастрюлю картофеля и поставил на огонь. Отыскал в залежах всякой ненужной всячины, скопившейся в шкафчиках, сухую горчицу, насыпал в толстые шерстяные носки и натянул на ноги. Половину отваренной картошки размял, сложил в холщовый мешочек и примотал к груди длинным широким полотенцем, после чего улегся на диван, укрылся пледом, включил телевизор и начал болеть, основательно и со вкусом. От горячего картофельного компресса потянуло в сон...

Меня разбудил звонок Вали Семенова.

— Дрыхнешь? — презрительно спросил он, услышав мое хриплое и невнятное «Ле».

— Болею, — мстительно ответил я. — Будешь плохо себя вести — буду болеть всю неделю.

Я представил себе, как мой друг Валька вздрогнул при этих словах. На период болезни или отпуска участкового его обязанности выполняет старший участковый, каковым и являлся Семенов, и моя болезнь здорово подрежет ему крылья и сожрет все свободное время, которое он с изобретательностью и мастерством высвобождает себе, чтобы зарабатывать мусатовские деньги.

— Болеешь? Так это... лечиться надо, — встревоженно посоветовал он.

— Надо, — согласился я.

— А ты лечишься?

— Лечусь.

— Хорошо лечишься, как следует?

— Ну, как умею.

— Один?

— Один.

— Наверное, ты как-то не так лечишься, — глубокомысленно заявил Семенов. — Что это за лечение в одиночку? Для такого дела нужна хорошая компания.

— Ты на что намекаешь? — не понял я. — Что нужно девочек позвать?

— Да нет, — рассмеялся Валька, — можешь позвать только меня. Мы же договаривались с тобой сегодня посидеть, потолковать насчет этого дела. Забыл? Я дома отпросился, предупредил еще вчера, чтобы на меня не рассчитывали, что деньги пойду зарабатывать. Ну так как?

Елки-палки, а ведь я действительно забыл! Еще вчера помнил, когда сидел с документами и прикидывал расклад событий тридцатилетней давности, а ночью все заспал.

— Я бы лекарства привез, — продолжал между тем Семенов, — опять же полечились бы.

— Валяй, — разрешил я. — Только с лекарствами не усердствуй, у меня все есть..

Валька примчался через полчаса с двумя пакетами, большим и маленьким. В маленьком пакетике с логотипом аптечной сети был стандартный набор препаратов, рекомендуемых при бронхите и температуре, в другом же, большом, находилась бутылка водки и незамысловатая, но обильная закуска.

— Ну зачем ты, Валь, — с упреком проговорил я, обозревая так называемые «лекарства», — я же сказал, что у меня все есть.

— Я не халявщик, — гордо произнес мой друг, — я — партнер. Ты все равно будешь хлестать свое виски, а себе я водочку притаранил. Ты давай ложись, я сейчас все сварганю по-быстрому — и приступим.

В смысле потребления алкоголя Валька был человеком редким. Пить он мог в любое время дня и ночи без малейшего риска опьянеть. Градусы его не брали, вернее, брали только тогда, когда водки было столько, сколько ему на всю свою зарплату не купить. Я никогда не мог понять, зачем он вообще пьет, если эффекта нет, а он мне отвечал, что у него от водки зависимость не физиологическая, а психологическая, и приводил в пример людей, которые много курят, но не потому, что нуждаются в никотине, а потому, что привыкли и руки нечем занять. Поставь таких людей в ситуацию, когда курить нельзя несколько часов, — и они прекрасно живут, даже не вспоминая о сигаретах. Валька, по его собственному утверждению, привык к тому, что настоящий мужик и настоящий мент должен обязательно пить водку по любому поводу, это модель поведения, против которой он пойти не может, а то товарищи уважать не будут.

Мы выпили по первой, я — глоток виски, Валька — водки, я без закуски, а он украсил выпитое ломтиком буженины с маринованным огурчиком. Валя пожевал и озабоченно потянул носом.

— Слушай, откуда-то вареной картошечкой тянет...

— От меня. У меня на груди компресс из картошки. Можешь занюхивать, — великодушно разрешил я.

Какое-то время мы беззлобно поперемывали косточки начальству. Можно подумать, что оно у нас разное и мы уже лет десять не имели возможности его обсудить. Вот ведь удивительные существа люди! Или только мы, мужики? Наконец мы оторвались от столь сладостного занятия и перешли непосредственно к делу.

— Валь, я хотел тебя предупредить, чтобы ты следователя того, Царькова, из Прокуратуры СССР, пока не трогал.

— Почему? — насторожился Семенов.

— А он все равно ничего не скажет, — объяснил я и поделился с ним результатами моих давешних размышлений. Если Царьков Н.Н. вел оба дела, стало быть, он — человек более чем доверенный и к верхам приближенный, а такие люди своих не сдают. Он ни за что не признается, что фальсифицировал дела по указанию сверху, и не назовет того, кто такое указание дал. И того, ради чьего спасения все это затеяли, тоже не назовет. Будет молчать, как партизан на допросе. Хуже того, он может предупредить кого надо (или, наоборот, кого не надо), и тогда мы уж точно не выясним ничего. Когда дело пахнет чиновничьей или партийной элитой, пусть и тридцатилетней давности, нужно действовать очень осторожно, потому что многие из этих людей до сих пор в силе и при деньгах, а не они — так их дети, которые тоже не очень-то стремятся отдать честь своей семьи на поругание.

Валька слушал меня внимательно и мрачнел прямо на глазах. Даже водку пить забыл.

— Что ж ты мне вчера все это не сказал? — с досадой спросил он.

— Так я только к вечеру додумался. А что? Какая разница, вчера я тебе сказал или сегодня?

— Я вчера у него был, — удрученно пробормотал Семенов.

— У кого ты был?!

— У него. У Царькова. Как раз хотел тебе сегодня рассказать, что да как. Он мне сам сказал, что вел оба дела, так я тебя еще и удивить хотел, а ты уже все знаешь... Сюрприз не получился. Ну, ты прав, конечно, ничего он не сказал. Матом меня покрыл и выгнал.

Николай Николаевич Царьков коротал свои дни в доме престарелых и инвалидов. С семьей, как успел установить Валька, он рассорился давно и напрочь, потому как не хотел мириться с «духом наживы и стяжательства, овладевшим детьми и внуками», которые вовсю занимались бизнесом и вели «буржуазный образ жизни». Был Николай Николаевич ярым приверженцем советской власти и считал, что коммунизм не построили вовремя просто по недоразумению, потому что мешал американский империализм, на противостояние козням которого нужны были средства, силы и время, а вовсе не потому, что идея была порочной изначально и сделать это невозможно в принципе. Жить под одной крышей со своими «продавшимися идеалам капитализма» потомками овдовевший бывший следователь не желал, сдал квартиру государству и ушел в дом престарелых. В свои восемьдесят два года он был уже очень слаб и болен, передвигался с трудом, после перенесенного несколько лет назад инсульта плохо владел одной рукой, сильно приволакивал ногу и не очень внятно говорил, но соображал, как показалось моему другу Семенову, вполне-вполне.

Валентина Царьков встретил благосклонно, прочитал ему длинную лекцию об утрате современным обществом моральных ориентиров и об общем упадке нравов, посетовал на то, что никому не нужен его огромный опыт следователя и его знания, а ведь он столько интересного и важного для нынешнего поколения мог бы поведать... Вот на этом месте Валька и счел правильным приступить к тому, зачем, собственно говоря, пришел. И сразу понял, что то дело старый следователь помнит очень хорошо. Вернее, оба дела: и маньяка-убийцы Личко, и самоубийцы Лены Шляхтиной. Помнить-то он помнил, а вот каяться в грехах и рассказывать, как оно было на самом деле, Николай Николаевич что-то не рвался. Правда, сперва он был сама доброжелательность.

— В наших кругах это дело было громким, — медленно и тщательно выговаривая слова, говорил Царьков. — Ведь это же исключительный случай: в таких тяжких преступлениях оказался виновен сотрудник милиции, да не рядовой, а работник штаба ГУВД города, и не какого-нибудь там заштатного городишки, а столицы нашей Родины. Позор! Помню, Щелоков Николай Анисимович, министр внутренних дел, переживал очень. Очень переживал. Так ему было стыдно! Он тогда издал приказ, чтобы всю службу подбора и расстановки кадров перешерстили сверху донизу, чтобы разработали новые методические рекомендации, поставили дело набора в милицию на научную основу, чтобы такие, как тот маньяк, не попадали на службу. Даже кафедру в академии специальную создали для разработки научного подхода, вот как!

Когда Семенов заикнулся насчет того, что, мол, Личко не был психически больным, Николай Николаевич сухо ответил:

— Это вопрос не ко мне, а к медикам и к суду. Врачи поставили диагноз, суд на основании этого диагноза признал подсудимого невменяемым. Лично у меня не было оснований не доверять результатам экспертизы. Но я тебе так скажу: даже если они ошиблись с диагнозом, все равно этого типа нужно было признавать больным. Потому что советский милиционер не мог быть преступником, он должен быть защитником и образцом морали и нравственности. В противном случае это оказалось бы мощным ударом по всей нашей идеологии, а этого допускать никак нельзя. Идеологическое оружие самое мощное, это всем известно.

На вопрос о том, почему к нему попало такое «простое» дело о смерти Шляхтиной, Царьков дал вполне внятное объяснение, которое ни мне, ни Семенову в голову почему-то не пришло:

— А что ж ты хочешь? Она была важным свидетелем по делу Личко. И были основания подозревать, что ее убил кто-то из мести за то, что она давала показания против него. Жена, например, или кто-то из родственников или друзей. Мы даже думали, что это мог быть кто-то из сослуживцев Личко. А представь себе, какой скандал мог бы разгореться, если бы это оказалось правдой? Мы получили бы второго милиционера-убийцу! И опять в столице. Соображаешь? Это ж какой был бы удар по престижу всей советской милиции! Поэтому дело сразу же подняли на самый верх во избежание огласки. Я вел дело Личко, я владел материалом, у меня был полный список всех его связей, вот их и нужно было отрабатывать в первую очередь в поисках мстителя. Так что ничего удивительного, что дело о смерти девушки передали именно мне. Ничего там, к счастью, не оказалось, она действительно покончила с собой. Но рисковать нельзя было. Идеология, сам понимаешь.

Валька Семенов не мог бы дать голову на отсечение, что Царьков отвечал на его вопросы радостно и с воодушевлением, но он все-таки отвечал. Однако стоило только заговорить о том, уверен ли был следователь в виновности обвиняемого Олега Личко, старик не на шутку рассердился, обвинил моего друга в неуважении к старым профессионалам и в приверженности выдумкам желтой прессы. От злости ему даже говорить стало труднее.

— Это сегодня вы на каждом шагу сажаете невиновных, вам это раз плюнуть, потому что вы о чести и совести забыли! В наше время такого не было. Знаешь, какой тогда был принцип? Пусть лучше останутся на свободе сто настоящих преступников, чем будет отправлен за решетку хоть один невиновный. Так-то, молодой человек! И не смей даже думать о том, что в наше время могли отдать под суд не того, кто виновен! Такого не было и быть не могло!

После этой гневной тирады Николай Николаевич Царьков велел Вальке Семенову выйти вон и больше не возвращаться. Валя конфликт снять не сумел, нужных слов не нашел, а извиняться он вообще не умеет, характер такой. Так что встреча закончилась, увы, на высокой ноте, которая не звенела, а натужно скрежетала. Жаль, что я только вчера к вечеру сообразил насчет неувязки в сроках передачи в Прокуратуру СССР. Если бы я понял это хотя бы днем раньше и успел поговорить с Валькой, он мог бы задать соответствующий вопрос старику. Интересно, как он объяснил бы сей загадочный факт преждевременной «ударной возгонки» дела явно московского, а не всесоюзного масштаба. Но я опоздал, и все получилось так, как получилось. Теперь, если дело и впрямь не совсем чисто, Царьков успеет предупредить заинтересованных людей, и даже если мы с Семеновым когда-нибудь до них доберемся, у них будут готовы хорошие ответы, крепкие и убедительные. Ах, как жаль! И винить некого, кроме меня самого, тупоумного и медлительного.

Я закручинился и с горя выпил треть стакана виски. Арина проводила мою руку со стаканом неодобрительным взглядом. Остальным котам было наплевать на мое здоровье. Они давно уже сидели на полу вокруг стола, привлеченные соблазнительными запахами сыра, буженины и копченой колбасы, и терпеливо ждали, когда у кого-нибудь из нас сдадут нервы. Вальку мои коты знали давно и относились к нему лояльно, потому что нервы у него все-таки сдавали, и звери хорошо помнили, что, когда я отворачиваюсь, он норовит нарушить их режим питания и потихоньку сует вкусные кусочки. Однако сегодня все было по-другому. Обычно-то я в роли хозяина нет-нет да и выйду в кухню что-нибудь принести-унести, нарезать-отрезать, подогреть-разогреть, а сегодня я прочно и добросовестно болел, полулежа на диване, чтобы не сползал компресс, и сделать что-то, что укрылось бы от моего внимания, Валька просто не мог, даже если бы очень захотел.

— Коты смотрят... — задумчиво проговорил он, глядя куда-то в пространство.

— Смотрят, — холодно подтвердил я.

— Они кушать хотят.

И чего это старшие участковые такие жалостливые?

— Они кормленые. Все, что им положено, они уже получили.

— Но ведь смотрят же... Мне прямо кусок в горло не лезет. Может, дать?

— И думать не смей. Убью сразу, — пообещал я. — Не смотри на них, они специально душу выматывают. Давай лучше к делу вернемся.

Валька с тяжким вздохом надкусил очередной бутерброд.

Вид у него был такой покаянный и пристыженный, словно он отбирал последний кусок у голодающего нищего в неурожайный год.

— Я еще того милиционера нашел, — сообщил он с набитым ртом.

— Которого?

— Ну, о котором твоя писательница рассказывала. Якобы знакомый Шляхтиной. Раздобыл полный список людей, работавших по убийству коллекционера-нумизмата, прошелся по этому списку, обзвонил тех, кого смог разыскать. В общем, работы провернул — гору. Времени-то много прошло, у всех уже в памяти все стерлось, пришлось искать ходы и поднимать оперативные документы. Короче, поквартирный обход в доме, где произошло убийство, осуществляли два человека: местный участковый и опер с территории. Участковый погиб много лет назад, в машине разбился. Так что одна надежда остается на того опера, — Семенов полистал блокнот, — Забелина Юрия Петровича. Проживает в Москве, работает руководителем службы безопасности банка «Русский кредит». Какие будут указания? Мне к нему идти или ты сам?

— Валь, ну чего ты спрашиваешь, как будто я твой начальник? — возмутился я. — Тебе же деньги платят, не мне. Вот и работай.

— Ну да, я наработаю, а ты опять что-нибудь нароешь, — вполне резонно возразил он. — И вообще, зачем ты меня на это дело подписал? Взялся бы сам. Тебе что, деньги не нужны? И времени у тебя больше, ты ж бессемейный, не то что я, многодетный отец.

У Вальки было двое детей, но он считал, что по нынешним трудным временам это очень много.

— Я не могу брать деньги у Мусатова, — хмуро объяснил я.

— Почему? Из-за Юли?

Валька на правах близкого и давнего друга был, разумеется, в курсе моей идиотской и такой неуместной влюбленности. Он сочувствовал мне, но при этом искренне и твердо был убежден, что я не прав.

— Ну да. Она с ним вместе, понимаешь? Если я буду брать у него деньги, мне все время будет казаться, что я беру их и у нее тоже. То есть как будто не только он меня нанял, но и она. А я не хочу чувствовать себя нанятым девушкой, которая мне нравится. Я не хочу думать, что она меня покупает.

Семенов неодобрительно покачал головой.

— Больно все сложно у тебя, Игореха. Напридумывал черт-те чего и маешься. Ты будь проще, и люди к тебе потянутся.

— Ага, — фыркнул я, — особенно ты. Так и вижу, как ко мне тянутся твои шаловливые ручонки, чтобы перехватить денег до зарплаты или премии. Я дам, ты возьмешь, а потом начнешь из-под себя выпрыгивать, чтобы сделать хорошие показатели, без которых тебе этой самой премии не видать как своих ушей. Премии не дадут — как будешь долг отдавать? А теперь у тебя есть источник заработка, и я избавил тебя от лишних унижений и служебно-нравственных напрягов. Так что моя простота пошла бы тебе во вред, понял?

— Злой ты, — недовольно буркнул Валя, — недобрый. Ладно, сейчас выпью еще сто грамм и позвоню этому Забелину. Может, удастся договориться о встрече на завтра.

— Почему не на сегодня? Чего тянуть-то?

— Не-е, — он покачал головой, — сегодня не хочу. Больно хорошо сидим, грех такое дело прерывать. Слушай, у тебя горячей еды нет никакой?

— Есть картошка вареная, ее можно пожарить.

— О, — оживился Валька, — это дело. Сейчас выпью, позвоню Забелину и займусь картошкой. В нее еще можно буженинки настричь, колбаски, лучку жареного добавить, сверху яйцо разбить — пальчики оближешь! Кстати, ты микстуру выпил, которую я принес?

— Выпил, выпил, — успокоил я его.

— А второй раз пить не пора? Там написано: каждые четыре часа принимать. Она мокроту разжижает.

— А ты читал? — усомнился я.

— Нет, — признался он, — мне девушка в аптеке сказала. А может, тебе компресс сменить?

Я потрогал примотанный к груди мешочек с картошкой. Уже остыл, можно снимать. В следующий раз такой компресс я сделаю на ночь.

— Ну, хочешь, я тебе грудь и спину водкой разотру? — не

отставал Валя. — У тебя бронхи забиты мокротой. Микстура мокроту разжижает, и надо делать так, чтобы она отходила. Давай?

— Слушай, откуда ты все знаешь? — удивился я.

— Да девушка в аптеке сказала. Я спросил, что делать, когда бронхит, она и посоветовала.

Валька действительно хотел, чтобы я выздоравливал как можно скорее, потому что если я разболеюсь всерьез... ну, в общем, все понятно. А ему завтра с Забелиным встречаться. Если, конечно, получится с ним договориться.

Он пододвинул к себе телефон и набрал номер. И тут нас обоих ждал удар, к которому мы не были готовы.

Юрий Петрович Забелин был убит две недели назад при невыясненных обстоятельствах.

* * *

Благодаря чуткости моей кошки Арины болезнь действительно оказалась пойманной и задавленной в самом начале, так что в понедельник утром температуры уже не было, и я отправился на работу, истошно кашляя (настырный Валька Семенов добился-таки вчера того, чтобы мокрота «разжижалась и отходила»), но чувствуя себя вполне сносно.

Любая полоса невезенья рано или поздно заканчивается. Вот она и закончилась. Следователем, ведущим дело об убийстве Юрия Петровича Забелина, оказался Шурик Вилков, наш с Валькой однокашник по заочке, вместе с которым мы овладевали высшим юридическим образованием. Шурик, насколько я помнил, был до ужаса косноязычен, что, впрочем, не мешало ему обладать цепкой хваткой и отличным чутьем. Он был действительно хорошим следователем, но вот чтобы им казаться и не портить впечатление, ему нужно было жить и работать, не открывая рта. Удивительным было то, что протоколы он писал более чем сносно, правда, с орфографическими и синтаксическими ошибками, но зато гладко и понятно, устная же речь у него была — хоть святых выноси. Сам Шурик знал за собой этот недостаток и объяснял его тем, что в детстве мало общался. У него было такое сильное заикание, что он стеснялся разговаривать, тем паче одноклассники в школе смеялись и дразнили, а родители, вместо того чтобы вести парня к специалисту, просто махнули на него рукой, дескать, неудачный получился ребенок — так что ж теперь поделать. Лет в пятнадцать он наконец совершенно случайно попал в руки к логопеду, который избавил его от заикания, но тем не менее пятнадцать лет разговорной практики он упустил, и это сказывалось до сих пор. Вилков совершенно не признавал существительных, предпочитая заменять их на местоимения «он», «она» и «это», с прилагательными Шурик тоже не особо утруждался, замещая их мимикой и жестами.

— Они позвонили ему, говорят — Мосгаз ходит с проверкой, нужен доступ туда, ну, он приехал, хату открыл, а он там лежит уже трехдневный...

«Они» после уточнения оказались соседями, первый «он» — хозяином квартиры, под «там» подразумевалась сама квартира, в которой был убит и обнаружен второй «он» — Юрий Петрович Забелин.

— А чего ж трехдневный-то? — удивился Семенов. — Его что, не искал никто? Неужели никто не хватился? Ведь не бомж, приличный вроде мужик.

— Так она уехала из Москвы, а эти решили, что по делам, он что-то такое говорил насчет того, что надо съездить туда, на месте посмотреть, ну, они и решили, что он поехал...

В переводе на общепонятный язык сия тирада означала, что жена Забелина в отъезде, а на работе все думали, что он поехал инспектировать какой-то филиал в другом городе. Правда, с ним неоднократно пытались связаться, но по мобильному сперва никто не отвечал, а потом он оказался выключенным (вероятно, когда разрядилась батарея), и тогда — на второй день отсутствия Забелина на службе — позвонили в тот самый филиал, где ответили, что Юрий Петрович к ним не приезжал, хотя действительно собирался. Но не приезжал. Подчиненные подумали, что их руководство загуляло в смысле водки и женщин (с кем не бывает!), и обрадовались свободе и бесконтрольности, начальство же Юрия Петровича на всякий случай проверило больницы и морги и, не обнаружив Забелина, слегка обеспокоилось и сообщило в милицию. В милиции энтузиазма не проявили и велели ждать. Ждать пришлось недолго, уже на следующий день Юрия Петровича нашли совершенно и окончательно мертвым, застреленным из пистолета, но не у себя дома, а в квартире, которую он снял за несколько дней до смерти. Соседи ничего интересного не слышали, ни шума ссоры, ни звука выстрела, из чего был сделан вывод о применении оружия с глушителем. Хозяина квартиры отыскали моментально, но его показания никакого света не пролили. Квартиру он сдал через риелторскую фирму, все честь по чести, с договором аренды и готовностью платить налоги с доходов, арендатор назвался своим именем, в договоре записаны его паспортные данные. То есть ничего такого тайного-секретного, никаких фальшивых имен и поддельных документов. Зачем Забелину квартира — никто не знал, но первое, что приходит в таких случаях на ум, это женщина. В квартире обнаружены новые, еще в упаковке, туалетные принадлежности, полотенца и комплект постельного белья, а также остатки продуктов, распечатанные и нераспечатанные бутылки со спиртным, конфеты, печенье, фрукты. Впечатление такое, что Забелин ждал в гости именно даму, причем ждал не для делового разговора, а для романтического свидания. Дама пришла, поела, выпила, застрелила Юрия Петровича и благополучно отбыла, не доведя дела до интима: постельное белье и полотенца лежали в пакетах неиспользованными. Две недели следствие бьется над вопросом: кто она, та дама, ради встреч с которой покойный снял квартиру, в которой собирался вить любовное гнездышко? И ответа пока нет. А ведь дама получается первой и главной подозреваемой.

— Шурик, а ты хотя бы догадываешься, зачем той даме убивать Забелина? — спросил я. — Мотив-то есть?

— Так хрен его знает, — исчерпывающе ответил Вилков.

Надо заметить, что устойчивые идиоматические выражения, пословицы и поговорки Шурик произносил полностью, не меняя и не пропуская ни одного слова.

— Вряд ли ограбление, — продолжал он. — Там ничего такого не было, это ж не его, а при себе было и осталось.

Иными словами, в самой квартире ничего ценного не было, поскольку хозяева предназначали ее для сдачи, а арендатор не успел ничего туда привезти (а может, и не собрался). У убитого при себе оказалась солидная сумма денег, то есть преступник (или преступники, или преступница) ею не соблазнились.

— А что эксперты говорят? — продолжал допытываться я.

— Пальцев навалом. И посуда тоже... — Шурик изобразил губами и руками нечто, что переводилось как «использованная и непомытая».

Хороший ему преступник попался, ничего не боится. Оставил следы пальцев, губ, образцы слюны. Что это может означать? Он (а вернее всего — она) убивает Забелина, пугается, теряет над собой контроль и убегает с места преступления, оставив следы своего пребывания неуничтоженными. Но есть и другой вариант: этот человек не боится, потому что знает, что его все равно не найдут. Что толку в следах, если их потом не с чем будет сравнивать? А убийца был уверен, что сравнивать милиции будет не с чем. На него никогда не падет подозрение, более того, он никогда не окажется даже в поле зрения следствия. Почему не окажется? Почему на него никто не подумает? Ведь в таких случаях следствие прочесывает частым гребнем весь круг знакомых убитого, причем круг и близкий, и дальний. А убийца что же, уверен, что никак под этот гребень не попадет? Почему?

Потому что он не входит в вышеуказанные круги. Потому что он недавний знакомый, о котором никто не знает. Почему не знает? Потому что это женщина, потенциальная или уже состоявшаяся любовница, которую Забелин пока ни с кем не знакомил и о которой никому не рассказывал.

Вот таким примерно был ход рассуждений следователя Вилкова. Хорошо, что мы с Семеновым давно натренировались понимать его своеобразную речь, и хотя и с некоторым усилием, но довольно ловко продрались сквозь частокол местоимений, оборванных фраз и выразительных жестов.

— А что близкие друзья говорят? — поинтересовался Семенов. — Он же должен был им рассказывать про новую бабу. Пусть он ее до времени не показывал, но уж сказать-то сам бог велел. Или как?

— Или так, — пожал плечами следователь. — Их две штуки. Он вообще-то по этому делу большой любитель был, умел все красиво обставить, но опасался, поэтому их не показывал. И вообще берегся. Никаких там этих самых, все честь по чести, чтоб ни слуху ни духу. Как новая, так хата. Сказал, конечно, но так, в общих чертах. Познакомился, значит, и все такое, но ничего существенного.

Стало быть, у покойного Забелина обнаружились двое близких друзей, которым он сказал, что познакомился с интересной женщиной, но события пока не форсирует, выжидает. Юрий Петрович был крайне осторожен, легкомысленных поступков старался не совершать, чтобы не засветиться перед женой и общими знакомыми. Начиная новый роман, снимал квартиру, и уже никаких других женщин в эту квартиру не приводил. Новая пассия — и квартира другая. Никаких сцен и нежелательных встреч.

Мы сидели у окна в недорогом пивном ресторане, не торопясь поглощали закуски, запивали их темным терпким пивом и то и дело поглядывали на улицу, наблюдая за прохожими. В поле нашего зрения толокся неопрятного вида мужичонка с жалкими чахлыми розочками в огромной сумке, которые он пытался всучить всем проходящим мимо парочкам. Мужик мелькал перед нашими глазами уже давно, но только сейчас мы с Вилковым одновременно посмотрели сначала на него, потом друг на друга. Похоже, нам в голову пришла одна и та же мысль, разница была лишь в том, что у меня в голове созрел вопрос, а у Шурика уже был ответ.

— Козел! — в сердцах бросил он и яростно раздавил в пепельнице сигарету.

— Кто? — не понял Валя Семенов.

— Кто-кто... Я. Я козел.

Значит, цветов в квартире, где погиб Забелин, не оказалось.

— Нет, ну козлина же я безрогая, — продолжал сокрушаться Шурик. — Две недели псу под хвост. Хорошо хоть сейчас допер.

Наш приятель обладал еще одним замечательным свойством: он был самокритичен и ругал себя так самозабвенно и беспощадно, что всем окружающим хотелось немедленно начать его жалеть и уверять, что ничего страшного не произошло.

Семенов переводил удивленные глаза с Вилкова на меня.

— Я не понял, ребята, о чем речь-то?

Шурик объяснил, как мог. Смысл его объяснений сводился к тому, что если, по уверениям друзей, Юрий Петрович Забелин ухаживал за дамами грамотно и красиво, то к интимному свиданию предполагались не только чистые полотенца и постельное белье, не только фрукты, легкие закуски, десерты и шампанское, но и цветы. Обязательно цветы. А их не было. Маловероятно, что дама-убийца захватила их с собой на добрую память. Даже если и так, то должна была остаться ваза с водой, а никакой вазы там не было, ни с водой, ни без нее.

— Это был мужик, а не баба, — удрученно констатировал Шурик. — И чеки... Мы же проверяли, они того же дня. И не распаковал ничего, только жратву...

Расшифровка текста гласила, что обнаруженные в квартире товарные чеки были проверены, покупки Забелин делал в день смерти. При этом даму свою он в тот день не ждал, или ждал, но позже, потому что к ее приходу совершенно не был готов: ни туалетные принадлежности, ни белье не было распаковано и разложено по местам. Однако с кем-то он пил и ел. С кем? Кого он мог привести в квартирку, предназначенную для любовных утех? Близкого друга? Оба свидетеля это отрицают, они уверяют, что Юрий Петрович в эти съемные квартиры никогда их не приглашал. Внезапно встреченную женщину? Бывшую любовницу, которую случайно встретил на улице или в магазине и устроил экспромт «тряхнем стариной»? Или совершенно новую знакомую, доступную и располагающую свободным временем? А что? И такое бывает: познакомился, голова кругом пошла, она согласна, пустая хата рядом, вот и не удержался от соблазна. Но зачем новой знакомой его убивать? Где мотив? Ограбление не проходит, деньги Забелина остались в портмоне. А бывшая любовница? Может и убить, особенно если они в прошлом плохо расстались и она заковыряла обиду. Я попытался представить себе такую бывшую любовницу, разгуливающую по городу с пистолетом и глушителем. То ли у меня фантазия бедная, то ли я сам недалекого ума человек, но ничего не получилось. Образ не нарисовался.

Зато нарисовалась мысль, и ее захотелось проверить.

— Родители Забелина живы? — спросил я.

— Только мать, — мотнул головой Шурик. — Живет отдельно. Злющая старуха — бр-р-р!

— А если я с ней поговорю?

— О чем? В мое дело влезть собираешься?

— Да брось ты, ни в какое дело я не лезу. Что твое — то твое, а уж что мое — то мое. У Забелина лет тридцать назад была знакомая девушка, вот я и подумал, может, мать ее помнит. Разрешаешь?

— Тридцать лет назад он уже был женат. — Шурик назидательно поднял палец. — Так что вряд ли. Он же осторожный был.

— Попытка не пытка. А вдруг?

— Ну валяй, — милостиво разрешил он, — только потом все мне расскажешь.

— Само собой, — честно пообещал я.

* * *

Следователь Вилков был не жадным и щедро поделился с нами всей информацией, в разумных пределах, конечно. Улики, следы, доказательства и мероприятия по поиску преступника меня интересовали мало, можно сказать — совсем не интересовали, а вот все, что касалось самого Юрия Петровича Забелина, я из Вилкова вытянул.

Жизнь покойного показалась мне яркой и бурной. Родился он в Москве, отслужил в армии, окончил Высшую школу милиции и стал оперативником. Специализировался на преступлениях, совершаемых несовершеннолетними. Службу нес в УВД Фрунзенского района Москвы, потом получил повышение и перевод на Петровку. В конце семидесятых — новое повышение и перевод в Главное управление уголовного розыска МВД СССР, буквально через год — направление на службу в крупный областной центр в должности заместителя начальника УВД города. Карьера просто немыслимая по тем временам. И кто же его так двигал, интересно? Или он действительно был невероятно ценным сотрудником? Возможно.

Дальше карьерный рост Юрия Петровича проходил обычным порядком, он менял должности, на каких-то задерживался подольше, на каких-то сидел совсем немного, но они, как и положено, шли по восходящей. В девяносто пятом году он вышел в отставку, вернулся в Москву и нашел себя на поприще организации службы безопасности в коммерческих фирмах. Начал с небольшой конторы, куда его охотно взяли, поскольку у него были крепкие связи в МВД и он мог оказаться весьма полезным человеком, потом была фирма покрупнее, потом еще крупнее, и, наконец, банк «Русский кредит». То есть в сфере частного бизнеса карьера Юрия Петровича развивалась самым обычным образом, без необъяснимых и удивительных скачков и странных падений.

Женился Забелин рано, в двадцать три года, в двадцать пять у него родился сын, а вот второй ребенок — дочь — появился куда позже, когда Юрию Петровичу было уже почти сорок. Сын взрослый и самостоятельный, живет отдельно от родителей и занимается чем-то коммерческим, дочь учится в Англии. Жена, в советское время скучавшая на ниве балансовых отчетов и прочей бухгалтерской документации, после перестройки оказалась обладательницей одной из самых востребованных профессий и в нынешнее время процветала в кресле финансового директора крупной торговой сети. Одним словом, семья обеспеченная и во всех отношениях благополучная.

Вооруженный этими знаниями, я отправился к матери Забелина, Инессе Иннокентьевне. Легкого разговора я не ждал, потому что какие же могут быть легкие разговоры с женщиной, десять дней назад похоронившей единственного сына. Поручить встречу Вале Семенову я не мог. То есть я пытался, врать не стану, но Валька скроил жуткую мину, замахал руками и стал уверять меня, что все испортит, потому как совершенно не умеет разговаривать со стариками, у него не хватает терпения выслушивать их бесконечное брюзжание, морализаторство и длительные экскурсы в историю, сопровождаемые словами «вот в наше время»; он начинает раздражаться, сердиться, грубить и пытается побыстрее свернуть разговор. Я знал, что Валька не врет, он действительно не отличается спокойствием и терпением и не умеет находить общий язык с пожилыми людьми, но вообще-то за деньги, которые платит ему Андрей Мусатов, мог бы и постараться. Однако мысль о том, что он может все испортить, как испортил разговор с бывшим следователем Царьковым, заставила меня взяться за дело самому.

Моему звонку с просьбой о встрече Инесса Иннокентьевна ничуть не удивилась, она была готова к тому, что при расследовании обстоятельств смерти ее сына сотрудники милиции придут к ней не один раз.

Дверь мне открыла высокая сухая старуха, прямая и жесткая, как железный прут, одетая в черное, с морщинистым лицом и тусклыми выплаканными глазами.

— Проходите, — глухо проговорила она, впуская меня в квартиру.

Я огляделся. Н-да, Юрий Петрович, по всей видимости, заботился о своей матери прилежно. Уж не знаю, насколько сильно он ее любил, но материальной помощью явно не обделял. Мебель была дорогой и удобной, паркетный пол сиял свежим лаком, межкомнатные двери — из натурального дерева и с красивыми ручками. Но что меня больше всего поразило, так это идеальная чистота, редко встречающаяся в жилищах одиноких стариков. Они, конечно, стараются, поддерживают порядок, но ведь годы уже не те, и не всегда удается согнуться, чтобы вымести пыль и грязь из углов и из-под мебели, и страшно вставать на стул, чтобы протереть верхние полки и поверхности шкафов, потому что ноги не слушаются и голова кружится, да и зрение уже не то, чтобы увидеть каждую пылинку-соринку. Здесь же мой нос некурящего человека не учуял ни малейшего запаха пыли или застарелой грязи. Я решил не скрывать удивления, тем более это может оказаться неплохим началом для разговора.

— Потрясающе! — воскликнул я. — У вас просто стерильная чистота. Редко встречаются такие ухоженные квартиры.

— Это не моя заслуга, — сухо ответила Забелина. — У меня помощница по хозяйству, очень хорошая девочка, старательная. Юрочка, сынок, настоял, хотя я вполне справилась бы и сама. Он очень обо мне заботился.

Она всхлипнула, но быстро взяла себя в руки.

— Присаживайтесь, — царственным жестом она указала на одно из двух кресел, стоящих в комнате по обе стороны разделявшего их небольшого столика с инкрустацией.

Сама Забелина села в другое кресло напротив, спина прямая, голова высоко поднята.

— Я вас слушаю. Что еще вы хотите узнать о Юрочке?

— Если не возражаете, я хотел бы поговорить о его молодости. Вернее, я просил бы вас рассказать о том, как вы жили, когда вам было чуть за пятьдесят. Как Юрий Петрович женился, как складывались ваши отношения с невесткой, как у вас родился первый внук, как у вашего сына шли дела на службе, и так далее.

— Это имеет отношение к его смерти? — чуть высокомерно спросила Инесса Иннокентьевна.

— К смерти человека имеет отношение вся его жизнь. Очень важно понимать, каким человек был, как формировался, в какой семье рос, какие у него были родители, чтобы в конце концов понять, почему его жизнь сегодня сложилась так, что кто-то захотел его убить. Вы со мной согласны?

Одно из правил, которое я вывел сам для себя за годы работы в жилом секторе, гласило: никогда не спрашивай, понимает ли тебя собеседник, всегда спрашивай, согласен ли он с тобой. Вопрос «Понимаете?» может прозвучать оскорбительно, особенно если человек немолод или, наоборот, слишком юн. Вопрос о согласии или несогласии звучит совсем по-другому и сразу придает беседе характер разговора на равных. Более того, создается впечатление, что я признаю возможность собственной неправоты и интересуюсь мнением своего собеседника по этому вопросу. То есть получается более уважительно и, следовательно, располагает к искренности и доверительности.

Ход мой оказался правильным, и, несмотря на недавнее горе, Инесса Иннокентьевна охотно углубилась в воспоминания о тех временах, когда Юрочка был молод, только-только начинал свою семейную жизнь с женой Ирочкой, а сама Забелина была цветущей женщиной при статусе (главный врач детской поликлиники) и любящем муже. Рассказывала она долго и с удовольствием, даже глаза перестали казаться тусклыми и заблестели. То и дело по щекам начинали катиться слезы, но Забелина была из тех людей, которым слезы не мешают говорить. Она плакала и продолжала рассказывать, вытирая глаза и щеки белоснежным платочком с вышитой розовыми нитками монограммой.

Я никуда не торопился и слушал внимательно. Пока ничего интересного и ценного Забелина не сказала, придется задавать вопросы самому, но мне и в голову не приходило прервать ее. Пусть отведет душу, порадуется чужому вниманию к собственной жизни, тогда и разговаривать с ней будет куда легче. Она обязательно ответит на мои вопросы, даже если они покажутся ей неприятными, ответит просто из благодарности за то, что я терпеливо и участливо ее слушал.

Когда дело дошло до того, каким чудесным и верным мужем был Юрий Петрович, я встрял со своим первым вопросом:

— Значит, ваша невестка Ирина никогда не устраивала мужу сцен ревности?

Я, конечно, мог бы прямо спросить, изменял ли Юрий своей жене, но это вышло бы грубо, как будто я подозреваю его в чем-то неблаговидном, а так получалось, что я скорее склонен верить в дурной характер его жены. Когда разговариваешь с матерью, только что потерявшей сына, да еще такой пожилой, следует выбирать выражения.

— Ира? О, она была ужасно ревнивой, просто ужасно. Она и сейчас такой осталась. Но Юрочка никогда не давал повода. Она без конца скандалила, но все поводы для сцен выдумывала сама. Юрочка никогда не позволил бы себе никаких вольностей.

Ну понятное дело, сын — ангел, невестка — дура. Типичная картина. Интересно, если я когда-нибудь женюсь, у моей мамули будет то же самое? Подозреваю, что да.

— Я понимаю, о чем вы говорите, — я с умным видом покивал головой, — ведь Юрий работал по преступлениям несовершеннолетних, а мне хорошо известно, как это бывает. Поймаешь молоденькую девицу на проступке, поработаешь с ней, объяснишь, выведешь на правильную дорогу, отвадишь от дурной компании, она тебе благодарна — и вот уже глядишь, а она влюблена в тебя по уши, и преследует, и домой названивает, и у подъезда караулит. Поговоришь с ней резко и прямо — так она может оскорбиться и от обиды глупостей наделать, просто тебе назло. Вот и приходится как-то выкручиваться. А нашим женам это не всегда нравится. Верно?

— Совершенно верно. Именно так у Юрочки и происходило, а Ира не хотела этого понимать и устраивала ему сцены. Стоило ему на улице или в кино поздороваться с девушкой или просто кивнуть ей, Ира начинала бешено ревновать, выспрашивать, кто она такая и что ей надо, обижалась и по нескольку дней с Юрой не разговаривала. Просто не представляю, как он выносил это!

— Наверное, вы и ваш муж были ему хорошим подспорьем, — лицемерно предположил я. — Ведь это так важно — жить вместе с родителями, когда с женой нет взаимопонимания. Всегда есть с кем поговорить, кому пожаловаться, кто тебе посочувствует. Это же невыносимо: жить вдвоем с женой, которая с тобой не разговаривает! И молчать целыми днями. А когда рядом любящие родители, намного легче, есть с кем душу отвести. Вы согласны?

Еще бы она была не согласна! Согласна до такой степени, что тут же принялась демонстрировать мне, как сильно Юрочка доверял своей матери и припадал к ее сочувствующей душе с теми проблемами, которыми не мог поделиться с недалекой и ревнивой женой. Тут появились рассказы про разных Светочек, Женечек и Риточек, таких славных девушек, с которыми Юрочка платонически дружил, но вынужден был скрывать эту дружбу от Иры и постоянно просил маму его «прикрыть». Я все ждал, когда в рассказе мелькнет хотя бы одна Леночка, но так и не дождался. Придется самому.

— Наверное, Юрий сильно переживал, когда с Леночкой случилось несчастье? Они ведь так дружили.

Я попер наобум в надежде на удачу.

— С Леночкой? Несчастье? — редкие старческие брови приподнялись над глазами. — Вы о чем?

— О Леночке Шляхтиной. Помните, у Юрия Петровича была такая знакомая? Шляхтина Елена, она на кондитерской фабрике работала. Неужели не припоминаете?

— Нет, — твердо ответила Забелина. — Никакой Леночки я не помню. Как, вы сказали, ее фамилия?

— Шляхтина.

— Нет, — повторила она еще тверже. — А что с ней случилось? Вы сказали, какое-то несчастье?

— Она покончила с собой, бросилась с крыши шестнадцатиэтажного дома.

— Какой ужас! Из-за чего? Любовь, наверное?

— Не знаю, — я пожал плечами. — Это ведь было давно, в семьдесят шестом году. Я думал, может, вы знаете, почему она так поступила.

— Откуда же мне знать?

— Я надеялся, что Юрий вам рассказывал.

— Почему он должен был мне рассказывать? Почему вы вообще решили, что он был с ней знаком?

Забелина не сердилась, она искренне недоумевала, и я понял, что она не лжет и ничего не скрывает. Сын ничего не говорил ей о Лене Шляхтиной. И какой вывод? А выводов два: либо он действительно не был с ней знаком, то есть на улице Шляхтина поздоровалась вовсе не с ним, а с другим милиционером, участковым, которого уже давно нет в живых; либо Юрий Петрович Забелин общался со Шляхтиной, но, как говорится, не по интимной теме, а на деловой почве, и ему незачем было рассказывать об этих отношениях матери, чтобы она «прикрыла» сына перед ревнивой женой. Хотелось бы знать, какая такая «деловая» почва может быть для общения у оперативника по делам несовершеннолетних и работницы кондитерской фабрики?

А совру-ка я еще разок...

— Дело в том, Инесса Иннокентьевна, что ваш сын рассказывал об этой истории своим друзьям. Он говорил им, что хорошо знал Лену Шляхтину. Я так подробно спрашиваю вас именно о ней, хотя дружил Юрий Петрович со многими девушками, потому что у следствия появилась версия, что его убили из мести за Елену. Может быть, она любила вашего сына, очень сильно любила, но он был верным мужем и не ответил на ее чувство, и она, не добившись взаимности, покончила с собой. А теперь кто-то захотел отомстить Юрию Петровичу, считая его виновником гибели Елены.

— Вы думаете? — спросила Забелина как-то вяло.

Я ждал бурной реакции, но, похоже, мое вранье ее не воодушевило. Видимо, ей что-то в принципе не понравилось в моих рассуждениях, и она не хочет углубляться в обсуждение вопроса.

— Вас что-то смущает в этой версии? — прямо спросил я. — Она кажется вам неправдоподобной?

— Совершенно неправдоподобной, — жестко произнесла она. — Если бы какая-то девушка была так сильно влюблена в Юрочку, я не могла бы об этом не знать. Он обязательно поделился бы со мной, посоветовался, как поступить, как выстроить свои отношения с ней. Он очень доверял моему жизненному опыту...

Дальше можно было временно не слушать, потому что Инесса Иннокентьевна добросовестно заблуждалась и выдавала желаемое за действительное. Не сочтите меня циничным, но я еще не встречал среди милиционеров человека, который доверял бы жизненному опыту своих родителей. Исключение составляют только потомственные милиционеры, которые, случается, советуются с родителями по профессиональным вопросам.

Однако меня посетила мысль... Надежды, конечно, мало, совсем почти никакой, но нужно пробовать. Взять у Забелиной фотографию сына тридцатилетней давности и показать Майе Витальевне Истоминой. А вдруг она узнает на ней человека, который на улице поздоровался со Шляхтиной? Или, наоборот, точно скажет, что это не он? Ведь она же была твердо уверена, что это не Личко, потому что Личко похож на Юла Бриннера, и она никогда не забыла бы его и ни с кем не перепутала. А вдруг молодой Забелин тоже окажется похожим на какого-нибудь популярного в те годы киноактера, и тогда Майя Витальевна его определенно «вспомнит» или «не вспомнит».

Я дождался паузы и спросил о фотографиях той поры, которая меня особо интересовала. Инесса Иннокентьевна с готовностью провела меня в другую комнату, указала на высокий книжный шкаф и велела достать с самой верхней полки альбомы. Пришлось потратить еще примерно полчаса, в течение которых меня на поводке тащили сквозь детские и юношеские годы Юрочки Забелина с подробностями его школьной, пионерской и комсомольской жизни, субботников, воскресников, культпоходов и походов туристических, семейного отдыха в Крыму и на даче, а также службы в рядах Вооруженных сил.

А вот и семидесятые годы, первая «офицерская» фотография Забелина для личного дела после окончания Высшей школы милиции. Очень много свадебных снимков, и профессиональных, и любительских. Юная, в белом подвенечном платье, Ирина Забелина — красавица, впрочем, Шурик Вилков утверждает, что она и по сей день очень эффектная дамочка. Инесса Иннокентьевна с мужем, оба веселые, улыбаются, сияют счастьем, стоят в обнимку. Юрий Забелин, симпатяга с открытым располагающим лицом и отличной фигурой спортсмена.

И снова субботники, воскресники, а также массовые мероприятия, на которых Забелину что-то вручают. Наверное, грамоты за успехи в работе.

— Юрий был передовиком, — полуутвердительно спрашиваю я.

— Да, Юрочку постоянно отмечали по службе, то грамотой, то премией, то почетным знаком. Вот смотрите, это первый секретарь Фрунзенского райкома партии награждает его почетным знаком. Видите? А вот здесь Славик Ситников вручает Юрочке грамоту за успехи в борьбе с преступностью несовершеннолетних.

Ну ладно, первый секретарь райкома — это понятно, а кто такой Славик Ситников? И почему первый секретарь назван по должности, а Ситников — по имени? Друг, что ли? Надо спросить.

— Друг, — неопределенно фыркнула Инесса Иннокентьевна. — Разве это друг? То водой не разольешь, все свободное время вместе проводили, Юрочка без конца приводил его к нам домой, чтобы накормить, потому что Славик был из бедной семьи, вечно голодный, хоть и в горкоме комсомола работал. А теперь зазнался и носа не кажет, словно и не было дружбы никакой. Врагу таких друзей не пожелаю.

— Откуда же вы знаете, что он зазнался, если он носа не кажет? Может, у него дела совсем плохи, бедствует или спился, и он просто стесняется. Так часто бывает. А может, он уже и умер.

— Ну да, умер он, как же, — Глаза Забелиной сердито заблестели, и я невольно вспомнил характеристику, данную ей

Шуриком Вилковым: «злющая старуха». — Я его два раза по телевизору видела. Процветает Славка, в каком-то министерстве большой начальник, не то по экономике, не то по финансам.

Ну что ж, запомним. Вячеслав Ситников из горкома комсомола. Закадычный друг в середине семидесятых. Если Забелина что-то связывало с Еленой Шляхтиной, то Ситников может об этом знать.

А дальше фотографий стало резко меньше, и были на них в основном либо Инесса Иннокентьевна с супругом, либо внуки.

— Это с тех пор, как Юрочка с Ирой получили квартиру и переехали, — пояснила Забелина. — Они старые фотографии у меня, конечно, не забрали, оставили здесь, но новые уже не приносили, у себя хранили. Вот только карточки внуков дарили.

Хм... Как она сказала? «Оставили здесь». Значит, я нахожусь в той самой квартире, в которой прошла юность Юрия Забелина, в которую он привел молодую жену и из которой съехал, когда они получили новую квартиру. И как, интересно знать, они ее получили? Были очередниками? Что-то сомнительно. Насколько я успел осмотреться, места здесь достаточно, три комнаты, приличный метраж, и на очередь Забелиных могли поставить только тогда, когда родился ребенок, но и это сомнительно. При двух комнатах — да, могли, если сильно поднажать, а при трех вряд ли. Две супружеские пары и один ребенок в трех комнатах — совершенно нормально по тем временам. Но даже если бы им удалось после рождения сына и внука влезть в очередь на улучшение жилищных условий, они бы простояли в ней лет десять, а то и все пятнадцать. Я хорошо представляю себе систему получения и распределения жилья в годы советской власти, потому что работаю, как я уже упоминал, в жилом секторе, то есть с людьми, проживающими в конкретных квартирах, а каждая квартира имеет свою историю, которая мне хорошо известна.

— А кто получил квартиру, Юрий или Ирина?

— Ну конечно, Юрочка! Что Ира могла получить? Младший экономист в плановом отделе захудалого завода. Смешно! Юрочке дали квартиру за выдающиеся успехи в работе, — гордо заявила Забелина.

Насколько я помню, в нашем родном министерстве за выдающиеся успехи в работе квартиры вне очереди давали только генералам, и то не за успехи, а за то, что они генералы. И потом, формулировка «вне очереди» означала, что очередь все-таки была, то есть Забелин как-то ухитрился в нее втиснуться. Как? Может быть, при помощи той же «волосатой лапы», которая подтолкнула в нужном направлении его служебную карьеру?

Нужно найти какую-то деликатную форму, чтобы облечь в нее вопрос, который я собираюсь задать Инессе Иннокентьевне, и при этом не обидеть старушку, ревностно оберегающую репутацию своего сына.

— У вашего сына столько грамот, поощрений, вон даже квартиру дали за хорошую работу, — задумчиво говорю я. — Наверное, его очень любило руководство, и служебное, и партийное, да? Хороших работников всегда любят.

Ну вот, вот, сейчас она должна сказать, что Юрочке покровительствовал... или помогал ему... или очень его любил и ценил... и назвать высокую должность...

Но нет. Ничего такого Забелина не сказала. Она только посмотрела на меня печально и чуть удивленно.

— Вы правы, — негромко сказала она, — хороших работников должны любить и ценить. Юрочка сделал блестящую карьеру, потому что был достоин своих должностей.

Она снова заплакала, и я понял, что больше ничего существенного не узнаю. Но фотографию молодого Юрия Петровича я выпросить не забыл.

Тем же вечером я напросился на пять минут в гости к Майе Витальевне и показал ей снимок. Она смотрела долго и пристально, и наконец с тяжелым вздохом вернула мне фотографию.

— Я не помню, — устало проговорила она, снимая очки для чтения, прикрепленные к цепочке, и надевая другие, для коррекции близорукости. — Я смотрю на это лицо и не могу сказать, видела я его когда-нибудь или нет. Я даже приблизительно не помню того человека: блондин он или брюнет, худой или полный, высокий или маленький.

— Но он совершенно точно заходил в вашу квартиру, когда убили коллекционера. Их было двое: один — участковый, другой — вот этот, из уголовного розыска.

— Нет, — она покачала головой, — не помню. Помню саму ситуацию, а вот лица... Нет.

Полный провал.

Но ничего, у меня в запасе некто Вячеслав Ситников. Надо переговорить с Мусатовым, обрисовать ситуацию, и если он готов платить — давать Вальке Семенову очередное задание. Пусть ищет «Славика, который зазнался и носа не кажет». Глядишь, этот Славик-то знает побольше матери Юрия Петровича.

* * *

Следователь Вилков Александр Иванович фанатом своей работы не был, принимал ее как данность, с которой нужно не просто смириться, но и максимально к ней приспособиться. Службу нес добросовестно, без откровенной халтуры, иногда даже испытывая к ней интерес, который временами становился жгучим, особенно тогда, когда появлялась возможность сделать что-нибудь эдакое... такое... одним словом, проявить себя личностью незаурядной, чем-то вроде Эркюля Пуаро. В рутинных же делах он откровенно скучал, старался отделаться от них побыстрее, и никакие странные мысли о необходимости отправления правосудия, справедливости возмездия и победе добра над злом его не посещали. Пятнадцать лет, проведенных в положении одинокого изгоя, выработали в Александре Ивановиче стойкую потребность доказывать, что он не только не хуже других, а кое в чем даже и получше, посему как только представлялась возможность это сделать, он ее не упускал, все же прочие жизненные и служебные ситуации он воспринимал как большую грязную лужу, через которую пробираться, конечно, неохота, но придется, если собираешься не стоять на месте, а идти дальше. Ни малейших попыток придумать какое-нибудь усовершенствование, при помощи которого переход через лужу стал бы более приятным и безопасным, он не предпринимал, ибо конструктивным подходом к преобразованию действительности не обладал.

Дело об убийстве Юрия Петровича Забелина на съемной квартире, предназначенной для свиданий с любовницей, представлялось Вилкову как раз такой вот лужей. Он делал все, что необходимо: вызывал свидетелей, писал протоколы, давал задания оперативникам, но огонь внутри его не горел. Возможно, еще и оттого, что сам потерпевший, сиречь убиенный Забелин, был в прошлом полковником милиции с тридцатилетней выслугой, сумевшим найти свое место в престижной коммерческой структуре и зарабатывать хорошие деньги. Вилков насчет себя не обольщался и точно знал, что ему самому такая карьера не светит, а потому в его душе поселилось нечто похожее на зависть. Или что-то очень к ней близкое. «Убили мента, погнавшегося за бабками и привыкшего к шикарной жизни, туда ему и дорога» — вот так примерно нашептывал мерзкий тоненький голосишко в глубинах сознания Александра Ивановича.

Он с нетерпением ждал вечера, потому что договорился с бывшими однокурсниками Валей Семеновым и Игорем Дорошиным «посидеть как следует, а не наспех». Настроение было отличным, вечер в обществе старых приятелей обещал быть во всех отношениях приятным, и когда в седьмом часу к нему в кабинет ввалился опер Серега Хворостин, Александр Иванович отнесся к нему благодушно и даже забыл выглядеть строгим.

— Саш, мы, кажется ее нашли, — сообщил Хворостин, переводя дыхание после пробега по лестничным пролетам.

— Кого?

— Да бабу, новую знакомую Забелина.

— Да? — оживился следователь. — Рассказывай.

Банк «Русский кредит» располагался в большом бизнес-центре с охраняемой территорией, куда въехать на машине можно было только по пропуску, постоянному (у сотрудников) или разовому (для посетителей). Сыщики решили проверить, кому в течение последнего перед смертью месяца заказывал пропуска Юрий Петрович Забелин, получили список автомобилей и прогнали его через базу данных ГИБДД, после чего, установив владельцев, стали их отрабатывать.

Почти о каждом из этих людей сотрудники службы безопасности банка что-нибудь знали и могли объяснить, зачем, по какой надобности они приезжали к их руководителю. Единственным человеком, о котором никто ничего не знал, была некая Дарья Брайко. Ее видели, ее запомнили, но о чем она говорила с Забелиным — неизвестно. Но дело, по всей вероятности, было несложным, потому что пробыла она в кабинете Юрия Петровича совсем недолго, одни уверяли, что минут пять, другие — что пятнадцать, но не час и тем более не два, это точно.

— А чего это они ее запомнили? — подозрительно щурясь, спросил Вилков. — У нее что, шрам через всю рожу и нога костяная?

— А ты сам посмотри, — хмыкнул успевший отдышаться Хворостин. — У них, в банке этом, на входе пишущие камеры установлены. Три картинки идут: автомобили перед входом, крыльцо и ресепшен. Я у них кассеты попросил.

Вилков разрешающим жестом махнул в сторону видеодвойки, стоящей в углу кабинета. Оперативник вставил одну из кассет, долго перематывал вперед и назад в поисках нужного кадра, наконец нашел, и на экране появилось изображение. В поле зрения камеры въехала светлая «Тойота», более точно цвет определить не удавалось, потому что изображение было черно-белым, но зато госномер был виден совершенно отчетливо. Из машины вышла миниатюрная молодая женщина с такой яркой внешностью, что Вилков даже опешил. Несмотря на отсутствие красок на экране, было понятно, что она необыкновенно хороша собой: стройная, яркая, с длинными черными волосами и огромными темными глазами. Да, мимо такой не пройдешь, не обернувшись. Немудрено, что забелинские соколы ее заметили и запомнили.

— Это она приехала, — прокомментировал Сергей. — Теперь смотрим другую кассету.

Теперь на экране виднелось крыльцо перед дверью, ведущей в банк. Темноглазая красавица легко взбежала по трем ступенькам и вошла — нет, не вошла — впорхнула! — в стеклянные раздвижные двери.

— А это, — Хворостин снова сменил кассету и поискал нужное место на пленке, — она в ресепшене, объясняет, к кому приехала, и ждет, пока за ней придут и проводят. Обрати внимание, Забелин лично за ней пришел, а не послал помощника или «шестерку».

Да, действительно, Дарья Брайко что-то говорила девушке за стойкой, потом отошла в сторону и стала ждать, нетерпеливо притоптывая точеной ножкой, обутой в изящный сапожок. Спустя некоторое время появился Забелин, лучезарно улыбнулся гостье, поцеловал ей ручку и провел внутрь.

Хворостин перемотал запись немного вперед, и вот уже Дарья выходит в сопровождении все того же Забелина, прощается с ним и идет к двери. Снова смена кассеты, вид с камеры, охватывающей крыльцо перед входом: Дарья спускается по ступенькам. И теперь опять первая кассета: Дарья садится в машину и отъезжает.

В нижнем углу экрана видны дата и время, Вилков все записал и посмотрел: да, и в самом деле Брайко пробыла у Забелина восемь минут, а всего в помещении банка «Русский кредит» — четырнадцать минут. Для серьезного дела явно маловато. И случилось это за неделю до его убийства.

— Ну и где она? — строго вопросил Александр Иванович.

— Так ребята работают. Не спугнуть бы, Саш, поэтому я к тебе помчался с докладом, а они сидят и ждут команду. Пока что установили через Интернет, чем она занимается.

— Ну и чем?

— Фирмы разоряет. В ихнем денежном мире это называется «рейдерство». Слыхал?

— Не учи ученого, — проворчал Вилков. — А мотив-то где? Зачем ей его мочить?

Следователь, по обыкновению, отдавал предпочтение местоимениям, полагая, что всем и так все ясно.

— Так из-за денег же! Нынче все делается из-за денег, это ж ежу понятно. Вот смотри: банку нужно прижать к стенке какое-нибудь предприятие, руководство дает задание Забелину связаться с рейдерами и организовать работу, все говорят, что так часто бывало. Забелин находит Брайко, у нее, кстати, напарник есть, некто Найденов Дмитрий, ну вот, он их находит и налаживает на эту фирму. Брайко — красоточка, Забелин повелся, начал за ней ухаживать, снял хатку, потому как дело уже шло к триумфальному маршу, в этот же период Брайко и Найденов заканчивают операцию, и наступает время расплатиться. Брайко приезжает к Забелину за гонораром, а это дело недолгое, как говорится, «опись-протокол-сдал-принял». Вероятно, именно этот визит мы с тобой и видели.

— Ну допустим, — кивнул Вилков. — А мочить-то зачем?

— Может, он ей не все деньги заплатил. Гонорар рейдерам составляет определенный процент от стоимости фирмы, которую они обработали. Вот смотри: Забелин представляет руководству какие-то документы, в соответствии с которыми фирма стоит, например, сто рублей, и они отстегивают рейдеру его процент. На самом же деле фирма стоит три копейки, и рейдер это знает, поэтому рассчитывает всего на полкопейки гонорара. Деньги в таких делах используются только наличные и только «черные», никто за них нигде не расписывается, поэтому Забелин получает у руководства банка гонорар рейдерам, рассчитанный исходя из стоимости в сто рублей, а Дарье и ее напарнику отдает эти самые полкопейки, на которые она, собственно говоря, и рассчитывала. А разницу кладет себе в карман. Дарья к моменту первого любовного свидания об этом узнает, требует, чтобы Забелин отдал ей все, они начинают рядиться-делиться, ну и... результат налицо. А что? Чем плохая версия?

— Не знаю, — хмуро буркнул следователь, который уже успел посмотреть на часы и понять, что пора бы и к столу, друзья ждут, водка стынет. — Ты уверен, что все происходит именно так, как ты говоришь? Я с рейдерами дела никогда не имел.

— И я не имел, — вздохнул Сергей. — Но пофантазировать-то можно? А вдруг я угадал?

— Нашел угадайку...

Александр Иванович собрался было прочесть сыщику нотацию о вреде гадания на кофейной гуще в сложном и ответственном деле раскрытия и расследования преступлений, но не успел. У Хворостина в кармане зазвенел мобильник.

— Да? — растерянно произнес в трубку оперативник. — Вот же твою же мать... Ладно, ждите.

Он сунул телефон назад в карман, потом зачем-то снова вытащил и принялся вертеть в руках.

— Саш, промахнулись мы, — удрученно сказал он. — Брайко убита. Ребята только что узнали.

— Ни фига себе! Выходит, кто-то из его людей ее вычислил и убрал, — глубокомысленно изрек Вилков. — Значит, ты не промахнулся, это действительно она его грохнула, просто нашлись те, кто это понял раньше нас. Молодец, Серега, голова!

— Я же говорю, Саша, мы промахнулись, — грустно повторил Хворостин. — Брайко убита давно, за четыре дня до убийства Забелина. Дело у следователя Мартиросяна в области, тело обнаружили в лесополосе на сорок втором километре Волоколамского шоссе. Это никак не может быть она. Она к тому моменту уже четыре дня как была мертва.

— Тьфу ты! — с досадой изобразил плевок следователь. — А мы-то с тобой тут размечтались... Погоди, — спохватился он, — но одно другому не помеха. Она же приезжала к нему? Приезжала, мы сами видели. Ручку он ей целовал? Целовал. То есть она вполне может быть той бабой, ради которой он снял квартиру. Другой вопрос, что в день убийства она уже не могла к нему прийти, но он мог этого и не знать, они договорились заранее на этот день, вот он и ждал ее как дурак, с мытой шеей. А пришел кто-то другой, с кем он начал пить-выпивать. То есть хотя бы половина картинки сложилась.

— А толку? — вопросил Сергей. — Кто убийца-то?

И тут Вилкова осенило. Это был один из тех самых моментов, ради которых он и тянул лямку на постылой следственной работе.

— А я тебе скажу кто, — торжественно произнес Александр Иванович. — Их обоих убили одни и те же люди. Те, чью фирму Брайко терроризировала по заказу Забелина.

В такие высокие мгновения обычное его косноязычие куда-то исчезало, и следователь Вилков начинал изъясняться нормальным языком, даже почти близким к литературному.

Хворостин смотрел на него несколько секунд выпучив глаза, потом выдохнул:

— Ну ты голова, Саша!

— Все, — Вилков еще раз глянул на часы и решительно поднялся из-за стола, — что делать дальше — сам знаешь, не маленький, а я побегу, у меня еще дел сегодня выше крыши. К завтрашнему дню узнай, по какой фирме работала Брайко, и будем ими заниматься. С большевистским приветом!

* * *

Историю, которую с горящими глазами излагал нам Шурик Вилков, я слушал вполуха. Нет во мне следственно-оперативной жилки, и внезапные озарения гениального детективного ума меня мало интересовали сами по себе, потому что не имели никакого отношения к делу Олега Личко и Елены Шляхтиной. Я, конечно, искренне порадовался за Шурика, но вникать в детали двух убийств на почве недружественного поглощения какого-то предприятия совершенно не хотелось. Шурик размахивал руками и, как обычно, при помощи бесконечных местоимений вещал о том, как дальше будет развиваться ситуация и как ему нужно постараться, чтобы оба дела — об убийствах Брайко и Забелина — объединили и передали именно ему, а не тому следователю с армянской фамилией из области, и уж тогда он из этого дела слепит даже не конфетку, а целый шоколадно-вафельный тортик и позовет нас с Валькой на чай с коньяком.

Пилось в этот вечер как-то необыкновенно легко и даже вкусно, как бывает всегда, когда сидишь с добрыми приятелями и ни от кого не ждешь подвоха. Я наслаждался дружескими посиделками, делал вид, что внимательно слушаю и даже активно участвую в разговоре, а сам возвращался мыслями к Андрею Мусатову и его проблемам. Ну и к Юле, конечно, чего греха таить.

Данные на того человека, которого назвала мне мать Забелина, я отыскал в Интернете. Там вообще масса всего интересного, если знать, где и как искать. Вячеслав Антонович Ситников действительно занимал высокую должность в Министерстве экономического развития, всю жизнь он был государственным чиновником, образование получил в Плехановском институте народного хозяйства, начинал с комсомольской работы, проявлял активность в партийной и политической жизни, он даже был депутатом исторического съезда 1989 года и депутатом Госдумы первого созыва, после чего вспомнил о полученном в незапамятные времена дипломе экономиста и пошел по карьерным ступенькам в области управления экономикой нашей многострадальной страны. Бизнесом никогда не занимался. Во всяком случае, официально, потому что в интернетовских сайтах об этом не было ни слова. А уж чем он там занимался неофициально, можно только догадываться, потому что девяносто процентов крупных госчиновников так или иначе участвуют в коммерческой деятельности через родственников или подставных лиц, им ведь тоже хочется кушать вкусно и обильно, а служебное положение предоставляет такие возможности для решения вопросов и получения информации, которыми просто грех не воспользоваться.

Похоже, у Мусатова возникли перебои с финансами, потому что мой отчет о визите к Инессе Иннокентьевне и предложение поработать с Ситниковым энтузиазма у него не вызвали. Понятное дело, работу будет проводить Валя Семенов, и за нее надо платить.

— Давай подождем, — туманно сказал Андрей. — Мне сейчас трудно дать ответ.

Я согласился подождать. В самом деле, тридцать лет ждали, две-три недели теперь уже погоды не сделают.

Еще я думал о том, что на давнее дело Олега Личко кто-то словно замки навесил. Свет на него могла пролить Елена Шляхтина, но она умерла, покончила с собой (пока будем так считать). Только-только нащупали человека, Юрия Забелина, который мог рассказать что-то интересное о самой Шляхтиной, — и его убивают. Конечно, с ней мог быть знаком вовсе не он, а его напарник, вместе с которым Забелин осуществлял поквартирный обход в связи с убийством коллекционера в далеком семьдесят четвертом году, но и он погиб.

Предположение о том, что знакомым Шляхтиной был в свое время именно Забелин, а вовсе не участковый, казалось мне более привлекательным еще и потому, что я все время помнил: Елена почему-то давала ложные показания против Личко. Вообще-то это пока не доказано, следователь Царьков с пеной у рта уверял, что у него не было сомнений в виновности Олега, и категорически отрицал фальсификацию материалов дела, но все обстоятельства говорили за то, что он лжет. Не просто же так то дело попало в Прокуратуру СССР... Так вот, если у Шляхтиной с Забелиным были достаточно близкие и доверительные отношения, Юрия Петровича вполне могли использовать для привлечения девушки к фальсификации дела. Правда, с ней должны были чем-то расплатиться за это, например, жильем, поступлением в институт или еще чем-нибудь ценным для тех времен. Расплатились? Не похоже. Елена продолжала жить в общежитии и работать на кондитерской фабрике. Впрочем, с момента суда над Личко и до ее смерти прошло слишком мало времени, всего-то полгодика, так что благодарность могла просто-напросто не поспеть. С другой стороны, у Елены была тайная сторона жизни, и привлечь к даче ложных показаний ее могли как раз люди, с этой жизнью связанные, а Забелин тут вообще ни при чем. Но об этой стороне мог знать Забелин, который теперь уже ничего мне не расскажет. Но, может быть, расскажет Ситников, который был близким другом Забелина и с которым Юрий Петрович мог поделиться информацией о своей подруге. Может, и расскажет, если у Мусатова деньги найдутся.

Я окончательно запутался, алкоголь окутал мозги мягким ватным одеялом и не давал извилинам шевелиться, и я начал думать о Юле.

Настроение испортилось, мне стало тоскливо, и я здорово набрался, о чем жестоко пожалел на следующее утро. Хорошо, что снова была суббота. Правда, у меня вечером прием граждан, но это же только вечером, и еще есть время прийти в себя.

К шестнадцати часам, когда пришло время начинать прием, я был вполне бодр, но не очень свеж. Дела потекли самые обычные: соседи скандалят и дерутся, как бы не поубивали друг друга; молодежь этажом выше слишком громко включает музыку и не дает нормально отдыхать; другая молодежь и в другом доме регулярно собирается на лестничной площадке, пьет пиво, курит и оставляет после себя помойку; пенсию принесли почему-то не в том размере, меньше, чем ожидалось, ведь объявляли же о повышении, а где оно? А в собесе объяснений не дают и вообще не хотят разговаривать (и с этим идут ко мне); дворники не убирают улицы, и перед подъездами скопилась куча мусора, а ДЭЗ не реагирует на сигналы жильцов (и с этим тоже ко мне).

— Раньше всегда было понятно, куда идти и кому жаловаться, — брюзжал старик Ломакин, который вообще был большим любителем жаловаться и крупным специалистом по наведению жизненного порядка. Все годы, что я работаю на этом участке, он ежемесячно приходит ко мне с жалобами то на одно, то на другое и каждый раз подробно объясняет, в какие инстанции он бы пожаловался в прежние времена, при советской власти. Дворники плохо убирают — иди к начальнику ЖЭКа. Нет реакции — иди в райсовет, а если и там не помогают, то в райком. По партийной линии эффект всегда был очень хорошим, секретаря парторганизации ЖЭКа вызывали на ковер, и сразу все вставало на свои места. С партией шутки плохи! Не то что сейчас: никто ничего не боится, ни на кого управы не найдешь. Вот Анатолий Степанович из шестьдесят восьмой квартиры мне рассказывал...

Я временно отключился. Все-таки я прошел неплохую школу с моей мамулей и ее Кошмарными Ужасами и здорово научился слушать вполуха, не теряя нити разговора и одновременно думая какие-то свои мысли или, если позволяла ситуация, читая книжку. Под мерное жужжание старика Ломакина я начал мысленно прикидывать, сколько замороженного мяса для котов осталось в морозильнике и когда нужно делать новые закупки. Можно заскочить в магазин сегодня по пути с работы, но это будет означать, что придется дома резать мясо на мелкие кусочки, расфасовывать при помощи весов на стограммовые порции и каждую заворачивать отдельно в пищевую фольгу. Если бросить весь кусок в морозильник целиком, то при минус восемнадцати градусах он превратится в камень, от которого потом придется откалывать кусочки кайлом или ледорубом. А так я вынимаю стограммовую упаковку, размораживаю ее в микроволновке — и еда для Арины и Дружочка готова. Но перспектива стоять у стола и резать мясо меня почему-то не вдохновляла, болела голова, и вообще сил никаких не было. Пить вредно. Много пить — еще вреднее. Может быть, сбегать за мясом завтра? На завтра, правда, намечены какие-то дела, но... Так когда же лучше, сегодня или завтра?

Решение я так и не принял, потому что внезапно включился в разговор.

— Надо же, и откуда Анатолий Степанович все это знает? — восхищенно поинтересовался я, услышав душераздирающую историю о том, как дело о каком-то нерадивом чиновнике дошло аж до ЦК КПСС, и как с ним там разговаривали, и что именно ему сказали, и кто сказал, и каким тоном, и чем пригрозили, и что он на это ответил.

— Ну как же, Анатолий Степанович работал в аппарате ЦК, разве вы не знаете? Он все знает, — авторитетно заявил старик Ломакин и добавил, многозначительно понизив голос: — И про всех.

К счастью, Ломакин был последним, кто в тот день решил посетить мой околоток, и едва за ним закрылась дверь, я схватил паспорт на дом, в котором проживал «Анатолий Степанович из шестьдесят восьмой квартиры», и посмотрел свои записи. Точно, Дубовицкий Анатолий Степанович, сотрудник отдела административных органов ЦК КПСС с 1972 по 1981 год. Я не помнил этого, потому что Дубовицким никогда отдельно не занимался, он не был «проблемным», с ним вместе проживали дочь, зять и младший внук с женой, за ним хорошо ухаживали, пылинки сдували, и в моем пристальном внимании Анатолий Степанович не нуждался. В придуманный и организованный мною клуб он не ходил, потому что не был одиноким, дома не скучал и к дополнительному общению не тянулся. Ломакин, кажется, упомянул, что Дубовицкий пишет мемуары, значит, есть что вспомнить. Неужели он и впрямь знал все и про всех? Надо попробовать, попытка не пытка.

Полоса везения, начавшаяся с появления на горизонте Шурика Вилкова, простерла свои границы аж до сегодняшнего дня. Анатолий Степанович Дубовицкий оказался дома и в полном здравии (а ведь мне могли бы ответить, что он болен и посетителей не принимает и даже к телефону не подходит), более того, он готов был встретиться со мной прямо сейчас.

Я люблю бывать в домах, где старики окружены любовью и заботой, причем не показной, рассчитанной на получение квартиры в наследство, а искренней, настоящей. Дом Дубовицкого был именно таким, и мне сразу стало так хорошо в этой квартире, что даже головная боль прошла.

Анатолий Степанович провел меня в свою комнату, где на письменном столе лежали книги, старые газеты и рукописные листы (похоже, он и в самом деле пишет мемуары), усадил в удобное кресло, велел младшей невестке, то есть жене внука, принести нам чаю и приготовился слушать. Выслушав же, дробно и глуховато рассмеялся:

— Вы ошибаетесь, молодой человек, все было не так, совсем не так. Никаких высоких должностных лиц, которых нужно было бы покрывать, там не было. Я хорошо помню это дело.

— Почему? — насторожился я.

Почему он хорошо помнит дело тридцатилетней давности, если в нем не было никакой лжи, никаких политических мотивов и вообще ничего особенного?

— Да потому, что шуму было много. Родители убитых детей создали инициативную группу, им казалось, что милиция не занимается поисками убийцы, что дело пущено на самотек, и они приняли решение написать петицию, собрать общественность и выйти на манифестацию в день открытия Двадцать пятого съезда партии. Но у КГБ работа с источниками информации среди населения всегда была хорошо поставлена, и об этой инициативе стало известно. Нужно было срочно найти убийцу, чтобы успокоить родителей. Вы же понимаете, что это такое: манифестация и обращение к съезду с негативной информацией о правоохранительных органах! Впрочем, вы, наверное, не понимаете, вы же так молоды... Можете мне поверить, к этому отнеслись очень серьезно, очень. Кроме того, прошла информация, что у членов группы были какие-то выходы на западных журналистов, и мог выйти неприятный скандал. Вот как раз в тот момент дело и пошло в Прокуратуру СССР, на него бросили все силы, даже студентов-практикантов задействовали. Я, кстати, лично писал указание привлекать не поехавших на сельхозработы студентов юридических и других вузов для рутинной работы. С учебы снимать, конечно, было непозволительно, а вот поработать в Прокуратуре СССР вместо «картошки» — милое дело. Я же курировал административные органы, то есть МВД страны и всю милицию, — гордо пояснил Анатолий Степанович.

— А студенты-то зачем? — не понял я. — Какой от них прок? Они же ничего не понимают в раскрытии таких сложных преступлений. Особенно если они даже не из юридического вуза.

— О, вы не понимаете, — он снова довольно рассмеялся. — Знаете, как была организована работа? Со всей Москвы, из всех отделений милиции собрали информацию о мужчинах, которые в течение последних пяти лет попадались за любые проявления сексуальной патологии. Эксгибиционисты, вуайеристы, те, кто приставал к женщинам в транспорте или на улице с разными непристойностями. Как правило, на них составляли административный протокол за мелкое хулиганство. Знаете, сколько их набралось по всему городу? Пятьдесят тысяч! Это же немыслимо! По Москве ходили пятьдесят тысяч половых психопатов! Понятно, что одному МУРу такую махину было не поднять, и мечтать нечего. Ну вот, сведения о каждом таком психопате заносились на отдельную карточку, и по каждому направлялся запрос в информационный центр МВД: где он сейчас? И стали приходить ответы: кто сидит в колонии, кто находится на длительном лечении в психбольнице, кто умер уже, а кто продолжает проживать в Москве. Так эти студенты должны были взять ответ, найти карточку на этого человека и краешек карточки прокрасить чернилами определенного цвета в зависимости от содержания ответа. Что вы так на меня смотрите? Это сейчас вся информация обрабатывается на компьютерах, а в те времена вручную работали, по-другому не получалось.

У меня действительно мина была весьма выразительной, но не оттого, что я услышал Кошмарные Ужасы о том, как обрабатывали информацию в докомпьютерную эру, а потому, что я вспомнил... «Все дело в Группе», — повторял доктору Юркунсу несчастный залеченный сильными психотропными препаратами Олег Петрович Личко. Так вот о какой группе он говорил! Он откуда-то знал о ней. Впрочем, он ведь работал в штабе ГУВД и вполне мог знать.

Итак, потерпевшие образовали инициативную группу, и во избежание скандала необходимо было срочно найти убийцу, чтобы успокоить безутешных родителей. А тут как раз Личко подвернулся со своими «угадайками», ну как же удержаться от соблазна быстренько закрыть дело и всем позатыкать рты! Ведь не было никаких гарантий, что к открытию съезда партии настоящего убийцу найдут.

Ну вот и все. Больше ничего не нужно. Невиновность Олега Личко можно считать установленной, Андрей Мусатов может больше не тратить деньги, вздохнуть свободно и перестать считать себя сыном сумасшедшего детоубийцы-маньяка. Мне не нужно искать ни Ситникова, ни каких-то других людей, которые могут пролить свет... Света и так достаточно.

Правда, Личко постоянно твердил не только о группе, но и о том, «почему Лена это сделала», а вот на этот вопрос ответ так и не получен. Но важно ли это? Ну сделала — и сделала, дала ложные показания, потому что ей велели, заставили, запугали или что там еще. Какая разница, каким именно образом на нее воздействовали, ведь теперь уже очевидно, что показания были ложными, что Личко невиновен и что все это затеяно было во имя спасения престижа не какого-то одного чиновника или его сынка, а всей страны и ее родной советской милиции во главе с министром — ближайшим и давним другом генсека.

Я просидел у Дубовицкого довольно долго, и, когда возвращался домой, магазин, в котором я обычно покупаю мясо для котов, уже был закрыт. Можно было бы доехать до круглосуточного супермаркета, но там мясо какое-то другое, наверное, от другого поставщика, и мои коты его не едят. Я несколько раз пробовал, и приходилось все выбрасывать. Ну что ж, значит, вопрос решился сам собой. Мясо переносим на завтра.

Дома я расслабился, залез в горячую ванну и начал представлять себе, как завтра прямо с утра позвоню Мусатову, скажу, что дело закончено, договорюсь о встрече, а когда мы встретимся, я скромно потуплю глазки и поведаю в украшающих меня подробностях, в какой момент и до чего я догадался. Надеюсь, он перескажет все это Юле, и она, может быть, станет думать обо мне чуть лучше. Я не стану делать ничего для того, чтобы «случайно» встретиться с ней или ненароком поговорить по телефону, но пусть она хотя бы услышит обо мне что-то хорошее. Это ни к чему не приведет, но мне будет приятно. Я идиот, да?

На другой день, в воскресенье, я встал ровно в восемь, по первому же требованию Ринго, бдительно следящего за расписанием кормления котов, насыпал и налил в мисочки все, что полагается, и снова блаженно улегся под одеяло. Мне было спокойно и радостно. Я радовался за Мусатова, который уже совсем скоро, буквально через пару часов (в выходной день звонить раньше десяти утра неприлично, пусть люди выспятся) узнает хорошие новости. Я радовался за себя, потому что... Ну что кривить душой, я все-таки молодец. И человеку помог, и себя уважаю. И как это я за даты уцепился? Ведь заметил же, что дело ушло в Прокуратуру СССР раньше, чем появился подозреваемый — работник столичной милиции, и оказался прав, тянуть надо было именно за эту ниточку.

Поворочавшись в постели, я с сожалением понял, что уснуть не смогу, потянулся к пульту и включил телевизор. Посмотрел детский мультик, потом самое окончание старого фильма про войну, перескочил на другой канал и стал вполглаза смотреть криминальную хронику. На проспекте Вернадского произошло дорожно-транспортное происшествие, автомобиль «Жигули» врезался в «Газель», пострадавших нет... В Ленинградской области задержаны трое из четырех военнослужащих, расстрелявших караул и сбежавших с оружием... В Западном округе столицы произошло убийство. Накануне около полуночи в дежурную часть позвонила женщина и сообщила о том, что в приступе сильного душевного волнения застрелила своего свекра. Потерпевший — Вячеслав Антонович Ситников — занимал должность директора одного из департаментов Министерства экономического развития...

Черт! Черт, черт, черт!!! Еще один замок, который судьба повесила на дверь, ведущую к разгадке старой тайны. Да что же это, граждане? Неужели все не так просто, как я себе представлял? Неужели во всем этом деле есть что-то еще? Сначала Забелин, потом друг его молодости Ситников, и все это строго после того, как Валя Семенов побывал у старого следователя Царькова... Нет, стоп, это я погорячился. Забелина убили раньше. Значит, визит к Царькову тут ни при чем. Тогда я уже совсем ничего не понимаю.

Пожалуй, я погожу пока со звонком Мусатову. На Юлино хорошее мнение обо мне я еще не заработал.

Глава 8

Спасибо умным людям, придумавшим Интернет, — очень полезная штука. Пока я занимался на тренажерах и тщательно готовил обильный воскресный завтрак, журналисты, до крайности возбужденные семейной драмой крупного чиновника Ситникова, по-быстрому собирали из всех возможных источников сведения о жизни и личности потерпевшего, и информация тут же сливалась в Сеть для всеобщего обозрения. Вот там я ее ближе к полудню и выцепил.

Сегодня мне удалось узнать о жизни Вячеслава Антоновича несколько больше, нежели позавчера, но из всего прочитанного важными для меня оказались только два обстоятельства. Первое: невестка застрелила его не насмерть, как впопыхах сообщили в утренних новостях, а всего лишь ранила, правда, очень тяжело, и Ситников в настоящий момент находился в реанимации. Второе: его карьера, подробно расписанная журналистами чуть ли не по датам, подозрительно смахивала на служебный путь Юрия Петровича Забелина. Те же необъяснимые карьерные взлеты во второй половине семидесятых, а дальше — ровный путь, но уже наверху. Вот, к примеру, в 1976 году он из инструктора горкома ВЛКСМ в одночасье превратился в сотрудника Министерства тяжелой промышленности на очень приличной должности. Как он там оказался? В горкоме комсомола он курировал административные органы, в том числе милицию, и я бы еще понимал, если бы его взяли каким-нибудь освобожденным комсомольским командиром в систему органов внутренних дел городского уровня, в этом была бы своя логика, а тут... В совершенно другую отрасль, даже не очень соответствующую институтскому диплому, да на принципиально иной уровень, даже не республиканский, а всесоюзный. За какие заслуги?

Интересно было бы узнать, не получал ли Ситников в эти годы квартиру, но этого в журналистских расследованиях не оказалось.

Шурика Вилкова я нашел на службе, где он исступленно вгрызался в кровью отвоеванное для расследования дело о двух убийствах. Если хочешь славы, приходится тяжело работать, просто так ничего не бывает.

— Хочешь, скажу интересное? — коварно забросил я удочку.

— Скажи, — вяло отозвался Шурик, поскольку ничего по-настоящему интересного от меня больше не ждал и досадовал, что я оторвал его от изучения протоколов по делу Брайко.

— Ты о покушении на некоего Ситникова слыхал?

— Ну а то. Не ты один сводки читаешь.

— А тебе известно, что этот Ситников в молодости был близким другом твоего невинно убиенного Забелина?

Шурик немедленно сделал стойку.

— Откуда знаешь? — с напряжением в голосе спросил он. — А, ну да, ты ж к его матери ходил... Она сказала?

— Она, — подтвердил я. — Ну что, интересно?

— Мне — да. Теперь бы им еще...

Человеку непосвященному последние слова любителя местоимений Вилкова могут показаться невразумительными, но я-то все понял. Если высокому следственному начальству эта информация тоже покажется интересной, то к объединенному в руках Шурика делу может присоединиться и третье, и тогда бригаду еще больше расширят, и мой приятель станет совсем «большим». Почти как Иванов вместе с Гдляном.

А еще у Шурика Вилкова было совершенно замечательное качество: он не умел быть неблагодарным.

— Спасибо, Игореха. Хочешь, я тебе за это тоже интересное скажу? Пришли ответы по оружию.

— И что в них?

— Брайко и Забелин застрелены из одного и того же пистолета. То есть исполнитель явно один, и убили их за одно и то же. А поскольку их связывает только дело по фирме «Баунет», то раскрытие, считай, уже в кармане. Надо только подумать, как Ситникова к этому делу привязать. Впрочем, тут все ясно, Ситников в своем министерстве сидел на такой информации по строительству, которую можно с умом использовать. А «Баунет», который разоряла Брайко по наводке Забелина, как раз занимается производством строительных конструкций на основе собственных технологий. Так что все связывается.

Ну ни фига себе, как много Шурик успел узнать всего за сутки, прошедшие с того момента, как его поставили руководить следственно-оперативной бригадой! Впрочем, удивляться тут нечему, Шуриково косноязычие могло ввести в заблуждение кого угодно, только не его начальство, которое, видимо, знало цену этому следователю. Иначе во главе бригады его не поставили бы.

— Шур, в Ситникова невестка стреляла, — с сомнением произнес я. — Ты думаешь, она тоже в эту комбинацию как-то замешана?

— А почему нет?

— Не знаю... Мне кажется, если первые два убийства связаны с «Баунетом», то Ситников тут вообще ни при чем. А если он «при чем», то дело не в «Баунете». Невестка не вписывается.

— Впишем, — оптимистично пообещал Вилков. — И потом, еще не факт, что стреляла действительно она. Может быть самооговор. Я ж пока ничего не видел. Хорошо, что ты сказал насчет старой дружбы, сейчас я это дело прокипячу.

Что означало, что Шурик собирается немедленно предпринять шаги к тому, чтобы заполучить себе и дело о покушении на Ситникова.

— В воскресенье?

Я не был таким оптимистом, как он.

— Плевать, — лаконично ответил следователь.

— Шурка, мне нужно поговорить с Ситниковым. Если получишь это дело, поможешь?

— О чем поговорить? — В его голосе снова появилось напряжение. Ну, это и понятно, какому следователю понравится, когда какой-то участковый, не имеющий отношения к расследованию, вдруг стремится побеседовать с потерпевшим.

— Да по тому старому делу о маньяке, — объяснил я, не обижаясь.

— Только в моем присутствии.

— Ну само собой. А если не получишь...

— Да быть такого не может, — отрезал он.

Третьим отличительным качеством нашего приятеля Вилкова наряду с косноязычием и умением быть благодарным является его феноменальная самоуверенность. Ему просто неведомы такие интеллигентские глупости, как сомнение в собственных силах и возможностях.

Следующий телефонный звонок я сделал Мусатову. Собирался попросить его познакомить меня с Юлиным отцом, потому что у него есть возможности получать информацию о событиях семидесятых годов. Я малодушно звонил на мобильный, потому что был уверен, что по этому телефону ответит сам Андрей. Звонить домой и рисковать, что снова трубку возьмет Юля, я не хотел. Услышу ее голос и расстроюсь...

В ухо долго вливались длинные гудки, и мое воспаленное воображение уже начало было рисовать сцену страстной любви, во время которой как-то не хочется отрываться на посторонние разговоры, когда послышался голос. Мужской и незнакомый. Я мгновенно похолодел. В свете недавних событий это показалось мне дурным предзнаменованием: когда по мобильному отвечает не владелец телефона, а кто-то посторонний, ничего хорошего это не предвещает.

Но все обошлось. Оказалось, мне ответил сам Виктор Альбертович Пинчук, на знакомство с которым я и набивался.

— Мы сейчас у нас на даче, — словоохотливо объяснил он. — Андрей поехал с Юлей за мясом для шашлыков, а телефон забыл на столе. Я взял на себя смелость ответить. Что-нибудь передать Андрею?

Я помялся немного, но решил быть наглым. В конце концов, я же по делу звоню, причем дело не мое личное, а касающееся того самого Андрея, который поехал с дочерью Пинчука за мясом для шашлыков, будь оно трижды неладно. Ох, ревность, плохое ты чувство, недоброе, и жить мешаешь.

— Я, собственно, звоню, чтобы просить Андрея познакомить меня с вами. Андрею как-то удавалось обойтись без вашей помощи, а мне, боюсь, это не по силам.

Виктор Альбертович живо включился в обсуждение вопроса и с готовностью откликнулся на мою просьбу.

— Я буду рад сделать что-нибудь полезное для Андрея. Знаете, я очень огорчился, когда он отказался от сотрудничества со мной... Вы в курсе?

— Да-да, он говорил.

— Что ж, — Пинчук вздохнул, — его можно понять. На его месте я, наверное, сделал бы то же самое. Сейчас я возьму ручку, и вы мне все продиктуете.

Он записал все фамилии, а также мои телефоны и обещал немедленно позвонить, как только что-нибудь узнает. Осталось обсудить самый пикантный вопрос: об оплате его услуг. Я не филантроп, если дело идет не о моих стариках, но в то же время понимал, что у Мусатова финансовые затруднения, он даже элементарную разработку Ситникова отказался оплачивать, а меня уже жгло со всех сторон. Правильно, что я не стал сыщиком и подвизаюсь в роли простого участкового, нельзя мне сыскным делом заниматься, уж больно я азартен, как оказалось. Даже и не подозревал за собой такого. Я готов был платить из собственного кармана за удовлетворение собственного же любопытства. В конце концов, то, что меня сейчас интересует, может не иметь ни малейшего отношения к истории обвинения и осуждения Олега Личко, а узнать все равно хочется.

— Сколько это будет стоить?

— Нисколько, — тут же откликнулся Виктор Альбертович.

— Но...

— Я делаю это для Андрея и, в конечном итоге, для своей дочери. Чем спокойнее будет у него на душе, тем легче Юле будет с ним общаться.

Об этом я как-то не подумал... Выходит, тем, что я помогаю Мусатову искать правду о его отце, я помогаю укреплению его отношений с Юлей. Вот дурак-то! С другой стороны, если я влюблен в Юлю, то искренне желаю ей добра, хочу, чтобы у нее все было хорошо, чтобы она была счастлива. Ну и что, что не со мной? Главное, чтобы ей было хорошо. Я же не хочу, чтобы ей было плохо, правда?

На этом я и успокоился. И занялся прозаическими домашними делами, пропылесосил квартиру, сходил за продуктами, вычесал котов, почистил им ушки и зубки, остриг когти. Не могу сказать, что они были в восторге, но когда меня это останавливало?

Периодически я заглядывал в Интернет в поисках новой информации, которую раздобыли вездесущие журналисты, но ничего особенного не появилось, кроме фотографии самого Ситникова. Красивый мужик, моложавый, стройный, ухоженный.

Вечером я снова пробежался по всем телевизионным каналам в поисках криминальной хроники. Во всех программах говорилось одно и то же, практически дословно повторяя утреннюю сводку, за исключением того, что Ситников не убит, а тяжело ранен. Только на одном канале я услышал небольшое дополнение:

— За несколько дней до трагедии Вячеслав Ситников дал интервью нашему корреспонденту о проходящих в Государственной думе дебатах по законопроекту, вносящему поправки в закон о недвижимости...

На экране появился Ситников, вещающий что-то заумное об инвестициях в строительство, о защите прав инвесторов и еще о чем-то, столь же животрепещущем. Я переключился на другой канал, развалился на диване и стал смотреть боевик с Брюсом Уиллисом. На животе у меня уютно урчала Карма, и я подумал, что воскресный день заканчивается...

Но он, как оказалось, только начинался. Потому что позвонила Майя Витальевна Истомина.

— Игорь, вы можете говорить?

— Могу. А что случилось?

— Я смотрела новости... Там передали про покушение на какого-то Ситникова из Министерства экономического развития.

— Да, было такое.

— Это же он!

— Кто — он? — тупо переспросил я, не отрываясь от экрана и пытаясь не утерять нить событий. В боевиках все развивается так быстро! Чуть отвлечешься — и обязательно пропустишь что-нибудь важное.

— Ну он, Клюев.

— Какой Клюев?

Поистине в этот момент мне не было равных по тупости.

— Тот человек, который приходил от испанского издательства. Сергей Иванович Клюев.

Тут до меня дошло. И я мгновенно забыл про телевизор, про боевик и про Брюса Уиллиса.

— Вы... уверены? — осторожно спросил я, чтобы не спугнуть удачу.

— Почти.

— Что значит почти? Это он или нет?

— Понимаете, у него была тогда другая прическа и усы, а сейчас показали интервью, которое он недавно давал, там усов нет, и волосы совсем другие, наверное, он был в парике, когда ко мне приходил, но голос я узнала. И потом, мимика, моторика, движения губ, жест, которым он крутит ручку во время разговора... Они точно такие же. И еще, у него такой характерный оборот речи, он часто повторяет: «изволите ли видеть», — торопливо и взволнованно говорила Истомина, а у меня в голове уже крутились самые разнообразные новые догадки...

— Майя Витальевна, я могу сейчас к вам приехать? Нам нужно поговорить.

— Да, — судя по голосу, она немного растерялась, — да, конечно, Игорь, приезжайте.

* * *

Мне показалось, что она постарела за те несколько дней, что я ее не видел. Ведь я был у Истоминой совсем недавно, когда показывал ей фотографию Забелина, а будто десять лет прошло. Наверное, у нее что-то случилось. Может, пресловутый дядя Жора очередной фортель выкинул, опозорил племянницу перед посторонними, назвал, например, ее воровкой, как когда-то при мне, воровкой, обобравшей его до нитки и оставившей старика без крыши над головой, а люди поверили, и она теперь переживает.

— Пойдемте в кабинет, — она указала рукой на дверь комнаты, в которой я еще ни разу не был, — у мужа гости, он с ними в гостиной...

Ну наконец-то, а то я уж стал подумывать, что Майя Витальевна с мужем вообще не живет. Мы общаемся с ней уже полгода, даже чуть больше, а господин Чаинов так и оставался для меня фигурой полумифической, я его ни разу не видел.

То, что Истомина поименовала «кабинетом», оказалось совсем крохотной комнатушкой, две трети которой занимал письменный стол с компьютером. Кругом громоздились бумаги, папки, рукописи, на полу высокими, угрожающими вот-вот рухнуть, стопками сложены книги.

— Извините, здесь так тесно, — смущенно произнесла Майя Витальевна, — все времени нет порядок навести.

— Ваш кабинет? Или супруга?

— Мой. Для двух кабинетов у нас нет места, муж работает в основном у себя в лаборатории, домой только ночевать приходит. Это, конечно, не очень удобно, но что же делать, — она развела руками.

Да, конечно, не будь дяди Жоры, профессор Чаинов мог бы работать дома. Действительно, ничего не поделаешь.

Истомина уселась за стол, я примостился на стул, с которого предварительного снял ворох тяжеленных папок.

— Майя Витальевна, вы отдаете себе отчет в том, что происходит? — строго начал я.

— Нет, — она удрученно покачала головой. — Я ничего не понимаю. Если я не ошиблась и тот человек, которого показали по телевизору, был у меня и назвался Клюевым... Я не понимаю, зачем это было нужно.

— Могу только предположить. Этот человек надел парик, наклеил усы и пришел к вам под чужим именем и под надуманным предлогом, чтобы поинтересоваться вашими набросками и дневниками тридцатилетней давности. Он не представлял никакого издательства, никто в Испании не собирался это переводить и издавать, но он готов был заплатить немалые деньги за то, чтобы посмотреть, о чем вы размышляли и писали, когда были начинающим автором. Подумайте, Майя Витальевна, что это может быть.

— Ума не приложу, — растерянно сказала она. — А что это может быть? Что могло его интересовать в моей жизни того периода? В ней не было ничего интересного. Училась в Литинституте, работала в газете, много писала... Встречалась с Женей, собиралась за него замуж, потом вышла. Первого ребенка родила. Больше ничего не было.

— Было, Майя Витальевна. В вашей жизни была Елена Шляхтина, с которой мы так и не разобрались до конца. Чем больше мы узнаем об этой девушке, тем больше у нас возникает вопросов. И господин Ситников, он же Клюев Сергей Иванович, очень хотел знать, что вам известно о Елене. В ее жизни была какая-то тайна, и ему важно было понимать, поделилась она этой тайной с вами или нет. Так как, Майя Витальевна? Она с вами поделилась?

Истомина старела прямо на глазах, стремительно и, как мне казалось, необратимо. Она уже никогда не станет прежней, даже когда пройдет время и все забудется, она так и останется старухой, сгорбленной, дрожащей и слабеющей.

— Нет, — глухо проговорила она, не глядя на меня.

— Нет? Не поделилась?

— Нет, — повторила она чуть тверже.

— Но вы все равно узнали, — я не то спрашивал, не то утверждал.

— Я... догадалась.

— Когда?

— Недавно.

— А точнее?

— Когда вы показывали мне фотографию того милиционера.

— Личко?

— Нет, другого. Два дня назад.

— Забелина?

— Да, кажется... Я не запомнила фамилию.

— Значит, вы все-таки его узнали?

— Узнала? — Она посмотрела удивленно и непонимающе и покачала головой. — Нет, нет, я его не вспомнила. Но в тот момент все сложилось... Хотя должно было сложиться раньше... Я не подумала... вернее, я не хотела об этом думать. Так будет честнее. Я не хотела.

Наконец она взглянула на меня прямо и открыто, и мне показалось, что это стоило ей огромных усилий.

— Я должна была догадаться еще тогда, когда вы сказали, что у Лены был брат.

— Вы действительно этого не знали?

— Нет. Я вас не обманываю, я действительно не знала. Мне придется вам рассказать... Об этом никто не знает, кроме меня и дяди Жоры.

* * *

В квартире своей подруги Майи Лена Шляхтина хранила рукописи. И те, которые посылала на творческие конкурсы, и другие, над которыми работала в свободное время. Она хотела стать писателем и была уверена, что сумеет добиться своего, даже если не получит необходимого образования.

— То, что вы все пишете, — она презрительно морщила носик, — это жуткая преснятина. Соли нет, перца нет, специй нет. Как резиновые макароны без ничего. То, что я напишу, произведет эффект разорвавшейся бомбы. Вот увидишь. Чтобы хорошо писать, не нужно знать историю литературы и всякие там никому не нужные премудрости про стиль и композицию, нужно знать жизнь. Никто из вас ее не знает, вы же все идеологически стерильные, как кастрированные кошки, живете в башне из слоновой кости и размышляете над смыслом жизни, которой не живете.

Она никогда не показывала Майе свои рукописи, не просила ее почитать, не интересовалась ее мнением. Майя, как человек деликатный, выделила Лене один ящик своего письменного стола, закрывающийся на ключ. Конечно, ключи от всех ящиков были одинаковыми, и вполне можно было открыть другим ключом и полюбопытствовать, но Майя, во-первых, никогда не была любопытной, а во-вторых, физически не могла прикоснуться к чужой вещи без разрешения хозяина. Она уважала право подруги на скрытность и ни разу не попыталась это право нарушить.

После гибели Елены Майя ящик открыла. Начала читать и удивилась. Там не было ничего такого, что могло бы произвести «эффект разорвавшейся бомбы». Чудовищный убогий язык, полное отсутствие стиля. И вот это Лена посылала на творческие конкурсы? Не удивительно, что ее никуда не приняли.

Майя была человеком добросовестным и решила на всякий случай прочесть все. А вдруг там действительно найдется что-то потрясающее? Можно было бы написать статью в «Литературную газету» о трагически оборвавшейся жизни талантливого человека и опубликовать, пусть даже и посмертно, самый яркий отрывок. При жизни Леночке не удалось стать писателем, так пусть хоть после смерти, хотя бы частично...

Стояло лето, на выходные вся семья уезжала на дачу. И конечно же, вместе с ними ездил Георгий Степанович, мамин брат, дядя Жора, у которого после смерти жены не осталось никого, кроме сестры, ее мужа и дочерей. В тот день они договорились, что отец с мамой поедут за город отдельно, потому что у папы очередная партконференция, которая закончится поздно вечером, и мама будет его ждать, а Майю отвезет на дачу дядя Жора. Младшей сестры Майи в Москве не было, она уехала с однокурсниками в стройотряд.

Георгий Степанович явился к Майе днем, часа в три, и застал племянницу за чтением какой-то рукописи.

— Майка, — весело прогремел он с порога, — у тебя обед есть?

— Есть. И первое, и второе. Тебя накормить?

— Обязательно. Я голоден, как стая волков. До дачи не дотерплю. Пока доедем, да пока ты там сваришь-пожаришь...

— Конечно, дядя Жорочка. — Майя вскочила и помчалась на кухню разогревать обед для любимого дядюшки.

Когда все было готово, она красиво накрыла маленький столик, постелила свежую клеенку, поставила нарядные тарелки.

— Дядя Жора, идите! — крикнула она, нарезая хлеб и складывая его в маленькую плетеную корзиночку.

Потом тоненькими кружочками нарезала и разложила узором огурец и помидор. Майя хорошо готовила и любила подавать плоды своего кулинарного искусства в достойном оформлении. А дядя Жора все не шел.

Она вернулась в комнату и застала родственника сидящим на полу и читающим что-то из написанного Леной.

— Ну, дядя Жора, — недовольно протянула она, — все же остывает.

— Погоди, я сейчас...

Он дочитал до конца абзаца, поднялся и вышел вместе с ней на кухню.

— Что это такое я читал? — поинтересовался Георгий Степанович, поедая вкуснейший рассольник.

— Это одна моя подруга написала. Та, которая погибла. Помнишь, я тебе говорила?

— Да, — он кивнул.

— Правда, ужасно? Язык совершенно кондовый.

— Ужасно, — согласился он. — Но любопытно.

— Да? — обрадовалась Майя. — Правда? Тебе нравится?

Она собралась было поделиться с дядей своими планами о статье и посмертной публикации. Конечно, она — молодой сотрудник редакции, и вряд ли ей уместно выступать с такой инициативой, но если вмешается дядя Жора, скажет, кому надо, попросит, то...

— Нет, — сказал Георгий Степанович, — мне не нравится. Но что-то в этом есть. Надо еще прочесть страниц двадцать-тридцать. Сейчас поем и почитаю, мы же не торопимся, верно? Тем более я не люблю водить машину на сытый желудок, меня от сытости в сон клонит, а это опасно за рулем.

Он весело подмигнул племяннице и принялся быстро доедать суп. За супом последовало жаркое, потом чай со сладкими пирожками. Георгий Степанович окончательно разомлел, тем более погода стояла жаркая, и улегся в комнате на диван с рукописью в руках. Майя поняла, что он читает что-то из того, чего еще не читала она сама. Она же вернулась к рассказу, который читала до его прихода.

Читал дядя Жора быстро, все-таки он был профессионалом, главным редактором журнала, и привык в короткие сроки справляться с большими объемами текста. Майя добросовестно отчитала тридцать страниц из той папки, что была у нее в руках, и когда дошла до тридцатой, то подумала, что дядя Жора уже должен был прочесть столько, сколько наметил, даже больше. Но он продолжал читать, не отрываясь.

— Дядя Жора, нам ехать не пора? — осторожно подала голос Майя.

— Успеем, — буркнул он, не отрываясь от страниц.

Она пожала плечами и вернулась к своему занятию.

Часа через два Георгий Степанович сложил в папку последний лист и аккуратно завязал шелковые ленточки.

— Ну все? — Майя с облегчением отложила в сторону рукопись, которая показалась ей невероятно скучной. — Можем ехать?

Дядя Жора, однако, не торопился вставать с дивана. Он пристально смотрел на племянницу.

— Ты это читала? — негромко спросил он.

— Нет. А что? Что это? Разве не рукопись Лены?

— Рукопись, — медленно повторил он. — Лены. Да, наверное. Это история о том, как девушка наблюдает за своим братом, поведение которого кажется ей странным, и сначала понимает, что он психически больной, а потом — что он маньяк, убивающий людей. Не читала?

— Нет, — удивленно протянула Майя. — Я до этой папки еще не дошла.

— И раньше не читала?

— Да нет же. Я вообще все это читаю в первый раз. Лена никогда не показывала мне то, что она пишет.

— Понятно, понятно, — пробормотал он, думая о чем-то своем.

— Ну мы едем или нет? — нетерпеливо спросила девушка. — Скоро магазины закроются, а нам еще продукты надо купить, на даче есть нечего.

— Едем. — Дядя Жора решительно поднялся. Майю удивило, что папку он взял, а не оставил на диване. — Едем, Майка. Купим продукты, а на даче поговорим.

— О чем? — испугалась она. — Что-то случилось?

— Ничего. Но поговорить надо.

Сердце ее радостно зашлось. Значит, дяде Жоре понравилось то, что написала ее подруга! Она ни минуты не сомневалась, что он предложит это опубликовать. Может быть, там потребуется редакционная работа, да, наверняка потребуется, и немалая, и может быть, он захочет, чтобы эту работу проделала сама Майя и написала предисловие или даже — бери выше! — авторскую статью, и он поставит это в свой журнал. Журнал «Эпоха», шутка ли! Любимейший журнал советской интеллигенции, на который подписаться можно только по блату или если ты приближен «к сферам». Его передают из рук в руки, как «Новый мир» или «Иностранную литературу», на него записываются в очередь в библиотеках. Опубликоваться в «Эпохе» — это дорогого стоит, пусть и всего лишь с предисловием, но зато в твоей библиографии будет стоять название знаменитого журнала.

Да, речь шла именно о публикации. Но совсем не о той, о которой думала Майя Истомина.

— Это нужно переделать от начала до конца, — строго говорил Георгий Степанович, когда они, приехав на дачу и выгрузив сумки с продуктами, уселись на веранде пить чай с вареньем. — Даже не переделать, а написать заново. Это все очень плохо. Но там есть зерно, на которое все клюнут.

— Какое зерно?

— Переживания человека, который понимает, что его близкий страшный убийца, и непонятно, что с этим делать. Там есть вся гамма этих переживаний и эмоций. Сначала простое любопытство, потому что брат ведет себя странно, неадекватно, и хочется понять, что за этим стоит. Потом жалость, когда приходит понимание, что он — душевнобольной. Сочувствие. Стремление помочь. Потом ужас, когда сестра узнает, что брат убивает детей и насилует их. Она не знает, что ей делать, то ли донести на него, то ли делать вид, что ей ничего не известно. Она взвешивает, что ей дороже, жизнь чужого ребенка, которого он обязательно убьет, если останется на свободе, или жизнь родного брата, такого любимого, рядом с которым она выросла. Она мучается, взвешивает все «за» и «против»...

Он внезапно замолчал.

— Ну? — напряженно спросила Майя, которую захватила рассказанная дядей Жорой история. — И что она решила?

— Неизвестно. Вещь не закончена. Нужно все переписать от начала до конца, выстроить композиционно, обдумать стилистику и приделать к этому идеологически выверенный финал.

— Если идеологически выверенный, то сестра, по идее, должна донести на брата в милицию, — задумчиво сказала она. — Но это тоже как-то... Не знаю. Сейчас не те времена, чтобы восхищаться Павликом Морозовым.

— Это верно, — усмехнулся Георгий Степанович. — Но оставлять его на свободе, чтобы он продолжал убивать детей, тоже нельзя. Это не по-советски. Надо, чтобы он умер. Сам по себе. Под машину попал, например, или утонул, или заболел чем-нибудь неизлечимым. Тогда все будет правильно. Зло наказано, а сестре не придется быть доносчицей. И волки, как говорится, сыты, и овцы целы. Ну как, возьмешься?

— Конечно. А какие сроки? — деловито спросила Майя.

— Сроки? — он удивленно приподнял брови над толстой оправой модных очков.

— Я имею в виду, в какой номер ты это планируешь поставить?

— Ты что, решила, что я это буду публиковать у себя в «Эпохе»? — изумился Георгий Степанович. — Да ты с ума сошла! Меня в тот же день с работы уволят и из партии выгонят.

Теперь пришел черед удивляться ей.

— Почему? Что тут такого крамольного?

— Ну как же ты не понимаешь? Ведь все знают, что ты — моя племянница, я тебя устраивал на работу. У тебя пока нет никакого имени как у писателя, а я тебя сразу — раз! — и в дамки. Это называется протекционизмом. За это по головке не погладят. У нас маститые авторы годами в очереди стоят, чтобы опубликоваться, и если я сейчас поставлю тебя в номер с первым опусом, не потому, что это гениально, а только лишь потому, что ты — моя родственница, меня просто не поймут. Ты хочешь меня поссорить со всей литературной общественностью?

— Погоди, дядя Жора, — Майя потрясла головой, — при чем тут я? Речь же не обо мне...

— А о ком, по-твоему, речь? Именно о тебе. Ты должна это, — он стукнул ладонью по лежащей перед ним на столе папке, — переделать, переписать и опубликовать под своим именем. Ты что, не поняла?

— Нет, — она окончательно растерялась. — Почему под моим именем? Почему нельзя это опубликовать под именем Лены? Да, я проделаю большую работу по редактированию, это можно указать в предисловии...

— Дурочка, — он мягко улыбнулся. — Ты ничего не понимаешь. Это будет твой прорыв в литературу. Ты очень способная девочка, ты замечательно пишешь, ты — прирожденный литератор, у тебя прекрасный слог, у тебя есть свой собственный стиль, но то, что ты пишешь, никому не интересно и не может быть интересно.

У Майи на глазах выступили слезы.

— Почему?

— Да потому, что человек в твоем возрасте не может быть интересен тем, кто читает мой журнал. Ты еще так мало видела, так мало пережила, так мало знаешь о жизни, что тебе просто нечего сказать читателям, которым за сорок. А мой журнал читают те, кому за сорок, люди серьезные и много чего повидавшие. Ты, Маечка, философ, мыслекопатель, но чтобы грамотно подать свои мысли, нужен хороший сюжет, а сюжеты ты придумывать не умеешь. У тебя бедная фантазия. А у твоей подруги она богатая. Она сумела придумать историю, более того, она сумела влезть в шкуру своей героини, стать ею, жить ее жизнью, думать ее головой, чувствовать ее сердцем. Понимаешь? Тебе этого не дано. Потом, когда ты станешь известной и всеми любимой, тебе простят все, и отсутствие фантазии, и бедность сюжетных линий, тебя полюбят за твой стиль и твои мысли. Но чтобы это произошло, нужно сначала стать известной и любимой, нужно заставить читателя прочесть то, что ты напишешь, и запомнить твое имя. Более того, нужно, чтобы он запомнил, как читал твой роман, не отрываясь, ночь напролет, потому что ему было интересно, потому что роман его захватил. И ты сможешь сделать это, если возьмешь рукопись своей подруги и переделаешь ее. А я, со своей стороны, постараюсь сунуть роман в какой-нибудь приличный периферийный журнал, где никто не будет бухтеть, что ты — моя племянница. Я организую хорошую прессу, критиков, о тебе заговорят. Все получится, Майка, все получится, если будешь меня слушаться.

— Но ведь это... воровство, — пробормотала она.

— Почему воровство? Вовсе нет. Ты идешь по лесу, видишь валяющийся на земле сучок и понимаешь, что он как раз такого размера и формы, какой тебе нужен, чтобы вырезать деревянную фигурку, которую ты уже давно задумала. Либо ты берешь сучок, приносишь домой и создаешь шедевр, либо не берешь, и тогда он продолжает валяться на земле, никому не нужный и никем не видимый. Разве это воровство, если ты возьмешь сучок и сделаешь прекрасную статуэтку, которой будут любоваться люди?

— Сучок никто не делал, в него никто не вкладывал свой труд, — упрямо возразила Майя.

— Хорошо, — покладисто согласился Георгий Степанович, — пусть будет не сучок. Пусть будет деревянная фигурка, корявая, неуклюжая, плохо сделанная, которую кто-то выбросил на помойку за ненадобностью. Ты видишь ее и понимаешь, как ее можно довести до ума, чтобы получилось произведение искусства. Разве это воровство?

Партконференция, на которой задержался отец Майи, закончилась очень поздно, родители приехали на дачу ближе к полуночи, и все это время Георгий Степанович уговаривал свою племянницу, увещевал, приводил доводы и резоны. И в конце концов уговорил.

* * *

— Все эти годы я была уверена, что переделывала рукопись Лены, — тихо произнесла Истомина. — И только теперь я поняла, что это была не рукопись... не придуманная история. Это был фактически дневник. Она описывала собственную жизнь. Если бы я раньше знала, что у Лены был брат, который покончил с собой, я бы еще тогда догадалась. Но я ведь не знала...

Не знала. Никто ничего не знал. Все такие чудесные, ничего не знающие, не ведающие, а Олега Личко сгноили в психушке.

Никто не заставлял Елену Шляхтину давать ложные показания против Личко, она сделала это совершенно добровольно, спасая брата. И не было никакой тайной жизни, в которую были бы вовлечены другие люди, был психически больной брат, и была сестра, которая за ним следила. Вот зачем ей нужны были больничные листы. Она не могла сказаться больной, чтобы не ходить на работу, и при этом уходить на целый день из общежития, поэтому она уходила «болеть» к подруге, которая «за ней ухаживала». Головные боли, головокружение — как это проверишь, тем более была незалеченная травма черепа. Симптомы вегетососудистой дистонии — есть основания для выдачи больничного листа. Я открыл папку, достал нужные страницы: так и есть, все даты совершения убийств попадали на те периоды, когда Шляхтина не ходила на работу по болезни. Вообще-то больничных листов было больше, чем преступлений, но это и понятно, Елене нужно было систематически наблюдать за братом, чтобы не упустить начало очередного обострения.

Шляхтина следила за братом. А Олег Личко проверял вычисленные им по какой-то методике места возможного появления маньяка. Вот тут они и встретились, помешанный на научном подходе сотрудник информационно-аналитического подразделения штаба ГУВД и циничная жесткая красавица Лена Шляхтина. Познакомились. Может быть, не очень близко, но все-таки познакомились. Он мог сказать ей, чем занимается. А она? Она испугалась. Он слишком близко подобрался к брату. Елена наверняка старалась быть в курсе действий милиции, приходила к месту, откуда брат уводил ребенка, смотрела, как оперативники ищут свидетелей. Момент был более чем удобным, и она сама сказала, что видела подозрительного молодого человека, который высматривал детишек и задавал ей, Шляхтиной, странные вопросы, и вообще вел себя странно, и говорил чудовищные вещи про какого-то ребенка, которого он убил и закопал... и даже место назвала. Это было нетрудно, ведь она следила за братом и точно знала, кого, где и как он убивал и где прятал тела. Милиция знала, где именно нашли предыдущий труп, место совпало с тем, которое описала свидетельница, а больших доказательств и не потребовалось. А ведь в уголовном деле и постановлении суда указано, что Шляхтина Е.В. видела, как этот молодой человек 14 сентября 1975 года шел вместе с девочкой, и дала ее подробное описание: как выглядела, в чем была одета, какую игрушку несла в руках. Ну куда уж дальше!

Вот какая складывается картинка, если сопоставить то, что рассказала мне Истомина, с тем, что было написано в документах, и с тем, что удалось раскопать.

И не было, действительно не было никакой заметной фигуры, которую нужно было бы спасать от суда при помощи первого попавшегося «обвиняемого». Шляхтина давала показания, она была очень убедительна, и ей искренне поверили. А дело выглядело демонстративно гладким, потому что нужно было побыстрее его закончить, чтобы отчитаться перед ЦК, и следствие просто закрывало глаза на мелочи и ерундовые, на их взгляд, несоответствия. Да бог с ними, с мелочами, какая разница, когда обвиняемый есть и свидетель есть. А что не признается Личко, так это обычное дело. Он же псих, кому нужны его признания, им грош цена в базарный день. Мелочи подчистим, вылезающие концы подрежем, где надо, подотрем, где надо — подмажем, и будет полный парад.

А дальше встал тот вопрос, который я задавал себе уже неоднократно. Что делать с настоящим убийцей, чтобы он больше ничего не совершил и чтобы не стало очевидным, что посадили не того?

Ответ давным-давно придумал Георгий Степанович. Нужно, чтобы он умер. Только одно дело автору убить героя, и совсем другое — убить человека в жизни. Автор волен делать все, что захочет, он может наслать на героя болезнь страшную и неизлечимую, заставить ядовитую змею его укусить, толкнуть под колеса автомобиля, и ничего автору за это не будет. А в жизни? Неужели Лене Шляхтиной так повезло, что ее несчастный сумасшедший брат сам покончил с собой? И ей не нужно было больше мучиться мыслью о том, что невинный человек осужден, а жизнь какого-нибудь ребенка все еще под угрозой. И не одного ребенка, а неизвестно скольких.

А может, она и не мучилась? Засадила Личко за решетку и спала спокойно? Судя по тому, что я успел о ней узнать, угрызения совести — это не ее репертуар. Она была циничной, жесткой, жестокой и холодной. Один только факт, что она наблюдала за тем, как брат высматривает детей, уводит их и убивает, и ничего не делала, говорит о многом. Она была безжалостна и абсолютно безнравственна. Тогда почему она не сдала брата милиции сразу же, как только узнала о нем страшную правду? Да потому, что ей нужно было дописать свою книгу, которая «произведет эффект разорвавшейся бомбы». Ей не хватало материала, ей не хватало опыта, который она могла бы описать. Брат убивал и насиловал детей, а она ставила живой эксперимент и с любопытством ученого наблюдала за его ходом.

Наверное, потом она захотела бы написать о переживаниях человека, давшего ложные показания и упрятавшего в тюрьму невиновного. Тоже интересный человеческий материал получился бы. Народ будет зачитываться книгой, где с такой силой и правдивостью описан страшный нравственный опыт.

А может быть, ей захотелось проверить, что она будет чувствовать, если доведет родного брата до самоубийства? И это послужит хорошим материалом для очередной книги. Или она убила брата? Вытолкнула из окна? И одновременно решила две задачи: предотвратила дальнейшие убийства, которые заставили бы всех понять, что Личко осужден напрасно, и получила бесценный опыт братоубийцы.

Господи, как чудовищно...

Но так или иначе, остается еще один вопрос: почему погибла Лена Шляхтина? Покончила с собой? Или все-таки кто-то ее убил? Кто? И почему?

И еще вопрос: что искал Ситников-Клюев в бумагах Истоминой? Историю брата-убийцы и сестры-наблюдателя? Глупо. Эта история давным-давно опубликована в романе Истоминой «Сестра», впервые напечатанном в 1977 году в журнале «Алтай», и Ситников наверняка его прочел, если интересовался творчеством молодой писательницы, подруги

Лены Шляхтиной. А даже если и не прочел, то все равно: зачем ему дневники, записные книжки и рабочие наброски, если есть изданный роман? Значит, не это. А что? И почему не тогда, а только сейчас? Какой еще тайной владела Шляхтина? Чем еще она могла поделиться с Майей?

* * *

— Я отпускаю вас под подписку о невыезде, — скучно проговорил тучный краснолицый следователь, не глядя Олесе в лицо. — Попрошу никуда из Москвы не выезжать без моего ведома и разрешения. Это понятно?

— Да. Спасибо.

— И молите бога, чтобы ваш свекор выжил. Тогда, может быть, все обойдется тяжкими телесными повреждениями, а не покушением на убийство. Статья другая, срок поменьше. Вам понятно?

— Да, — тупо повторила она и зачем-то снова добавила: — Спасибо.

На улице ее ждал муж.

— Гриша!

Олеся бросилась к нему, но Григорий отвернулся и молча пошел к машине.

— Гриша, меня отпустили под подписку.

— Знаю. Я заплатил. Садись, поедем.

— Домой?

— Нет, в больницу к отцу.

Она покорно забралась на переднее сиденье джипа и сжалась, обхватив себя руками. Сейчас придется объясняться. Что сказать? Что сказал Вячеслав? Как он объяснил то, что произошло? Следователь не сказал об этом ни слова, только задавал ей вопросы, и там, на квартире у Ситникова, и в своем кабинете. Две ночи она провела в «обезьяннике», но ни теснота, ни грязь, ни вонь, ни сомнительная компания, ни отсутствие привычных удобств не показались ей такими уж пугающими по сравнению с тем адом, который воцарился у нее в душе.

Несколько минут прошло в гробовом молчании, потом Григорий заговорил:

— Зачем ты сказала, что отец пытался тебя изнасиловать? Это же вранье. Он не мог.

— Не мог, — тихо согласилась она.

— И что? Зачем ты это сказала?

— Я думала... — она тяжело перевела дыхание. — Я думала, что убила его. Ему теперь все равно, а у меня будет самооборона или как там это называется... Самозащита.

— Но ты его не убила. И что теперь? Как нам с этим жить? У меня будет отец-насильник, похотливый старый козел, польстившийся на мою же жену, на собственную невестку? Ты так себе это представляешь? Или как?

— Гриша, я...

— Молчи, идиотка, — в его голосе послышалось презрение. — Если ты думаешь, что я заплатил следователю за то, чтобы тебя выпустили под подписку, потому что безумно люблю тебя, то сильно ошибаешься. Я не стану обсуждать с тобой свои чувства к тебе, которые были раньше. Это уже не имеет значения. Значение имеет только то, что больше я тебя не люблю. Я тебя ненавижу. Ты — глупая мразь. Ты стреляла в моего отца, и для меня этого достаточно, чтобы вычеркнуть тебя из своей жизни.

— Тогда зачем? Зачем ты дал взятку, чтобы меня выпустили, если ненавидишь?

— Чтобы все было проще. Чтобы ты могла договориться с папой. Чтобы вы дали одинаковые показания.

— О чем?

— О том, что это было неосторожное обращение с оружием. У отца был пистолет, уже давно, и все об этом знали, ты попросила посмотреть, вертела в руках, сняла с предохранителя... что-нибудь в этом роде. Я нанял хорошего адвоката, он тебе все объяснит.

— Зачем? — снова спросила она, глядя прямо перед собой на идущие впереди машины. Почему-то это если и не успокаивало, то по крайней мере давало возможность сдерживаться и не плакать. — Пусть меня посадят, мне все равно.

— А тебя и так посадят, — холодно ответил муж. — Вопрос только в сроке, на который тебя упекут, и в нашей репутации. Я не могу допустить, чтобы мой отец оказался пошлым насильником, а я — сыном пошлого насильника. Этого не будет. Никогда. И если для этого тебе придется сесть надолго, значит, сядешь.

— А если я не соглашусь? Если не стану говорить про оружие? Пусть будет самооборона, за это меньше дадут, а могут и вообще не посадить. Ты думаешь о своей жизни, а мне приходится думать о своей.

— Если ты не согласишься, я дам такие показания, что тебя упекут за умышленное убийство из корыстных побуждений. По этой статье срок еще больше. Ты поняла, кретинка? И не пытайся со мной торговаться. Будет так, как я сказал, и никак иначе.

Они свернули на забитое машинами Садовое кольцо и встали в огромной беспросветной пробке.

— А теперь ты мне расскажешь, что у вас там произошло и почему ты стреляла в отца. Только не смей врать. Я хочу знать правду.

Правду... Какую правду? Такую, которая ему понравится?

— А что говорит Вячеслав Антонович? Как он тебе это объяснил?

— Никак не объяснил. Он в тяжелом состоянии, в реанимации. Говорить не мог, когда я был у него.

— Вот у него и спроси, когда он сможет разговаривать. Что толку в моих словах, если ты меня ненавидишь? Ненавидишь — значит, не веришь.

— Конечно, не верю. Но мне хочется услышать твою версию.

— Это было неосторожное обращение с оружием, — твердо сказала Олеся. — Именно то, чего тебе и хочется. Так что можешь не волноваться.

— Зачем же ты сказала про изнасилование?! — заорал Григорий. — У тебя что, мозгов вообще нету? Как у тебя язык повернулся ляпнуть такую глупость?

— За убийство при самообороне меньше дадут.

— Значит, можно марать грязью чужое имя, чтобы себя выгородить, да?! Можно втаптывать в дерьмо меня и отца, людей, которые тебя любили, заботились о тебе, как о родной, да?! Ты не просто глупая мразь, ты... ты...

Он, задыхаясь, искал подходящие слова, лицо покраснело, на виске вздулась вена. Олеся прикрыла глаза и оперлась затылком о подголовник. Следователь сказал, что, если Ситников выживет, ей будет лучше. Нет, лучше бы он умер...

...Гриша улетел в Санкт-Петербург решать какие-то вопросы с таможней по поводу пришедшего по морю груза, и Олеся предвкушала длинные радостные выходные, проведенные вдвоем с Ситниковым. Ей было что ему сказать.

В субботу у Вячеслава Антоновича образовались какие-то важные дела, и он сказал, что освободится ближе к вечеру и будет рад, если Олеся встретит его дома горячим ужином. Ужин этот ей хотелось сделать торжественным и нарядным, потому что разговор предстоял важный для них обоих. Она примчалась часов в двенадцать, нагруженная сумками, и воодушевленно принялась за уборку квартиры. Пусть все сверкает, блестит, пусть все будет чистеньким и праздничным. Она даже сменила постельное белье и повесила в ванной чистые полотенца. Пусть Слава запомнит этот день, потому что день этот — особенный. Закончив уборку, Олеся так же вдохновенно взялась за приготовление ужина. Потом приняла душ, вымыла голову, высушила и уложила волосы, сделала макияж, стерла ободравшийся за время уборки лак с ногтей и нанесла свежий, того цвета, который так нравится Ситникову.

Слава несколько раз звонил, говорил, что задерживается, и просил не скучать. Пришел он около десяти, усталый, но в хорошем настроении, поцеловал Олесю и сразу сел за стол. Она все выбирала подходящий момент, чтобы сказать то, что собиралась. Наконец ей показалось, что пора.

— Слава, я беременна, — с улыбкой сообщила она.

Он посмотрел на нее с сочувствием, как на больного котенка.

— Ой-ей-ей, бедная ты моя, — Ситников ласково погладил ее по руке. — Большой срок?

— Семь недель.

— Ну ничего, срок хороший. Не переживай.

— Для чего хороший? — не поняла Олеся.

— Для аборта.

Она опешила.

— Слава, ты не понял. У нас с тобой будет ребенок. Это совершенно точно твой ребенок, я все подсчитала...

Ситников аккуратно поставил бокал с вином и вытер губы салфеткой.

— Олесенька, мы же с тобой, кажется, договорились: никаких подсчетов. Только точное знание.

— Но я точно знаю!

— Только точное знание, которому я сам могу доверять.

— Ты что, не веришь мне? Думаешь, я обсчиталась?

— Детка, я ничего не думаю. Я терпеть не могу думать о том, что думают другие и как они считают. Это бессмысленное занятие. Я верю только самому себе. Мы с тобой решили раз и навсегда, что рожать ты будешь только тогда, когда я тебе разрешу, а разрешу я тебе только тогда, когда сам буду уверен, что ребенок — мой. Я тебе объяснял, какие условия для этого требуются. Первое и основное: Гришино длительное отсутствие. Пока это условие не соблюдено, нам нечего обсуждать. Так что ты сделаешь аборт, и мы закроем вопрос.

— Славочка, послушай меня, — мягко заговорила Олеся. — Мы с Гришей спим очень редко, я тебе сто раз говорила. Он много работает и часто выпивает, у него есть другие женщины, и тебе об этом известно. Он мной совсем не интересуется. Мы не были близки уже два месяца. Два месяца, Слава. Это девять недель. А у меня — семь. Так что это может быть только твой ребенок, и больше ничей. Слава, пожалуйста, разреши мне развестись с Гришей. Мы поженимся с тобой и будем растить нашего ребенка. Ведь мы же этого хотели с самого начала, правда?

— Правда, — улыбнулся он. — И это обязательно так и будет, я тебе обещаю. Но не сейчас. Не с этой беременностью.

— Но почему? Почему, Слава? Зачем ждать другого случая?

— Я должен быть уверен. А сейчас я ни в чем не уверен. И вообще, я не понимаю, почему ты делаешь проблему из такой ерунды? Сделай аборт — и все. И не о чем говорить. Сколько ты уже сделала? Пять? Десять? Ну так будет еще один.

— Один, — тихо ответила Олеся. — Только один. До того, как познакомилась с тобой. Если я сделаю второй аборт, то могу потом вообще больше не родить, как же ты не понимаешь? И у нас не будет нашего ребенка.

Эта мысль казалась ей кощунственной. Она никогда не подозревала, что с такой невероятной силой захочет ребенка. О детях она всегда думала как об обузе, ненужной и хлопотной, и втайне радовалась, что Гриша не настаивает на том, чтобы она как можно быстрее рожала, а свекор не жалуется, что годы идут, а внуков так и нет. Но теперь, когда все получилось случайно и врач подтвердил беременность, Олеся сама себя не узнавала. Желание иметь ребенка росло и крепло с каждым часом. Она была уверена, что это ребенок от Славы, и еще больше готова была любить свое зарождающееся дитя. Ну как же можно его не родить? Как же можно избавиться от него? Нет, нет и нет. Она убедит Славу, уговорит, докажет ему... Этот желанный и любимый малыш обязательно родится, и она будет растить его вместе с единственным мужчиной, со своим самым любимым, самым лучшим, самым умным.

— Значит, его не будет, — хладнокровно произнес Вячеслав Антонович. — Пусть лучше не будет совсем никакого ребенка, чем неизвестно какой.

— Слава, как ты можешь?!

Олеся невольно повысила голос, но тут же осеклась и взяла себя в руки. Нельзя скандалить, нельзя кричать. Она не должна быть похожа на базарную бабу. Все годы, проведенные рядом с Ситниковым, она старалась быть такой, какой ему хотелось ее видеть. Она говорила то, что он хотел услышать, совершала те поступки, которых он ждал, выглядела так, как ему нравится, и старалась думать и чувствовать именно так, как ему хотелось бы, чтобы она думала и чувствовала. Она даже придумала эти походы в казино дважды в неделю и одинаковые ставки, чтобы в ее поведении было что-то такое, что не поддается разумному толкованию. Славе нравится, когда в женщине есть маленькая тайна, эдакая изюминка-загадка. Она любила его так сильно, что готова была перестать быть собой, только бы оставаться с ним. Она готова была превратиться в кого угодно, лишь бы ему угодить. Потому что жизнь без него представлялась ей невозможной. В этой жизни не будет воздуха, и она просто задохнется. И вот теперь она должна отказаться от материнства, потому что Ситников ждет от нее именно этого. Если она откажется, если согласится сделать аборт, то все останется по-прежнему, они будут любить друг друга, они будут вместе. Но ей так хочется родить этого ребенка! Она никогда не думала, что инстинкт материнства может оказаться таким сильным. Ей придется сломать этот инстинкт, задушить, уничтожить, чтобы сохранить любовь своего единственного мужчины. Проще говоря, ей придется окончательно сломать и уничтожить себя саму. Неужели придется выбирать между любовью и самой собой? Какой нелепый выбор...

Она старалась быть корректной и спокойной, искала и находила слова, которые ей самой казались правильными и убедительными, но все это ни к чему не привело. Вячеслав Антонович стоял на своем: она должна сделать аборт, потому что он не уверен в своем отцовстве.

— Олесенька, я не для того затевал все это, чтобы оказаться в конце концов посмешищем, воспитывающим чужого ребенка. И вообще, я не понимаю, чего ты так упираешься. Можно подумать, это для тебя вопрос жизни и смерти.

— Да! — почти выкрикнула она. — Да, это вопрос жизни и смерти. Я хочу ребенка, понимаешь? И не когда-нибудь, а сейчас. Я хочу именно этого ребенка, твоего. Он уже живет во мне, я его уже люблю, и я не могу его уничтожить.

— Ой, перестань, — Ситников брезгливо поморщился. — Откуда у тебя эта жажда материнства? Такие, как ты, для материнства вообще не приспособлены.

— Такие, как я? — растерялась Олеся. — Какие это — такие?

— А вот такие, — он хищно улыбнулся. — Циничные. Готовые на все, чтобы устроить свою жизнь с максимальным удовольствием. Если хочешь, безнравственные. Мы с тобой совершенно одинаковые, детка, мы с тобой одной крови. И я совершенно точно знаю, что ты не можешь исступленно хотеть ребенка. Ты относишься к жизни так же, как я, и тебе нужно от нее то же, что и мне. Поэтому если я чего-то не хочу, то априори ты этого тоже хотеть не можешь.

Она не верила своим ушам.

— То есть ты считаешь, что я циничная и безнравственная? — переспросила она, надеясь, что не так поняла его. Сейчас он все объяснит, и окажется, что все не так ужасно.

— Ну а какая же? — рассмеялся Ситников. — Конечно, именно такая. Ты же согласилась выйти замуж за Гришу, чтобы войти в семью и остаться со мной.

— Но это ты придумал, ты, а не я!

— Придумал я, а согласилась ты, — спокойно возразил

он. — И со всем остальным ты тоже согласилась. Я обещал тебе много денег, я обещал, что Гриша станет еще богаче, и я это выполнил. Ты прекрасно знала, как я собирался это сделать, и ты не только не возражала, ты же и помогала мне. Ты познакомилась с Юркой Забелиным, ты флиртовала с ним, давая понять, что готова пойти на большее, ты довела его до белого каления, демонстрируя коленки и декольте, и в результате он снял квартиру, чтобы тебя трахать. Это что, образец высокой нравственности?

— Подожди, Слава, подожди, — она потрясла головой, чтобы сосредоточиться. — При чем тут квартира? Я не знаю ни про какую квартиру, я там не была.

— Ну разумеется, ты не была. До этого не дошло.

— Ты велел мне познакомиться с Забелиным и вскружить ему голову, ты говорил, что, когда он в таком состоянии, тебе будет легче с ним договориться, но ты же не объяснял мне, о чем вы будете договариваться, ты только сказал, что это нужно, чтобы у Гриши было больше денег. Я тебе поверила, я ни о чем не спрашивала, а ты теперь говоришь про какую-то квартиру! Слава, что происходит?

Ситников рассвирепел внезапно, и Олеся даже не успела понять, какие из ее слов настолько вывели его из равновесия.

— Какая тебе разница, что происходит? Откуда вдруг такой интерес? До сегодняшнего дня тебя все устраивало, ты не задавала никаких вопросов и делала то, что я велел. Так что вдруг изменилось? Это беременность на тебя так плохо влияет? Тогда тем более надо ее прерывать, пока ты окончательно не превратилась в мочалку, целыми днями читающую мораль всем подряд.

Он утратил обычную свою сдержанность, быстрыми шагами ходил взад и вперед по комнате, смотрел на Олесю с нескрываемой яростью, но от его слов на нее веяло могильным холодом.

— Ты завтра же... нет, в понедельник, ты в понедельник прямо с утра пойдешь к врачу и договоришься об операции. Деньги я дам. И ни про какого ребенка я даже слышать не хочу. Прекрати корчить из себя мадонну с младенцем, я никогда в жизни не поверю, что ты хочешь стать матерью и испортить все то, что я с таким трудом наладил. Ты хоть понимаешь, что ты предаешь меня? Ты предаешь меня! Я пошел на то, чтобы разделить тебя с сыном, чтобы не расставаться с тобой, я много на что пошел, чтобы сделать его богатым, чтобы ты ни в чем не нуждалась, чтобы у тебя все было, и я рассчитывал на твою поддержку, на твое понимание, а ты? Ты что делаешь? Пытаешься подсунуть мне Гришиного ребенка? Или еще чьего-то?

— Слава! Опомнись! Что ты говоришь?

— А что я говорю? Ты — такая же, как я, мы одной крови, и это значит, что если ты готова спать с двумя мужиками одновременно, то почему бы и не с четырьмя? С пятью? Откуда я знаю, чей это ребенок на самом деле? Может, и не Гришкин, но и не мой. Вспомни, с какой легкостью ты тогда, в Германии, бросила своего дружка и улеглась в мою постель. Что с тех пор изменилось? Ты осталась такой же, и значит, вполне можешь сделать это еще раз.

— Но я же любила тебя! Я люблю тебя, Слава...

— Перестань. О какой любви ты говоришь? Мы были знакомы несколько часов. Просто у меня было больше денег и я пил меньше пива, чем твой любовничек. Со мной было легче и приятнее, вот и вся твоя любовь.

Олеся почувствовала, что у нее слабеют ноги, и она оперлась о дверной косяк, чтобы не упасть. Она получила то, что заслужила. Ей хотелось быть такой, какой Ситников хотел ее видеть, она стремилась соответствовать его представлениям о женщине, с которой ему будет хорошо, и она ломала себя, сдерживала, притворялась, стискивала зубы и соответствовала. Только бы не разочаровать его, не потерять, быть с ним. И вот результат. Он верит в нее придуманную и не верит в настоящую, в ту, которая хочет родить ему ребенка. И никогда не поверит. Она не такая же, как он, и они не одной крови, но как только он это поймет, он бросит ее. Настоящая Олеся ему не нужна, она ему неинтересна и неудобна. Но она так хочет этого ребенка... Господи, как она его хочет, как она любит его, крохотного, пока еще невесомого! Но Слава не разрешает его рожать. И она не посмеет ослушаться, потому что он подчинил ее себе полностью и бесповоротно. У нее не осталось ничего своего, ни души, ни ума, ни характера, он все сломал и переделал под себя, и у нее нет сил перечить ему, настаивать на своем, чего-то добиваться. Он ее поработил. Вот оно, это слово, единственно правильное. Поработил.

Она даже не заметила, как это произошло, ей все казалось, что она добровольно и сознательно что-то делает и говорит, потому что хочет доставить ему удовольствие, но это ее собственный выбор, ее собственное решение. И только сейчас, осознав невозможность ослушаться, Олеся поняла, что давно уже ничего не решает и не выбирает. Она просто послушно выполняет его волю. И свое материнство, такое радостное, такое желанное, ей не отстоять и не защитить.

Почему-то одновременно в голову пришли две мысли. Первая — о бунте рабов, бессмысленном и беспощадном. И вторая — о пистолете, который Слава хранил дома и который она много раз видела. Слава показывал, как с ним обращаться, и предупреждал, что нужно быть осторожным, потому что он заряжен и патрон дослан в патронник.

Он еще продолжал что-то говорить, яростно и негодующе, мерил шагами комнату, бросал ей в лицо упреки и обвинения, а она уже стояла с пистолетом в руках. Предохранитель снят, палец на спусковом крючке...

— Ну этого еще не хватало! Мелодрамы тут будешь устраивать? Положи оружие на место, не валяй дурака...

Его голос куда-то пропал, и Олеся подумала, что внезапно оглохла.

И снова две мысли, одновременно заполнившие ее голову, которая почему-то казалась Олесе в тот момент огромной и пустой:

«Только так я смогу от него избавиться. Только так. Иначе я не смогу ему противостоять, и он заставит меня избавиться от ребенка. Мне нужно выбирать: ребенок или Слава. Я выбираю ребенка».

«Нет, я не смогу этого сделать. Я не смогу. Не смогу...»

— Я не смогу, — громко произнесла она вслух и нажала на спусковой крючок.

Потом она долго, кажется — целую вечность стояла неподвижно, словно окаменев, сжимая пистолет. Из оцепенения ее вывел звонок в дверь — соседи услышали выстрел. Началась суета, крики, кто-то ринулся к телефону вызывать «Скорую».

— Что случилось, Олеся? — заботливо спрашивала пожилая соседка. — Как это у вас вышло?

Олеся судорожно пыталась что-то придумать, и первое,

что пришло ей в голову, было неосторожное обращение с оружием, но тут соседка добавила:

— А я слышу из вашей квартиры громкие голоса, ну, думаю, ссорятся. Как же так, деточка? Вы с Вячеславом Антоновичем так дружно жили, одна радость была на вас смотреть, такая семья хорошая. А тут вдруг кричите, скандалите...

Соседка слышала их громкую ссору, и у Олеси хватило самообладания, чтобы сообразить, что неосторожное обращение с оружием здесь не пройдет. Нужно срочно придумать что-то такое, что объясняло бы громкие голоса и смягчило ее вину.

— Он пытался меня изнасиловать.

— Господи! — ахнула соседка, прижимая ладонь ко рту, и Олеся совершенно не к месту обратила внимание на крупный перстень с жемчугом у нее на пальце. — Какой ужас! Так надо в милицию звонить... Где у тебя телефон, я сейчас позвоню.

— Не надо. Я сама.

Она вся заледенела внутри и почти ничего не чувствовала. У нее достало сил, чтобы набрать номер и сказать:

— Я только что застрелила человека.

И назвать адрес и свое имя.

И только потом наступило горячее от судорог и мокрое от слез беспамятство. Олеся кричала и билась в истерике до тех пор, пока приехавший врач не сделал ей укол какого-то сильного транквилизатора. Через двадцать минут после ее звонка в квартире появилась милиция, еще через какое-то время подействовал укол, и она вернулась к действительности. Ей казалось, что прошло всего две-три минуты, оказалось — почти час, но этот час она так и не восстановила в памяти...

* * *

При всей своей самоуверенности следователь Вилков Александр Иванович возможности свои все-таки переоценил, в воскресенье ничего добиться не смог и принялся за решение вопроса в понедельник с самого утра. В чиновничьем мире дела быстро не делаются, и следственный комитет в этом смысле исключением не был. Вилков доложил руководству о предполагаемой связи покушения на Ситникова с имеющимся у него в производстве делом об убийствах Забелина и Брайко, руководство приняло информацию к сведению и сказало, что примет меры, а Шурик вернулся к неотложным делам, в числе которых был допрос Дмитрия Найденова, партнера Дарьи Брайко по рейдерскому бизнесу.

— Труп Брайко был обнаружен на Волоколамском шоссе. Вы знаете, как она там оказалась?

Найденов следователю не понравился с первой же минуты. Александр Иванович очень точно чувствовал тех людей, которые измеряют ценность любого человека теми деньгами, которые он может заработать. Найденов мог заработать много, следователь Вилков — мало (если, конечно, не брать взятки), посему во взгляде Дмитрия Александр Иванович читал нескрываемое превосходство и явное неудовольствие от того, что его вызвали, да мало что вызвали — еще и вопросы задают.

— Я уже говорил сто раз: ей предложили новый проект, и заказчик повез ее посмотреть объект будущей работы.

Ишь ты, проект... Ну до чего ж эти новые бизнесмены быстро набрались красивых слов: проект, программа, маркетинговые стратегии, позиционирование. От всего этого Шурика Вилкова буквально мутило. Но то Шурика, а Александр Иванович дело свое знал четко и все необходимое выполнял неукоснительно.

— Пожалуйста, поконкретнее: кто заказчик, что за проект, что за объект, как называется, где находится.

— Проект обычный, как всегда. Нужно оценить перспективы поглощения одного предприятия другим и выработать оптимальную стратегию. Предприятие находится где-то по Волоколамке, как называется — не знаю, Дарья должна была съездить и все выяснить.

— А кто заказчик? С кем она уехала?

— Я уже сто раз говорил и снова повторяю: не знаю! Не знаю я! Ну почему я должен талдычить одно и то же каждый день?

— Потому что дело передали другому следователю, то есть мне, — невозмутимо объяснил Вилков. — И я должен все проверить с самого начала и задать вопросы сам. А вы должны мне на них ответить.

— А почему теперь другой следователь? Я не понимаю.

— А вам и не нужно понимать, вы не на лекции в университете, вам понимать необязательно. Ваше дело — помогать следствию и отвечать на вопросы. Значит, вы не знаете, с кем Брайко уехала в сторону Волоколамска?

— Нет. Послушайте, а если завтра дело передадут еще одному следователю, все сначала начнется? Меня опять будут вызывать и опять все это спрашивать, да? И этот бардак будет длиться до бесконечности?

— Этот бардак будет длиться ровно столько, сколько потребуется, чтобы раскрыть преступление. И если придется в процессе расследования создавать для вас лично определенные неудобства, значит, я буду их создавать, а вам придется их терпеть, господин Найденов. Как получилось, что вы не знали, куда конкретно и с кем поехала Брайко?

— Она не успела мне рассказать. Я уже объяснял, меня не было в Москве, она позвонила и сообщила, что подвернулся перспективный проект, через полчаса она встречается с представителем заказчика и едет на место осмотреться. Обещала перезвонить, когда вернется, и все рассказать. Послушайте, Александр Иванович, ведь это все есть в протоколах, меня уже неоднократно допрашивали, вы могли бы просто прочитать и не держать меня здесь. Вы что, читать не умеете?

— Не умею. У меня по чтению в школе была двойка. Зато я хорошо слушаю и пишу, — равнодушно сообщил Вилков.

Он почти не заглядывал в подготовленную накануне шпаргалку. Все реплики Найденова были банальными и предсказуемыми, за время следственной работы Александр Иванович тысячи раз сталкивался с теми, кто разговаривал и возмущался точь-в-точь как этот наглый тип в дорогом фирменном прикиде, и все ответные реплики были давно выучены Вилковым наизусть. Косноязычие косноязычием, а на память Шурик никогда не жаловался и единожды найденную формулировку запоминал на всю оставшуюся жизнь. В принципе с клиентами попроще, ворьем, пьянью и прочей швалью, он особо не церемонился, не стремился «выглядеть» и беседовал с ними, как бог на душу положит, вовсю орудуя местоимениями вместо существительных и пренебрегая падежами, но если приходилось иметь дело со сложными делами и непростыми собеседниками, готовился заранее. То есть не только обдумывал и набрасывал план допроса, как делает любой более или менее добросовестный следователь, но и тщательно составлял шпаргалки с формулировками вопросов. Он давно знал, к каким плачевным последствиям может привести впечатление от его устной речи, столь далекой от совершенства, и, по большому счету, на само несовершенство ему было наплевать, но с впечатлением и его последствиями приходилось считаться, особенно если дело касалось работы.

— В ваш адрес поступали от фирмы «Баунет» требования прекратить вашу деятельность по скупке акций у миноритарных акционеров?

Вопрос был длинным, и Шурик прочел его по бумажке.

— Нет, ни разу.

— Как вы думаете, почему?

— Они не знали, кто скупает акции. Им потребовалось время, чтобы это выяснить.

— А угрозы были?

— Да нет же! Я ведь сказал...

— Вы знакомы с кем-нибудь из службы безопасности «Баунета»? Знаете кого-нибудь в лицо? — бесстрастно продолжал Вилков, не обращая внимания на раздражение свидетеля.

— В лицо и по именам знаю всех, но ни с кем не знаком.

— Это как же? — удивился Вилков.

— Противника нужно знать в лицо, — усмехнулся Найденов. — При этом совсем необязательно, чтобы он знал тебя. Специфика нашей работы, понимаете ли.

— Понятно, — кивнул следователь. — Пойдем дальше. Как давно вы знакомы с Юрием Петровичем Забелиным?

— С конца прошлого года...

Ничего нового Александр Иванович из этого допроса для себя не вынес. Дмитрий Найденов в точности повторил все то, что говорил предыдущему следователю, Мартиросяну. Забелин был не заказчиком, а посредником, кто настоящий заказчик работы по «Баунету», ни Найденов, ни Брайко не знали, деньги за работу — и аванс, и окончательный гонорар — получали непосредственного от Забелина. Все выходные Вилков потратил на то, чтобы тщательно изучить только-только полученное дело об убийстве Брайко, сопоставлял с фактами, известными ему по делу об убийстве Забелина, и не нашел пока ничего, что объединяло бы эти два трупа. Ничего, кроме фирмы «Баунет» и оружия, из которого были застрелены обе жертвы. Значит, пора вплотную приступать к разработке фирмы. Тем более все активы «Баунета» оказались выведены в фирму, принадлежащую Григорию Ситникову, а отца Ситникова пытались убить. Неладно что-то в Датском королевстве, то есть в «Баунете». Скорей бы начальство приняло решение и передало ему, Вилкову, дело о покушении на Ситникова. Александр Иванович был уверен, что как только это произойдет, дело тут же сдвинется с мертвой точки.

Во вторник к обеду вопрос решился. Вилкова вызвали к руководству и передали ему папку с материалами о покушении на Ситникова.

— Где она сейчас? — спросил Александр Иванович, не открывая дела. — Я хочу ее немедленно допросить.

Он уже знал, что в Ситникова стреляла жена его сына, и собирался ехать в то отделение, где находилась задержанная Олеся Подрезкова.

— Отпущена под подписку, — хмуро сообщил начальник.

— То есть как?! — чуть не заорал следователь. — Как это — убийцу и под подписку?

— А вот так. Ты не у меня спрашивай, а у того, кто ее отпустил. Он — процессуальное лицо, усмотрел основания. Имеет право.

«Деньги взял, мудак, — с досадой подумал Вилков. — Интересно, сколько?»

Ладно, не беда, Подрезкову он вызовет, позвонит и велит приехать, никуда она не денется. А если денется... Об этом даже думать не хотелось.

Настроение испортилось донельзя. Однако уже у себя в кабинете, читая материалы дела, он воспрял духом. Пистолет, из которого стреляла Подрезкова, был направлен на баллистическую экспертизу в экспертно-криминалистический центр Западного округа. А начальник центра Татьяна Хлебникова, золотая баба, понимающая, всегда пойдет навстречу, если очень нужно.

Шурик схватил трубку и набрал номер.

— Татьяна Германовна? — елейным голоском начал он. — Ваш вечный поклонник Вилков вас горячо приветствует.

— Привет, Шурик, — раздался в ответ низкий энергичный голос. — Что у тебя?

— У меня баллистика, Татьяна Германовна. Как там у вас очередь, большая?

— Что-то я не помню. — Голос Хлебниковой стал озабоченным. — От тебя вроде ничего не поступало. И вообще ты не в нашем округе. Перевелся к нам, что ли?

— Так это не от меня, это от другого следователя, — Шурик глянул в материалы, — от Хомякова. Мне сегодня только передали. Ну как, Татьяна Германовна, есть возможность помочь?

— Шура, у меня один баллист в отпуске, другой болеет. Придется подождать.

— Да не могу я! — взмолился Вилков. — У меня три трупа на руках. Ну куда еще ждать-то? Пока четвертый появится?

Насчет трех трупов он, конечно, приврал, трупов было всего два, поскольку Ситников жив, но чего не скажешь ради ускорения производства экспертизы.

— Ладно, сделаем, — вздохнула Хлебникова.

— Когда?

— За горло-то не бери, — усмехнулась она. — Когда сможем, тогда и сделаем.

— Завтра?

— Через два дня, не раньше.

Конечно, хорошо бы через два часа, но и два дня тоже неплохо, учитывая, что один эксперт-баллист в отпуске, а другой болеет... По трупу Брайко результаты экспертизы ждали больше двух недель, а потом еще ответ на запрос в пулегильзотеку шел несколько дней. Так что два дня — это необыкновенная, просто сказочная удача.

Он снова углубился в дело и с неудовольствием отметил, что в материалах нет показаний самого потерпевшего. Ситникова с места происшествия доставили в больницу, где ему была сделана операция. Ранение в брюшную полость. Пулю извлекли, полость санировали и зашили, сейчас Ситников в сознании и находится в реанимации. Вчера, в понедельник, к нему пустили следователя Хомякова, который, судя по протоколу, ничего от потерпевшего не добился. Странно. Отказ от дачи показаний? Или что? Впрочем, все это можно понять, если невестка Ситникова говорит правду. Что он может сказать следователю? Признаться, что пытался изнасиловать жену собственного сына? Красота! А что еще говорить, он не знает, потому что не знает, что сказала следователю Олеся Подрезкова. Хомяков же, судя по всему, тоже ему этого не сказал, хоть на это ума хватило. Ну и козлина же он, право слово! Взять деньги и отпустить убийцу! Уму непостижимо. И ведь не боится ничего. Впрочем, сегодня вообще никто ничего не боится.

Что ж, надо ехать в больницу и пытаться разговаривать с Ситниковым. Кровь из носу, но надо получить его показания. А заодно и выяснить, почему активы «Баунета» были выведены именно в фирму его сыночка. Что у них там за семейно-родственные отношения?

Александр Иванович позвонил в больницу, где находился Ситников.

— Его сейчас оперируют, — сообщил ему мелодичный женский голосок. Дежурный врач Тамарочка Шульгина давно знала Вилкова, поэтому скрытничать не стала. — У больного Ситникова начался перитонит, у него при ранении был поврежден кишечник, содержимое кишечника попало в брюшную полость, начался процесс инфицирования. Кроме того, у него был хронический пиелонефрит, и в результате ранения воспалительный процесс обострился, теперь эта инфекция тоже гуляет по организму. Так что пришлось санировать повторно.

— Понятно, — удрученно протянул Вилков. — И какие прогнозы?

— Не хочу вас обнадеживать, — сдержанно ответила обладательница мелодичного голоса. — В таких случаях прогноз обычно не бывает благоприятным.

Да что ж за невезуха такая! Потерпевший может скончаться, так и не дав показаний, убийца на свободе и может скрыться. Ну как при таких обстоятельствах преступления раскрывать, а? Ну вот скажите, как?!

Глава 9

— И чего теперь? — спросил Валя Семенов с набитым ртом.

— Чего, чего, — угрюмо проворчал Шурик Вилков. — Ничего. Скрытое наблюдение, вот чего. Оснований-то нет отменять. Пусть поглядят, чего там и как, а как баллистику сделают, вот тут я ее и выдерну.

Стало быть, наш Александр Иванович не нашел оснований изменять меру пресечения, избранную следователем Хомяковым в отношении Олеси Подрезковой. Молодая женщина сама вызвала милицию и «Скорую» на место происшествия, сама призналась в том, что выстрелила в своего свекра, добровольно давала показания, оказывала содействие следствию, и не было никаких поводов полагать, что она попытается скрыться или, находясь на свободе, будет противодействовать процессу расследования. В принципе Хомяков сделал все совершенно законно, и Шуриковы вопли о том, что следователь взял взятку, вызывали у меня некоторые сомнения. Хотя вполне может быть. Шурик решил пока Подрезкову не допрашивать, ограничиться наружным наблюдением, зафиксировать ее передвижения и контакты, а уж когда придут результаты баллистической экспертизы оружия, вызвать ее и допросить по всей форме. Пусть девушка расслабится, пусть решит, что все тихо, глядишь — на радостях какую-никакую ошибку-то и совершит. Опять же риска, что она скроется от следствия, никакого, потому как «наружка» не дремлет.

На этот раз собрались у меня, потому что Шурику прибило посмотреть моих котов. До сих пор он ни разу не был у меня дома, как-то так получалось, что еще со времен учебы на заочке у нас повелось пить пиво в общественных местах, где-нибудь на Солянке, поближе к Малому Ивановскому переулку, где, собственно, и располагалось наше учебное заведение. Про мои кошачьи пристрастия Вилков был наслышан, но своими глазами этот зверинец не видал, а тут вдруг сообразил, что можно же сделать теще подарок ко дню рождения — очаровательного котенка. Она кошек обожает, а ее последняя любимица недавно умерла от старости. Услышав, что мои производители называются американскими экзотами, он долго хлопал глазами и спрашивал, на что это похоже, потому что если это лысое или похожее на овцу в зародыше (ему кто-то сказал, что и такие бывают), то его выгонят из дома. Я предложил прийти и посмотреть самому, на что Шурик с энтузиазмом согласился.

Ну а где мы с Шуриком, там и Семенов, куда ж без него.

Вилков терпеливо ждал, пока спрятавшиеся от греха подальше коты будут побеждены природным любопытством и вылезут на свет божий. Первым, как обычно, появился мудрый Ринго, при виде которого Шурик замахал руками и заорал, что его дурят и что это никакой не экзот, а самый обыкновенный сибирский кот, которых он в жизни навидался. Пришлось его успокоить и объяснить, что «это» — не «оно». Вторым показался Айсор, вызвав у Шурика очередной приступ нервозности, потому как теща его человек суеверный и с угольно-черным котом жить не станет ни за какие коврижки. Когда же наконец его взору явили себя папа Дружочек, мама Арина и дочка Карма, Шурик впал в невыразимую нежность, принялся лебезить перед ними, сюсюкать и умильно закатывать глазки. Одним словом, производители ему понравились до невозможности, и он потребовал, чтобы его немедля поставили в очередь на потомство.

— Когда? — строго спросил он.

— Да уж через месяц.

— Это хорошо. Как раз ко дню рождения.

Пришлось остудить его пыл.

— Это ты, братец, хватил, новорожденного котенка я тебе не отдам. Пусть Арина его выкормит, потом я им позанимаюсь как минимум до двух месяцев, за это время он и к лотку приучится.

— Два месяца! — ахнул Вилков. — Да ты чего, Игореха?

— Ничего, — огрызнулся я. — Не хочешь — не бери. Не раньше чем через два месяца после рождения.

Пришлось ему смириться, тем более я объяснил, что новорожденные котята не имеют товарного вида и в качестве подарка не очень-то годятся. А к двум месяцам они уже прелестно выглядят, очаровательно резвятся и — что немаловажно! — не гадят где попало.

Мой друг Семенов был уныл и вял. Его «левый» приработок закончился, не дав Вальке развернуться на полную мощность. Невиновность Олега Личко можно было считать установленной, и его расследование подошло к концу, больше Мусатову платить не за что. Конечно, для возбуждения официального процесса реабилитации Личко собранных нами фактов было совершенно недостаточно, и не было их документального оформления, и многого другого, столь же важного, тоже не было, но ведь дело-то все затевалось не для официоза, а только лишь для памяти близких.

— Я уж губы раскатал на путевку в Турцию, хотел жену с детьми летом отправить, — жаловался Валя. — И черт дернул этого Ситникова по телевизору показывать! Не увидела бы его Истомина, можно было бы еще поработать. Вот всегда так: информация вылезает, когда не надо, а когда надо, так ее наищешься...

Шурик Вилков был слишком занят руководством следственно-оперативной бригадой по делу с двумя убийствами и одним покушением, чтобы ходить в гости «просто так», на котов смотреть. Я понимал, что наше с Валькой предложение «посидеть» он принял не только из-за необходимости подыскать подарок любимой теще, но и из каких-то корыстных побуждений. Я не ошибся.

— Слышь, Игореха, у меня с терпилой полный непротык.

— А что так?

— Да молчит, гад. Ни слова не говорит. Раскачать бы его чем-нибудь, а? Поделись, не будь жмотом.

Согласен, ситуация, когда потерпевший не дает показаний, а свидетелей нет, — хреновая. Показания дает только обвиняемый, а уж он наговорит... Ситников молчит, и Шурик ищет любые возможности разговорить его. А для этого нужна информация, как можно больше информации о самом Ситникове и его жизни. Давить на потерпевшего как-то неловко, человек после второй полостной операции лежит в реанимации, он в сознании, может давать показания, но очень слаб, и вообще перспективы, как сказал Вилков, туманные и не больно радужные. С выхаживанием больных после ранения в брюшную полость у медиков испокон веку проблема, вот хоть Пушкина взять, Александра Сергеевича, или героя моего с детства любимого фильма «Новые Центурионы», который у себя в американских Соединенных Штатах был чем-то вроде участкового и погиб именно от такого ранения. А как давить на человека, который, скорее всего, умрет со дня на день? Совестно.

Ну а поскольку жмотом я никогда не был, то честно поделился с Шуриком всем, что успел узнать о Вячеславе Антоновиче Ситникове. Шурик же, в свою очередь, поведал нам, как допрашивал сына Ситникова, Григория Вячеславовича. На прямо поставленный вопрос о том, почему фирма «Баунет» перевела свои активы в фирму Ситникова-младшего, тот спокойно пожал плечами и ответил, что хозяин «Баунета», Лев Александрович Аргунов, — старый друг отца. Лев Александрович обратился за помощью к Ситникову, когда узнал, что его фирма подверглась недружественной атаке, и Вячеслав Антонович посоветовал воспользоваться фирмой своего сына, вот и все. Когда партнеры давно знакомы и доверяют друг другу, все можно провернуть очень быстро, а в таком деле, как спасение активов, важна именно быстрота.

— Так что завтра я буду с ним разговаривать, — деловито сообщил Шурик, опрокинув в себя очередную порцию виски.

В отличие от Семенова, пьянел он быстро, знал это за собой, поэтому пил очень и очень умеренно, хотя и с огромным удовольствием.

— Ты еще с его женой поговори, — посоветовал грустный Семенов.

— С чьей женой?

— Да этого Аргунова, старого друга.

— А она-то каким боком? — удивился Шурик. — Что она может знать про службу безопасности и про то, давал он указание расправиться с ними или нет.

Он — это Аргунов, а они, надо полагать, — рейдеры и заказчики, то есть Брайко и Забелин.

— Да при чем тут рейдеры, — кисло поморщился Валя, — ты про невестку поспрашивай. Она же утверждает, что Ситников пытался ее изнасиловать, а Ситников молчит. Ну вот и спроси у жены Аргунова, что она по этому поводу думает. Раз Ситников и ее муж старые друзья, стало быть, она и сына Ситникова давно знает, и невестку, видела их всех вместе и может тебе сказать, какими глазами Ситников смотрел на Олесю и как она сама смотрела на него. Изнасилование близкого человека из ничего не вырастает, ты уж мне поверь, я все-таки участковый. Это первую попавшуюся бабу в темном дворе можно изнасиловать ни с того ни с сего, а когда между родственниками — там всегда длинная предыстория. Сто пудов, — припечатал Валентин.

Шурик озабоченно почесал щеку, пожевал губами.

— Думаешь? Вообще-то верно... Тогда я, пожалуй, с нее и начну. Так даже интереснее. Сейчас вызвоню кого-нибудь из оперов, чтобы завтра прямо с утречка со мной поехал.

Он взялся за телефон, а я понес на кухню грязные тарелки. Пока я доставал чистую посуду и разогревал купленные в кулинарии голубцы «на горячее», в комнате, где оставались мои друзья, что-то произошло. Я понял это по тому, как внезапно смолк слегка гнусавый голос Шурика и воцарилась полная тишина. Тишина длилась секунд двадцать, после чего раздались громко и выразительно произнесенные Вилковым слова, которые в переводе с непечатного языка на приемлемый означали примерно следующее:

— Ничего себе! Обалдеть!

Я пулей влетел в комнату.

— Что еще? Что у вас тут случилось?

Шурик сидел, вытаращив глаза, а Валя Семенов наливал в его стакан водку и приговаривал:

— Ты хлопни, Шур, хлопни, сразу полегчает.

Через две минуты я уже знал, что оперативники путем длительных опросов свидетелей составили список мест, наиболее часто посещавшихся покойным Юрием Петровичем Забелиным. Работа эта началась давно, еще до объединения дела с делом об убийстве Брайко. Искали женщину, ради встреч с которой Забелин снял квартиру. Теперь же, когда обрисовалась связь Забелина с Дарьей Брайко, возникли подозрения, что она и была той самой женщиной, и оперативники стали снова обходить эти места, в основном рестораны и оздоровительные центры с банями, и показывать персоналу, хорошо знающему Юрия Петровича, фотографию Дарьи. Так вот, Дарью никто не опознал. Но зато по другой фотографии в двух ресторанах уверенно опознали Олесю Подрезкову.

— Ну, ты понял? — с трудом шевеля онемевшими от водки губами, спросил Шурик непонятно кого, не то Вальку, не то меня.

— Что? — хором отозвались мы.

— Почему она в него стреляла. Ни фига он ее насиловать не пытался. Он узнал, что она с ним крутила, и угрожал рассказать сыну. Вот она и решила его заткнуть.

В общем, я мог бы перевести для вас эту реплику на человеческий язык, но, думаю, вы и сами все поняли. Свекор узнал, что его невестка завела любовника — Юрия Забелина, и не выразил желания покрывать ее сексуальные похождения. А невестка, в свою очередь, не выразила желания рисковать и не стала дожидаться, пока свекор проинформирует сыночка. Фу, прямо английские страсти. Насколько я осведомлен, именно в английских детективах мужья и жены безумно боятся разглашения факта супружеской неверности и даже идут на убийство ради сохранения тайны, потому что там все бывает как-то хитро завязано на деньги, не то на алименты, не то на наследство. Или я путаю с американскими сюжетами? В общем, что-то англоязычное, в чем я не силен. Но у нас-то говорят по-русски, и действительность у нас российская, а не англо-американская, чего уж из-за такой ерунды, как наличие любовника, огород городить? Если Шурик прав в своих догадках, то у Подрезковой и ее мужа Ситникова должны быть совместные финансовые интересы, и подрыв доверия одного партнера к другому может сильно повредить... В общем, что-нибудь вокруг этого.

— Потому он и молчит, — продолжал Шурик, все больше воодушевляясь. — Не хочет, чтобы сын узнал, а ничего придумать не может, потому что не знает, что она следователю говорила. Боится не в такт попасть.

Валька постепенно втянулся в обсуждение следственных забот Шурика Вилкова, отвлекся от печальных мыслей о незаработанных деньгах на путевку в Турцию и даже немножко повеселел. А я играл роль гостеприимного хозяина, следил за тем, чтобы на столе, за которым мы сидели, не воцарялось холостяцкое свинство, убирал-подтирал, уносил-приносил... И думал о Юле. Когда я встречался с Мусатовым в последний раз (это было пару дней назад), чтобы окончательно, как говорится у нас на службе, «доложить материалы дела», я почему-то надеялся, что он придет с Юлей. Не знаю, почему мне казалось, что это будет правильно? Я поставил себя на его место и понял, что, если бы у меня была такая же проблема, как у него, и мне должны были дать окончательный ответ, я обязательно попросил бы свою любимую женщину пойти со мной. Все-таки момент ответственный, от которого многое зависит, я бы волновался и нуждался в моральной поддержке... Впрочем, я — это я, а Мусатов — самостоятельная человеческая единица, он по-другому устроен и по-другому мыслит. Короче, он пришел один, и меня это здорово разочаровало. Честно признаться, мне очень хотелось увидеть Юлю. И еще мне ужасно хотелось, чтобы она послушала историю, которую мы с Валькой Семеновым раскопали, и поняла, что я не такой уж тупой и примитивный, как принято думать об участковых.

Как ни странно, я совсем забыл о том, что обращался с просьбой к Юлиному отцу. Просто после нашего с ним разговора столько всего произошло, что все из головы вылетело. Звонок Истоминой, ее рассказ о рукописи Лены Шляхтиной, мои догадки, предположения и выстроенная наконец история осуждения Олега Личко — все это начисто затмило ничего теперь уже не значащий вопрос о том, кто двигал служебную карьеру Забелина и Ситникова. Мне стало неловко: я озадачил человека, он там землю роет, пытается что-то выяснить для меня, причем за просто так, бесплатно, а мне это уже настолько не нужно и неинтересно, что я и думать забыл. Надо, наверное, позвонить Виктору Альбертовичу, извиниться и сказать, что ничего делать больше не надо...

Стоило мне подумать об этом, как мысль вернулась чуть-чуть назад. Кто двигал карьеру Забелина и Ситникова, двух друзей, пути которых потом разошлись... Ситников узнал, что его невестка Олеся была любовницей Забелина, его старого друга... Конечно, неприятно. Но что-то еще, что-то еще было совсем недавно, от чего шестеренки в голове противно скрипнули. А, вот, поймал: Аргунов, владелец «Баунета», перевел свои активы в фирму Ситникова-младшего, потому что с Ситниковым-старшим его связывает старая дружба. Опять старые друзья. Не многовато ли для одного дела? И еще вопрос: Аргунов был знаком с Забелиным? Или Ситников дружил с каждым из них по отдельности? А вот еще хотелось бы спросить: Аргунов знал, что его фирму «кошмарят» по заказу Забелина, старого друга? Или все-таки не друга и даже не знакомого, но зато старого друга Ситникова? Ой, замотали меня эти старые дружбы! А вот еще вопросик назрел: Забелин действительно являлся заказчиком работы рейдеров по «Баунету» или же он был всего лишь посредником? И если посредником, то кто истинный заказчик? Банк, в котором работал Забелин, от этой темы открещивается и категорически отрицает свой интерес к фирме Аргунова. Тогда в чьих интересах действовал Юрий Петрович? Сам-то он не бизнесмен, своего дела, ради которого нужно присоединять другую фирму, у него нет. Что получилось в итоге? В итоге все активы «Баунета» оказались у сына Ситникова. Но Ситникова-младшего это отнюдь не обогатило, потому что сделка была фиктивной от начала и до конца, так сказать, по договоренности, по дружбе. Активы нужно обезопасить, их выводят временно, пока Аргунов будет создавать новое юридическое лицо, и потом сын Ситникова все ему возвращает, только уже фирма называется по-другому и счета у нее другие, да и форма собственности может измениться. Григорий Ситников с этого всего не получает ни копейки, кроме папиного одобрительного хлопка по плечу да аргуновского «спасибо». Кто же в выигрыше, кроме самого Аргунова? Да никто!

А вот если нашему приятелю Шурику удастся доказать, что убийц на Дарью Брайко и Юрия Забелина натравил именно Аргунов или хотя бы косвенно дал указания своей службе безопасности «разобраться», то он пойдет под суд как организатор, и тогда... Вот тогда Григорий Ситников станет полновластным хозяином всего, что переведено на его счета. Потому что, кроме дружеского честного слова и расчета на взаимную порядочность, под сделкой ничего нет, никаких документов и юридически оформленных обязательств. И никто никогда не сможет доказать, что сделка была фиктивной и что Ситников должен все вернуть. Кому вернуть-то? Тоже еще вопрос.

Значит — что? Правильно, Ситников-младший может быть заинтересован в том, чтобы Аргунова посадили, желательно на подольше, и в том, чтобы папа, Ситников-старший, не потребовал вернуть все полученное семье Льва Александровича. Ну ничего себе комбинация получается! Старого друга семьи отправить в тюрягу, а родного отца вообще жизни лишить! Да, я чуть Забелина с Брайко не забыл. Дарья — молодая привлекательная женщина, Забелин — старинный друг папочки, и их ведь тоже надо убить и организовать улики таким образом, чтобы они указывали на Аргунова хотя бы как на организатора. Да более того, нужно впутать в эту махинацию собственную жену, уговорить ее застрелить свекра якобы при самообороне при попытке изнасилования... Вообще Кошмарный Ужас получается. Нет, это уж слишком. Не верю. Хоть и я не Станиславский, но не верю.

А во что я готов поверить?

Ответа я не нашел и, тяжело вздохнув над горой грязной посуды, скопившейся в кухонной мойке, взял телефонную трубку и набрал номер домашнего телефона Виктора Альбертовича Пинчука. Я настолько не ожидал услышать Юлин голос, что даже растерялся и начал блеять что-то маловразумительное.

— Привет, Игорь, — весело ответила Юля. — Сейчас папа подойдет.

Пока Виктор Альбертович «подходил», я метался в догадках. Почему Юля дома? Вечер, причем далеко не ранний. Разве она не каждый день ночует у Мусатова? Я почему-то думал, что каждый, что она вообще у него живет. А если не каждый, то есть если не живет, то, может быть, у них все не так серьезно, как я думал... С другой стороны, они ведь, кажется, живут рядом, чуть ли не на соседних улицах, так что сейчас Юля дома у родителей, а через десять минут будет у Андрея. Или, может быть, они с Андреем пришли в гости и скоро уйдут. Вместе. Или Андрей сегодня поздно возвращается домой и по дороге заедет за Юлей. Вариантов масса, какой из них правильный?

— Добрый вечер, Игорь, — послышался в трубке голос Пинчука. — А я как раз собирался завтра вам звонить. Хотел сегодня, но подумал, что уже поздно и вы, наверное, отдыхаете.

Я посмотрел на часы и ужаснулся: четверть двенадцатого. Да, я понимал, что сейчас уже не ранний вечер, но чтобы настолько! Почему-то мне мнилось, что еще часов девять, ну максимум — половина десятого, то есть звонить вполне прилично.

— Вы готовы записывать? — продолжал он.

Я схватил блокнот и ручку, и Пинчук продиктовал мне имена, фамилии и телефоны нескольких человек, которые могли располагать информацией о карьерном росте Вячеслава Ситникова и Юрия Забелина. Одним из этого списка был человек, который дал указание поставить Забелина в очередь на квартиру, причем не в конец и даже не в середину, а в самое ее начало. Другим — человек, по чьей просьбе Ситникова взяли на работу в Министерство тяжелой промышленности. Остальные — их сослуживцами.

Ненужные мне сведения. Зря старался Виктор Альбертович, я не собираюсь воспользоваться собранной им информацией. Но все равно огромное ему спасибо за отзывчивость и за доброе отношение к Андрею Мусатову и ко мне.

— Кстати, я хотел спросить вас, Игорь, а зачем вам это? — огорошил меня Пинчук. — Юля сказала, что свое расследование вы закончили и насчет отца Андрея все выяснили. Или вы меня обманули, и эти сведения нужны не для Андрея?

— Нет, что вы, я вас не обманывал, — заторопился я, чувствуя неловкость и стараясь, чтобы ее не было слышно в голосе.

— Простите, Игорь, одну минуту, — прервал меня Пинчук. Я услышал голос Юли, которая что-то спрашивала у отца.

— Нет, не нужно, солнышко, — отвечал тот, — приготовь сейчас, я завтра сам разогрею... Да зачем тебе вставать в такую рань? Мне нужно будет в семь утра уже выезжать, я буду завтракать в половине седьмого, спи себе... Я прекрасно справлюсь... Ну смотри, как хочешь.

Похоже, Юля собирается завтра вскакивать ни свет ни заря, чтобы приготовить отцу завтрак. Значит, ночует дома? Или прибежит от Мусатова?

Вдруг я услышал, как Юля говорит:

— Потом дай мне трубочку, ладно?

Наверное, я ослышался, и она попросила у отца вовсе не телефонную трубку, а какую-то другую, и ко мне это не имеет никакого отношения. Не буду думать об этом, не буду, не буду!

Виктор Альбертович вернулся к телефону, и я, как мог, вкратце объяснил ему, почему смог обойтись без его информации, чтобы дать Андрею окончательный ответ, и как собираюсь ее использовать в дальнейшем. Конечно, я сделал все возможное, чтобы не раскрывать тайну следствия, которую сам Шурик Вилков не очень-то соблюдал, но ведь мы с Семеновым его друзья, в результатах расследования не заинтересованные, зато волею случая оказавшиеся «в теме». Казалось, Пинчук остался вполне удовлетворен моими нескладными объяснениями и начал прощаться.

— Тут Юля хочет вам что-то сказать, — проговорил он напоследок.

Значит, я не ослышался. О господи! Уж и не помню, когда у меня в последний раз так колотилось сердце. Кажется, когда я два года назад бежал пятикилометровый кросс на первенстве ГУВД Москвы. И, между прочим, пришел первым. Но это так, к слову...

— Привет еще раз, — прозвучало в трубке. — Есть минутка?

Минутка?! Да час! Сутки! Вся жизнь! Я готов разговаривать с ней бесконечно.

Но пришлось взять себя в руки и ограничиться скромным:

— Для тебя — даже две.

— Ты в ближайшие дни не найдешь полчасика, чтобы встретиться?

— А что случилось? — забеспокоился я. — Я с Андреем встречался недавно, вроде у него вопросов не осталось.

— Я же тебе предлагаю не с Андреем встретиться, а со мной.

— Без него? — осторожно уточнил я, не веря собственным ушам.

— Без него.

— Зачем?

Более дурацкого вопроса я задать не мог, но Господь в этот момент решил, видно, меня наказать за какие-то прошлые грехи и лишил разума.

— Я хочу поблагодарить тебя за работу, которую ты сделал для Андрея.

— Ну поблагодари. Скажи мне «спасибо» по телефону.

Идиот, кретин, придурок! Что я несу?

— Игорь, ты не понял, — она рассмеялась легко и необидно. — Настоящее «спасибо», не дежурное, а от сердца, по телефону не говорят.

— А как говорят?

— Лично. Глядя в глаза. И при этом обязательно дарят цветы, если это уместно, или что-нибудь памятное. Я совершенно точно знаю, что Андрюша этого не сделал.

— И ты хочешь сделать это за него?

— Нет, за себя. Так ты можешь со мной встретиться?

— А как Андрей к этому отнесется? Мне не хотелось бы...

— Я понимаю, — мягко оборвала она меня. — Но мне совершенно все равно, как он к этому отнесется, если вообще узнает об этом. Это мое дело.

— Как же он может не узнать? Ты что, собираешься скрыть от него, что встречалась со мной?

— Игорь, мы... в общем, мы расстались.

— Почему? Что случилось?

— Послушай, ты настоящий милиционер, — она снова

рассмеялась, на этот раз звонко и переливчато. — Ты не ответил на мой единственный вопрос, зато задал три кучи своих.

— Извини. Конечно, я буду рад с тобой встретиться.

Я лихорадочно вспоминал, какие на завтрашний вечер запланированы дела и можно ли их отменить. Ничего конкретного не вспомнил, хотя точно знал, что дела были, в том числе и неотложные, но я решил на все наплевать.

— Завтра. Ты как?

— Отлично. В котором часу?

— В восемь. Сможешь?

— Конечно. Где?

Я прикусил язык, чтобы не ляпнуть: «У меня дома», и назвал вполне нейтральное место, мою любимую кофейню на Старом Арбате.

— Я знаю, где это, — ответила Юля. — Завтра в восемь. Спасибо. До встречи.

* * *

Иногда плохо знающие меня люди спрашивают, почему, если уж мне так прибило нести службу в рядах Краснознаменной Московской милиции, я не стал хотя бы следователем. Все-таки уважаемая профессия, более приличная в глазах обывателей, нежели какой-то там заурядный незаметный участковый. Обычно я отшучивался, иногда глупо, иногда по-хамски, потому что объяснять истинные причины моего выбора мне бывает или лень, или просто не хочется душу раскрывать. Сегодня я могу ответить на этот вопрос честно: потому что из меня следователь, как из дерьма пуля. Вообще-то раньше я этого не знал точно, только подозревал, окончательно же утвердился в своих подозрениях только несколько часов назад, когда рано утром, еще до того, как ровно в восемь старик Ринго пришел меня будить, раздался телефонный звонок. Это был Шурик Вилков. Несмотря на вчерашние возлияния, он, похоже, ночью не спал. Думал, что ли?

— Игореха, а тебе не кажется, что мои трупы могут быть связаны с твоим делом?

Ну точно, Шурик всю ночь думал. И додумался. Мне бы это и в голову не пришло.

— Не кажется, — ответил я сонно. — А какая связь? И вообще, который час?

— Какая разница, который час. Важно, есть связь или нет.

— Нету, — буркнул я, испытывая непреодолимую потребность доспать. Все-таки я набрался сил перевести глаза на будильник. Пять утра. Нет, я не хочу быть следователем и по ночам думать о трупах и обвиняемых, вместо того чтобы смотреть сны. — Ты обалдел, что ли, в такое время звонить?

— Перебьешься, — фыркнул дурно воспитанный Шурик. — Короче, так: я сейчас звоню Семенову и прошу, чтобы он тебя прикрыл на сегодня.

— Зачем это?

— Поедешь со мной разговаривать с Аргуновым и его женой.

— Да не поеду я! С чего ты решил, что я поеду? У меня рабочий день, между прочим.

— Вот я и позвоню твоему старшему.

— Все равно не поеду. С какой стати?

— Я тебя прошу, — голос Вилкова стал елейным, примерно таким, каким он вчера сюсюкал над моими котами. — Ну, Игореша, будь другом.

— Да зачем?! Что я там делать буду?

— Будешь разговаривать. А я буду слушать.

— Суфлера нашел, да? — не удержался я от подначки, зная Шурикову методу: при определенных обстоятельствах вести допрос совместно с другим следователем или оперативником, способным гладко строить фразы. Разговор в этих случаях вел напарник, а Шурик только слушал. Правда, он к таким допросам тщательно готовился, составлял план и перечень вопросов, которые и должен был задавать тот, у кого это получалось более ловко.

— Ты не въехал, — с досадой ответил он. — Ты в курсе той истории, а я — только так, по верхам. Лучше тебе самому вопросы задавать. Ну так что, я звоню Семенову?

— Ага, звони, — злорадно произнес я, зевая и представляя, что через пять минут будет происходить в доме у Вальки.

Нет, я ничего не хочу сказать, у него замечательная жена и отличные дети, но даже им вряд ли понравится звонок в такое странное, мягко говоря, время. А уж что Валька сделает с

Вилковым... Тут никакой, даже самой разнузданной фантазии много не будет.

В своих прогнозах я не ошибся, через пятнадцать минут меня снова разбудили. На сей раз это оказался Семенов, который сильно гневался. Не на меня, конечно, а так, на жизнь в целом. Он коротко сообщил мне, что просьбу Вилкова выполнит и перед руководством меня прикроет, ежели меня невзначай начнут искать и требовать «к ноге», после чего длинно·и витиевато, с использованием всего богатства русскоязычной ненормативной лексики изложил концептуальные основы своего мировоззрения и отношения к следователям, которые простым честным участковым не дают выспаться, будят своими звонками всю семью и вынуждают оправдываться перед близкими. Я слушал не очень внимательно, то и дело задремывая, но Вальку не прерывал, потому что нужно же человеку выпустить пар, а на кого его выпускать, когда рядом только любимая жена и любимые дети, сиречь существа невинные, нежные и к восприятию уродливых порождений русского языка не приспособленные.

В десять утра я заехал за Шуриком, и мы погнали за город, к Аргуновым. По дороге Шурик, который этим утром более походил на Александра Ивановича, изложил мне свой план. Сначала беседуем с обоими супругами, расспрашиваем их насчет возможности насильственных действий со стороны Ситникова. Какие отношения были у него с невесткой, охоч ли он в принципе до женского пола и так далее. Потом приступаем к разговорам по одному. Шурик остается пить чай с мадам и беседовать о вечном, а я уединяюсь с Львом Александровичем под тем предлогом, что должен задать чисто мужские вопросы, искренне отвечать на которые в присутствии дам не принято. Я не понял, почему план Вилкова был именно таким, и уже во второй раз за утро сказал себе, что я, конечно же, не следователь и много чего не понимаю.

— Все-таки странно, что ты сегодня решил заняться Аргуновыми, — сказал я.

— А чем я должен заниматься, по-твоему?

— Ну, раз ты получил вчера информацию, что Подрезкова была знакома с Забелиным, я думал, что ты кинешься ее допрашивать.

— А куда спешить?

— А чего тянуть? — задал я встречный вопрос.

То, что мне ответил на это Шурик, звучало многосмысленно, глубоко философично и абсолютно непонятно:

— Посадил дед репку.

Из трех произнесенных им слов к производству по уголовному делу имело непосредственное отношение только первое: посадил. Два других слова к ситуации никак не привязывались.

Шурик помолчал немного и добавил:

— Выросла репка большая-пребольшая... Дедка за репку, бабка за дедку, внучка за бабку, Жучка за внучку — вытянули репку. А если бы не тянули, то не вытянули бы. А если бы тянуть начали раньше времени, то ничего бы не получилось, потому что репка не созрела. Понял?

Вот теперь понял. И правильно, что я не следователь. Не моя это наука. У меня голова под следственную работу не заточена.

— И никуда она не денется с подводной лодки, — добавил Шурик, глядя в окно на мелькающие голые деревья. — Ребята за ней смотрят.

— А если Подрезкова успеет со свекром договориться, пока ты тянешь свою репку? Все-таки дело семейное.

— Я предупредил: если она или ее муж с ним хоть словом перемолвятся, когда никто не слышит, всех уволят на хрен.

Всех — это следователя или оперативника, которые дежурят в больнице в надежде на то, что Ситников (чего не бывает на свете?) вдруг согласится дать показания, и бдительно следят за тем, чтобы потерпевший и обвиняемая или ее муж не вступили в сговор по поводу дачи этих самых показаний.

— Ты же не можешь запретить сыну и невестке навещать Ситникова, — с сомнением произнес я. — Все-таки они — семья, близкие родственники, а Ситников в тяжелом состоянии...

— Я все могу, — ответствовал Александр Иванович. — Пусть навещают, но только рядом всегда будет сидеть мой человек и записывать на диктофон все их переговоры. Вот и пусть попробуют в таких условиях договориться.

Мы остановились перед въездом на участок, и, пока охранник открывал нам ворота, я успел разглядеть двух крупных кавказских овчарок, свободно бегающих вдоль забора без намордников, и совсем не к месту подумать о том, что от меня здорово пахнет кошками. То есть человеческое обоняние этого запаха, разумеется, не чувствует, а вот собачий нос вполне может унюхать. И что тогда? Остались от козлика рожки до ножки...

Но я напрасно переживал. Охранник позвал собак и тут же взял их на поводок еще до того, как я заглушил двигатель и вышел из машины.

— Жанна Викторовна вас ждет, — важно кивая головой, сообщил пожилой дядька, он же охранник.

— А Лев Александрович? — быстро спросил Шурик.

— Он будет позже, скоро подъедет. У него дела в офисе.

Шурик бросил на меня взгляд злой и одновременно растерянный. Весь его план летит к черту. Ну а кто виноват-то? Я, что ли?

Дом Аргуновых был не очень большим, хотя и трехэтажным. И внутри все было без избыточной роскоши, никаких тебе витражей, лепнины и финтифлюшек под восемнадцатый век. Удобно, добротно, спокойно. Что это, недостаток средств или особенности вкуса хозяев?

Госпожа Аргунова вышла к нам стремительно и начала с места в карьер. Мы не успели ни поздороваться, ни представиться.

— Вы по поводу Славы Ситникова? Это ужасно! Просто уму непостижимо! Этого не может быть. Я в это не верю ни на одну секунду.

Я покосился на Шурика и уловил его легкий, едва заметный кивок. Дескать, включайся сразу, не отбуксовывай назад, ну их на фиг, эти формальности. Мадам настроена на обсуждение — и хорошо.

— Почему, Жанна Викторовна? Попытка изнасилования — это ведь не версия следствия, это показания самой Олеси Подрезковой. Она утверждает, что было именно так. А нам нужно разобраться, правда это или нет. Как вы сами считаете, почему это не может быть правдой?

— Да потому, что Славик никогда не смотрел на нее мужскими глазами! Уж можете мне поверить, я все-таки женщина и разбираюсь в этом. Он очень любит Гришу, своего сына, он прекрасно относится к Олесе, они были чудесной семьей, дружной, и когда еще жива была Оленька, жена Славы, и до сих пор. Олеся заботилась о Славе, когда он овдовел, она фактически стала его домработницей, приезжала несколько раз в неделю, убирала квартиру, стирала, гладила, покупала продукты, готовила для него. Да он относился к ней как к дочери! Какое может быть изнасилование? Глупость несусветная. И вообще, Слава не тот человек, который может вот так...

Тут Жанна Викторовна спохватилась, что мы продолжаем стоять возле самой двери. Как вошли — так и встали. Отличное ведение допроса, на «пять с плюсом».

— Господи, что же мы стоим? Проходите, пожалуйста.

Она провела нас в просторную уютную гостиную, где не было ничего, кроме огромного мягкого углового дивана, огромного же телевизора с плоским экраном и двух квадратных низких столиков. Нет, вру, на стенах были еще картины и фотографии.

Мы уселись, после чего минут пятнадцать я задавал вопросы о том, насколько близко Аргуновы знали семью Ситниковых, как часто общались, по каким поводам. Выяснилось, что знали хорошо и общались часто. Я понимал, что Жанна Викторовна будет всеми силами выгораживать Ситникова, и совершенно непонятно, искренне ли она верит в то, что он не способен на сексуальное насилие, или кривит душой. Поэтому Шурик велел мне задавать вопросы не о Ситникове (что толку их задавать, если Аргунова собралась лгать, чтобы обелить его?), а исключительно об Олесе. Ведь ситуация проста, как швабра: либо Ситников — насильник, либо Подрезкова лжет. Поскольку Аргуновы будут утверждать, что Ситников не мог совершить насилие, стало быть, они с удовольствием поддержат версию о том, что его невестка говорит неправду. И вот тут уж они расстараются. Все припомнят, даже то, чего не было. И рассказанное ими может стать отличным подспорьем при будущем допросе самой Олеси Подрезковой. Слушая пояснения Шурика к этой части плана, я в очередной раз за день подумал о том, что следователем мне не бывать.

Так что после вступительной части я приступил к основной.

— Как вам кажется, Жанна Викторовна, Олеся интересовалась другими мужчинами, кроме своего мужа? Григорий никогда не намекал, что подозревает Олесю в неверности? А Вячеслав Антонович? А сами вы как думаете? Вы же наблюдательная женщина...

Я строго следовал указаниям Шурика Вилкова, краем глаза следя за его суфлерскими мимическими подсказками. Послышался шум подъехавшей машины. Аргунов явился. Ну и как мы теперь будем действовать? Беседовать с обоими супругами или сразу разделимся?

Открылась входная дверь, шаги приближались к гостиной. Шурик сдвинул вместе указательный и средний пальцы и развел их в стороны. Значит, разделяемся. Ладно, хозяин — барин. Мне своим умишком участкового не понять тонких соображений следователя.

Едва господин Аргунов вошел в комнату, мне сразу стало не по себе. Всяких людей я повидал, и веселых, счастливых, и раздавленных горем, и просто расстроенных и озабоченных. Но таких, как появившийся на пороге мужчина, видеть приходилось нечасто. И, как правило, с ними потом происходило что-нибудь нехорошее, словно печать какая-то на них уже стояла, печать еще не принятого страшного решения и мерцающий, пришедший из близкого будущего свет непоправимого несчастья. Эти люди не выглядят подавленными и безразличными, напротив, они активны, энергичны и зачастую даже агрессивны, они всячески демонстрируют интерес ко всему происходящему, но внутри они уже пусты. Мертвы. И Лев Александрович Аргунов показался мне именно таким. Дай бог, чтобы я ошибался.

Прямо с порога он уставился на Шурика Вилкова недобрыми глазами и немедленно кинулся в атаку:

— Это опять вы? Ну сколько же можно? Вы меня уже допрашивали, и я вам все сказал. Никакого Забелина я не знал, и к его смерти не имею никакого отношения. Я даже фамилии этой не слышал.

Жанна Викторовна вскинула руку в предостерегающем жесте:

— Это насчет Славика, Лева.

Аргунов нахмурился:

— А при чем тут Вячеслав? Вы же расследуете убийство какого-то Забелина.

— И покушение на жизнь вашего друга Ситникова тоже расследую я, — спокойно ответил Шурик. — Так что вам придется потерпеть мое присутствие и ответить на наши вопросы.

Лицо Аргунова налилось краской, и я испугался, что его вот-вот хватит инсульт.

— Тоже вы? Значит, это по вашему указанию меня не пускают в палату к Вячеславу? Что вы себе позволяете?! Почему я не могу поговорить со своим другом? Почему я не могу его навестить? Что это за произвол?! Врач мне сказал, что Вячеслав в тяжелом состоянии, но в сознании, и с ним можно разговаривать, а ваш человек, который там сидит возле палаты, не позволил мне войти. Вячеслав — жертва, в него стреляли, а вы с ним обращаетесь как с преступником. Как вам не стыдно?!

Шурик Вилков был из тех людей, которым вообще никогда не бывает стыдно, в особенности если речь идет о расследовании убийств, о чем он и не замедлил сообщить разбушевавшемуся Льву Александровичу. Я исподтишка разглядывал Аргунова, и мне показалось, что весь его гнев — не более чем игра, показуха, призванная спрятать от постороннего взгляда тяжелое угрюмое безразличие.

— Я не обязан объяснять вам мотивы принимаемых мною решений, — гладко выдал Шурик многократно употребляемую фразу. — Прошу вас.

Он сделал неопределенный жест пальцами, и я понял, что настала моя очередь. Я встал.

— Лев Александрович, где мы с вами можем поговорить?

Он резко повернулся и вышел из комнаты, бросив через плечо:

— Пойдемте в кабинет.

Я послушно последовал за ним. Мы поднялись по лестнице на второй этаж. Кабинет Аргунова имел вид очень деловой и совершенно неуютный. Есть комнаты, именуемые «кабинетами» для пущей важности, хотя на самом деле они предназначены для уединения человека, который делает вид, что ему надо поработать, а на самом деле он просто хочет побыть в одиночестве, чтобы его никто не трогал и не приставал с разговорами. В таких «кабинетах» всегда есть телевизор, мягкие кресла, журнальные столики и непременно диван, на котором так сладко бывает вздремнуть, укрывшись пушистым теплым пледом. А еще там обычно находится встроенный бар или любая другая мебельная секция, в которой хранится спиртное, употребляемое для расслабления и отвлечения от повседневных тягот. Кабинет же Аргунова, судя по всему, был помещением именно для работы. Никакой мягкой мебели, кресел или диванчика, хотя комната была просторной и вполне позволяла поставить и то, и другое. Большие окна, много света, огромный рабочий стол, кожаное вертящееся кресло с высокой спинкой, по другую сторону стола — два «посетительских» полукресла, компьютер, вдоль всех стен — набитые книгами застекленные шкафы. И больше ничего.

Лев Александрович молча уселся в кресло за столом, я устроился напротив, на месте для посетителя.

— Ну? Задавайте ваши вопросы. Только имейте в виду: вы напрасно тратите свое и мое время, ничего нового я вам не скажу.

— Лев Александрович, вам что-нибудь говорит имя Елены Шляхтиной?

Он на мгновение растерялся, потом на лице его проступило выражение, которое недвусмысленно свидетельствовало о том, что Шляхтину он помнит.

— Какое это имеет...

— Так вы помните ее?

— Да, конечно. Но это ведь было так давно... в середине семидесятых. И потом, Лена умерла, погибла. Какое это имеет отношение к Славе и его невестке? Или вы снова хотите спрашивать меня о Забелине?

— Нет, я хочу спросить вас именно о Шляхтиной. Расскажите мне о ней, пожалуйста. Все, что сможете вспомнить.

Агрессивность Аргунова куда-то испарилась, он стал разговаривать нормально и даже почти спокойно. Ну надо же, он ведь совсем не стар, еще шестидесяти нет, а ведет себя как заправский старик, который вечно всем недоволен и брюзжит по любому поводу, однако тут же расцветает и расправляет крылья, стоит только дать ему возможность вспомнить молодость.

— Лена была нашей знакомой... даже подругой, если можно так сказать.

— Вашей? — уточнил я, имея в виду множественное число. Он ведь сказал «нашей подругой», а не «моей».

— Моей и Славы Ситникова. Вернее, не так. Она была Славкиной любовницей, а для меня — просто хорошей знакомой. Мы часто встречались втроем, проводили много времени вместе.

Вот оно как! Стало быть, Ситников и Шляхтина были любовниками. Уже кое-что. Дополнительный штрих к портрету Елены.

— Они собирались пожениться?

— Пожениться? — Аргунов с удивлением посмотрел на меня, потом губы его тронула едва заметная улыбка. — Нет, конечно. Слава уже был женат в то время. У него только-только Гришка родился. Он не смог бы развестись, даже если бы очень захотел, потому что работал в горкоме комсомола, был членом партии, а тут маленький ребенок... В те времена это означало бы пожертвовать карьерой.

— А Елена? Как она относилась к тому, что Ситников спит с ней, а жениться не собирается? Она ведь, наверное, хотела выйти замуж, устроить свою жизнь. Она настаивала на том, чтобы он развелся?

— Лена? — Аргунов удивился еще больше. — Да ну что вы!

— Почему же? Это ведь так естественно.

— Да ну что вы, — повторил он. — Надо было знать Лену, чтобы понимать, что это совсем не так. Да, она спала со Славкой, но в качестве мужа он ей не был нужен.

— Но почему?

— А что он мог ей предложить? Зарплату, из которой двадцать пять процентов вычитают на алименты. Жизнь в коммуналке. Постоянные переживания из-за невозможности видеть ребенка. Нет, это ей не было нужно. Лена хотела для себя другого мужа.

Я внимательно посмотрел на Аргунова, на странное выражение его лица, и вдруг понял...

— Она хотела такого мужа, как вы?

Лев Александрович вздохнул и начал барабанить пальцами по столу.

— Это может прозвучать странно... даже нескромно... Да, Лена хотела выйти замуж за меня. Это был очень неприятный эпизод в моих отношениях со Славкой Ситниковым, я не знал, как себя вести, что говорить и ей, и ему. Понимаете, я был молод и в известной степени наивен, я полагал, что если девушка спит с мужчиной, то она его любит. И как же в таком случае можно флиртовать с другим?

— Нам не дано понять женщин, — поспешил я успокоить его. — Расскажите, что тогда случилось.

— Тогда... Лена пришла ко мне, когда я был дома один, и открыто предложила себя. Ну, вы понимаете, что я имею в виду. Сказала, что любит меня и что может сделать мою жизнь счастливой. Я ужасно испугался, растерялся даже... Я не мог найти нужных слов, чтобы объяснить ей, что она мне совсем не нравится, и начал лепетать что-то насчет Славки, что он мой друг и я не могу себе позволить... В общем, ерунда получилась. Лена повела себя очень откровенно, а я не пошел ей навстречу и не придумал способа быть деликатным в той ситуации. Вышло некрасиво.

— Некрасиво?

— Ну да. Понимаете, это ужасно, когда женщине приходится одеваться... Девять мужчин из десяти не устояли бы, ведь Лена была очень красивой, очень. Она была уверена, что, увидев ее раздетой, я не справлюсь с собой.

— Но вы справились.

— Да нет, там и справляться-то было не с чем. Она мне действительно не нравилась. Я имею в виду как женщина.

— А как же красота? Неужели не впечатлила?

— Только чисто эстетически. Мне всегда нравились мягкие женственные девушки, нежные, ласковые, даже если они при этом не обладают яркой внешностью. Я бы даже сказал, что яркая внешность меня отпугивала. А Лена была именно яркой, очень яркой, и при этом жесткой, напористой, язвительной. Она была хорошей подругой, веселой, компанейской, остроумной, но влюбиться в нее я не смог бы.

Ну что ж, бывает...

— И что было потом? Она обиделась на вас?

— Честно говоря, я не понял, — Аргунов снова улыбнулся и покачал головой. — Я был уверен, что она смертельно обидится и больше я ее вообще не увижу. Более того, я боялся, что она наговорит Славке всяких гадостей обо мне, чтобы объяснить, почему не хочет со мной встречаться. И я поступил как последний трусишка. Едва за ней закрылась дверь, я позвонил Славке и все рассказал. А он хохотал! Можете себе представить? Он хохотал! Ему было смешно!

— Значит, ваших отношений с Ситниковым эта ситуация не испортила?

— Нет, совершенно не испортила. И знаете, что самое удивительное? Мои отношения с Леной тоже остались прежними. Она не начала меня избегать, и мы по-прежнему встречались втроем и прекрасно проводили время.

— Странно.

Мне и впрямь было странно слышать такое. Хотя в поведении, да и во всей жизни Елены Шляхтиной для меня все было странным и удивительным.

— Да нет, ничего странного... Я потом поговорил со Славкой, он мне многое объяснил. Он сказал, что не любит Лену, и что она его тоже не любит, и любовью они занимаются просто так, для удовольствия, как ходят в хороший ресторан или в театр. Знаете, в американских фильмах часто можно услышать слова: «Ничего личного». Славка ходил на всякие закрытые просмотры, подцепил там эту фразу и часто ее употреблял. Так вот про свои отношения с Леной он сказал: «Мы просто трахаемся, ничего личного». И еще он сказал, что с пониманием относится к ее стремлению выйти замуж за меня. Он сказал, что Лена влюблена в меня. По-настоящему. Но я-то был уверен, что это не так. Просто она хотела хорошо устроиться, а у нас была большая квартира, дача, машина, папа у меня был профессором, мама — доцентом, сам я в то время был неженатым аспирантом, писал диссертацию и скоро должен был стать кандидатом наук. В те времена такая семья, как у нас, считалась очень перспективной для замужества, особенно для девочки с периферии. Послушайте, зачем я вам все это рассказываю? Какое отношение это имеет к тому, что Олеся стреляла в Вячеслава?

Я пожал плечами:

— Не знаю, Лев Александрович. Может быть, и никакого. Но я хочу понять, каков был ваш друг Ситников в отношениях с женщинами. И в частности, хотел бы знать, какие женщины ему нравились. Его невестка Олеся, например, отвечала его представлениям о женской красоте?

Аргунов снова набычился, расслабленности как не бывало.

— Вы с ума сошли! Что вы себе позволяете? Вы намекаете на то, что Вячеслав действительно мог попытаться?.. Как вы можете!

— Я ни на что не намекаю, я просто спрашиваю: Вячеслав Антонович считал свою невестку Олесю красивой?

— Я понятия не имею, что он считал, но могу вам сказать, что Олеся — самая обычная молодая женщина, в ней нет ровным счетом ничего особенного, такого, из-за чего мужчина нашего возраста может потерять самообладание. Она, безусловно, не уродина, но и не фотомодель. Самая обыкновенная, таких тысячи, миллионы.

Я влез на чужое поле, задавать вопросы об отношениях Ситникова с невесткой мне никто не разрешал, поскольку я не являюсь членом следственно-оперативной группы. Я пришел сюда только для того, чтобы поспрашивать о Елене Шляхтиной и о семидесятых годах. Конечно, мне нужна была легенда, объясняющая мой интерес к той давней истории, но пора и честь знать. Прочь из современности, участковый Дорошин! Твое место в семьдесят пятом году, вот туда и шагай.

— Вернемся к Шляхтиной, Лев Александрович. Вы знали, что у нее был брат?

— Брат?!

Пожалуй, изумление его было более чем искренним. Значит, и он тоже этого не знал, как и Майя Истомина. Да, Лена Шляхтина умела хорошо маскировать свою жизнь. Интересно, а Ситников знал о брате? Или даже он не знал, хотя Лена и спала с ним?

— Да, родной брат, Михаил. Не знали?

— Впервые слышу. Лена никогда о нем не упоминала.

— Значит, о том, что он покончил с собой, вы тоже не знали?

— Покончил с собой?! Когда?

— Тогда же, за несколько месяцев до смерти Елены. Может быть, вы заметили какие-то изменения в ее поведении, ведь она должна была переживать из-за самоубийства брата. Вспомните, Лев Александрович.

Он задумался, при этом выражение недоумения словно застыло на его лице.

— Нет, не могу сказать... Знаете, я вспоминаю, что примерно за полгода до смерти Лены мы перестали встречаться все вместе...

— Почему? Что-то случилось?

— Да нет, ничего особенного не случилось, просто перестали — и все. Со Славкой я встречался так же часто, как и прежде, а вот Лена перестала с ним приходить. Слава говорил, что у нее нет времени, что она собирается снова подавать на творческий конкурс и каждую свободную минуту тратит на то, чтобы работать над рукописями. Она ведь собиралась поступать в Литературный институт или на факультет журналистики, хотела стать писателем.

— Да, — кивнул я, — я знаю. Получается, перед смертью вы ее не видели.

— Не видел.

Это объяснимо. Шляхтина завершила свой страшный опыт наблюдения за братом-убийцей и теперь готова была доводить свои дневниковые заметки до качества рукописи. Что же произошло с ее братом? Я так и не узнал, действительно ли он покончил с собой или ему помогла сестра. И одна ли она ему помогала. А что, если ее помощником был Ситников?

— Наверное, Вячеслав Антонович скучал без своей подруги. Вы-то, наверное, испытывали облегчение, когда Елена перестала приходить на ваши встречи, учитывая, что между вами все-таки кошка пробежала, а вот Ситникову должно было быть грустно без нее. Да?

— Да, ему ее очень не хватало, это было заметно, — согласился Аргунов. — Я думаю, он, конечно, приврал, когда говорил, что совсем не любит Лену. Другой вопрос, что она его не любила, во всяком случае, она хотела выйти замуж за кого-то другого. Но он с этим смирился и делал вид, что все в порядке, даже бравировал этим. Но в глубине души он страшно переживал и очень тосковал по ней. Он даже изменился, стал каким-то... тяжелым, что ли, темным.

— Так она что же, и с ним не встречалась?

— Нет, что вы, они встречались, только не так часто, как раньше. И без меня. Ну, вы понимаете...

Похоже, проблему с братом Михаилом Елена Шляхтина решала все-таки не в одиночку. Очень интересно. А кто же потом решил проблему с ней самой? Уж не Ситников ли Вячеслав Антонович? Он — работник горкома комсомола, ему нужно делать карьеру, и свидетели грязной истории с Михаилом Шляхтиным ему не нужны. Ах, как складно выходит!

— Вы не знаете, при каких обстоятельствах Вячеслав Антонович познакомился с Еленой? Вы при этом присутствовали?

— Нет, это было какое-то случайное знакомство, совсем случайное. Славка что-то рассказывал, но я запамятовал, это так давно было... Кажется, он был на бюро райкома в каком-то районе Москвы, вышел на улицу, с кем-то курил, а мимо проходила девушка, и оказалось, что тот, с кем Славка стоял, ее знает... Что-то в этом роде. Но деталей я не помню, да я их и не знал.

С кем-то стоял. Ну ясно, с кем он стоял, выйдя на улицу после заседания бюро райкома ВЛКСМ. Со своим закадычным другом Юрой Забелиным, хорошим оперативником и активным общественником, членом бюро райкома, как мне доложила его матушка Инесса Иннокентьевна. Неужели и вправду Аргунов не был в те годы знаком с Забелиным? Похоже, что так.

— И ваш друг сразу влюбился в Шляхтину?

— Ну, этого я не знаю. Слава познакомил меня с Леной, когда у них уже все... состоялось.

— Понятно. А что вы мне можете рассказать о гибели Елены? Вам что-нибудь известно о том, как это произошло и почему?

— Мало что. Только то, что рассказал Слава. Лена покончила с собой, бросилась с крыши многоэтажного дома и разбилась.

— А причины? Ситников что-нибудь говорил о причинах?

— Он сам толком не знал, они же в тот период виделись совсем редко. Он думал, что она в очередной раз не прошла творческий конкурс и не смогла пережить эту неудачу. Он и узнал-то об этом не сразу, ведь ее подруги по фабрике не знали, что они знакомы, и ему никто не сообщил. Он даже на похоронах не был. Но теперь, после того, что вы мне рассказали, я начинаю понимать... Если у нее незадолго до этого погиб брат, это же была огромная травма для нее, и это горе она несла одна, ни с кем не делилась...

— Почему вы думаете, что Елена ни с кем не делилась? — перебил я.

— Ну как же, она ведь даже Славе об этом не сказала. А кто мог для нее быть ближе Славы?

— Значит, вы уверены, что Ситников о смерти брата тоже не знал?

— Нет, конечно. Конечно, не знал, — уверенно ответил Аргунов. — Иначе он обязательно бы мне сказал об этом. Обязательно. Он не мог мне не сказать, ведь мы были очень близкими друзьями, мы всем делились друг с другом. А он говорил только о том, что Лена работает над рукописями, готовится к конкурсу... Нет, он совершенно точно не знал.

Нет, Лев Александрович, ваш друг совершенно точно знал. Теперь я в этом уверен. Он знал, что Михаил Шляхтин умер, более того, он знал, отчего и при каких обстоятельствах он умер, и именно поэтому молчал.

Мы поговорили еще немного, я задал несколько уточняющих вопросов, поблагодарил Льва Александровича за обстоятельную беседу и встал.

— Погодите, — вдруг остановил меня Аргунов. — Я все-таки не понял, какое отношение наш разговор имеет к покушению на Вячеслава?

Он снова стал напряженным и враждебным, причем перемена эта была мгновенной и непредсказуемой, и это тоже делало Аргунова похожим на тех, кто подсознательно уже принял решение, но еще не осознал его.

Не знаю, было ли глупостью то, что я сказал в ответ, или это был поистине гениальный ход. Я этого до сих пор не понял.

— Вам ничего не говорит имя Олега Петровича Личко? Вы не знали такого человека?

— Личко? — переспросил Аргунов. — Нет, впервые слышу. А кто это?

— Олег Петрович Личко был в семьдесят пятом году признан виновным в изнасилованиях и убийствах шестерых малолетних детей. Не слыхали?

Даже если бы я был писателем, мастером слова, то и в этом случае я вряд ли смог бы достаточно достоверно описать происшедшую с Аргуновым перемену. На него просто страшно стало смотреть. Мне показалось, что то подсознательное решение, о котором я недавно говорил, в тот момент перешло в область сознательного и окончательно сформировалось. С лица Аргунова на меня смотрели глаза мертвеца.

— Что значит — признан виновным? — Голос его звучал сипло и натужно. — Его посадили?

— Нет, его признали невменяемым и отправили на принудительное лечение в психиатрическую больницу закрытого типа. Но вина его была доказана.

— Почему вы меня об этом спросили? — нервно проговорил Лев Александрович. — Почему я должен был об этом слышать? Что вы себе вообразили?

А чего это он так разнервничался-то? Ой, елки-палки, какой же я дурак! Да ведь это не Ситников помогал Елене Шляхтиной решать проблемы с братом, а сам Аргунов... А? Каков ход?

— Дело в том, Лев Александрович, что в ходе следствия и суда ваша подруга Елена Шляхтина давала показания против Личко. Собственно, на основании в основном этих показаний он и был осужден. Неужели она вам не рассказывала, что ее допрашивал следователь в Прокуратуре СССР, что она выступала свидетелем в суде? Не может быть, чтобы вы об этом не знали. Это было в конце семьдесят пятого года. Ну, вспомнили?

— Нет, — теперь он уже почти шептал. Голос, видно, сел, и Аргунов долго и тщательно откашливался, прочищая гортань. — Нет, я ничего об этом не знал. Вы ошибаетесь, так не могло быть, потому что Слава ничего мне не говорил... Он же не мог не знать, правда? Они были так близки с Леной, она обязательно должна была ему рассказать, а он бы сказал мне... обязательно...

Теперь его речь больше походила на заклинание — монотонная, почти лишенная интонаций, негромкая, с повторяющимися оборотами. А глаза его смотрели на меня умоляюще, словно просили, чтобы я подтвердил его логику, мол, действительно, не могло такого быть, чтобы Лена скрыла от Славы что-то серьезное, а сам Слава не поделился бы этим с другом Левой.

— Лев Александрович, мы с вами уже установили, что брат Елены Шляхтиной покончил с собой, но вам об этом не было известно. Значит, вы и о чем-то другом можете не знать, — осторожно заметил я. — Вот видите, и об истории с Личко вы ничего не знали, а ведь тут нет никакой ошибки, я читал и уголовное дело, и постановление суда, и всюду ваша подруга и любовница вашего друга Елена Шляхтина фигурирует в качестве свидетеля.

— Почему же... — он снова откашлялся, — почему же они мне не сказали? Зачем было скрывать?

— Потому, Лев Александрович, что ваша подружка Лена давала ложные показания против Личко. Личко не был маньяком-убийцей, и Лена просто его оговорила. Сами понимаете, о таком не рассказывают, хвастаться тут нечем, дело-то подсудное.

— Но зачем? Зачем ей давать ложные показания против какого-то... как вы сказали, его зовут?

— Личко, — подсказал я. — Олег Петрович Личко. Я вам скажу, зачем она это сделала. Елена прикрывала и спасала своего брата Михаила.

— Брата? — Аргунов потряс головой, словно пытался сбросить с макушки что-то, что мешает ему воспринимать информацию и думать. — Ничего не понимаю. При чем здесь брат?

— Настоящим убийцей и насильником детей был брат Шляхтиной. И она это отлично знала. Более того, она много месяцев следила за ним, она видела, как развивалась его болезнь, потому что он действительно был психически больным, она хорошо изучила своего брата и могла точно предсказать по малейшим проявлениям в его поведении, что начинается очередное обострение болезни. И тогда она брала больничный, переставала ходить на работу и занималась только братом. Она шла за ним по пятам, она ловила каждое его передвижение, она наблюдала, как он высматривает ребенка возле школ и детских садов, как выжидает удобный момент, как подходит к малышу и уводит его с собой. Она не отставала, держась на таком расстоянии, чтобы брат ее не заметил, но чтобы самой все видеть, она присутствовала до последнего...

Я был полон вдохновения, я смог заставить свою скудную фантазию отправиться в космический полет, мне хотелось нарисовать картину яркую, красочную и достаточно подробную, чтобы у Аргунова возникло ощущение, что я знаю все и запираться бесполезно. Кажется, мне это удалось. Результат, однако, оказался вовсе не тем, которого я ожидал.

— Вы точно знаете, что она все это видела? — внезапно перебил мои излияния Аргунов.

— Да, — уверенно соврал я, потому что все, что я говорил, было основано не на точных знаниях, а на предположениях, правда, достаточно хорошо подкрепленных аргументами, но все-таки предположениях. Ибо точно знать могла только Лена Шляхтина, только она могла достоверно ответить, видела она своего брата или нет, но ведь ее не спросишь.

— То есть вы хотите сказать, что она знала, точно знала?

Вопрос показался мне непонятным и плохо сформулированным, но я отнес сей дефект на счет волнения Льва Александровича, которого я собирался вот-вот уличить в двух убийствах, совершенных тридцать лет назад. Ах, как я ошибался, самонадеянный дурак!

— Да, Елена точно знала, что настоящим убийцей является ее брат, а вовсе не несчастный Олег Личко, которому она ни за что ни про что сломала жизнь.

— А вы? Вы уверены, что это ее брат? Вы точно знаете?

Да что он заладил одно и то же? Точно знаете, точно знаете... Как будто спустя столько лет можно хоть что-то знать точно, если половина свидетелей умерла, а другая половина или ничего не знает, или молчит как рыба. Впрочем, любопытно бы понять, откуда у почтеннейшего Льва Александровича такой острый интерес к личности убийцы.

— Да вам-то что за печаль? — спросил я как можно спокойнее. — Вы же утверждаете, что ничего не знали об этом деле и впервые услышали о нем только сейчас, от меня. Или нет?

— Это брат Лены убивал детей?! — Он уже почти кричал и выглядел таким отчаявшимся, таким жалким, что я невольно посочувствовал ему. — Скажите мне! Это он, да? Это точно он?!

— Да, это брат Лены. Можно считать, что это установлено.

— Как? Как вы об этом узнали? Как вы можете быть уверены?

Ну, уж этого я Аргунову рассказывать не собирался. История грехопадения молоденькой Майи Истоминой под натиском многоопытного и влиятельного дядюшки останется на совести писательницы, которой я дал слово и нарушать его намерения не имел. Поэтому ограничился коротким:

— Я уверен. У меня есть доказательства.

От того, что сказал на это Аргунов, у меня в глазах потемнело. Я понял, каким был идиотом в последние полчаса.

— Значит, это не я...

— Что — не вы?

— Это не я... — продолжал он бормотать, глядя на меня теперь уже совершенно безумными глазами. — Это не я... Как же так... как же я... столько лет... я чуть не умер...

Внезапно взгляд его стал чуть более осмысленным.

— Скажите... а сейчас...

— Что — сейчас?

Я был терпелив, как сидящий в засаде снайпер. И не потому, что охотничьим нюхом почуял близкую добычу, а просто потому, что умею быть терпеливым с людьми, которые плохо излагают свои мысли.

— Сейчас... дети пропадают?

— Ну, дети всегда пропадают, во все времена. Большинство находится, но некоторые, к сожалению, нет. А что?

— Я не это хотел спросить. Сейчас в Москве есть случаи исчезновения детей, которых потом находят мертвыми? Милиция ищет какого-нибудь маньяка?

И только тут до меня стало доходить.

— Успокойтесь, Лев Александрович, сейчас в Москве никакого маньяка нет. И в последние три года не было. Какие у вас основания волноваться? Что произошло? Расскажите мне. Давайте вместе разберемся.

— Значит, это не я, — снова повторил он.

Его била крупная дрожь, ему было душно, он судорожным движением ослабил узел галстука и расстегнул верхнюю пуговицу сорочки.

— Может, открыть окно? — предложил я.

Он молча кивнул. Я распахнул высокое окно и зябко поежился от ворвавшегося в комнату сырого холодного воздуха.

— Принести вам воды?

— Здесь есть, — он слабо махнул рукой в сторону книжного шкафа.

Я открыл одну из створок, за дверцей оказался маленький холодильник, набитый бутылками с водой и прочими напитками типа колы и спрайта. Отвернув пластмассовую крышечку, я протянул бутылку Аргунову, он схватил ее и начал пить прямо из горлышка. Постепенно багровый цвет его лица приобрел менее интенсивный оттенок, дыхание стало ровнее, и я подумал, что уже можно продолжать.

— Это был розыгрыш, Лев Александрович. Чья-то злая шутка. Может быть, это Лена вам отомстила за то, что вы ее отвергли? А вы поверили. Почему?

— У меня бывали приступы... сомнамбулизма. Снохождения. Я вставал во время сна и шел куда-то, что-то делал, а потом ничего не помнил. Еще в детском саду. Потом в пионерском лагере. Во сне я встал, оделся и пошел в комнату к вожатой, не знаю, зачем пошел. Она проснулась, испугалась, начала кричать и выталкивать меня из комнаты, а я стал с ней драться... Меня тогда чуть не выгнали из лагеря. Я поверил, потому что знал, что у меня бывают приступы лунатизма и что я в это время могу быть агрессивным. Я поверил. Неужели это Лена?

— Не знаю. Но это возможно, правда ведь? Вспомните, это случилось до того, как она предлагала вам себя, или после?

— После, — он потер глаза пальцами. — Конечно, после. Спустя несколько месяцев примерно.

— Ну вот видите. Как это произошло?

— Я нашел у себя поясок от детского платьица.

— И что? Ну, нашли поясок, и что в этом страшного?

— Я тоже сначала подумал, что ничего, и ради смеха рассказал Славе Ситникову, а он...

Значит, все-таки Ситников. Вместе со своей любовницей Шляхтиной. Ну ладно, Елена мстила за то, что ее отвергли, ибо, как известно, нет фурии страшней в аду, чем отвергнутая женщина. Но Ситникову-то это зачем?

Если бы фраза о шевелящихся на голове волосах не была идиомой, я бы поверил, что волосы у меня на голове действительно шевелятся от ужаса. То, что рассказывал Аргунов, далеко выходило за пределы моего понимания и знания людей.

Но зато все складывалось одно к одному.

* * *

На обратном пути Шурик Вилков беспрестанно рассуждал вслух, ерзал, подпрыгивал и активно мешал мне вести машину, но я в тот момент готов был простить ему все. Через каждые три минуты он гордо восклицал:

— Нет, ну скажи, что я не гений! Только попробуй скажи!

— Ты — гений, — искренне отвечал я. — Потому что ты ночь не спал и придумал версию, которая оказалась правильной.

— То-то же, — удовлетворенно говорил Шурик и снова кидался в обсуждение всего того, что мы узнали в доме Аргуновых.

Я отвез его на службу и поехал в свой околоток. Хоть Валька Семенов и обещал меня прикрыть, но надо же и честь знать. Сегодня по плану у меня, помимо прочего, намечена проверка семей наркоманов, и это я, пожалуй, вполне успею сделать до конца рабочего дня. Не думайте, что я такой наивный и полагаю, будто своими надзорно-контрольными мерами могу хоть кого-то удержать от приема наркотиков. Конечно, не могу, и даже не пытаюсь, потому что если человек хочет быть счастливым, не прилагая к этому ни физического, ни интеллектуального, ни эмоционального труда, то убедить его, что это неправильно, невозможно. Но ведь почти у каждого наркомана есть семья, то есть близкие люди, которые страдают морально, а зачастую и материально, если болезнь доходит до той стадии, когда наркоман начинает тащить из дома деньги и ценные вещи, чтобы купить дозу. И этих людей, то есть членов семьи, я должен хоть как-то защитить, хоть чем-то им помочь, пусть не делом, а только лишь тем, что подставлю плечо, в которое они могут поплакать. И не думайте, что этого мало.

У Федькиных дверь мне открыла Женя, сорокалетняя ухоженная женщина, сын которой, восемнадцатилетний обормот Леша, уже два года сидел на героине. Женя билась изо всех сил, чтобы заставить его лечиться, а я пытался следить за тем, чтобы из потребителя Лешка не превратился в мелкого пушера, то есть сбытчика. Путь из потребителя в сбытчики короткий, потому что человеку нужна доза, и он готов на все, чтобы заработать. Потребление наркотиков — болезнь, а вот сбыт — это уже преступление, статья.

Выглядела Женя плохо, лицо было опухшим, глаза заплаканными.

— Игорь, он умирает! Три дня назад его увезли на «Скорой» с передозировкой, откачали, но выяснилось, что у него гепатит «С». Врачи говорят, что очень запущенный, они боятся, что уже инкурабельный.

Инкурабельный — значит, неизлечимый. Но я, увы, неплохо знаю нашу медицину, не в том смысле, что разбираюсь в ней, а в том, что представляю, как организована медицинская помощь и как работают некоторые врачи. Верить им нельзя ни в коем случае, потому что иногда бывает, что врачи пугают специально, чтобы раскрутить родственников больного на бабки, особенно если видят, что перед ними люди состоятельные и бабки у них есть. По Жене и ее мужу видно сразу, что они не бедствуют, и стало быть, с них можно поиметь, если правильно организовать дело.

— Что предлагают? — деловито спросил я. — Американский препарат? Или швейцарский?

— Швейцарский. Самый новый.

— По пятьсот долларов за ампулу?

— По шестьсот пятьдесят. Но успех не гарантируют. Ой, Игорь, я уж на все готова, я все продам, только пусть его вылечат! Пусть он не умирает!

Женя принялась рыдать, уткнувшись мне в плечо. Все правильно, цены растут, два месяца назад в аналогичной ситуации в той же самой частной больнице за тот же самый «швейцарский» препарат просили по пятьсот. На самом деле препарат был немецким и не самым новым, а давно и хорошо известным, и стоил, насколько я знаю, по тридцать восемь евро за ампулу. Как говорил незабвенный Райкин, дурят нашего брата, ой, дурят!

Пока Женя плакала, я свободной рукой достал из кармана мобильник и позвонил Свете Безрядиной. Ее муж Борис давно и неизлечимо болен, причем болезнь у него «спящая», жить не мешает, но может проснуться и привести к летальному исходу от любой нагрузки на организм, начиная от выпивки, перелета самолетом или банального гриппа и заканчивая переломом ноги. Светка трясется над его здоровьем, учит наизусть медицинскую литературу и старается быть в курсе всех фармакологических новинок, дабы в случае опасности оказаться во всеоружии.

— Свет, что есть эффективного по гепатиту «С»? — спросил я.

Она тут же назвала препарат, между прочим, наш, российский, действительно новый и очень эффективный, по вполне приемлемой цене, и сказала, что в случае надобности назовет адреса и телефоны фирмы, где его можно заказать. Женя немного успокоилась, записала Светкин телефон и, провожая меня, даже начала улыбаться. Ей дали возможность выплакаться и надежду, а это совсем немало. И пусть в моей работе нет засад, выстрелов и головокружительных погонь, зато в ней есть люди, которые знают, что не останутся наедине со своим горем. Каждому, в конце концов, свое, кому громкое торжество справедливости, а кому — тихое спасибо. Одно «спасибо» я услышал сегодня от бедолаги Аргунова, которого, как последнего лоха, «развел» его дружок Ситников, второе последовало от Шурика Вилкова, который, как я уже говорил, отличался умением быть благодарным, третье я услышал только что. Целых три «спасибо» за один день! Ради этого стоит жить, а?

Окрыленный и переполненный положительными эмоциями, я вернулся домой, переоделся и поехал на Старый Арбат на свидание с Юлей.

Глава 10

Я все смотрел на Юлю и пытался понять, красивая она или нет. Как я ни старался, у меня не получалось взглянуть на нее глазами постороннего мужчины, который просто проходит мимо и попутно привычно и мимолетно оценивает попадающихся навстречу девушек. Нет, не получалось. Я смотрел на нее и постоянно думал о том, что мне хочется быть с ней рядом, разговаривать с ней, держать ее за руку, она для меня самая лучшая и поэтому самая красивая, а не наоборот: лучшая потому, что самая красивая. Я видел ее глаза, брови, нос, щеки и губы и не понимал: это красиво или нет. Я просто их любил.

На столике между нами стоял огромный букет, который я притащил и который официант услужливо поставил в вазу, а на широком подоконнике у меня за спиной — Юлин подарок, такая же огромная, как мой букет, картонная коробка. Я — мальчик воспитанный, поэтому, как и полагается, коробку тут же открыл и полюбытствовал. В ней оказалась раскрашенная деревянная скульптурка, изображающая молодого и, осмелюсь заметить, стройного мужчину в милицейской форме, одной рукой обнимающего старушку, а в другой держащего немаленькую такую корзину, в которой сидят пять котов, очень похожих на моих зверят. У меня достало сообразительности, чтобы понять, что такой подарок невозможно купить по случаю. Его делали специально для меня по Юлиному заказу. Скульптурка не была художественным шедевром, то есть не Микеланджело и даже не Клодт, но я понимал, сколько внимания и доброго отношения было в нее вложено.

— Когда же ты успела? — восхищенно присвистнул я, вытащив подарок из коробки. — На это ведь нужна уйма времени!

— Я давно заказала, — Юля солнечно улыбнулась, — сразу после Нового года.

— То есть ты уже тогда была уверена, что у меня все получится? — удивился я.

— Нет, мне было все равно, получится у тебя с расследованием или нет. Я просто поняла, что хочу сделать тебе подарок. И заказала знакомому художнику, он деревянной скульптурой тоже занимается. Я бы все равно тебе это подарила, не сейчас — так ко дню рождения или на День милиции.

Я рассмеялся и спрятал скульптуру в коробку.

— Хорошо, что сейчас, а то до моего дня рождения еще далеко, а до Дня милиции — еще дальше. Спасибо тебе, я очень тронут, правда. И коты потрясающие. Как ты угадала, что из пяти котов трое — с плоскими мордочками? Ты же никогда их не видела.

— Андрюша рассказал. И даже показал на картинке. У него от первой жены какая-то кошачья книжка осталась, вроде энциклопедии, с картинками и описаниями пород. Я эту книжку отнесла художнику. Тебе понравилось?

— Очень!

— А котов живьем покажешь?

Ну вот. И что мне с этим делать? Так хочется считать Юлю обычной девушкой, играющей в обычную игру по общеизвестным правилам. Девушка ясно говорит, что готова прийти к тебе домой, и в любой другой ситуации я истолковал бы это абсолютно однозначно. Например, если бы мы только что познакомились. Но мы не только что познакомились, и вообще... Еще совсем недавно она была девушкой другого человека, моего знакомого, и я совершенно не понимаю, как мне себя вести.

— Юля, ты очень грустишь? — спросил я, пытаясь быть деликатным.

— Из-за Андрея? Совсем немного.

— Тебе жаль?

— Чего? Наших отношений?

— Ну да.

— Нет, — она снова улыбнулась, — я не умею сожалеть о том, что было и прошло. Я могу как-то относиться к прошлому, хорошо или плохо, но сожалеть — глупо. Сожаление — это неконструктивно, из чувства сожаления нельзя создать ничего полезного. К прошлому нужно относиться с благодарностью, потому что оно дало мне определенный опыт, из которого я извлекаю уроки и делаю выводы. Даже если опыт очень горький и тяжелый, из него все равно извлекаешь урок, становишься умнее, и за это ему огромное спасибо.

— И какой урок ты извлекла на этот раз?

— Ой, Игорь, самый банальный. Давно известная истина, но большинство людей, и я в том числе, думают, что даже хорошо известная истина касается кого угодно, только не их самих. С Андрюшей я на собственном опыте поняла, что человек, который не любит самого себя, не может любить и других. Он в принципе любить не может. Не умеет. Ведь что такое любить себя? Это значит говорить себе: я такой, какой я есть, со всеми своими достоинствами, недостатками и причудами, и таким я себя люблю, таким я себя принимаю. Если человек умеет так относиться к себе, он точно так же будет относиться и к другим, то есть принимать их такими, какие они есть, и любить их такими, и не пытаться переделывать под себя, под собственное представление. Понимаешь?

— Понимаю. Значит, Андрей пытался тебя переделать?

— Еще как. Он даже сам не понимает, до какой степени глубокую травму получил, когда столько лет жил с представлением о том, что он сын убийцы-психопата. Ему казалось, что он переживал всего несколько месяцев, а потом смирился и успокоился, а на самом деле это в нем жило и болело с семнадцати лет и до сих по не зарубцевалось. Он считал себя грязным, зараженным каким-то, что ли, и поэтому не мог себя любить.

— Но теперь-то он знает, что это не так, что его отец — достойный, честный человек.

— Ну и что? Разве можно за один день вылечить хроническую болезнь, которая разъедала душу полтора десятка лет?

— Наверное, нельзя, — согласился я. — Но, может быть, ты бы ему помогла, если бы осталась рядом.

— Игорь, человеку невозможно помочь, если он не хочет твоей помощи. Андрюша не хочет. Я пыталась с ним поговорить, но это бесполезно. Он мне не верит, он считает меня очаровательной маленькой глупышкой, вполне пригодной для совместных ночевок и воскресных пикников, но совершенно неподходящей для серьезных разговоров и глубоких отношений. Знаешь, когда в чашку упала последняя капля?

— Знаю. Когда он не взял тебя с собой на нашу последнюю встречу. Когда я должен был сказать ему окончательно, что произошло с его отцом. Угадал?

— Угадал.

— Я удивился, что он пришел один, я был уверен, что вы будете вместе, ведь момент такой... ответственный, что ли... и страшный. Я почему-то подумал тогда, что ты должна на него обидеться.

— А я и обиделась. Вернее, я не то чтобы обиделась, а просто поняла, как мало места занимаю в его жизни. Я поняла, что я — несущественная деталь. Ты не думай, Андрюша очень хороший человек, умный, добрый, порядочный, но я не хочу быть несущественной деталью. Просто я не его женщина, а он — не мой мужчина, и никто в этом не виноват.

Кофе давно остыл, мороженое в высокой креманке растаяло и стало похоже на Северный Ледовитый океан с торчащей посередине жалкой верхушкой айсберга — кусочком песочного печенья, а мы все говорили и говорили... Мне казалось, что стоит мне взяться за чашку или за ложку — и разговор прервется, и уже не возобновится с той нежной и спокойной доверительностью, от которой я просто шалел. Я не знал в тот момент, что будет дальше, и означает ли эта встреча что-нибудь или является просто актом вежливости и благодарности, но одно знал точно: в моей жизни Юля никогда не будет несущественной деталью.

— Когда ты хочешь посмотреть моих котов?

— В любой день, когда тебе удобно.

Я набрал в грудь побольше воздуха и выдохнул, внутренне зажмурившись:

— Сегодня?

У меня получился больше вопрос, чем ответ. Если Юля сейчас взглянет на часы, это будет означать, что она действительно хочет всего лишь посмотреть животных и прикидывает, успевает ли она съездить ко мне на полчасика и вовремя вернуться домой. Но она на часы не посмотрела, и я снова растерялся, не представляя, как это истолковать.

— Хорошо, сегодня, — она смотрела мне в глаза спокойно и ласково.

— Прямо сейчас?

— Прямо сейчас.

Я не отличаюсь особым мужеством, но при этом не люблю неясности и приблизительности в своих отношениях с людьми, поэтому счел нужным сказать:

— Хочу тебя предупредить, что ты мне очень нравишься, и если ты поедешь ко мне домой, ты определенным образом рискуешь. Но ты еще можешь передумать.

— Я, пожалуй, рискну.

— А ты отчаянная, — засмеялся я.

— Ну, не убьешь же ты меня. Тем более если я тебе нравлюсь. Зачем уничтожать то, что нравится, если можно получать от этого удовольствие, правда же?

Уф, отпустило. Я быстро расплатился и повел Юлю через проходной двор к машине, припаркованной на Новом Арбате.

Всю дорогу до моего дома мы мило болтали о пустяках, но, когда машина остановилась возле подъезда, меня снова «прибило». Я понял, что не могу и не хочу остаться наедине с обманутыми надеждами. Я не поведу Юлю к себе до тех пор, пока не расставлю все точки над «i».

— Юля, уже поздно...

— Я знаю.

— И ты мне очень нравишься.

— Я знаю.

— Давно, — зачем-то уточнил я. — Еще с Нового года.

— Я знаю, — повторила она в третий раз.

— Неужели было так заметно?

— Очень.

— И как ты к этому отнеслась? Смеялась надо мной? Обсуждала это с Андреем?

— Нет. — Она немного помолчала. — Я боролась с собой.

— Ты — что делала? — изумленно переспросил я.

— Боролась с собой. Мне ужасно хотелось позвонить тебе. Твоя визитка лежала у Андрюши дома на видном месте, я постоянно видела ее и боролась с соблазном взять трубку и набрать номер. Я уже тогда знала, что хочу быть с тобой.

— Почему же ты не позвонила?

— Я привыкла все делать добросовестно и до конца. Я тогда была с Андреем и должна была пройти этот путь до финиша. Я не привыкла бросать одно дело только потому, что другое показалось более привлекательным. Я доделываю до конца и потом занимаюсь другим.

— Значит, для тебя отношения с мужчиной — это дело? — Я ушам своим не верил. — Бизнес, что ли?

— Игорь, все, что человек делает, — это дело. Это не бизнес, это работа. Работа ведь тоже бывает разная, но любая работа — это вкладывание труда во что-то ради получения результата. Человеческие отношения не рождаются и не поддерживаются сами по себе, из ничего, они результат определенного труда, душевного, интеллектуального, эмоционального. Даже физического. Вот смотри, мы вкладываем физический труд в то, чтобы заботиться о человеке, покупать ему продукты, готовить еду, стирать, убирать, лечить, когда он болеет, если понимаем, что без этого не будут выстроены отношения. Разве это не работа? А прощать, мириться с недостатками и слабостями? Легко, что ли? Тоже работа, да еще какая трудная. А беспокоиться, тратить нервы? А тратить время на то, чтобы часами выслушивать то, что тебе не очень интересно, и при этом не раздражаться? Тоже работа. Но без всей этой работы не будет отношений.

Мне это и в голову не приходило. Но я слушал Юлю и понимал, что она, пожалуй, права. Когда-то девушка, подарившая мне узамбарскую фиалку в керамическом горшке, сказала: «Я устала тебя любить». Тогда я решил, что это просто красивая фраза, почерпнутая из дамского романа. Теперь я, кажется, начал понимать.

Я вышел из машины, открыл правую переднюю дверь и подал Юле руку.

— Пойдем?

Уже у самого подъезда она вдруг оглянулась, посмотрела на маленький магазинчик, расположенный в доме через дорогу, и спросила:

— У тебя есть йогурт?

* * *

Накануне выходных Шурик Вилков одарил меня очередным сюрпризом, позвонив и сообщив, что пришел ответ экспертов-баллистов.

— Пистолет «ТТ», изготовлен в Китае, куплен нелегально, из него Олеся Подрезкова стреляла в Ситникова, и из него же были убиты Брайко и Забелин. Ну, ты понял?

Я понял. Еще один кубик нужного цвета лег на свое место в сложной конструкции.

— А что Ситников? — спросил я. — По-прежнему молчит?

— Молчит, — вздохнул Шурик.

— А состояние?

— Да хреновое состояние. Врачи говорят, что спасти вряд ли удастся. Каждый день к нему хожу, все без толку. А он все хуже и хуже. Говорят, максимум неделя осталась.

В субботу с утра я достал листок, на котором записал данные, продиктованные мне Юлиным отцом, и начал звонить. Человек, когда-то давно давший указание поставить Юрия Забелина в самое начало очереди на квартиру, был жив, но контакту, как выяснилось, недоступен: он уже четыре года лежал полностью парализованный после инсульта. Но его жена разрешила мне приехать и задать несколько вопросов.

— Я попробую сама ответить, я была более или менее в курсе дел мужа, — сказала она.

Юля оказалась жуткой засоней, и в десять утра, когда я

уже готов был уезжать, еще сладко спала. Пришлось ее будить.

— Я уезжаю. Ты тут одна справишься?

Она проснулась мгновенно и уставилась на меня затуманенными глазами.

— А ты куда? По работе?

— Нет. Я все еще вожусь с остатками дела Андрея.

— Можно мне с тобой?

— Можно, только собирайся быстро. Я обещал быть через час.

— Я мигом!

Уж насколько крепко и долго Юля спала, настолько быстро она умылась, оделась и даже успела застелить постель. Выхватив из холодильника две упаковки йогурта, она бросила их в сумку, туда же сунула чайную ложечку и выскочила в прихожую:

— Все, я готова.

На все про все — десять минут. Фантастика!

— А завтрак?

— В машине йогурт съем.

— А кофе?

— Мне не нужно взбадриваться, я хорошо выспалась. Ну чего, поехали?

Я радостно засмеялся и поцеловал ее.

— Поехали.

Ехать нужно было за город, интересующий меня человек по фамилии Куркин круглый год находился на даче. В общем, я примерно представлял себе ситуацию: парализованный старик в стандартной городской квартире — не самый удобный вариант, и куда лучше, если он пребывает на теплой отапливаемой даче. Дети и внуки заняты своей сложной и разнообразной жизнью, ухаживать за стариком им неохота, да и некогда, вот и спихнули деда подальше, а с ним вместе и бабку.

Но я ошибся. Все оказалось не так.

Анна Андреевна Куркина, дородная и все еще красивая женщина лет семидесяти или около того, была полна сил и энергии. Несмотря на то что зима только-только закончилась, я видел, что просторный участок был ухоженным, возделанным, по периметру стояли кусты смородины и крыжовника, а яблони выглядели здоровыми. И дом был отнюдь не «скворечником», который обычные рядовые дачники притыкали на жалких шести сотках, а большим, двухэтажным, с верандой и мансардой.

Внутри, однако, все говорило о более чем скромном финансовом положении хозяев. Старая мебель, старые занавески, старая, хотя и отмытая до блеска, клеенка на прямоугольном столе, скрипучие половицы, окна, из которых нещадно дует. Стерильная чистота и идеальный порядок не могут скрыть разрушений, давно требующих ремонта.

Анна Андреевна усадила нас за стол.

— Так что вы хотели узнать?

— В конце семидесятых годов по протекции вашего мужа одному человеку была предоставлена новая квартира. Мне... нам, — поправился я, бросив взгляд на Юлю, — хотелось бы выяснить, почему. Вероятно, ваш муж покровительствовал этому человеку, и нам нужны подробности. Вы что-нибудь знаете об этом?

Куркина помрачнела, глаза ее стали печальными.

— Вы говорите о Юре? О Юре Забелине?

Ого, вот это память! Муж Анны Андреевны, Владимир Семенович Куркин, в конце семидесятых работал в Моссовете и курировал жилищные вопросы. Надо полагать, властью своей он пользовался на все сто, а то и двести процентов, то есть раздавал дефицитное жилье нужным людям, так неужели Анна Андреевна помнит каждого?

— Да, именно о Забелине. Почему ему дали квартиру?

— Потому что... А, ладно, это уже не имеет значения.

У Куркиных была дочь, единственная и горячо любимая, но, к сожалению, не вполне здоровая. На языке медиков ее диагноз звучал: олигофрения в степени легкой дебильности. В школе девочка училась с огромным трудом, родителям неоднократно предлагали перевести ее в спецшколу для детей с задержкой развития, но Куркины не соглашались. Как это можно: признаться, что твой ребенок умственно неполноценный? Владимир Семенович пользовался своей властью, чтобы к Танечке в школе относились «по-особенному», то есть не вызывали к доске, не предупредив родителей хотя бы за несколько дней, чтобы Анна Андреевна успела подготовить девочку и заставить ее вызубрить ответ наизусть. К контрольным начинали готовиться за месяц. Зубрить Таня не любила и учиться тоже не любила, поэтому новые квартиры получили директор школы, завуч и классный руководитель, остальным учителям регулярно делались дорогие подарки, и этого хватало, чтобы Тане ставили хотя бы тройки. А еще Таня Куркина очень любила прогуливать занятия в школе, болтаться с мальчишками и пить дешевое вино в подворотнях. Как многие страдающие олигофренией девочки, она рано сформировалась и к пятнадцати годам обладала пышной грудью и быстро растущим сексуальным аппетитом, который удовлетворяла всеми возможными способами.

Однажды домой к Куркиным пришел приятный молодой человек, Юра Забелин, который работал оперуполномоченным по преступлениям, совершенным несовершеннолетними, и рассказал, что Таню Куркину он буквально «снял» с иностранца, который уже заплатил ей деньги. Иными словами, Танечка занималась валютной проституцией. Вот они, деньги, изъятые у девушки, — пятьдесят дойчмарок. К тому времени Таня с грехом пополам окончила школу и получила аттестат, который стоил ее отцу еще одной однокомнатной квартиры для сына директора школы. Ни о каком институте даже речи не было, равно как и о работе. На любой работе Танина умственная недостаточность моментально стала бы очевидной, а Владимир Семенович огласки не хотел. Он считал Танину болезнь позором, как считали в те времена позором любое психическое отклонение. Тане исполнилось восемнадцать, и хотя уголовной ответственности за проституцию в нашей стране тогда не было, за нее можно было привлекать и наказывать в административном порядке. Например, посадить в камеру на тридцать суток и заставить мести улицы. И заодно отцу на работу сообщить. У ответственного работника Моссовета, члена партии, члена бюро горкома, — дочь проститутка, да еще валютная. Нет, это категорически недопустимо. И Юра Забелин такие вещи очень хорошо понимал. Он не хотел портить карьеру Владимиру Семеновичу, поэтому протокол оформлять не стал, писать в Моссовет тоже не стал, а просто пришел к родителям и по-человечески предупредил, что за дочкой надо смотреть получше. Больше он не сможет помогать Тане и прикрывать ее. Оказывается, Юра давно уже знает о Таниных «подвигах», многократно ловил ее за занятием проституцией, потому что занимался несовершеннолетними, но всегда с пониманием относился к высокой должности Таниного папы и спускал дело на тормозах, но теперь Тане исполнилось восемнадцать и заниматься ею будут совсем другие сотрудники. В этот раз девушке повезло, что Юра участвовал в общегородском рейде по предупреждению молодежной преступности и что она попалась именно ему, но на такие удачи в дальнейшем рассчитывать не приходится. Так что, дорогие родители, уж будьте так любезны, примите меры к тому, чтобы Таня вела себя, как говорится, «в рамочках».

Понятно, что потом был жуткий скандал, Владимир Семенович кричал на Таню и страшно бранился, Таня плакала и уверяла, что ничего такого не было, и иностранца никакого не было, и денег она ни у кого не брала. Отец тыкал ей в нос пятидесятимарочной купюрой, Таня же твердила, что видит ее впервые. Но кто ж ей поверит! Родители знали, что девочка мало того, что «слаба на передок», так и соврет — недорого возьмет.

Спустя несколько недель Забелин появился снова, озабоченный и расстроенный. Пышнотелая и хорошо одетая (папа-то при должности и возможностях) Таня продолжала развиться в «Интуристе» и снова попалась. На этот раз сотрудники милиции проявили принципиальность, и Таню спасло только чудо: она, хоть и недалекого ума, но сообразила назвать имя Забелина, дескать, позвоните ему, он меня знает. Позвонили. Юра тут же примчался, долго уговаривал поймавших Таню оперативников, принес им три бутылки хорошего коньяку и Таню вызволил, предварительно убедившись, что протокол уничтожен. Конечно же, снова был скандал, и снова Таня все отрицала, и ей снова не поверили.

Благодарность Владимира Семеновича и Анны Андреевны не знала границ. Вернее, границы были, они расширились до размеров двухкомнатной квартиры, которую Моссовет выделил для ГУВД Москвы целевым порядком: для стоящего в очереди на улучшение жилищных условий Юрия

Забелина. С очередью, в которой Забелин вовсе даже и не стоял, Куркин тоже вопрос решил. А Таню быстренько услали к дальним родственникам в сельскую местность подальше от Москвы. Через несколько лет она начала пить, к тридцати годам спилась окончательно, хороводилась с какими-то вечно пьяными мужиками, один из которых в ходе обоюдной ссоры Таню Куркину зарубил топором.

Она была единственной дочерью, внуков родителям своим не подарила, и к старости супруги Куркины остались совсем одни. Пенсия у обоих по нынешним меркам небольшая, Владимир Семенович тяжело болен, и они перебрались на дачу, чтобы сдавать городскую квартиру и на эти деньги жить более или менее достойно.

Вот такая история...

— А зачем вам это? — спросила Анна Андреевна. — Что прошлое ворошить...

— Дело в том, что Юрий Петрович Забелин убит, и следствие восстанавливает всю его жизнь, чтобы понять, были ли у него враги, — туманно ответил я.

Это было не совсем правдой, но и не совсем ложью. Я подозревал, что Таня Куркина, хоть и была действительно распущенной и сексуально озабоченной, но проституцией, тем более валютной, на самом деле не занималась и что бумажка в пятьдесят немецких марок имела ту же природу, что и поясок от детского платья, желтая маечка и пластмассовая девчачья заколка, уж больно почерк похож, но зачем рассказывать об этом несчастной матери? Не нужно ей знать, что она поверила проходимцу и своими руками угробила жизнь дочери, отослав девушку туда, где ее ждало беспробудное пьянство и страшный конец.

По второму адресу, у Митрохина, нас ждали к двум часам. И история, которую мы с Юлей там услышали, была до боли похожа на историю Куркиных, только рассказывал ее сам Митрохин, восьмидесятипятилетний трясущийся полуслепой одинокий старик, доживающий свои дни в компании с более молодым и здоровым, но тоже одиноким родственником и двумя попугаями. У Митрохина и его жены долго не было детей, наконец судьба смилостивилась, послала мальчика, когда оба были уже немолоды. Над своим поздним первенцем родители тряслись, баловали, ему ни в чем не было отказа. Мальчик вырос проблемным, папу с мамой слушался плохо и, кроме того, был патологически лжив. Однажды к Митрохиным домой пришел славный молодой человек, Вячеслав Ситников, и рассказал ужасную историю. Он, как представитель горкома комсомола, курирующий органы милиции, участвовал вместе с оперативниками в рейде по выявлению и предупреждению молодежной преступности. Возле валютного магазина «Березка» им лично был задержан комсомолец Алексей Митрохин в тот момент, когда пытался купить у некоего гражданина доллары США, то есть нарушал статью Уголовного кодекса о правилах валютных операций. Статья была серьезной, предусматривающей лишение свободы, а в особо тяжких случаях — смертную казнь.

Дальше все было так, как и у Куркиных. Отец страшно кричал и порывался выпороть девятнадцатилетнего сына ремнем, Алексей клялся и божился, что никакой валюты в руках не держал, да, он был возле «Березки», да, его поймали, но валюту ему подбросили злые менты. Разумеется, родители, зная лживость своего отпрыска, ему не поверили. А Ситникову поверили, и папа Митрохин был так ему признателен за то, что уберег сына от скамьи подсудимых! Признательность выразилась в скором продвижении Ситникова на хорошую должность в Министерстве тяжелой промышленности, где сам Митрохин занимал отнюдь не маленький пост.

В отличие от папы, сын не умел быть благодарным, с началом перестройки занялся частнопредпринимательской деятельностью, быстро разбогател и уехал за границу, оставив престарелых родителей в Москве и никак им не помогая. Вскоре жена Митрохина умерла, и он остался коротать старость в одиночестве. Хорошо вот брат двоюродный с ним живет, все не так скучно...

— Слушай, это они всю свою жизнь при помощи фальшивых улик выстроили, — сокрушалась Юля, когда мы возвращались домой.

— Похоже, что так. Забелин таким образом получил квартиру, хотя по жилищному законодательству права на это не имел, а ведь его еще и по службе кто-то здорово двинул. Наверняка он использовал тот же приемчик. Ситников тоже жилищные условия улучшил в тот период, перебрался из комнаты в коммуналке в отдельную квартиру, мне Аргунов рассказывал. Они, наверное, этот способ на поток поставили. Сперва жилье, потом карьера, потом машина... Бедняга Аргунов был пробным камнем, просто девушка Лена Шляхтина решила свести счеты с молодым человеком, который посмел ее не захотеть, и заставить его помучиться, пострадать. А Ситников увидел, как это сработало, воочию убедился, до какой степени люди боятся огласки, и решил использовать разыгранную в шутку комбинацию в своих интересах. Только у него не было доступа к нужной информации, и вот тут ему пригодился старый друг Юра Забелин, который занимался преступлениями и правонарушениями несовершеннолетних и мог точно сказать, у кого из высокопоставленных московских чиновников проблемные дети. Я думаю, все происходило примерно так.

По дороге мы заехали в магазин, накупили продуктов, потом дома долго и обстоятельно готовили обед, который в связи с поздним началом плавно перетек в ужин. Пока Юля разделывала сырую баранину, коты устроили за закрытой дверью кухни истерику, требовательно скреблись и мяукали жалобно и просительно. Но мы были тверды.

— А они не станут меня ненавидеть за то, что я им мяса не дала? — озабоченно спросила Юля.

— Не станут. Они привыкли. Это обычное дело: они просят мяса, а им не дают.

— Как у тебя сердце не разрывается, — вздохнула она, прислушиваясь к доносящимся из-за двери звукам.

— Я тоже привык.

— Ты жестокий.

— Нет, просто я хочу, чтобы мои звери были здоровыми.

— А если они не хотят быть здоровыми? Если они хотят быть счастливыми, и для этого им нужно есть мясо?

— Юль, я тоже хочу быть счастливым, а человек не может быть счастливым, если его животные болеют.

— А может, им нравится болеть. Они хотят есть мясо и болеть. А ты не спрашиваешь, чего они хотят, ты решаешь за них, таким образом, ты устраиваешь собственное счастье за счет своих котов, — сделала она вывод. — Нехорошо.

— Нехорошо, — согласился я. — Но я не знаю, как по-другому.

— И я не знаю, — призналась она. — Но я подумаю. Может, что-нибудь придумаю.

Я чистил картошку и думал о том, что ни с одной девушкой я не обсуждал проблемы счастья моих котов, потому что им это не было интересно. А с Юлей обсуждаю. И это делает меня таким счастливым, что невозможно передать.

* * *

Вячеслав Антонович Ситников знал, что все идет к концу. Он слабо разбирался в медицине и не очень понимал, что означают все эти бесконечные капельницы, переливание крови, искусственная вентиляция легких, температура, которую никак не удается сбить. Но он услышал, что говорили врачи у него в палате, когда думали, что он спит. Он действительно спал, но потом проснулся и лежал, не открывая глаз, а они не заметили. Теперь он знал точно, что все их усилия ни к чему не привели, процесс инфицирования продолжается, остановить его не удалось даже двумя повторными операциями, и ему осталось жить два-три дня. Если очень повезет — то четыре-пять, но не больше.

Каждый день приходит следователь и задает одни и те же вопросы: что произошло, почему Подрезкова в него стреляла. Ситников молчит, на вопросы не отвечает, потому что сказать правду он не может, а лгать боится, не знает, что говорила следователю Олеся. Да, он ошибся в ней, она не такая, какой он ее себе представлял, какую он любил, но ведь есть сын, и он не должен знать правду. И договориться с Олесей ему не удается. Они с Гришей проводят в больнице целые дни, сидят то у него в палате, то в коридоре, но стоит ей или сыну войти в палату — тут же следом входит кто-то из милицейских и стоит столбом. Слова не скажешь так, чтобы он не слышал. Ситников пытался отстоять свое право на приватные встречи с семьей, но эти милицейские долдонят одно и то же: в интересах следствия не положено, следователь запретил, пока не дадите показаний. Подрезкова — подследственная по тяжкому преступлению, вы потерпевший, и никаких приватных переговоров между вами быть не может.

Сегодня впервые за много дней выглянуло солнце, и Вячеслав Антонович подумал, что скоро наступит лето, которого он уже не увидит. Как странно... Он привык планировать свою жизнь, причем планировать долгосрочно, на многие месяцы вперед. Уже в середине зимы он знал, где хочет провести летнюю часть отпуска, бронировал гостиницу и билеты, а едва вернувшись с отдыха, тут же начинал планировать и организовывать его зимнюю часть. Впервые за много лет он не строит планов на лето, потому что лета в его жизни уже не будет. Он очень слаб, то и дело проваливается в тяжелый сон, а проснувшись, первым делом начинает привычно перебирать предстоящие дела... и вдруг понимает, что не нужно. Не предстоит ему никаких дел, никаких деловых встреч и совещаний, к которым нужно готовиться, никаких поездок в служебные командировки. Ничего. Ничего уже не будет.

Открывается дверь, Ситников думает, что это Олеся или Гриша, но это какой-то незнакомый молодой мужчина. По тому, что следом за ним не вошел никто из милицейских, Вячеслав Антонович понимает: его новый посетитель тоже «из них».

— Здравствуйте, Вячеслав Антонович, — говорит он. — Мы можем с вами поговорить?

Ситников молчит. Он же принял решение не говорить ни слова. Пусть как хотят, так и разбираются. Если Олеся решит сказать правду, если сознательно пойдет на то, чтобы Гриша все узнал, пусть сама и признается во всем. Ей жить. С ним ли, без него ли — пусть сама решает. А он, Ситников, ничего не скажет.

Молодой человек не обращает внимания на его молчание, придвигает стул к кровати, садится.

— Вячеслав Антонович, расскажите мне о Лене Шляхтиной.

— О Лене? Почему?

Ситников отвечает прежде, чем успевает понять, что заговорил. Удивление оказалось сильнее решимости не разговаривать со следователем.

— Мне интересно. Я изучаю ее жизнь. Как вы с ней познакомились?

— Вы ее родственник? Зачем вам это?

— Вячеслав Антонович, давайте договоримся о сделке. Вы не говорите мне ни слова о вашей ситуации с Подрезковой, но за это я не объясняю вам, почему интересуюсь Шляхтиной. Я просто задаю вопросы, а вы на них отвечаете. Договорились?

Ситников усмехается. Ничего, можно и поговорить. Лена... Что в этом может быть опасного? Это было так давно.

— Нас познакомил...

Он осекается и умолкает. Юрка Забелин. Нельзя произносить этого имени, нельзя давать понять, что они давно и хорошо знакомы.

— Кто?

— Один парень, не помню, как его звали. Мы вместе с ним вышли после заседания бюро райкома комсомола, стояли на улице, курили... Мимо проходила девушка, очень красивая...

... — Видал, какие кадры на наших фабриках вкалывают, — сказал Забелин. — Ей в «Интуристе» самое место, а она на конвейере торчит.

— Ты что, знаешь ее? — загорелся Слава, которого красота девушки не оставила равнодушным.

— Немного. Познакомился на днях, когда поквартирный обход делал.

— Она где-то здесь живет?

— Нет, в общаге. Она тогда у подружки в гостях была.

Ситников не отводил глаз от стройной фигурки, остановившейся у автобусной остановки.

— Слушай, познакомь, а?

— Да брось ты... На фиг она тебе нужна?

— Давай, Юр, давай, пока она не уехала!

Забелин бросил в урну недокуренную сигарету и поспешил к остановке. Через пару минут он уже возвращался к зданию райкома, и рядом с ним шла она, Лена Шляхтина...

— Вас познакомил Забелин?

Ситников вздрагивает и на мгновение закрывает глаза.

Он знает, этот мент. Он все знает. Или он не из милицейских?

— Я не помню его фамилии. Помню, что он был членом бюро райкома, но как зовут — забыл.

— Как близко вы были знакомы с Еленой?

— Очень... Очень близко.

К чему делать из этого тайну? Да, он в то время уже был женат, и даже Гришка уже родился, но ведь Ольги, жены, больше нет, а сыну безразлично, изменял отец матери тридцать лет назад или хранил ей верность.

— Вы знали, что у нее был брат?

— Да.

— И что он был психически нездоров, тоже знали?

— Да, Лена говорила. Она очень переживала из-за этого.

— А чем занимался ее брат? Где жил?

— Жил в Москве. Работал не то сантехником, не то истопником... в общем, какая-то черная работа в рамках ЖЭКа. Или дворником... Не помню точно. У него было служебное жилье, подвальная каморка в том доме, который он обслуживал.

— Вы знали, что он убивал и насиловал детей?

Ну вот, и до этого дошло. Столько лет прошло... Как узнали? Как докопались? Впрочем, какая разница? Теперь уже все равно.

— Да, Лена сказала мне. Она давно знала, почти с самого начала.

— А о том, что вместо брата она подставила милиции Олега Личко, вы тоже знали?

— Она спасала Мишу... Вы должны понять. Это же брат, родной брат. Она сделала все для того, чтобы его спасти.

— Я понимаю, — негромко отвечает посетитель, и Ситников внезапно думает о том, что не знает, как его зовут. Не знает и удивляется собственному безразличию. Не знает — и не надо. Какая разница? Все равно еще несколько дней — и все.

— А потом уже вы сделали все, чтобы спасти сначала ее, а потом себя, правильно? — продолжает посетитель.

— Я не понимаю...

— Когда Личко признали виновным, Лена сначала обрадовалась, что брат остался в стороне, а потом испугалась, что он снова станет убивать, и тогда все поймут, что посадили не того, что настоящий убийца все еще на свободе, и опять будут искать. Да? А когда его в конце концов найдут и все выяснится, ее привлекут к ответственности за оговор и заведомо ложные показания. И эту проблему нужно было как-то решать. Вы ей помогали?

— В чем?

— Решить проблему.

— Я не понимаю...

— Лена сама столкнула брата с высоты? Или вместе с вами?

— Сама...

Они были вместе. Но зачем говорить об этом сейчас?

— Вряд ли, — задумчиво произносит гость. — Вряд ли. Скорее всего, вы были вместе с ней. Иначе зачем вам было потом убивать ее? Вы были соучастником убийства Михаила Шляхтина, Лена заманила брата под каким-то предлогом на лестничную площадку верхнего этажа многоэтажного дома, а там уже ждали вы. Вы очень любили Лену и помогли ей, но спустя какое-то время забеспокоились. Лена — девушка непростая, скрытная, никогда не знаешь, что у нее на уме, она хотела устроиться в этой жизни максимально комфортно и взять все, что можно, и готова была ради этого на многое. А вдруг бы она вздумала вас шантажировать? А вам нужно карьеру делать. Нельзя было оставлять ее в живых, верно, Вячеслав Антонович?

Откуда он все знает? Как вскрылось? Впрочем, теперь нет разницы. Теперь уже ничто не имеет значения, потому что скоро, уже совсем скоро...

— У вас есть зеркало? — спрашивает Ситников.

— Нет. А вам нужно?

— Принесите. Там, в коридоре, моя невестка, попросите у нее.

Посетитель выходит и через некоторое время возвращается и протягивает Ситникову овальное зеркальце в серебряной оправе с резной ручкой. Его подарок Олесе. Вячеслав Антонович смотрит на свое отражение. Черные круги под глазами, заострившийся нос, пепельно-серое лицо, на котором отвратительно торчит щетина. Кроме отражения, он видит и свою руку, держащую зеркало. Кисть стала тонкой, проступили кости. Точно так же выглядела Ольга, жена, за два дня до смерти. Значит, врачи не ошиблись, и изменений к лучшему не наступило. Это конец.

...То, что он испытывал к Лене Шляхтиной, нельзя было назвать привычным и понятным словом «любовь». Слава Ситников болел ею. Это было наваждение, с которым он не мог справиться и которого стыдился. Стыдился тем больше, что понимал: она его не любит. Он познакомил ее со своим другом Левой Аргуновым, с которым вместе учился еще в школе, познакомил просто потому, что Левкины родители в те годы жили и работали в подмосковной Дубне, домой приезжали не чаще раза в месяц, и Левка царствовал один в шикарной трехкомнатной квартире, куда так удобно приводить девушек. Слава привел туда Лену в первый раз, имея в виду обычный сценарий: они интеллигентно пьют чай втроем, потом Левка спохватывается, что ему нужно срочно закончить главу (параграф, описание формулы), уходит в свою комнату и просит ему не мешать, а Ситников остается наедине с приведенной девицей. Сценарий был отыгран, все прошло, как обычно, но... Лена познакомилась с Аргуновым и влюбилась в него. Это обнаружилось не сразу, Лена долгое время вела себя так, как и положено любовнице, ничем не выдавая свой интерес к другому. Прошло несколько месяцев, прежде чем она сказала:

— Слава, нам нужно что-то решать.

— Что решать? — не сразу понял Ситников.

— Ты женат, у тебя маленький ребенок. У нас с тобой нет будущего. Мне нужно подумать о себе. Это не значит, что я собираюсь тебя бросить, нет, мы по-прежнему будем вместе. Но мне нужен муж.

— И где я тебе его возьму? — отшутился Слава.

— А вот Лева. Чем не муж? Хорошая семья, родители — ученые, сам без пяти минут кандидат наук, шикарная хата, шикарная дача, тачка тоже имеется. Как ты на это смотришь?

— А что? — развеселился Ситников. — Это будет клево. Давай, Ленок, дерзай. А я помогу, если что. Можем разработать с тобой план совместных действий по охмурению Левки.

Он был порабощен ею до такой степени, что готов был даже разделить ее тело с другим мужчиной, лишь бы не потерять. Свою болезненную любовь он скрывал под маской циничного легкомыслия, он боялся, что Лена поймет, какую власть имеет над ним.

Спустя несколько недель вдруг позвонил Аргунов и начал нести какую-то бессвязную ахинею про Лену, дескать, она призналась в любви, но он думает, что это просто дружеский розыгрыш, шутка... Ситников посмеялся вместе с ним и приготовился к тому, что Лена выберет себе в потенциальные мужья кого-нибудь другого. Какая разница, с кем устраивать жизнь, если ее именно устраивать, а не искать неземной любви? Когда же он понял, что никого другого Лена искать не собирается и что Левкин отказ смертельно обидел ее, он понял, что она влюблена. И в кого? В Леву Аргунова, книжного червя, ни кожи ни рожи, даже мускулатуры приличной нет. Его, Славу Ситникова, она не любит, а Леву любит! Это оказалось для Ситникова ужасным ударом. Но он ничем не выдал себя.

А злость на Леву затаил. Ну чем, чем этот хорек лучше его? И даже мысль о том, что спит Лена все-таки с ним, со Славой, его не утешала. Он хотел владеть ею, обладать ею полностью, а не только в постели, он хотел иметь над ней власть более сильную, чем она имела над ним самим, он пытался перестать быть ее рабом — и ничего не мог поделать. Оковы не только не сбрасывались, а становились все тяжелее.

Все надежды его сосредоточились вокруг брата Лены. То, чем она занималась, когда брала больничный и переставала ходить на работу, вызывало в нем дрожь ужаса, смешанного с восторгом. Ее жестокость, хладнокровие, цинизм и расчетливость были беспредельны. Позволять человеку безнаказанно убивать детей, чтобы собрать материал для книги, которая должна стать бестселлером! Умом нормального, обычного человека это постичь невозможно. И эта непостижимость манила Ситникова, притягивала, лишала его воли и самообладания. Чем страшнее было то, что делала Лена, тем сильнее он ее любил, тем сильнее болел ею и страшился потерять. Он стал ее поверенным во всем, что касалось брата, и тешил себя иллюзией, что связывающая их общая тайна сделает их союз надежным и долговечным. Нельзя, невозможно бросить человека, который знает про тебя такое...

Идея разыграть Левку Аргунова принадлежала ему. Он курировал в горкоме комсомола органы милиции, поэтому ничего удивительного, что он знает о разгуливающем по Москве маньяке. Лева растеряется, спросит у друга Славы, а друг Слава его как следует напугает, и нежный, трепетный Левочка, совершенно не переносящий эмоциональных трудностей, будет раздавлен, как жаба в грязной луже. И будут убиты сразу два зайца: Лена почувствует себя отомщенной, а Ситников избавит себя от соперника, потому что такая девушка, как Лена, просто не сможет продолжать любить потерявшего волю, измученного и издерганного хлюпика. Одно дело — молодой физик-теоретик, почти кандидат наук, и совсем другое — жаба в грязи. А подбросить в квартиру Леве поясок от детского платьица — пара пустяков.

— Ты ему скажи, что я готова ночевать с ним, чтобы он во сне никуда не уходил, — попросила Лена.

— Скажу, — пообещал Ситников.

— А вдруг он пойдет к врачу, проконсультируется и узнает, что так не бывает? Что лунатики не способны совершать во сне такие сложные осмысленные действия?

— Кто пойдет к врачу? Левка? Да ты что! — расхохотался Слава. — Никогда в жизни! Что я, Левку не знаю? Он же как страус, сразу голову в песок прячет и делает вид, что ничего не случилось. И потом, что он скажет врачу? Мол, говорят, что я во сне детей убиваю, так вы скажите, может ли это быть? Врач сразу вызовет одновременно психушку и милицию.

— Вообще-то да, — задумчиво согласилась Лена. — Лева у нас тонкая натура, он скорее до психоза себя доведет, но за официальной помощью не обратится. Но ты все равно подскажи ему, пусть попросит меня ночевать у него, ладно? Капля камень точит, сам знаешь.

Момент они выбрали, поясок подбросили, и дальше все получилось так, как и задумывалось. Единственное, что им не удалось, это вынудить Аргунова приблизить к себе Лену. Он наотрез отказался последовать совету друга Славы, объяснив, что Лена ему совсем-совсем не нравится. И это несколько примирило Ситникова с действительностью.

Однажды в конце августа Лена рассказала, что познакомилась с забавным парнем. Она уже видела его мельком, в июле, когда у брата Михаила началось очередное обострение. Елена тогда, как обычно, следила за ним, находясь на безопасном расстоянии. Миша высматривал очередную жертву возле детского садика, а Лена пряталась в сквере у находящейся рядом, стена к стене, школы, откуда брат был хорошо виден. Тот парень, Олег, бродил рядом, заметил Лену, подсел к ней, они разговорились, и Лена с ужасом поняла, что Олег ищет Мишу и вот-вот найдет. Он оказался сотрудником милиции, и, хотя не сказал Лене ничего конкретного о своих поисках, она все поняла по тем вопросам, которые он задавал. Часто ли она бывает здесь? Не замечала ли молодого мужчину, что-то высматривающего или кого-то поджидающего?

Она испугалась. А Ситников, который уже знал и об инициативной группе родителей, и о созданной в рамках Генпрокуратуры усиленной бригаде (разумеется, знал, не мог не знать при своей-то должности), посоветовал Лене это использовать и при удобном случае дать на Олега ложные показания.

— Ты пойми, дело очень серьезное, съезд на носу, они будут землю рыть, чтобы поймать маньяка в срок, и ухватятся за любую удобную фигуру, если будут более или менее приличные доказательства. Им отчитаться нужно — кровь из носу. Скажи, что видела, как Олег уводил ребенка, дай подробное описание, в чем ребенок был одет, чтобы никто не сомневался, что ты это действительно видела. А еще лучше — скажи, что познакомилась с ним раньше, что вы разговаривали, что он показался тебе странным, даже, может быть, больным на голову, и говорил странные вещи про какое-то место, где лежит труп, но ты подумала, что он просто бредит... Ты ведь можешь описать место, правда? Ты же знаешь, куда Миша увозил детей?

— Описать могу, конечно, — соглашалась Лена.

— Ну вот видишь. Следователь-то знает, что предыдущий труп был найден как раз в том месте, и тебе еще больше поверят, потому что откуда же ты можешь об этом знать? Только со слов Олега. А Олег об этом знает потому, что он — убийца.

И у них все сложится. Мы Олега подставим, а Мишу выведем из-под удара. Поняла?

Он намеренно говорил «мы», а не «ты», он хотел, чтобы у них все было общим — и тайны, и заботы, чтобы никого ближе его, Славы Ситникова, у Лены не было.

Она сделала так, как он посоветовал: дождалась очередного убийства, в сентябре, и пришла в милицию сама. И все получилось.

Но она продолжала любить Аргунова, черт бы его взял! Спала со Славой, причем делала это с явным и нескрываемым удовольствием, а любила Аргунова. И когда перед самым Двадцать пятым съездом КПСС прошел суд над Личко, Ситников понял, что нужно что-то делать. Нужно придумать что-то еще, что еще крепче свяжет Лену с ним. И брат Лены, Михаил, стал разменной картой. Ситников принялся убеждать свою любовницу, что с Мишей «надо что-то решать», что в любой момент все может открыться и Лену посадят. Он знал, что никаких родственных чувств Елена к брату не испытывает и что все ее усилия были направлены только на то, чтобы не оказаться сестрой сумасшедшего маньяка, поскольку с такой репутацией ей будет трудно и замуж выйти «в хорошую семью», и книгу издать. Кому нужна жена, которая может наградить потомство признаками отягощенной наследственности? И кто станет иметь дело с автором, который, вполне возможно, болен так же, как и мать с братом?

Уговорить Лену «решить с Мишей» оказалось несложно, ибо уголовная ответственность за оговор — тоже не подарок в плане матримониальных и честолюбивых устремлений. Когда она сказала: «Это даже интересно... Будет что описать в новой книге», Ситников покрылся холодным потом. И понял, что отныне любит ее еще сильнее. Она падала в бездну бесчеловечности и тянула его за собой, и — о боже! — сколь сладостен был ему этот страшный полет...

С Мишей они «решили». И через пару месяцев Ситников опомнился. Никакое падение не может длиться бесконечно, рано или поздно человек достигает дна пропасти и либо погибает, либо пытается выбраться. Слава Ситников выбраться не смог, потому что рабские оковы лишали его возможности двигаться свободно. Он понял, что отныне не только он сам обладает знаниями о тайнах своей возлюбленной, но точно так же и она обладает опасными знаниями о нем. Они — соучастники убийства, и в этом смысле они равно опасны друг для друга. Стоит ему сделать хоть что-нибудь, что не понравится Лене, и она... Нет, нужно успеть первым. Все равно эту любовь невозможно больше терпеть, невозможно мириться с тем, что она продолжает любить другого, невозможно жить с постоянным страхом ее потерять, с ежедневным ожиданием шантажа.

Ситников все продумал. Он знал не только о болезни Михаила, но и о том, что у Лены психически больная мать. Он был уверен, что при расследовании смерти Лены об этом сразу же станет известно и следствие пойдет по предсказуемому пути, точно так же, как это было с Мишей. Ну а как иначе? Брат — самоубийца, мать — в психушке, отягощенная наследственность. Все ведь очевидно.

Он тщательно выбрал многоэтажный дом, в котором был легкий доступ на крышу. Он придумал романтический предлог, чтобы прийти туда вместе с ней. Она поверила. Она считала себя намного умнее и хитрее окружающих, и ей даже в голову не могло прийти, что ее могут обмануть. Она была настолько уверена в рабской покорности Ситникова, что никогда не заподозрила бы его в намерении поднять на нее руку. А он поднял...

Когда спустя много лет он встретил Олесю, ему показалось, что Лена вернулась к нему. Такая же циничная и безжалостная, холодная и практичная. Жизнь движется по спирали, и все повторяется, и все возвращается. И только теперь, умирая на больничной койке, он понял, что это не так. Жизнь действительно движется по спирали, и на каждом следующем витке человек неизбежно оказывается над той точкой предыдущего витка, где что-то произошло. Вдоль витка путь кажется длинным, и ты с каждым шагом все больше удаляешься от той точки, и вот тебе уже кажется, что ты совсем далеко, но наступает момент, когда расстояние сокращается, ты над точкой, всего в миллиметре от нее, и зло, которое ты там оставил, протягивает руку и достает тебя. И ты понимаешь, что это и не спираль вовсе, а сжатая пружина. Пружина для мышеловки, в которую ты сам себя загнал. Он убил Лену, но пришла Олеся и убила его. Спустя тридцать лет мертвая Лена Шляхтина его достала. Все возвращается...

...А этот мальчик, сидящий у его кровати, все задает и задает свои вопросы, и Ситников понимает, что ответы ему не очень-то и нужны. Он и так все знает. Ну, почти все. Зачем теперь скрывать? Какая разница?

— Вы хорошо знали характер Льва Александровича Аргунова, вы понимали, что если однажды он уже поверил в то, что совершил преступление, то поверит и еще раз. Вы хотели выбить его из колеи, заставить нервничать, потерять над собой контроль, сделать плохо соображающим, восковым, послушным. И когда на его фирму наедут рейдеры, он побежит к вам за помощью и сделает так, как вы ему советуете. Он же всегда следовал вашим советам, правда, Вячеслав Антонович? Вы посоветовали ему перевести активы на фирму вашего сына, он так и поступил. А что должно было случиться потом? Вы ведь хотели, чтобы деньги остались у Григория, а их пришлось бы возвращать. Так что должно было случиться? Аргунов должен был выйти из игры, правильно?

— Правильно, — тихо произносит Ситников.

— Каким образом? Неужели вы собирались убить и его тоже? Да нет, вряд ли, — словно сам с собой разговаривает гость и медленно качает головой, — это слишком опасно. Ведь ни для кого не секрет, что деньги Аргунова оказались у вашего сына, и вас стали бы подозревать в первую очередь. Вы собирались довести Льва Александровича до самоубийства. Суицид — штука для вас безопасная, вы уже дважды его инсценировали, опыт есть. Вы продолжали бы мучить Аргунова подброшенными уликами до тех пор, пока он окончательно не свихнулся бы, а потом... Он сам сделал бы все, что вам нужно. А если нет, вы помогли бы ему.

Ситников улыбается. На мгновение ему становится смешно. Столько суеты, столько планов — и все для чего? Зачем? Левка Аргунов... Смешно. Только перед смертью приходит понимание бессмысленности и никчемности усилий, на которые тратишь свою жизнь. Конечно, Лева сам покончил бы с собой, он слишком слаб и труслив, чтобы выдержать такое. Разумеется, Ситников не собирался пускать дело на самотек, он бы помог. Вот, к примеру, тот милиционер, который приходил к Левке, когда его не было дома. Ситников по своим каналам узнал, что в том районе, где находится загородный дом Аргуновых, произошло убийство, позвонил в местный отдел милиции и, не назвавшись, сообщил, что видел мужчину с двумя собаками, гуляющего в лесу в интересующее следователя время. Возможно, этот мужчина видел убийцу... Леву ни в чем не подозревали, к нему пришли как к возможному свидетелю, а какой эффект? Потрясающий! Еще парочка таких же фокусов — и Левка окончательно потерял бы рассудок. Тем более было сделано все для того, чтобы Леву заподозрили в двух убийствах — Дарьи Брайко и Юрки Забелина. Его уже начали таскать на допросы, а уж если у него обнаружили бы пистолет, из которого застрелены обе жертвы, он бы до конца своих дней отмывался. Нет, такого натиска Лева точно не выдержал бы, сломался. А сломавшись, принялся бы рассказывать об убийствах детей. Милиционеры все проверят, выяснят, что ничего этого не было, и откроют Левке прямую, широкую и быструю дорогу в психушку. Но... нынешние времена не те, что тридцать лет назад, у нас теперь гласность, а ментовская система такая же дырявая, как и все остальные, информация просачивается из всех дыр, льется бурным потоком. А газетчики всегда тут как тут, у половины из них есть «источники» в МВД. Если Левкина история попадет в прессу, о ней может прочесть Истомина. Нужно было во что бы то ни стало убедиться, что Лена не рассказала своей подруге о том розыгрыше с пояском от платья. Ведь Истомина написала роман «Сестра», Ситников его прочел и понял: Майя знает о брате, Лена ей сказала. Кроме самого Ситникова, никто тогда ничего не понял. А вдруг Лена и о Левке рассказывала? И фамилию Левкину назвала? И о пояске проболталась? Ситников не пожалел денег и изобретательности, чтобы это выяснить. Получил бумаги Истоминой, прочел и успокоился. Ничего она не знает. Ничегошеньки. Если б знала, непременно написала бы хоть пару фраз, ведь из истории с Леной и ее братом она целый роман изваяла, стало быть, не дает интересным историям пропадать втуне. Непременно появился бы хоть набросочек, хоть абзац о розыгрыше. Но — ничего. Так что можно действовать спокойно, по разработанному плану. Он все рассчитал.

— Забелин знал о ваших планах?

— Нет, мы много лет не виделись.

— Значит, вы использовали его втемную? Он не знал, для кого нанимает рейдеров?

— Нет, не знал.

— А ваша невестка Олеся? Она знала, для чего вы попросили ее познакомиться с Забелиным?

— Нет. Зачем ей знать? Я велел — она сделала.

Значит, и об этом уже известно... Быстрые они. Или Олеся сказала? Да какая разница, как они узнали. Узнали — и все.

— Для чего? Вам нужно было, чтобы Забелин снял квартиру для встреч с ней, да? Вы еще с молодости знали, что ваш друг Юрий Забелин никогда не водил любовниц к себе домой и не использовал для интимных встреч служебный кабинет, и вы рассчитывали на то, что он и сейчас придерживается этих же правил. Вам нужна была квартира, где вы можете с ним встретиться внезапно, так, чтобы он не успел никому рассказать, что встретил старого друга Славу Ситникова. Я прав?

— Да, вы правы. Как с вами скучно... Вы все знаете, я тоже все знаю, так к чему этот разговор? Я не собираюсь ничего отрицать, я все равно умру через несколько дней, и посадить меня вам не удастся. Считайте, что я во всем признался. Чего еще вы хотите?

— Расскажите о том, как вы убили Дарью Брайко.

— Я устал... Мне трудно говорить.

— Тогда я сам скажу. Вам нужно было натравить следствие на Аргунова, это было частью запланированной психологической атаки на него. Убийство рейдера, организовавшего скупку акций предприятия, имеет под собой мотив, который указывает в первую очередь на владельца предприятия, и неприятности у Аргунова начинаются. За этим следует убийство Забелина, который рейдеров нанимал, и это может быть истолковано следствием как второе звено этой же цепочки. Давление на Аргунова усиливается. А вы попутно решали и свою собственную задачу, в лице Забелина вы убирали человека, который знает, каким способом вы много лет назад устраивали свою жизнь. Зачем вам свидетели ваших неблаговидных поступков? Да, Забелин много лет молчал, он даже не искал встреч с вами, но кто знает... Люди непредсказуемы.

Когда-то давно у вас была общая тайна с Леной Шляхтиной, потом вы сообразили, что соучастие — палка о двух концах, и решили проблему. С Забелиным вышло то же самое, вы были соучастниками, вы все делали вместе — искали информацию, фальсифицировали улики, разрабатывали сценарии и претворяли их в жизнь, но теперь вы вдруг подумали о том, что ваш старый друг может стать для вас источником опасности. Он может заговорить. Так вот о Дарье. Вы позвонили ей, представились человеком, заинтересованным в поглощении предприятия, расположенного в районе Волоколамска, и предложили ей поехать посмотреть на месте фронт будущих работ. Вы выбрали момент, когда партнер Дарьи Дмитрий Найденов уехал из Москвы на несколько дней, потому что иначе был бы риск, что с вами поедет он, а не Дарья. Вы не были уверены, что справитесь с молодым сильным мужчиной. Дальше все было просто. Остановка на окраине леса, предложение пойти «мальчикам налево, девочкам — направо», выстрел. Примерно так?

Ситников усмехается.

— Как пошло... Нет, я предложил ей выйти подышать, сказал, что у меня голова кружится. Сосудистая недостаточность.

— Тоже красиво. Теперь о Забелине. Как вам удалось устроить встречу с ним таким образом, чтобы он не смог о ней никому рассказать? Следили за ним?

— Конечно. Он отправил жену в Англию, к дочери, и занялся обустройством гнездышка для свиданий. Вот тут я его и подловил. Якобы случайно встретил на улице и предложил «посидеть, вспомнить молодые годы». Куда еще он мог меня повести, если мы стояли возле того дома, где он только что снял квартиру?

— Сложная комбинация.

— Сложная. Но у меня получилось.

— Гордитесь собой?

В голосе гостя Ситникову слышится насмешка, но он не сердится. К чему сердиться? Какой в этом смысл? Уже все равно.

— Можно сказать, что я удовлетворен. Я хорошо сделал свою работу. Я разработал план и выполнил его.

— Вы воспользовались для обоих убийств своим пистолетом. Почему вы не избавились от него? Собирались подбросить Аргунову, если ваших усилий свести его с ума окажется недостаточно?

— Разумеется. Но это вряд ли понадобилось бы. Левка — размазня, он бы и без этого не выдержал.

— У вас все могло бы получиться, — задумчиво произносит посетитель. — Уже почти получилось. Я видел Льва Александровича, он действительно был на грани самоубийства. Но вмешалась ваша невестка Олеся и все испортила. Почему? Что произошло?

— Мне кажется, мы в самом начале договорились...

— Извините.

Гость уходит, и Ситников смотрит неподвижными глазами на закрывшуюся за ним дверь. Протягивает руку, чтобы нажать кнопку вызова медсестры и попросить ее позвать Гришу или Олесю, но передумывает. Зачем? Что он им скажет? И что скажут ему они? Спросят, как он себя чувствует, предложат почистить апельсин... Глупо. Не нужно. Зачем ему апельсин? Чему он поможет? Все равно придется совсем скоро уходить. Был период, когда Ситников, невольно услышав приговор врачей, недоумевал: как же так? Почему он должен умирать? Он не хотел прощаться с жизнью, он хотел еще пожить, съездить летом на Лазурный берег, как собирался, а зимой в Альпы, он хотел прочесть множество книг, купленных и поставленных на полку в ожидании свободного времени, он хотел спать с женщинами, ходить в хорошие рестораны. И что же, теперь всего этого не будет? Ему не доведется больше испытать привычных радостей? Он не хотел с этим мириться, он вымаливал у судьбы хотя бы еще год, ну полгода, ну месяц... Потом пришел ответ, немного странный на первый взгляд: а зачем? Получить еще одно удовольствие? Еще раз поплавать в океане? Съехать с крутого склона? Обнять красивую молодую женщину? Какая разница, получит он это удовольствие или нет. Все равно ПОТОМ ничего не будет, и ТАМ не будет иметь ровно никакого значения, сколько удовольствий ты успел получить, пока был ЗДЕСЬ. Одной радостью больше, одной меньше, а результат один. Можно подумать, если он успеет прочесть все книги, которые купил, ТАМ ему будет легче. Не будет. ТАМ вообще не будет **НИЧЕГО**. ТАМ будет **НИКАК**.

И сразу все потеряло смысл.

* * *

Этот диск попался мне на глаза совершенно случайно. Я искал на обширных прилавках конкретный фильм, американскую комедию под названием «Правда о кошках и собаках», и вдруг наткнулся на знакомое лицо. С обложки одного из дисков на меня смотрел... Олег Личко. Сперва я даже растерялся, но наваждение тут же исчезло. Конечно же, это был не Личко. Это был Юл Бриннер. Я повертел в руках диск, прочел название фильма и аннотацию. «Анастасия». История о женщине, выдававшей себя за оставшуюся в живых дочь Николая Второго. В ролях Юл Бриннер и Ингрид Бергман. Надо же, я даже не слыхал о таком фильме, впрочем, ничего удивительного, его сняли в середине пятидесятых, когда меня и на свете-то не было. А Юл Бриннер играет русского генерала...

Я подумал немного и решил сделать подарок Майе Витальевне Истоминой, коль уж она так любила в юности этого актера. Купил диск, а на следующий день позвонил Истоминой. Все равно мне работать на участке, так почему бы не зайти на чашку чаю.

— Спасибо вам огромное, Игорь, — горячо благодарила меня писательница, прижимая диск к груди. — Мне давно хотелось посмотреть этот фильм, а возможности не было. Там должна быть дивная музыка, я помню, когда была девчонкой, на танцах крутили песню «Анастасия», такую грустную, нежную, а потом я узнала, что эта мелодия использована в фильме с таким же названием. И Бриннер мой любимый! Спасибо!

Майя Витальевна посмотрела на часы:

— Через двадцать минут должна прийти моя студентка, но я успею напоить вас чаем. Вы не торопитесь?

Вообще-то я на работе, но двадцать минут на перекус — это святое. Мы уселись в гостиной, и Истомина принялась расспрашивать меня о Ситникове. Вячеслав Антонович скончался месяц назад в больнице, следствие по делу о покушении на него благополучно завершилось, Олеся Подрезкова ждала суда. За неимением показаний потерпевшего Шурику Вилкову пришлось удовлетвориться историей о неосторожном обращении с оружием. Подрезкова призналась, что оговорила свекра, обвинив его в попытке изнасилования, потому что думала, что необходимая оборона смягчит ее вину. Следователь пожурил молодую женщину, предпринял ряд отчаянных попыток заставить ее говорить правду, но Олеся держалась как кремень, ни на шаг не отступая от своей версии, и пришлось на этом остановиться. Так мы и не узнали, почему она стреляла в Ситникова.

Истомина забросала меня вопросами, и когда раздался звонок в дверь, недовольно поморщилась:

— Ну вот, на самом интересном месте... Игорь, вы не уходите, я хочу дослушать до конца.

— А как же ваша студентка?

— Ничего, подождет.

Я услышал, как она открывает дверь и говорит:

— Аллочка, я пока занята, посиди в кабинете, подожди. Я освобожусь минут через пятнадцать.

Майя Витальевна вернулась и с детской жадностью потребовала продолжения. Но нас снова прервал звонок, на этот раз телефонный. Она извинилась, взяла трубку и вышла разговаривать на кухню. Разговор явно затягивался, мне пора было уходить, и я направился в прихожую. Из нее доносился голос Истоминой, сердитый и напористый, видно, ей пришлось столкнуться с какой-то серьезной проблемой. Я хотел было приоткрыть дверь, заглянуть, жестом попрощаться и уйти, но тут до меня донеслись другие голоса. Со стороны кабинета. Один голос был женским, другой — мужским и принадлежал явно Георгию Степановичу, дяде Жоре. Любопытство, говорят, не порок... Я прислушался.

— А я тебе говорю: бери. Бери и публикуй. Сразу прославишься. Ты меня слушай, я всю жизнь на редакторской работе, я таким журналом руководил!

— Но как же, Георгий Степанович... Это ведь не мое, это Майя Витальевна писала. Как же можно?

— Как можно, как можно... Говорю тебе: можно! Так все делают. Все воруют, все без исключения. Страну разворовали. И живут в ней одни воры. Думаешь, Майка не воровка? Первейшая воровка и есть! Я читал то, что ты пишешь, мне Майка показывала. С этим ты никуда не пробьешься, сейчас такого — навалом, все прилавки этим забиты. Сейчас нужна литература духовного поиска. То есть читателям она пока не нужна, а тем, кто понимает, кто принимает решения, — самое то, что нужно. Вот летом очередной конкурс «Дебют» объявят, для авторов моложе двадцати пяти лет, там даже номинация такая есть: литература духовного поиска, подашь эту рукопись на конкурс — и первая премия тебе гарантирована. А вместе с премией и издательский договор.

— Нет, но это же нельзя, — сопротивлялась девушка по имени Аллочка. — Это мысли Майи Витальевны, она в это душу вложила...

— Глупая ты, — сердито ответил дядя Жора. — Молодая и глупая. Какой духовный поиск может быть у тех, кому нет двадцати пяти? Чего они в жизни понимают-то? Что они могут путного написать? Ну, сюжетец изобретут и романишко накропают, или возомнят себя авангардистами и налепят невесть чего, ни стиля, ни смысла. Ты меня слушай, я жизнь прожил, тысячи рукописей прочел, я в этом понимаю. В номинации литературы духовного поиска тебе с этой рукописью равных не будет. Никто из молодых так не напишет. А потом, когда первую книжку издашь, сможешь валять свои романчики, сколько душе угодно. Тебя уже признают лучшей, и тебе все будут прощать. И печатать будут, что бы ты ни написала. Потому что у тебя уже будет имя. Поняла? Бери быстрей, пока Майка не видит. Да бери же ты, дурында!

— Но она же узнает!

— Да ну и что? И пусть узнает. Поделом ей.

— А если она всем расскажет?

— Да пусть рассказывает! Доказать-то она не сможет. Черновиков нет, набросков нет, нынче все ученые, на компьютерах работают, ручкой писать разучились совсем, а компьютер — он что? Кнопку нажал да и стер все, и следов не осталось. Вот, гляди...

Голос на несколько секунд умолк, я понял, что дядя Жора

ловко управляется с современной техникой. И когда только
освоить успел?

— Я все Майкины файлы знаю, не сомневайся. Когда ее
дома нет, я все смотрю, все читаю, все бумажки в столе проверяю. А как же иначе? Все кругом воры, стоит только расслабиться на минутку, бдительность потерять — и тебя в момент облапошат. Вот живешь-живешь, в ус не дуешь, думаешь, что у тебя квартира есть, деньги на книжке, а потом
узнаешь, что, оказывается, уже и договор состряпали, по которому ты все подарил или в наследство отписал, и подпись
твоя на том договоре имеется. Нет уж, меня не проведешь!
Я каждую бумажку у Майки в столе прочитываю, чтоб потом
неожиданностей не было. И в компьютере каждый файл проверяю. Вот, нашел. Ну, гляди, девка: вот она, рукопись, в папочке лежит, распечатанная, а вот все файлы. Вот берем дискету чистенькую и переписываем, ты потом дома в свой компьютер перекинешь. Вот, вставляем... и готово. Держи. Вот я
щелкаю, опять щелкаю — и нету ничего.

— Георгий Степанович! Что ж вы делаете?! — в отчаянии
воскликнула девушка. — Вы же уничтожили все!

— А и правильно, — удовлетворенно ответил дядя
Жора. — Что надо, то и уничтожил. А что не надо — то тебе
достанется. Бери, девка, бери, не стесняйся. Иначе толку не
будет. В стране все — воры, все — жулики, кругом коррупция, и просто так тебе не пробиться, тебе нужен убойный
снаряд, такой, на какой молодые не способны. Ты мне еще
спасибо скажешь.

— Господи, что же теперь будет? — пробормотала Аллочка. — А если узнают? Ведь Майе Витальевне поверят, если
она скажет, что это ее рукопись. Будет скандал, меня из института выгонят.

Сдалась. Бедная девочка не устояла перед змеем-искусителем. А жаль. Я до последнего надеялся, что она не возьмет
рукопись. Ан нет, взяла.

— Не будет ничего, я тебе обещаю.

— Как вы можете знать?

— Знаю. Я знаю Майку как облупленную. И жизнь знаю.
Не будет тебе ничего.

— Но мне же учиться у нее... Я у нее в творческом семинаре, как же я ей в глаза смотреть буду?

— Будешь. Как надо, так и будешь смотреть. Ничего она тебе не сделает.

— Почему?

— Потому. Давай бери папку, дискету и прячь в сумку.

Истомина закончила наконец свой трудный разговор и вышла из кухни с телефонной трубкой в руке.

— Вы что, Игорь? — удивилась она, наткнувшись на меня. — Почему вы здесь?

Я передумал уходить. Вернулся вслед на Истоминой в комнату и все ей рассказал.

— Господи, — прошептала она, бледнея, и горько заплакала.

Я не знал, чем ее утешить. Я сам много лет пишу музыку и отдаю Борису Безрядину, а потом эти песни, многие из которых становятся хитами, считаются написанными совсем другими людьми. Я только деньги получаю, правда, хорошие, поэтому меня все устраивает. Но я понимаю, сколько души и самого себя вкладывается в каждое произведение, и когда его вот так, нагло, в открытую, воруют, становится, наверное, ужасно больно. Как будто часть твоей жизни украли.

Внезапно Истомина перестала плакать, подняла лицо и улыбнулась.

— Ничего, Игорь, — спокойно произнесла она, вытирая слезы. — Ничего. Все правильно. Все хорошо. Пусть так и будет. Я это заслужила. Я сама когда-то так поступила, теперь так поступили со мной. Налить вам еще чаю?

* * *

В спальном вагоне поезда Санкт-Петербург — Москва было жарко натоплено, и Андрей Мусатов сразу вместе с курткой снял джемпер, оставшись в джинсах и рубашке. Он провел выходные с родителями и теперь возвращался в Москву. Завтра на работу.

Хорошо бы ехать без попутчиков, без ненужных разговоров. Раздеться и лечь. Ему иногда везло, если вторым пассажиром в двухместном купе оказывалась женщина, которая просила проводника перевести ее в «женское» купе. Даже в наше характеризующееся свободой нравов время есть еще много женщин, которые не хотят проводить ночь в поезде наедине с незнакомым мужчиной. Бывало, что женщину переводили в другое купе, а на ее место приходил мужчина, но бывало и так, что женщина уходила и Мусатов оставался один. Вот если бы сегодня так получилось!

Но не получилось. Вторым пассажиром оказалась молодая женщина, привлекательная и, к неудовольствию Андрея, общительная, которая прямо с порога начала знакомиться и сообщила, что ее зовут Ликой.

— Хотите, я попрошу проводника перевести вас в купе, где едет дама? — предложил Андрей, втайне надеясь получить согласие.

— Да нет, зачем? — лучезарно улыбнулась попутчица. — Я и здесь отлично высплюсь. Вы меня совершенно не стесните.

До отхода поезда оставалось еще пятнадцать минут, по коридору ходил продавец газет и журналов, зычным голосом предлагая пассажирам свой товар. Попутчица выглянула из купе:

— Будьте добры.

Продавец зашел и разложил на полке прессу. Лика выбрала две газеты и протянула купюру в пятьсот рублей.

— Да что вы, девушка, у меня сдачи не будет.

— Но у меня нет мелких денег.

— Ну пойщите. Всего-то нужно восемнадцать рублей, а вы мне пятьсот даете.

— Да нет у меня, я же сказала.

Андрей с досадой вздохнул и полез в карман висящего на вешалке пиджака за бумажником.

— У меня есть.

— Ой, спасибо вам, — благодарно защебетала Лика. — Я потом у проводника разменяю и вам отдам.

Андрей дал продавцу пятьдесят рублей, получил сдачу и начал аккуратно складывать деньги в бумажник, купюры — в одно отделение, монеты — в другое, на «молнии».

— Ой, это ваша мама? — Лика стояла рядом и не стесняясь рассматривала маленькую цветную фотографию Ксении

Георгиевны, вставленную в закрытое прозрачной пленкой отделение бумажника.

— Да, — сухо ответил он.

— А это?

Рядом с фотографией матери была еще одна, черно-белая. Она появилась там совсем недавно. Андрей почувствовал, как губы свело судорогой. Он знал, что рано или поздно наступит момент, когда ему придется произнести это вслух. И знал, что это будет трудно. Ну что ж, сейчас так сейчас.

— Это мой отец, — сказал он и улыбнулся.

Ему показалось, что стена рухнула и за ней открылся прекрасный и сияющий мир.